CANDIDE OU L'OPTIMISME

Le Code de la propriété intellectuelle n'autorisant aux termes de
l'article L. 122-5, 2e et 3e a, d'une part, que les « copies ou reproductions
strictement réservées à l'usage privé du copiste et non destinées à une
utilisation collective » et, d'autre part, que les analyses et les courtes
citations dans un but d'exemple ou d'illustration, « toute représentation ou
reproduction intégrale ou partielle faite sans le consentement de l'auteur
ou de ses ayants droit ou ayants cause est illicite » (art. L. 122-4).
Cette représentation ou reproduction, par quelque procédé que ce soit,
constituerait donc une contrefaçon sanctionnée par les articles L. 335-2 et
suivants du Code de la propriété intellectuelle.

© Pocket, 1989, pour la préface, les commentaires
et le dossier historique et littéraire.

© Pocket, 1998, pour « Au fil du texte » *in* « Les clés de l'œuvre ».

ISBN 2-266-08266-3

POCKET CLASSIQUES

collection dirigée par Claude AZIZA

VOLTAIRE

CANDIDE
OU
L'OPTIMISME
et autres contes

Préface et commentaires de
Pierre MALANDAIN

SOMMAIRE

PRÉFACE ... 5

CANDIDE OU L'OPTIMISME 17

LES CLÉS DE L'ŒUVRE 165

 I. *Au fil du texte** : pour découvrir l'essentiel de l'œuvre.

 II. *Dossier historique et littéraire* : pour ceux qui veulent aller plus loin.

* Pour approfondir votre lecture, *Au fil du texte* vous propose une sélection commentée :

 • de morceaux « classiques » devenus incontournables, signalés par ●◆ (droit au but).

 • d'extraits représentatifs de l'œuvre, signalés par ༀ (en flânant).

PRÉFACE

Le 25 août 1988, un énorme incendie ravage le centre de Lisbonne, et fait de nombreuses victimes. Dès le 26, tous ceux qui en ont reçu la nouvelle, par les moyens d'information dont notre siècle se glorifie, l'ont oubliée, au profit de l'important dispositif mis en place pour assurer la circulation du retour des vacances, et de l'éventualité d'une augmentation des prix des fournitures scolaires à la rentrée. Le 1er novembre 1755, un séisme détruit Lisbonne et fait un grand nombre de victimes. On ne l'apprend en France que dans les semaines qui suivent. Voltaire est atterré. Il se renseigne, s'agite, commente, s'afflige, s'indigne, questionne, reconsidère toute la vision du monde qu'il avait eue jusque-là, écrit l'année suivante un long poème, *Sur le désastre de Lisbonne*, où, s'il se demande, comme le fera plus tard Kierkegaard, à qui adresser sa protestation, il n'envisage aucunement de ne pas la faire retentir. Après plus de deux années, la blessure n'est pas guérie, et l'écrivain ne peut

5

l'apaiser qu'en composant le plus long et le plus beau de ses contes.

Voltaire, notre contemporain ? On aimerait. Mais notre époque a peut-être perdu le sens du conte. Un sens qui n'est pas, comme on pourrait le croire à cause de l'association habituelle de ce genre au génie et au goût des enfants, simple, immédiat, naturel, candide. Qui, au moment même qu'il la dépayse comme par enchantement, prend en charge toute une expérience de souffrance et d'inquiétude, de bons et de mauvais rêves, de remords, de regrets et d'espoirs.

Tout comme La Fontaine a découvert tard, après s'être exercé dans tous les genres alors en vogue, celui qu'il devait porter à sa perfection et que, curieusement, la tradition a aussi dévolu à l'attention des enfants, Voltaire a plus de cinquante ans lorsqu'il se prend, un jour, au jeu du conte. Certes, c'est un conteur-né, et il l'a montré fort jeune dans les salons, où son art de l'anecdote piquante, vivement narrée et insolemment interrompue par une chute toujours à la fois attendue et surprenante, a fait son succès, tout autant que son habileté pour le petit poème galant ou pour l'épigramme. Mais on n'a conservé de ces productions de l'instant que des traces fugitives, dans les témoignages des contemporains. Certes, les ouvrages sur lesquels s'est fondée jusque-là sa réputation d'écrivain, *l'Histoire de Charles XII*, les *Lettres philosophiques, la Henriade*, voire *la Pucelle*, manifestent un incomparable talent pour la narration vive, légère, précise, qui donne à voir les êtres et les situations, à entendre les propos et les dialogues, à soupçonner l'étrangeté de la chose la plus banale et la banalité de la chose la plus solennelle, à saisir les enjeux simples des ensembles

les plus complexes, à exercer sur tout la souveraineté joyeuse de l'esprit. Mais lorsqu'il improvisait des histoires orientales pour le divertissement de la duchesse du Maine, lorsqu'il envoyait à Frédéric un *Voyage du baron de Gangan* qu'on a perdu, mais dont on sait qu'il est le brouillon de *Micromégas*, il ne se doutait certainement pas qu'il était en train de créer le genre qui, plus que le théâtre tragique, l'épopée ou la somme historique, lui assurerait la postérité littéraire la plus brillante, lui ferait don d'une jeunesse éternelle. Et de renier sans vergogne ces productions secondaires, ludiques, de sa plume, et de les appeler des « plaisanteries », voire des « couillonneries », et d'assortir leur titre de précisions fantaisistes sur leur origine, et de les garder pour la plupart en portefeuille, jusqu'à ce que les éditeurs de ses *Œuvres*, poussés par des raisons commerciales, les fassent peu à peu connaître au public, comme malgré lui. C'est ainsi une série de vingt-six titres que la tradition a, d'édition en édition, constituée pour former la rubrique « Romans et contes » de cette œuvre multiforme. Ils sont cités ici dans l'ordre de leur publication, avec, quand c'est possible, la date probable de leur composition et le nombre de pages que chacun d'eux occupe dans une édition de format courant :

— *Zadig ou la Destinée* (1er titre : *Memnon*), 1747, 63 p.
— *Le monde comme il va, vision de Babouc écrite par lui-même*, 1748, 14 p.
— *Memnon ou la Sagesse humaine*, 1749, 5 p. (ce n'est pas la 1re version de *Zadig*).
— *Lettres d'un Turc sur les fakirs et sur son ami Bababec*, 1750, 3 p.

- *Micromégas* (d'abord *Voyage du baron de Gangan*, 1739) (1751) 1752, 17 p.
- *Songe de Platon*, 1756, 3 p.
- *Les Deux Consolés*, 1756, 2 p.
- *Histoire des voyages de Scarmentado, écrite par lui-même*, 1756, 7 p.
- *Candide ou l'Optimisme, traduit de l'allemand par Mr. le docteur Ralph (avec les additions qu'on a trouvées dans la poche du docteur, lorsqu'il mourut à Minden, l'an de grâce 1759 :* addition de 1761), (1758) 1759, 81 p.
- *Histoire d'un bon bramin*, 1759, 3 p.
- *Le Blanc et le Noir*, 1764, 12 p.
- *Jeannot et Colin*, 1764, 8 p.
- *Pot-Pourri*, 1765, 16 p.
- *Petite digression*, 1766, 2 p.
- *Aventure indienne, traduite par l'ignorant*, 1766, 2 p.
- *L'Ingénu, histoire véritable tirée des manuscrits du P. Quesnel*, 1767, 59 p.
- *L'Homme aux quarante écus*, 1768, 58 p.
- *La Princesse de Babylone*, 1768, 62 p.
- *Les Lettres d'Amabed, etc., traduites par l'abbé Temponet*, 1769, 44 p.
- *Le Taureau blanc, traduit du syriaque par Mr. Mamaki, interprète du roi d'Angleterre pour les langues orientales*, 1772, 31 p.
- *Le Crocheteur borgne* (1716 ? - 1746 ?) 1774, 5 p.
- *Eloge historique de la Raison, prononcé dans une académie de province par M...*, 1775, 9 p.
- *Histoire de Jenni ou l'Athée et le Sage, par Mr. Sherloc, traduit par Mr. de La Caille*, 1775, 56 p.
- *Les Oreilles du comte de Chesterfield et le chapelain Goudman*, 1775, 18 p.

— *Aventure de la Mémoire*, 1775, 4 p.
— *Cosi-Sancta. Un petit mal pour un grand bien.*
 Nouvelle africaine, (1716 ?) 1784, 6 p.

On peut donner à cette liste un autre ordre que celui de la simple succession chronologique des dates de la première publication. Celui de leur volume, par exemple, qui les répartit en trois catégories : les textes de plus de trente pages *(Candide, Zadig, la Princesse de Babylone, l'Ingénu, l'Homme aux quarante écus, Histoire de Jenni, les Lettres d'Amabed, le Taureau blanc)* ; les textes entre dix et vingt pages *(les Oreilles..., Micromégas, Pot-Pourri, Le monde..., le Blanc et le Noir)* ; les textes très brefs enfin, de moins de dix pages (les treize autres). Ou encore, on peut les regrouper par époques, qui correspondent aux grandes oscillations de la destinée et de la pensée de l'écrivain, dans le dernier tiers de sa vie : le « moment » de *Zadig* (1743-51), celui d'une vie mondaine agitée et hérissée de pièges, mais excitante et, au total, gratifiante ; le « moment » de *Candide* (1752-62), celui des ruptures, des désillusions, des catastrophes, et de l'invention — enfin — d'un refuge ; le « moment » de *l'Ingénu* (1763-78), où s'équilibrent exemplairement les joies sereines du « Patriarche » qui, de Ferney, règne sur l'Europe et les déchaînements d'une lutte inlassable contre « l'Infâme », c'est-à-dire, au-delà de l'institution catholique, contre toutes les formes de l'obscurantisme, du fanatisme, de l'intolérance et de la barbarie, regroupés en rangs serrés sous la bannière du Dogme.

On voit que, de quelque façon qu'on l'ordonne, *Candide* domine cet ensemble. C'est, de loin, le texte le plus long, le plus original aussi, par rapport

aux modèles qu'offraient la « Romancie », le récit de voyage, la mode orientale, la tradition utopique ou la veine libertine qu'il ne se prive pourtant pas d'utiliser en les parodiant.

C'est surtout le témoignage vibrant d'un de ces moments qui sont toujours féconds pour la « philosophie », de quelque façon qu'on l'entende : celui d'une crise. Crise de l'homme : il a perdu le goût de jouir d'une existence livrée à l'aventure, à la provocation, à l'errance et aux mauvais coups, et les moyens de se livrer aux incroyables acroba-ties qu'elle exigeait. Interdit de séjour à Paris, chassé et poursuivi comme un laquais par son ami couronné le roi de Prusse, objet des attaques les plus perfides de la plupart des clercs contempo-rains, gens d'Eglise, de science, de lettres, ayant fait avec le seul grand amour de sa vie l'expérience de la trahison et celle du deuil, il sent vaciller cette jeunesse, cette bonne humeur, cette aptitude à rebondir, cette confiance profonde qu'il faisait naguère à la vie, à la société des hommes, à la pro-vidence d'un dieu lointain mais raisonnable et juste. Crise du siècle aussi, en son creux central : *Candide* se situe à peu de chose près au milieu de la période qui va du début, si prometteur, du règne personnel de Louis XV (1723) à la fin — que l'on sait — du règne personnel de Louis XVI (1792).

Le grand élan des Lumières marque le pas. La Raison, qui devait, avec les réformes politiques et la croissance économique, faire reculer à la fois la misère matérielle et la sujétion morale des hom-mes, est en butte aux plus grands obstacles. *L'Encyclopédie* est condamnée et interdite. Le fanatisme religieux revient en force. La guerre se déchaîne à nouveau et, pendant sept ans, ensan-glante toute l'Europe. La grande collaboration des

savants et des penseurs s'use à des querelles mesquines. Et déjà une voix s'est élevée pour mettre en question les fondements mêmes de la civilisation. Elle a retenti de manière d'autant plus inquiétante qu'il a confusément semblé qu'elle touchait juste.

Or cette civilisation, en laquelle on avait mis, depuis plusieurs décennies, tant d'espoirs, Rousseau n'a pas craint de la dire mortelle, dans tous les sens du terme. Roland Barthes a raison de voir là la grande rupture, celle qui va remettre l'histoire en marche, mais il mésestime sans doute un peu la crise des années 1750, telle que l'a vécue Voltaire, en l'accusant d'être « un écrivain heureux ». Il ajoute même « le dernier ». Peut-être fut-il aussi le premier en son siècle, non pas des « écrivains malheureux », mais de ceux qui soupçonnèrent l'évidence de cet ancien bonheur dont parle Barthes, celui d'une gracieuse coïncidence entre le désir et le droit, la raison et la justice, la science et la conscience.

Le jour où il apprit que la terre avait tremblé à Lisbonne, faisant d'un seul coup près de trente mille morts, Voltaire décida de renoncer définitivement à ce bonheur-là, fait d'illusion intellectuelle, et qu'il s'était contenté jusqu'alors de questionner quelquefois, respectueusement et humblement, par la bouche de Zadig, de Babouc ou de Memnon.

Mais loin de le remplacer, sur le modèle que lui offraient d'illustres prédécesseurs comme Montaigne et Pascal, par des valeurs d'un autre ordre, suffisance solipsiste du Sage ou conscience tragique du Croyant, loin aussi de se laisser entraîner vers les abîmes, qu'on ne tardera pas à trouver délicieusement redoutables et harmonieusement déchi-

rants, de la révolte lyrique, de l'auto-accusation ou de la délectation morose, il décida aussitôt de remplacer ce bonheur perdu par un autre bonheur. Et comme il ne voulait le situer ni dans une librairie ni dans un oratoire, ni au sommet de montagnes escarpées ni au milieu d'orages désirés, il remonta aux secrets oubliés des plus anciens récits de l'humanité, il commença par « Il y avait... », il finit par un jardin, où tout commence, et il écrivit une drôle de *Genèse* : *Candide*.

*
* *

La lecture de ce conte demande une mobilité, une disponibilité, une alacrité de l'esprit dont on pourrait penser qu'*a priori* peu de lecteurs sont capables. Et pourtant c'est de loin, depuis plus de deux siècles, le texte de Voltaire le plus connu et le plus apprécié. C'est qu'il s'agit, au sens le plus précis du terme, de son *chef-d'œuvre*, c'est-à-dire de l'objet où l'artiste-ouvrier de l'écriture a, sans qu'il y paraisse, mobilisé, exploité et condensé toutes les ressources de son métier, tous les tours de sa technique, tous les acquis de son expérience. C'est, surtout, que ce texte à la fois exige et enseigne ces qualités que son auteur possédait à un degré rare, mais savait ne pas garder pour lui. Il faut avoir la « simplicité » de Candide, sa bonne volonté et son aptitude à s'étonner, à s'émouvoir, à poursuivre inlassablement l'objet de son désir tout en exerçant un « jugement assez droit », sans s'enfermer jamais dans le préjugé ou le système ; mais il faut aussi savoir soutenir toujours, comme Pangloss, un « premier sentiment », même quand on n'en croit plus rien, déjouer à l'envi, comme

Martin, les illusions idéalistes, prouver en actes, comme Cacambo, les valeurs de la fidélité, composer, comme la vieille ou Paquette, avec les réalités de la violence, accepter de perdre avec le temps, comme Cunégonde, les charmes mêmes qui vous transformaient en proie. Chacun d'eux ne tient qu'un rôle, mais la lecture doit les épouser tous, de bon cœur et en sympathie. Certes, tout cela est prévisible, répétitif, et cette mobilité a quelque chose de celle de Guignol : le jeu peut amuser un temps, est-il bien raisonnable de s'y attarder, voire de s'y complaire ?

Il se pourrait. Car, parce que toute maîtrise « philosophique » et toute chance de renouvellement « romanesque » leur échappe, ces personnages exercent sur nous, tour à tour et ensemble, cette « séduction » que Jean Baudrillard voit, dans la modernité, remplacer enfin le mirage de la « production », c'est-à-dire celui de la finalité d'un monde « en progrès », et le vertige de la « fascination », c'est-à-dire celui de la multiplication incontrôlée des images du désir, qui aboutit à leur autodestruction. Il en cherche le principe, non dans « le romanesque » ou « le philosophique », mais dans « l'ironie objective des choses ». C'est, ni plus ni moins, ce que *Candide*, en plein XVIIIe siècle, avant même l'explosion du productivisme où s'enivra le XIXe, et le triomphe froid de l'écran où le XXe est en train de perdre son âme, entreprit de montrer. Il y parvint, parce que ces « choses » n'étaient pas prises comme supports contingents d'une démonstration intemporelle mais, au sens propre, *sur le vif*. Bien sûr, ce que Voltaire décrit a cours — au prix de quelque transposition — « de tout temps », mais son conte ne nous touche pas en cela, qu'ont prétendu tous les philosophes, habiles à noyer ainsi

tous les poissons, et aussi la plupart des romanciers, soucieux de vérité universelle. Ce qui nous atteint au plus profond, ce sont précisément des malheurs bien réels, précis, datés, aujourd'hui révolus au point de faire l'objet, ici, d'un « dossier » explicatif sur le contexte historique de l'œuvre. C'est sur ces maux-là, et non sur leur éventuel principe, que l'écrivain pouvait avoir prise : ils fleurissaient dans son jardin, ou dans ses entours immédiats. Nous y inviter un moment — le temps d'un conte, mais pas moins —, c'est nous installer durablement — l'espace d'une vie, mais pas plus — au cœur du nôtre.

Ainsi le conte philosophique tel que l'invente Voltaire, et qui peut tout aussi bien s'appeler une « espèce de petit roman », met-il en jeu un double réalisme : celui des faits, à peu près incontestables, et celui du rapport des personnages aux faits, quand bien même leur historicité leur a ôté toute actualité, et leur accumulation toute vraisemblance. Ce n'est qu'en apparence que ces personnages se figent dans des emplois stéréotypés, et s'opposent en d'interminables disputes sur le sens de ce qu'ils voient, entendent ou vivent. Quelque chose de plus profond les unit, comme en témoigne la série des reconnaissances (« Quoi ! serait-ce vous, mon révérend père ? vous le frère de la belle Cunégonde ! [...] Ô Plangloss ! Pangloss ! que vous seriez aise »...), celle des récits sollicités (« A mesure que chacun racontait son histoire »...) et celle des bilans (« Si vous n'aviez pas été chassé d'un beau château à grands coups de pied dans le derrière pour l'amour de mademoiselle Cunégonde, si vous n'aviez pas été mis à l'Inquisition, si vous n'aviez pas couru l'Amérique à pied, si vous n'aviez pas donné un bon coup d'épée au

baron, si vous n'aviez pas perdu tous vos moutons du bon pays d'Eldorado, vous ne mangeriez pas ici des cédrats confits et des pistaches »), où leurs voix, curieusement accordées soudain, composent un chœur quasi mozartien (« Hélas ! ma pauvre enfant, c'est donc vous [...] — Hélas ! monsieur, c'est moi-même »... « Ils s'embrassaient tous ; ils parlaient tous à la fois »). Et cela jusqu'à l'extrême fin du conte, car le dernier mot de Candide n'annule pas, approuve même le dernier bilan de Pangloss : « Cela est bien dit, répondit Candide, mais »... Il y a sans doute dans ce « mais »-là autant d'intelligence tendre et de lucidité non violente que dans celui — plus fameux — de Zadig.

On a trop dit — fût-ce pour en excuser l'auteur par le genre et le rythme de l'œuvre, ou même pour l'en louer, pour sa verve parodique — que ses créatures étaient des pantins. S'ils n'ont pas la complexité psychologique à laquelle le roman nous a habitués, si leur histoire va trop vite et leur voyage trop loin pour pouvoir être identifiés aux nôtres, ils ne cessent de partager cela même par quoi nous nous ressemblons tous : l'aspiration instinctive au bonheur, la naïveté de croire qu'il nous est dû, la manie de chercher à comprendre pourquoi et de faire dépendre sa chance singulière de l'idée d'un ordre général dans lequel il s'inscrive, le geste de la comparaison qui fait tous nos désirs triangulaires, et l'insatiable goût pour ce qui se raconte. C'est là-dessus que se fonde la solidarité du petit monde de la Propontide, bien avant que la fantaisie du conteur l'y ait assigné à résidence, pour faire une fin.

C'est là sans doute aussi l'exercice ultime, épuré, de cette *tolérance* qui reste attachée à son nom,

comme la seule chose au monde à quoi il ait cru nécessaire de consacrer un « traité » ! Le mot est peu dans sa manière, mais la chose est si capitale qu'il a tenu pour elle à diversifier ses dons : outre les résultats pratiques de ses combats pour les victimes bien réelles de son siècle, outre le talent d'écriture qui nous fait, en riant, connaître et désarmer leurs éternels bourreaux, il offre à qui le veut le meilleur des mondes probables : c'est bien dans notre jardin que Voltaire, comme on jette une pierre, a planté ce défi, et s'est mis en tête d'acclimater, essentielle et fragile, luxueuse et nécessaire, cette culture-là.

Le texte qui suit est celui de 1761, qui a subi quelques corrections par rapport à celui de l'édition originale de 1759 (en particulier l'addition de toute la fin du titre, après « Ralph », l'addition de l'épisode du nègre de Surinam (chapitre XIX), et l'accroissement considérable du chapitre XXII sur Paris), mais est resté ensuite le même jusqu'à la mort de Voltaire.

Note au lecteur

Les notes en bas de page signalées par des astérisques (*) précisent ponctuellement des points de vocabulaire.

Les notes numérotées de 1 à 14 renvoient aux différents chapitres de la partie du Dossier historique et littéraire intitulée « Le monde comme il va ». On y trouvera, regroupées par rubriques, les indications touchant au contexte historique, géographique, social, idéologique et culturel nécessaires à la compréhension du texte du conte.

CANDIDE OU L'OPTIMISME

(Traduit de l'allemand)

De Mr. le docteur Ralph,

*Avec les additions qu'on a trouvées dans
la poche du docteur, lorsqu'il mourut à Minden,
l'an de grâce 1759.*

CHAPITRE PREMIER

Comment Candide fut élevé dans un beau château, et comment il fut chassé d'icelui [14]

Il y avait en Westphalie, dans le château de mon- ❖❖
sieur le baron de Thunder-ten-tronckh [14], un
jeune garçon à qui la nature avait donné les mœurs
les plus douces. Sa physionomie annonçait son
âme. Il avait le jugement assez droit, avec l'esprit
le plus simple ; c'est, je crois, pour cette raison
qu'on le nommait Candide [14]. Les anciens domes-
tiques de la maison soupçonnaient qu'il était fils
de la sœur de monsieur le baron, et d'un bon et
honnête gentilhomme du voisinage, que cette
demoiselle ne voulut jamais épouser parce qu'il
n'avait pu prouver que soixante et onze quar-
tiers [6], et que le reste de son arbre généalogique
avait été perdu par l'injure du temps.

Monsieur le baron était un des plus puissants
seigneurs de la Westphalie, car son château avait
une porte et des fenêtres. Sa grande salle même
était ornée d'une tapisserie. Tous les chiens de
ses basses-cours composaient une meute dans le

❖❖ Voir *Au fil du texte*, p. IX.

besoin* ; ses palefreniers étaient ses piqueurs ; le vicaire du village était son grand aumônier. Ils l'appelaient tous Monseigneur [6], et ils riaient quand il faisait des contes**.

Madame la baronne, qui pesait environ trois cent cinquante livres, s'attirait par là une très grande considération, et faisait les honneurs de la maison avec une dignité qui la rendait encore plus respectable. Sa fille Cunégonde [14], âgée de dix-sept ans, était haute en couleur, fraîche, grasse, appétissante. Le fils du baron paraissait en tout digne de son père. Le précepteur Pangloss [14] était l'oracle de la maison, et le petit Candide écoutait ses leçons avec toute la bonne foi de son âge et de son caractère.

Pangloss enseignait la métaphysico-théologo-cosmolonigologie [12, 14]. Il prouvait admirablement qu'il n'y a point d'effet sans cause, et que, dans ce meilleur des mondes possibles, le château de monseigneur le baron était le plus beau des châteaux, et madame la meilleure des baronnes possibles [12].

« Il est démontré [12], disait-il, que les choses ne peuvent être autrement : car tout étant fait pour une fin, tout est nécessairement pour la meilleure fin. Remarquez bien que les nez ont été faits pour porter des lunettes ; aussi avons-nous des lunettes. Les jambes sont visiblement instituées pour être chaussées***, et nous avons des chausses. Les pierres ont été formées pour être taillées et pour en faire des châteaux ; aussi monseigneur a un très beau château : le plus grand baron de la province

* En cas de besoin, si besoin était (pour la chasse).
** Des (mauvaises) plaisanteries ou médisances.
*** Revêtues de (hauts-de-) chausses, de culottes.

doit être le mieux logé ; et les cochons étant faits pour être mangés, nous mangeons du porc toute l'année. Par conséquent, ceux qui ont avancé que tout est bien ont dit une sottise : il fallait dire que tout est au mieux [12]. »

Candide écoutait attentivement, et croyait innocemment : car il trouvait mademoiselle Cunégonde extrêmement belle, quoiqu'il ne prît jamais la hardiesse de le lui dire. Il concluait qu'après le bonheur d'être né baron de Thunder-ten-tronckh, le second degré de bonheur était d'être mademoiselle Cunégonde ; le troisième, de la voir tous les jours ; et le quatrième, d'entendre maître Pangloss, le plus grand philosophe de la province, et par conséquent de toute la terre.

Un jour, Cunégonde, en se promenant auprès du château, dans le petit bois qu'on appelait parc, vit entre des broussailles le docteur Pangloss qui donnait une leçon de physique expérimentale à la femme de chambre de sa mère, petite brune très jolie et très docile. Comme mademoiselle Cunégonde avait beaucoup de disposition pour les sciences, elle observa, sans souffler, les expériences réitérées dont elle fut témoin ; elle vit clairement la raison suffisante [12] du docteur, les effets et les causes, et s'en retourna tout agitée, toute pensive, toute remplie du désir d'être savante, songeant qu'elle pourrait bien être la raison suffisante du jeune Candide, qui pouvait aussi être la sienne.

Elle rencontra Candide en revenant au château, et rougit ; Candide rougit aussi ; elle lui dit bonjour d'une voix entrecoupée, et Candide lui parla sans savoir ce qu'il disait. Le lendemain, après le dîner, comme on sortait de table, Cunégonde et Candide se trouvèrent derrière un paravent ; Cunégonde laissa tomber son mouchoir, Candide le

ramassa ; elle lui prit innocemment la main ; le jeune homme baisa innocemment la main de la jeune demoiselle avec une vivacité, une sensibilité, une grâce toute particulière ; leurs bouches se rencontrèrent, leurs yeux s'enflammèrent, leurs genoux tremblèrent, leurs mains s'égarèrent. Monsieur le baron de Thunder-ten-tronckh passa auprès du paravent, et, voyant cette cause et cet effet, chassa Candide du château à grands coups de pied dans le derrière ; Cunégonde s'évanouit : elle fut souffletée par madame la baronne dès qu'elle fut revenue à elle-même ; et tout fut consterné dans le plus beau et le plus agréable des châteaux possibles.

CHAPITRE SECOND

Ce que devint Candide parmi les Bulgares

Candide, chassé du paradis terrestre, marcha longtemps sans savoir où, pleurant, levant les yeux au ciel, les tournant souvent vers le plus beau des châteaux, qui renfermait la plus belle des baronnettes ; il se coucha sans souper au milieu des champs entre deux sillons ; la neige tombait à gros flocons. Candide, tout transi, se traîna le lendemain vers la ville voisine, qui s'appelle Valdberghoff-trarbk-dikdorff [14], n'ayant point d'argent, mourant de faim, et de lassitude. Il s'arrêta tristement à la porte d'un cabaret.

Deux hommes habillés de bleu [1] le remarquèrent : « Camarade, dit l'un, voilà un jeune homme très bien fait, et qui a la taille requise. » Ils s'avancèrent vers Candide, et le prièrent à dîner très civilement. « Messieurs, leur dit Candide avec une modestie charmante, vous me faites beaucoup d'honneur, mais je n'ai pas de quoi payer mon écot. — Ah ! monsieur, lui dit un des bleus, les personnes de votre figure et de votre mérite ne

payent jamais rien : n'avez-vous pas cinq pieds cinq pouces de haut* ? — Oui, messieurs, c'est ma taille, dit-il en faisant la révérence. — Ah ! monsieur, mettez-vous à table ; non seulement nous vous défrayerons, mais nous ne souffrirons jamais qu'un homme comme vous manque d'argent ; les hommes ne sont faits que pour se secourir les uns les autres. — Vous avez raison, dit Candide ; c'est ce que monsieur Pangloss m'a toujours dit, et je vois bien que tout est au mieux. » On le prie d'accepter quelques écus, il les prend et veut faire son billet** ; on n'en veut point, on se met à table. « N'aimez-vous pas tendrement ?... — Oh ! oui, répond-il, j'aime tendrement mademoiselle Cunégonde. — Non, dit l'un de ces messieurs, nous vous demandons si vous n'aimez pas tendrement le roi des Bulgares [14] ? — Point du tout, dit-il, car je ne l'ai jamais vu. — Comment ! c'est le plus charmant des rois, et il faut boire à sa santé. — Oh ! très volontiers, messieurs. » Et il boit. « C'en est assez, lui dit-on, vous voilà l'appui, le soutien, le défenseur, le héros des Bulgares ; votre fortune est faite, et votre gloire est assurée. »

On lui met sur-le-champ les fers aux pieds, et on le mène au régiment. On le fait tourner à droite, à gauche, hausser la baguette [1], remettre la baguette, coucher en joue, tirer, doubler le pas, et on lui donne trente coups de bâton ; le lendemain, il fait l'exercice un peu moins mal, et il ne reçoit que vingt coups ; le surlendemain, on ne lui en donne que dix, et il est regardé par ses camarades comme un prodige.

Candide, tout stupéfait, ne démêlait pas encore

* 1,80 mètre.
** De reconnaissance de dette.

trop bien comment il était un héros. Il s'avisa un beau jour de printemps de s'aller promener, marchant tout droit devant lui, croyant que c'était un privilège de l'espèce humaine, comme de l'espèce animale, de se servir de ses jambes à son plaisir. Il n'eut pas fait deux lieues que voilà quatre autres héros de six pieds qui l'atteignent, qui le lient, qui le mènent dans un cachot. On lui demanda juridiquement ce qu'il aimait le mieux d'être fustigé trente-six fois par tout le régiment, ou de recevoir à la fois douze balles de plomb dans la cervelle. Il eut beau dire que les volontés sont libres, et qu'il ne voulait ni l'un ni l'autre, il fallut faire un choix : il se détermina, en vertu du don de Dieu qu'on nomme *liberté*, à passer trente-six fois par les baguettes ; il essuya deux promenades. Le régiment était composé de deux mille hommes. Cela lui composa quatre mille coups de baguettes, qui, depuis la nuque du cou jusqu'au cul, lui découvrirent les muscles et les nerfs. Comme on allait procéder à la troisième course, Candide, n'en pouvant plus, demanda en grâce qu'on voulût bien avoir la bonté de lui casser la tête : il obtint cette faveur ; on lui bande les yeux ; on le fait mettre à genoux. Le roi des Bulgares passe dans ce moment, s'informe du crime du patient* ; et comme ce roi avait un grand génie, il comprit, par tout ce qu'il apprit de Candide, que c'était un jeune métaphysicien fort ignorant des choses de ce monde, et il lui accorda sa grâce avec une clémence qui sera louée dans tous les journaux et dans tous les siècles [6]. Un brave chirurgien guérit Candide

* Du condamné qui va être exécuté.

en trois semaines avec les émollients enseignés par Dioscoride [11]. Il avait déjà un peu de peau, et pouvait marcher, quand le roi des Bulgares livra bataille au roi des Abares [14].

CHAPITRE TROISIÈME

Comment Candide se sauva d'entre les Bulgares, et ce qu'il devint

Rien n'était si beau, si leste[14], si brillant, si bien ordonné que les deux armées. Les trompettes, les fifres, les hautbois, les tambours, les canons, formaient une harmonie telle qu'il n'y en eut jamais en enfer. Les canons renversèrent d'abord à peu près six mille hommes de chaque côté ; ensuite la mousqueterie ôta du meilleur des mondes environ neuf à dix mille coquins qui en infectaient la surface. La baïonnette[1] fut aussi la raison suffisante de la mort de quelques milliers d'hommes. Le tout pouvait bien se monter à une trentaine de mille âmes. Candide, qui tremblait comme un philosophe, se cacha du mieux qu'il put pendant cette boucherie héroïque.

Enfin, tandis que les deux rois faisaient chanter des *Te Deum** chacun dans son camp, il prit le parti d'aller raisonner ailleurs des effets et des

* Hymne solennel d'action de grâces, en latin.

causes [12]. Il passa par-dessus des tas de morts et de mourants, et gagna d'abord un village voisin ; il était en cendres : c'était un village abare que les Bulgares avaient brûlé, selon les lois du droit public [11]. Ici des vieillards criblés de coups regardaient mourir leurs femmes égorgées, qui tenaient leurs enfants à leurs mamelles sanglantes ; là des filles, éventrées après avoir assouvi les besoins naturels de quelques héros, rendaient les derniers soupirs ; d'autres, à demi brûlées, criaient qu'on achevât de leur donner la mort. Des cervelles étaient répandues sur la terre à côté de bras et de jambes coupés.

Candide s'enfuit au plus vite dans un autre village : il appartenait à des Bulgares, et les héros abares l'avaient traité de même. Candide, toujours marchant sur des membres palpitants, ou à travers des ruines, arriva enfin hors du théâtre de la guerre, portant quelques petites provisions dans son bissac, et n'oubliant jamais mademoiselle Cunégonde. Ses provisions lui manquèrent quand il fut en Hollande ; mais ayant entendu dire que tout le monde était riche dans ce pays-là, et qu'on y était chrétien, il ne douta pas qu'on ne le traitât aussi bien qu'il l'avait été dans le château de monsieur le baron, avant qu'il en eût été chassé pour les beaux yeux de mademoiselle Cunégonde.

Il demanda l'aumône à plusieurs graves personnages, qui lui répondirent tous que, s'il continuait à faire ce métier, on l'enfermerait dans une maison de correction pour lui apprendre à vivre.

Il s'adressa ensuite à un homme qui venait de parler tout seul une heure de suite sur la charité dans une grande assemblée. Cet orateur, le regardant de travers, lui dit : « Que venez-vous faire

faire ici ? y êtes-vous pour la bonne cause ? — Il n'y a point d'effet sans cause, répondit modestement Candide ; tout est enchaîné nécessairement, et arrangé pour le mieux. Il a fallu que je fusse chassé d'auprès de mademoiselle Cunégonde, que j'aie passé par les baguettes, et il faut que je demande mon pain, jusqu'à ce que je puisse en gagner ; tout cela ne pouvait être autrement [12]. — Mon ami, lui dit l'orateur, croyez-vous que le pape soit l'Antéchrist [11] ? — Je ne l'avais pas encore entendu dire, répondit Candide ; mais, qu'il le soit ou qu'il ne le soit pas, je manque de pain. — Tu ne mérites pas d'en manger, dit l'autre ; va, coquin ; va, misérable, ne m'approche de ta vie. » La femme de l'orateur ayant mis la tête à la fenêtre, et avisant un homme qui doutait que le pape fût antéchrist, lui répandit sur le chef un plein... Ô ciel ! à quel excès se porte le zèle de la religion dans les dames !

Un homme qui n'avait point été baptisé, un bon anabaptiste [2], nommé Jacques [14], vit la manière cruelle et ignominieuse dont on traitait ainsi un de ses frères, un être à deux pieds, sans plumes, qui avait une âme [11] ; il l'emmena chez lui, le nettoya, lui donna du pain et de la bière, lui fit présent de deux florins, et voulut même lui apprendre à travailler dans ses manufactures aux étoffes de Perse qu'on fabrique en Hollande. Candide, se prosternant presque devant lui, s'écriait : « Maître Pangloss me l'avait bien dit que tout est au mieux dans ce monde, car je suis infiniment plus touché de votre extrême générosité que de la dureté de ce monsieur à manteau noir, et de madame son épouse. »

Le lendemain, en se promenant, il rencontra un

gueux tout couvert de pustules, les yeux morts, le bout du nez rongé, la bouche de travers, les dents noires, et parlant de la gorge, tourmenté d'une toux violente, et crachant une dent à chaque effort.

CHAPITRE QUATRIÈME

*Comment Candide rencontra son ancien maître
de philosophie, le docteur Pangloss,
et ce qui en advint*

Candide, plus ému encore de compassion que d'horreur, donna à cet épouvantable gueux les deux florins qu'il avait reçus de son honnête anabaptiste Jacques. Le fantôme le regarda fixement, versa des larmes, et sauta à son cou. Candide, effrayé, recule. « Hélas ! dit le misérable à l'autre misérable, ne reconnaissez-vous plus votre cher Pangloss ? — Qu'entends-je ? Vous, mon cher maître ! vous, dans cet état horrible ! Quel malheur vous est-il donc arrivé ? Pourquoi n'êtes-vous plus dans le plus beau des châteaux ? Qu'est devenue mademoiselle Cunégonde, la perle des filles, le chef-d'œuvre de la nature ? — Je n'en peux plus », dit Pangloss.

Aussitôt Candide le mena dans l'étable de l'anabaptiste, où il lui fit manger un peu de pain ; et quand Pangloss fut refait : « Eh bien ! lui dit-il, Cunégonde ? — Elle est morte », reprit l'autre.

Candide s'évanouit à ce mot ; son ami rappela ses sens avec un peu de mauvais vinaigre[11] qui se trouva par hasard dans l'étable. Candide rouvre les yeux. « Cunégonde est morte ! Ah ! meilleur des mondes, où êtes-vous ? Mais de quelle maladie est-elle morte ? Ne serait-ce point de m'avoir vu chasser du beau château de monsieur son père à grands coups de pied ? — Non, dit Pangloss, elle a été éventrée par des soldats bulgares, après avoir été violée autant qu'on peut l'être ; ils ont cassé la tête à monsieur le baron, qui voulait la défendre ; madame la baronne a été coupée en morceaux ; mon pauvre pupille, traité précisément comme sa sœur ; et quant au château, il n'est pas resté pierre sur pierre, pas une grange, pas un mouton, pas un canard, pas un arbre ; mais nous avons été bien vengés, car les Abares en ont fait autant dans une baronnie voisine qui appartenait à un seigneur bulgare. »

A ce discours, Candide s'évanouit encore ; mais, revenu à soi et ayant dit tout ce qu'il devait dire, il s'enquit de la cause et de l'effet, et de la raison suffisante qui avaient mis Pangloss dans un si piteux état. « Hélas ! dit l'autre, c'est l'amour : l'amour, le consolateur du genre humain, le conservateur de l'univers, l'âme de tous les êtres sensibles, le tendre amour. — Hélas ! dit Candide, je l'ai connu, cet amour, ce souverain des cœurs, cette âme de notre âme ; il ne m'a jamais valu qu'un baiser et vingt coups de pied au cul. Comment cette belle cause a-t-elle pu produire en vous un effet si abominable ? »

Pangloss répondit en ces termes : « Ô mon cher Candide ! vous avez connu Paquette[14], cette jolie suivante de notre auguste baronne ; j'ai goûté dans ses bras les délices du paradis, qui ont produit ces

tourments d'enfer dont vous me voyez dévoré ; elle en était infectée, elle en est peut-être morte. Paquette tenait ce présent d'un cordelier très savant qui avait remonté à la source, car il l'avait eu d'une vieille comtesse, qui l'avait reçu d'un capitaine de cavalerie, qui le devait à une marquise, qui le tenait d'un page, qui l'avait reçu d'un jésuite qui, étant novice*, l'avait eu en droite ligne d'un des compagnons de Christophe Colomb [3, 11]. Pour moi, je ne le donnerai à personne, car je me meurs.

— Ô Pangloss ! s'écria Candide, voilà une étrange généalogie ! n'est-ce pas le diable qui en fut la souche ?

— Point du tout, répliqua ce grand homme ; c'était une chose indispensable dans le meilleur des mondes, un ingrédient nécessaire : car si Colomb n'avait pas attrapé dans une île de l'Amérique cette maladie qui empoisonne la source de la génération, qui souvent même empêche la génération, et qui est évidemment l'opposé du grand but de la nature, nous n'aurions ni le chocolat ni la cochenille** ; il faut encore observer que jusqu'aujourd'hui, dans notre continent, cette maladie nous est particulière, comme la contro-verse [2]. Les Turcs, les Indiens, les Persans, les Chinois, les Siamois, les Japonais, ne la connais-sent pas encore ; mais il y a une raison suffisante pour qu'ils la connaissent à leur tour dans quel-ques siècles. En attendant, elle a fait un merveil-leux progrès parmi nous, et surtout dans ces gran-des armées composées d'honnêtes stipendiaires***

* Dans la période de formation et de probation qui précède la col-lation des ordres et la prononciation des vœux d'un religieux.
** Insecte du Mexique à partir duquel on fabriquait une teinture écarlate.
*** Soldats qui combattent pour de l'argent, mercenaires.

bien élevés, qui décident du destin des Etats ; on peut assurer que, quand trente mille hommes combattent en bataille rangée contre des troupes égales en nombre, il y a environ vingt mille vérolés de chaque côté.

— Voilà qui est admirable, dit Candide ; mais il faut vous faire guérir. — Et comment le puis-je ? dit Pangloss ; je n'ai pas le sou, mon ami, et dans toute l'étendue de ce globe on ne peut ni se faire saigner, ni prendre un lavement[11] sans payer, ou sans qu'il y ait quelqu'un qui paye pour nous. »

Ce dernier discours détermina* Candide ; il alla se jeter aux pieds de son charitable anabaptiste Jacques, et lui fit une peinture si touchante de l'état où son ami était réduit, que le bonhomme** n'hésita pas à recueillir le docteur Pangloss ; il le fit guérir à ses dépens. Pangloss, dans la cure, ne perdit qu'un œil et une oreille. Il écrivait bien, et savait parfaitement l'arithmétique. L'anabaptiste Jacques en fit son teneur de livres. Au bout de deux mois, étant obligé d'aller à Lisbonne pour les affaires de son commerce, il mena dans son vaisseau ses deux philosophes. Pangloss lui expliqua comment tout était on ne peut mieux. Jacques n'était pas de cet avis. « Il faut bien, disait-il, que les hommes aient un peu corrompu la nature, car ils ne sont point nés loups, et ils sont devenus loups. Dieu ne leur a donné ni canons de vingt-quatre[1], ni baïonnettes ; et ils se sont fait des baïonnettes et des canons pour se détruire. Je pourrais mettre en ligne de compte les banqueroutes, et la justice, qui s'empare des biens des banqueroutiers pour en

* Décida à agir.
** L'homme plein de bonté.

frustrer les créanciers[9]. — Tout cela était indispensable, répliquait le docteur borgne, et les malheurs particuliers font le bien général ; de sorte que plus il y a de malheurs particuliers, et plus tout est bien[12]. »

Tandis qu'il raisonnait, l'air s'obscurcit, les vents soufflèrent des quatre coins du monde, et le vaisseau fut assailli de la plus horrible tempête[5], à la vue du port de Lisbonne.

CHAPITRE CINQUIÈME

Tempête, naufrage, tremblement de terre,
et ce qui advint du docteur Pangloss,
de Candide, et de l'anabaptiste Jacques

☞ La moitié des passagers affaiblis, expirants de
ces angoisses inconcevables que le roulis d'un vais-
seau porte dans les nerfs et dans toutes les humeurs
du corps agitées en sens contraires, n'avait pas
même la force de s'inquiéter du danger. L'autre
moitié jetait des cris et faisait des prières[11] ; les
voiles étaient déchirées, les mâts brisés, le vaisseau
entr'ouvert. Travaillait qui pouvait, personne ne
s'entendait, personne ne commandait. L'anabap-
tiste aidait un peu à la manœuvre ; il était sur le
tillac* ; un matelot furieux le frappe rudement et
l'étend sur les planches ; mais du coup qu'il lui
donna, il eut lui-même une si violente secousse
qu'il tomba hors du vaisseau, la tête la première.
Il restait suspendu et accroché à une partie de mât
rompue. Le bon Jacques court à son secours, l'aide

* Le pont du navire.

☞ Voir *Au fil du texte*, p. XI.

à remonter, et de l'effort qu'il fait il est précipité dans la mer à la vue du matelot, qui le laissa périr sans daigner seulement le regarder. Candide approche, voit son bienfaiteur qui reparaît un moment, et qui est englouti pour jamais. Il veut se jeter après lui dans la mer : le philosophe Pangloss l'en empêche, en lui prouvant que la rade de Lisbonne avait été formée exprès pour que cet anabaptiste s'y noyât. Tandis qu'il le prouvait *a priori*[12], le vaisseau s'entr'ouvre ; tout périt, à la réserve de Pangloss, de Candide, et de ce brutal de matelot qui avait noyé le vertueux anabaptiste : le coquin nagea heureusement* jusqu'au rivage, où Pangloss et Candide furent portés sur une planche.

Quand ils furent revenus un peu à eux, ils marchèrent vers Lisbonne ; il leur restait quelque argent, avec lequel ils espéraient se sauver de la faim après avoir échappé à la tempête.

A peine ont-ils mis le pied dans la ville, en pleurant la mort de leur bienfaiteur, qu'ils sentent la terre trembler sous leurs pas, la mer s'élève en bouillonnant dans le port, et brise les vaisseaux qui sont à l'ancre. Des tourbillons de flammes et de cendres couvrent les rues et les places publiques ; les maisons s'écroulent, les toits sont renversés sur les fondements, et les fondements se dispersent ; trente mille habitants de tout âge et de tout sexe sont écrasés sous des ruines[5]. Le matelot disait en sifflant et en jurant : « Il y aura quelque chose à gagner ici. — Quelle peut être la raison suffisante de ce phénomène ? disait Pangloss. — Voici le dernier jour du monde ! » s'écriait Candide.

Le matelot court incontinent[14] au milieu des

* Avec succès.

débris, affronte la mort pour trouver de l'argent, en trouve, s'en empare, s'enivre, et, ayant cuvé son vin, achète les faveurs de la première fille de bonne volonté qu'il rencontre sur les ruines des maisons détruites, et au milieu des mourants et des morts. Pangloss le tirait cependant [14] par la manche : « Mon ami, lui disait-il, cela n'est pas bien, vous manquez à la raison universelle, vous prenez mal votre temps. — Tête et sang*, répondit l'autre, je suis matelot et né à Batavia [14] ; j'ai marché quatre fois sur le crucifix dans quatre voyages au Japon [2] ; tu as bien trouvé ton homme avec ta raison universelle ! »

Quelques éclats de pierre avaient blessé Candide ; il était étendu dans la rue et couvert de débris. Il disait à Pangloss : « Hélas ! procure-moi un peu de vin et d'huile ; je me meurs. — Ce tremblement de terre n'est pas une chose nouvelle, répondit Pangloss ; la ville de Lima éprouva les mêmes secousses en Amérique l'année passée ; mêmes causes, mêmes effets : il y a certainement une traînée de soufre sous terre depuis Lima jusqu'à Lisbonne [5]. — Rien n'est plus probable, dit Candide ; mais, pour Dieu, un peu d'huile et de vin. — Comment, probable ? répliqua le philosophe, je soutiens que la chose est démontrée. » Candide perdit connaissance, et Pangloss lui apporta un peu d'eau d'une fontaine voisine.

Le lendemain, ayant trouvé quelques provisions de bouche en se glissant à travers des décombres, ils réparèrent un peu leurs forces. Ensuite ils travaillèrent comme les autres à soulager les habitants échappés à la mort. Quelques citoyens, secourus par eux, leur donnèrent un aussi bon dîner qu'on

* Par la tête de Dieu, par le sang de Dieu : jurons abrégés.

le pouvait dans un tel désastre : il est vrai que le repas était triste ; les convives arrosaient leur pain de leurs larmes ; mais Pangloss les consola, en les assurant que les choses ne pouvaient être autrement : « Car, dit-il, tout ceci est ce qu'il y a de mieux ; car s'il y a un volcan à Lisbonne, il ne pouvait être ailleurs ; car il est impossible que les choses ne soient pas où elles sont ; car tout est bien [12]. »

Un petit homme noir, familier de l'Inquisition [2], lequel était à côté de lui, prit poliment la parole et dit : « Apparemment que monsieur ne croit pas au péché originel ; car si tout est au mieux, il n'y a donc eu ni chute ni punition. — Je demande très humblement pardon à Votre Excellence, répondit Pangloss encore plus poliment, car la chute de l'homme et la malédiction entraient nécessairement dans le meilleur des mondes possibles. — Monsieur ne croit donc pas à la liberté ? dit le familier. — Votre Excellence m'excusera, dit Pangloss ; la liberté peut subsister avec la nécessité absolue : car il était nécessaire que nous fussions libres ; car enfin la volonté déterminée... » Pangloss était au milieu de sa phrase, quand le familier fit un signe de tête à son estafier* qui lui servait à boire du vin de Porto ou d'Oporto.

* Domestique armé (mot d'origine italienne).

CHAPITRE SIXIÈME

*Comment on fit un bel auto-da-fé
pour empêcher les tremblements de terre,
et comment Candide fut fessé*

Après le tremblement de terre qui avait détruit les trois quarts de Lisbonne, les sages du pays n'avaient pas trouvé un moyen plus efficace pour prévenir une ruine totale que de donner au peuple un bel auto-da-fé [2] ; il était décidé par l'université de Coïmbre [14] que le spectacle de quelques personnes brûlées à petit feu, en grande cérémonie, est un secret infaillible pour empêcher la terre de trembler.

On avait en conséquence saisi un Biscayen convaincu d'avoir épousé sa commère, et deux Portugais qui en mangeant un poulet en avaient arraché le lard [2] : on vint lier après le dîner le docteur Pangloss et son disciple Candide, l'un pour avoir parlé, et l'autre pour avoir écouté avec un air d'approbation : tous deux furent menés séparément dans des appartements d'une extrême fraîcheur, dans lesquels on n'était jamais incommodé

Voir *Au fil du texte*, p. IX.

du soleil : huit jours après ils furent tous deux revêtus d'un *san-benito*[2], et on orna leurs têtes de mitres de papier : la mitre et le san-benito de Candide étaient peints de flammes renversées, et de diables qui n'avaient ni queues ni griffes ; mais les diables de Pangloss portaient griffes et queues, et les flammes étaient droites. Ils marchèrent en procession ainsi vêtus, et entendirent un sermon très pathétique, suivi d'une belle musique en fauxbourdon[2]. Candide fut fessé en cadence, pendant qu'on chantait ; le Biscayen et les deux hommes qui n'avaient point voulu manger de lard furent brûlés, et Pangloss fut pendu, quoique ce ne soit pas la coutume. Le même jour, la terre trembla de nouveau avec un fracas épouvantable[5].

Candide, épouvanté, interdit*, éperdu, tout sanglant, tout palpitant, se disait à lui-même : « Si c'est ici le meilleur des mondes possibles, que sont donc les autres ? Passe encore si je n'étais que fessé, je l'ai été chez les Bulgares ; mais, ô mon cher Pangloss ! le plus grand des philosophes, faut-il vous avoir vu pendre, sans que je sache pourquoi ! Ô mon cher anabaptiste ! le meilleur des hommes, faut-il que vous ayez été noyé dans le port ! ô mademoiselle Cunégonde ! la perle des filles, faut-il qu'on vous ait fendu le ventre ! »

Il s'en retournait, se soutenant à peine, prêché, fessé, absous et béni, lorsqu'une vieille l'aborda, et lui dit : « Mon fils, prenez courage, suivezmoi. »

* Stupéfait.

CHAPITRE SEPTIÈME

Comment une vieille prit soin de Candide,
et comment il retrouva ce qu'il aimait

Candide ne prit point courage, mais il suivit la vieille [14] dans une masure : elle lui donna un pot de pommade pour se frotter, lui laissa à manger et à boire ; elle lui montra un petit lit assez propre* ; il y avait auprès du lit un habit complet. « Mangez, buvez, dormez, lui dit-elle, et que Notre Dame d'Atocha [14], monseigneur St Antoine de Padoue, et monseigneur St Jacques de Compostelle prennent soin de vous ! je reviendrai demain. » Candide, toujours étonné [14] de tout ce qu'il avait vu, de tout ce qu'il avait souffert, et encore plus de la charité de la vieille, voulut lui baiser la main. « Ce n'est pas ma main qu'il faut baiser, dit la vieille ; je reviendrai demain. Frottez-vous de pommade, mangez et dormez. »

Candide, malgré tant de malheurs, mangea et dormit. Le lendemain, la vieille lui apporte à dé-

* Convenable.

jeuner, visite son dos, le frotte elle-même d'une autre pommade ; elle lui apporte ensuite à dîner ; elle revient sur le soir, et apporte à souper. Le surlendemain, elle fit encore les mêmes cérémonies. « Qui êtes-vous ? lui disait toujours Candide ; qui vous a inspiré tant de bonté ? quelles grâces puis-je vous rendre ? » La bonne femme ne répondait jamais rien ; elle revint sur le soir, et n'apporta point à souper : « Venez avec moi, dit-elle, et ne dites mot. » Elle le prend sous le bras, et marche avec lui dans la campagne environ un quart de mille : ils arrivent à une maison isolée, entourée de jardins et de canaux*. La vieille frappe à une petite porte. On ouvre ; elle mène Candide, par un escalier dérobé, dans un cabinet doré, le laisse sur un canapé de brocart**, referme la porte, et s'en va. Candide croyait rêver, et regardait toute sa vie comme un songe funeste, et le moment présent comme un songe agréable.

La vieille reparut bientôt ; elle soutenait avec peine une femme tremblante, d'une taille majestueuse, brillante de pierreries, et couverte d'un voile. « Ôtez ce voile », dit la vieille à Candide. Le jeune homme approche ; il lève le voile d'une main timide. Quel moment ! quelle surprise ! il croit voir mademoiselle Cunégonde ; il la voyait en effet, c'était elle-même. La force lui manque, il ne peut proférer une parole, il tombe à ses pieds. Cunégonde tombe sur le canapé. La vieille les accable d'eaux spiritueuses***, ils reprennent leurs sens, ils se parlent ; ce sont d'abord des mots entrecoupés, des demandes et des réponses qui se croi-

* Pièces d'eau ornant un parc.
** Riche tissu de soie broché d'or et d'argent.
*** De breuvages alcoolisés.

sent, des soupirs, des larmes, des cris. La vieille leur recommande de faire moins de bruit, et les laisse en liberté. « Quoi ! c'est vous, lui dit Candide ; vous vivez ! je vous retrouve en Portugal ! On ne vous a donc pas violée ? On ne vous a point fendu le ventre, comme le philosophe Pangloss me l'avait assuré ? — Si fait, dit la belle Cunégonde ; mais on ne meurt pas toujours de ces deux accidents. — Mais votre père et votre mère ont-ils été tués ? — Il n'est que trop vrai, dit Cunégonde en pleurant. — Et votre frère ? — Mon frère a été tué aussi. — Et pourquoi êtes-vous en Portugal ? et comment avez-vous su que j'y étais et par quelle étrange aventure m'avez-vous fait conduire dans cette maison ? — Je vous dirai tout cela, répliqua la dame ; mais il faut auparavant que vous m'appreniez tout ce qui vous est arrivé depuis le baiser innocent que vous me donnâtes, et les coups de pied que vous reçûtes. »

Candide lui obéit avec un profond respect ; et quoiqu'il fût interdit, quoique sa voix fût faible et tremblante, quoique l'échine lui fît encore un peu mal, il lui raconta de la manière la plus naïve tout ce qu'il avait éprouvé depuis le moment de leur séparation. Cunégonde levait les yeux au ciel : elle donna des larmes à la mort du bon anabaptiste et de Pangloss ; après quoi elle parla en ces termes à Candide, qui ne perdait pas une parole, et qui la dévorait des yeux.

CHAPITRE HUITIÈME

Histoire de Cunégonde

« J'étais dans mon lit et je dormais profondé- ∞
ment, quand il plut au Ciel d'envoyer les Bulgares
dans notre beau château de Thunder-ten-tronckh ;
ils égorgèrent mon père et mon frère, et coupè-
rent ma mère par morceaux. Un grand Bulgare,
haut de six pieds, voyant qu'à ce spectacle j'avais
perdu connaissance, se mit à me violer ; cela me
fit revenir, je repris mes sens, je criai, je me débat-
tis, je mordis, j'égratignai, je voulais arracher les
yeux à ce grand Bulgare, ne sachant pas que tout
ce qui arrivait dans le château de mon père était
une chose d'usage : le brutal me donna un coup
de couteau dans le flanc gauche dont je porte
encore la marque. — Hélas ! j'espère bien la voir,
dit le naïf Candide. — Vous la verrez, dit Cuné-
gonde ; mais continuons. — Continuez », dit
Candide.

Elle reprit ainsi le fil de son histoire : « Un capi-
taine bulgare entra, il me vit toute sanglante, et
le soldat ne se dérangeait pas. Le capitaine se mit

∞ Voir *Au fil du texte*, p. XI.

en colère du peu de respect que lui témoignait ce brutal, et le tua sur mon corps. Ensuite il me fit panser, et m'emmena prisonnière de guerre dans son quartier [10]. Je blanchissais le peu de chemises qu'il avait, je faisais sa cuisine ; il me trouvait fort jolie, il faut l'avouer ; et je ne nierai pas qu'il ne fût très bien fait, et qu'il n'eût la peau blanche et douce ; d'ailleurs peu d'esprit, peu de philosophie : on voyait bien qu'il n'avait pas été élevé par le docteur Pangloss. Au bout de trois mois, ayant perdu tout son argent, et s'étant dégoûté de moi, il me vendit à un juif nommé don Issachar [14], qui trafiquait en Hollande et en Portugal, et qui aimait passionnément les femmes. Ce juif s'attacha beaucoup à ma personne, mais il ne pouvait en triompher ; je lui ai mieux résisté qu'au soldat bulgare : une personne d'honneur peut être violée une fois, mais sa vertu s'en affermit. Le juif, pour m'apprivoiser, me mena dans cette maison de campagne que vous voyez. J'avais cru jusque-là qu'il n'y avait rien sur la terre de si beau que le château de Thunder-ten-tronckh ; j'ai été détrompée.

« Le grand inquisiteur [14] m'aperçut un jour à la messe ; il me lorgna beaucoup [6], et me fit dire qu'il avait à me parler pour des affaires secrètes. Je fus conduite à son palais ; je lui appris ma naissance ; il me représenta combien il était au-dessous de mon rang d'appartenir à un israélite. On proposa de sa part à don Issachar de me céder à Monseigneur. Don Issachar, qui est le banquier de la cour, et homme de crédit, n'en voulut rien faire. L'inquisiteur le menaça d'un auto-da-fé. Enfin mon juif, intimidé, conclut un marché par lequel la maison et moi leur appartiendraient à tous deux en commun ; que le juif aurait pour lui les lundis,

mercredis et le jour du sabbat*, et que l'inquisiteur aurait les autres jours de la semaine. Il y a six mois que cette convention subsiste. Ce n'a pas été sans querelles ; car souvent il a été indécis si la nuit du samedi au dimanche appartenait à l'ancienne loi ou à la nouvelle. Pour moi, j'ai résisté jusqu'à présent à toutes les deux ; et je crois que c'est pour cette raison que j'ai toujours été aimée.

« Enfin, pour détourner le fléau des tremblements de terre, et pour intimider don Issachar, il plut à monseigneur l'inquisiteur de célébrer un auto-da-fé. Il me fit l'honneur de m'y inviter. Je fus très bien placée ; on servit aux dames des rafraîchissements entre la messe et l'exécution. Je fus, à la vérité, saisie d'horreur en voyant brûler ces deux juifs et cet honnête Biscayen qui avait épousé sa commère ; mais quelle fut ma surprise, mon effroi, mon trouble, quand je vis, dans un san-benito et sous une mitre, une figure qui ressemblait à celle de Pangloss ! Je me frottai les yeux, je regardai attentivement, je le vis pendre ; je tombai en faiblesse. A peine reprenais-je mes sens que je vous vis dépouillé tout nu ; ce fut là le comble de l'horreur, de la consternation, de la douleur, du désespoir. Je vous dirai, avec vérité, que votre peau est encore plus blanche, et d'un incarnat plus parfait que celle de mon capitaine des Bulgares. Cette vue redoubla tous les sentiments qui m'accablaient, qui me dévoraient. Je m'écriai, je voulus dire : ''Arrêtez, barbares !'' Mais la voix me manqua, et mes cris auraient été inutiles. Quand vous eûtes été bien fessé : ''Comment se peut-il faire, disais-je, que l'aimable Can-

* Samedi : jour de repos consacré au seul culte divin chez les juifs.

dide et le sage Pangloss se trouvent à Lisbonne, l'un pour recevoir cent coups de fouet, et l'autre pour être pendu par l'ordre de monseigneur l'inquisiteur, dont je suis la bien-aimée ? Pangloss m'a donc bien cruellement trompée, quand il me disait que tout va le mieux du monde[12]."

« Agitée, éperdue, tantôt hors de moi-même, et tantôt prête de mourir de faiblesse, j'avais la tête remplie du massacre de mon père, de ma mère, de mon frère, de l'insolence de mon vilain soldat bulgare, du coup de couteau qu'il me donna, de ma servitude, de mon métier de cuisinière, de mon capitaine bulgare, de mon vilain don Issachar, de mon abominable inquisiteur, de la pendaison du docteur Pangloss, de ce grand *miserere* en faux-bourdon[2] pendant lequel on vous fessait, et sur-tout du baiser que je vous avais donné derrière un paravent, le jour que je vous avais vu pour la der-nière fois. Je louai Dieu, qui vous ramenait à moi par tant d'épreuves. Je recommandai à ma vieille d'avoir soin de vous, et de vous amener ici dès qu'elle le pourrait. Elle a très bien exécuté ma com-mission ; j'ai goûté le plaisir inexprimable de vous revoir, de vous entendre, de vous parler. Vous devez avoir une faim dévorante ; j'ai grand appé-tit ; commençons par souper. »

Les voilà qui se mettent tous deux à table ; et, après le souper, ils se replacent sur ce beau canapé dont on a déjà parlé ; ils y étaient quand le signor[14] don Issachar, l'un des maîtres de la mai-son, arriva. C'était le jour du sabbat. Il venait jouir de ses droits, et expliquer son tendre amour.

CHAPITRE NEUVIÈME

Ce qui advint de Cunégonde, de Candide, du grand inquisiteur, et d'un juif

Cet Issachar était le plus colérique Hébreu qu'on eût vu dans Israël, depuis la captivité en Babylone. « Quoi ! dit-il, chienne de Galiléenne, ce n'est pas assez de monsieur l'inquisiteur ? Il faut que ce coquin partage aussi avec moi ? » En disant cela il tire un long poignard dont il était toujours pourvu, et, ne croyant pas que son adverse partie eût des armes, il se jette sur Candide ; mais notre bon Westphalien avait reçu une belle épée de la vieille avec l'habit complet. Il tire son épée, quoiqu'il eût les mœurs fort douces, et vous étend l'israélite roide mort sur le carreau, aux pieds de la belle Cunégonde.

« Sainte Vierge ! s'écria-t-elle, qu'allons-nous devenir ? Un homme tué chez moi ! si la justice vient, nous sommes perdus. — Si Pangloss n'avait pas été pendu, dit Candide, il nous donnerait un bon conseil dans cette extrémité, car c'était un grand philosophe. A son défaut, consultons la vieille. »

Elle était fort prudente, et commençait à dire son avis quand une autre petite porte s'ouvrit. Il était une heure après minuit, c'était le commencement du dimanche. Ce jour appartenait à monseigneur l'inquisiteur. Il entre et voit le fessé Candide, l'épée à la main, un mort étendu par terre, Cunégonde effarée, et la vieille donnant des conseils.

Voici dans ce moment ce qui se passa dans l'âme de Candide, et comment il raisonna : « Si ce saint homme appelle du secours, il me fera infailliblement brûler, il pourra en faire autant de Cunégonde ; il m'a fait fouetter impitoyablement ; il est mon rival ; je suis en train de tuer ; il n'y a pas à balancer. » Ce raisonnement fut net et rapide ; et, sans donner le temps à l'inquisiteur de revenir de sa surprise, il le perce d'outre en outre, et le jette à côté du juif. « En voici bien d'une autre*, dit Cunégonde ; il n'y a plus de rémission ; nous sommes excommuniés, notre dernière heure est venue ! Comment avez-vous fait, vous qui êtes né si doux, pour tuer en deux minutes un juif et un prélat ? — Ma belle demoiselle, répondit Candide, quand on est amoureux, jaloux, et fouetté par l'Inquisition, on ne se connaît plus. »

La vieille prit alors la parole, et dit : « Il y a trois chevaux andalous dans l'écurie, avec leurs selles et leurs brides : que le brave Candide les prépare ; madame a des moyadors** et des diamants, montons vite à cheval, quoique je ne puisse me tenir que sur une fesse, et allons à Cadix[14] ; il fait le plus beau temps du monde, et c'est un grand plaisir de voyager pendant la fraîcheur de la nuit. »

* Voilà du nouveau, il ne manquait plus que cela !
** Ancienne monnaie d'or portugaise.

Aussitôt Candide selle les trois chevaux. Cunégonde, la vieille, et lui, font trente milles* d'une traite. Pendant qu'ils s'éloignaient, la Ste Hermandad [2] arrive dans la maison, on enterre monseigneur dans une belle église et on jette Issachar à la voirie [11].

Candide, Cunégonde, et la vieille, étaient déjà dans la petite ville d'Avacéna [14], au milieu des montagnes de la Sierra-Morena ; et ils parlaient ainsi dans un cabaret.

* Environ 45 kilomètres.

CHAPITRE DIXIÈME

Dans quelle détresse Candide, Cunégonde et la vieille arrivent à Cadix, et de leur embarquement

« Qui a donc pu me voler mes pistoles* et mes diamants ? disait en pleurant Cunégonde ; de quoi vivrons-nous ? comment ferons-nous ? où trouver des inquisiteurs et des juifs qui m'en donnent d'autres ? — Hélas ! dit la vieille, je soupçonne fort un révérend père cordelier [2] qui coucha hier dans la même auberge que nous à Badajos [14] ; Dieu me garde de faire un jugement téméraire ! mais il entra deux fois dans notre chambre, et il partit longtemps avant nous. — Hélas ! dit Candide, le bon Pangloss m'avait souvent prouvé que les biens de la terre sont communs à tous les hommes, que chacun y a un droit égal. Ce cordelier devait bien, suivant ces principes, nous laisser de quoi achever notre voyage. Il ne vous reste donc rien du tout, ma belle Cunégonde ? — Pas un

* Ecus espagnols.

maravédis*, dit-elle. — Quel parti prendre ? dit Candide. — Vendons un des chevaux, dit la vieille ; je monterai en croupe derrière mademoiselle, quoique je ne puisse me tenir que sur une fesse, et nous arriverons à Cadix. »

Il y avait dans la même hôtellerie un prieur de bénédictins[2] ; il acheta le cheval bon marché. Candide, Cunégonde, et la vieille passèrent par Lucena, par Chillas, par Lebrixa [14], et arrivèrent enfin à Cadix. On y équipait une flotte, et on y assemblait des troupes pour mettre à la raison les révérends pères jésuites du Paraguay, qu'on accusait d'avoir fait révolter une de leurs hordes contre les rois d'Espagne et de Portugal, auprès de la ville du St. Sacrement [4, 10]. Candide, ayant servi chez les Bulgares, fit l'exercice bulgarien devant le général de la petite armée avec tant de grâce, de célérité, d'adresse, de fierté, d'agilité, qu'on lui donna une compagnie d'infanterie à commander. Le voilà capitaine ; il s'embarque avec mademoiselle Cunégonde, la vieille, deux valets, et les deux chevaux andalous qui avaient appartenu à monsieur le grand inquisiteur de Portugal.

Pendant toute la traversée ils raisonnèrent beaucoup sur la philosophie du pauvre Pangloss. « Nous allons dans un autre univers, disait Candide ; c'est dans celui-là, sans doute, que tout est bien. Car il faut avouer qu'on pourrait gémir un peu de ce qui se passe dans le nôtre en physique et en morale. — Je vous aime de tout mon cœur, disait Cunégonde ; mais j'ai encore l'âme tout effarouchée de ce que j'ai vu, de ce que j'ai éprouvé. — Tout ira bien, répliquait Candide ; la mer de ce nouveau monde vaut déjà mieux que

* Petite monnaie espagnole de cuivre.

les mers de notre Europe ; elle est plus calme, les vents plus constants. C'est certainement le nouveau monde qui est le meilleur des univers possibles[12]. — Dieu le veuille ! disait Cunégonde ; mais j'ai été si horriblement malheureuse dans le mien que mon cœur est presque fermé à l'espérance. — Vous vous plaignez, leur dit la vieille ; hélas ! vous n'avez pas éprouvé des infortunes telles que les miennes. » Cunégonde se mit presque à rire, et trouva cette bonne femme fort plaisante de prétendre être plus malheureuse qu'elle. « Hélas ! lui dit-elle, ma bonne, à moins que vous n'ayez été violée par deux Bulgares, que vous n'ayez reçu deux coups de couteau dans le ventre, qu'on n'ait démoli deux de vos châteaux, qu'on n'ait égorgé à vos yeux deux mères et deux pères, et que vous n'ayez vu deux de vos amants fouettés dans un auto-da-fé, je ne vois pas que vous puissiez l'emporter sur moi ; ajoutez que je suis née baronne avec soixante et douze quartiers, et que j'ai été cuisinière. — Mademoiselle, répondit la vieille, vous ne savez pas quelle est ma naissance ; et si je vous montrais mon derrière, vous ne parleriez pas comme vous faites, et vous suspendriez votre jugement. »

Ce discours fit naître une extrême curiosité dans l'esprit de Cunégonde et de Candide. La vieille leur parla en ces termes.

CHAPITRE ONZIÈME

Histoire de la vieille

« Je n'ai pas eu toujours les yeux éraillés et bordés d'écarlate ; mon nez n'a pas toujours touché à mon menton, et je n'ai pas toujours été servante. Je suis la fille du pape Urbain X et de la princesse de Palestrine[6, 14]. On m'éleva jusqu'à quatorze ans dans un palais auquel tous les châteaux de vos barons allemands n'auraient pas servi d'écurie ; et une de mes robes valait mieux que toutes les magnificences de la Westphalie. Je croissais en beauté, en grâces, en talents, au milieu des plaisirs, des respects, et des espérances. J'inspirais déjà de l'amour ; ma gorge se formait ; et quelle gorge ! blanche, ferme, taillée comme celle de la Vénus de Médicis[11] ; et quels yeux ! quelles paupières ! quels sourcils noirs ! quelles flammes brillaient dans mes deux prunelles, et effaçaient la scintillation des étoiles, comme me disaient les poètes du quartier[10]. Les femmes qui m'habillaient et qui me déshabillaient tombaient en extase en me regardant par-devant et par-derrière ; et tous les hommes auraient voulu être à leur place.

« Je fus fiancée à un prince souverain de Massa-Carrara[14]. Quel prince ! aussi beau que moi, pétri de douceur et d'agréments, brillant d'esprit et brûlant d'amour. Je l'aimais comme on aime pour la première fois, avec idolâtrie, avec emportement. Les noces furent préparées. C'était une pompe, une magnificence inouïe ; c'étaient des fêtes, des carrousels*, des opéra-buffa** continuels ; et toute l'Italie fit pour moi des sonnets dont il n'y eut pas un seul de passable. Je touchais au moment de mon bonheur, quand une vieille marquise qui avait été maîtresse de mon prince l'invita à prendre du chocolat chez elle. Il mourut en moins de deux heures avec des convulsions épouvantables. Mais ce n'est qu'une bagatelle. Ma mère, au désespoir, et bien moins affligée que moi, voulut s'arracher pour quelque temps à un séjour si funeste. Elle avait une très belle terre auprès de Gaïète[14]. Nous nous embarquâmes sur une galère du pays, dorée comme l'autel de St. Pierre de Rome. Voilà qu'un corsaire de Salé[14] fond sur nous et nous aborde ; nos soldats se défendirent comme des soldats du pape : ils se mirent tous à genoux en jetant leurs armes, et en demandant au corsaire une absolution *in articulo mortis****.

« Aussitôt on les dépouilla nus comme des singes, et ma mère aussi, nos filles d'honneur aussi, et moi aussi. C'est une chose admirable que la diligence avec laquelle ces messieurs déshabillent le monde. Mais ce qui me surprit davantage, c'est qu'ils nous mirent à tous le doigt dans un endroit

* Parades de cavaliers (mot d'origine italienne).
** Opéras bouffes, ancêtres de l'opéra-comique, genre alors exclusivement italien.
*** A l'article de la mort.

où nous autres femmes nous ne nous laissons mettre d'ordinaire que des canules*. Cette cérémonie me paraissait bien étrange : voilà comme on juge de tout quand on n'est pas sorti de son pays. J'appris bientôt que c'était pour voir si nous n'avions pas caché là quelques diamants : c'est un usage établi de temps immémorial parmi les nations policées qui courent sur mer. J'ai su que messieurs les religieux chevaliers de Malte n'y manquent jamais quand ils prennent des Turcs et des Turques ; c'est une loi du droit des gens à laquelle on n'a jamais dérogé.

« Je ne vous dirai point combien il est dur pour une jeune princesse d'être menée esclave à Maroc [14] avec sa mère. Vous concevez assez tout ce que nous eûmes à souffrir dans le vaisseau corsaire. Ma mère était encore très belle ; nos filles d'honneur, nos simples femmes de chambre, avaient plus de charmes qu'on n'en peut trouver dans toute l'Afrique. Pour moi, j'étais ravissante, j'étais la beauté, la grâce même, et j'étais pucelle. Je ne le fus pas longtemps : cette fleur, qui avait été réservée pour le beau prince de Massa-Carrara, me fut ravie par le capitaine corsaire ; c'était un nègre abominable, qui croyait encore me faire beaucoup d'honneur. Certes il fallait que madame la princesse de Palestrine et moi fussions bien fortes pour résister à tout ce que nous éprouvâmes jusqu'à notre arrivée à Maroc. Mais, passons ; ce sont des choses si communes qu'elles ne valent pas la peine qu'on en parle.

« Maroc nageait dans le sang quand nous arrivâmes. Cinquante fils de l'empereur Mulei-Ismaël

* Petits tuyaux adaptés au bout des seringues, pour administrer des lavements.

avaient chacun leur parti : ce qui produisait en effet cinquante guerres civiles, de noirs contre noirs, de noirs contre basanés, de basanés contre basanés, de mulâtres contre mulâtres : c'était un carnage continuel dans toute l'étendue de l'empire[1].

« A peine fûmes-nous débarquées que des noirs d'une faction ennemie de celle de mon corsaire se présentèrent pour lui enlever son butin. Nous étions, après les diamants et l'or, ce qu'il avait de plus précieux. Je fus témoin d'un combat tel que vous n'en voyez jamais dans vos climats d'Europe. Les peuples septentrionaux n'ont pas le sang assez ardent. Ils n'ont pas la rage des femmes au point où elle est commune en Afrique. Il semble que vos Européens aient du lait dans les veines ; c'est du vitriol, c'est du feu qui coule dans celles des habitants du mont Atlas et des pays voisins. On combattit avec la fureur des lions, des tigres et des serpents de la contrée, pour savoir à qui nous aurait. Un Maure saisit ma mère par le bras droit, le lieutenant de mon capitaine la retint par le bras gauche ; un soldat maure la prit par une jambe, un de nos pirates la tenait par l'autre. Nos filles se trouvèrent presque toutes en un moment tirées ainsi à quatre soldats. Mon capitaine me tenait cachée derrière lui. Il avait le cimeterre au poing, et tuait tout ce qui s'opposait à sa rage. Enfin je vis toutes nos Italiennes et ma mère déchirées, coupées, massacrées par les monstres qui se les disputaient. Les captifs, mes compagnons, ceux qui les avaient pris, soldats, matelots, noirs, basanés, blancs, mulâtres, et enfin mon capitaine, tout fut tué, et je demeurai mourante sur un tas de morts. Des scènes pareilles se passaient, comme on sait, dans l'étendue de plus de trois cents lieues, sans

qu'on manquât aux cinq prières par jour ordonnées par Mahomet.

« Je me débarrassai avec beaucoup de peine de la foule de tant de cadavres sanglants entassés, et je me traînai sous un grand oranger au bord d'un ruisseau voisin ; j'y tombai d'effroi, de lassitude, d'horreur, de désespoir et de faim. Bientôt après, mes sens accablés se livrèrent à un sommeil qui tenait plus de l'évanouissement que du repos. J'étais dans cet état de faiblesse et d'insensibilité, entre la mort et la vie, quand je me sentis pressée de quelque chose qui s'agitait sur mon corps ; j'ouvris les yeux, je vis un homme blanc et de bonne mine qui soupirait, et qui disait entre ses dents : *O che sciagura d'essere senza c...* [11] !

CHAPITRE DOUZIÈME

Suite des malheurs de la vieille

« Etonnée et ravie d'entendre la langue de ma patrie, et non moins surprise des paroles que proférait cet homme, je lui répondis qu'il y avait de plus grands malheurs que celui dont il se plaignait. Je l'instruisis en peu de mots des horreurs que j'avais essuyées, et je retombai en faiblesse. Il m'emporta dans une maison voisine, me fit mettre au lit, me fit donner à manger, me servit, me consola, me flatta, me dit qu'il n'avait rien vu de si beau que moi, et que jamais il n'avait tant regretté ce que personne ne pouvait lui rendre. "Je suis né à Naples, me dit-il ; on y chaponne deux ou trois mille enfants tous les ans ; les uns en meurent, les autres acquièrent une voix plus belle que celle des femmes, les autres vont gouverner des États [7]." On me fit cette opération avec un très grand succès, et j'ai été musicien* de la chapelle de madame la princesse de Palestrine. — De ma

* Chanteur.

60

mère ! m'écriai-je. — De votre mère ! s'écria-t-il en pleurant ; quoi ! vous seriez cette jeune princesse que j'ai élevée jusqu'à l'âge de six ans, et qui promettait déjà d'être aussi belle que vous êtes ? — C'est moi-même ; ma mère est à quatre cents pas d'ici, coupée en quartiers [10] sous un tas de morts... »

« Je lui contai tout ce qui m'était arrivé : il me conta aussi ses aventures, et m'apprit comment il avait été envoyé chez le roi de Maroc par une puissance chrétienne [1], pour conclure avec ce monarque un traité par lequel on lui fournissait de la poudre, des canons, et des vaisseaux, pour l'aider à exterminer le commerce des autres chrétiens. ''Ma mission est faite, dit cet honnête eunuque ; je vais m'embarquer à Ceuta [14], et je vous ramènerai en Italie. *Ma che sciagura d'essere senza c... !*''

« Je le remerciai avec des larmes d'attendrissement ; et au lieu de me mener en Italie, il me conduisit à Alger, et me vendit au dey de cette province. A peine fus-je vendue que cette peste [5] qui a fait le tour de l'Afrique, de l'Asie et de l'Europe, se déclara dans Alger avec fureur. Vous avez vu des tremblements de terre ; mais, mademoiselle, avez-vous jamais eu la peste ? — Jamais, répondit la baronne.

— Si vous l'aviez eue, reprit la vieille, vous avoueriez qu'elle est bien au-dessus d'un tremblement de terre. Elle est fort commune en Afrique ; j'en fus attaquée. Figurez-vous quelle situation pour la fille d'un pape, âgée de quinze ans, qui en trois mois de temps avait éprouvé la pauvreté, l'esclavage, avait été violée presque tous les jours, avait vu couper sa mère en quatre, avait essuyé la faim et la guerre, et mourait pestiférée dans Alger. Je n'en mourus pourtant pas ; mais mon

eunuque et le dey, et presque tout le sérail* d'Alger périrent.

« Quand les premiers ravages de cette épouvantable peste furent passés, on vendit les esclaves du dey. Un marchand m'acheta, et me mena à Tunis ; il me vendit à un autre marchand, qui me revendit à Tripoli ; de Tripoli je fus revendue à Alexandrie, d'Alexandrie revendue à Smyrne, de Smyrne à Constantinople. J'appartins enfin à un aga[1] des janissaires, qui fut bientôt commandé pour aller défendre Azof contre les Russes, qui l'assiégeaient[14].

« L'aga, qui était un très galant homme, mena avec lui tout son sérail, et nous logea dans un petit fort sur les Palus-Méotides[14], gardé par deux eunuques noirs et vingt soldats. On tua prodigieusement de Russes, mais ils nous le rendirent bien. Azof fut mis à feu et à sang, et on ne pardonna ni au sexe, ni à l'âge ; il ne resta que notre petit fort ; les ennemis voulurent nous prendre par famine. Les vingt janissaires avaient juré de ne se jamais rendre. Les extrémités de la faim où ils furent réduits les contraignirent à manger nos deux eunuques, de peur de violer leur serment. Au bout de quelques jours ils résolurent de manger les femmes.

« Nous avions un iman** très pieux et très compatissant, qui leur fit un beau sermon par lequel il leur persuada de ne nous pas tuer tout à fait. ''Coupez, dit-il, seulement une fesse à chacune de ces dames, vous ferez très bonne chère ; s'il faut y revenir, vous en aurez encore autant dans quel-

* Palais des pays musulmans (souvent confondu avec le « harem », appartement des femmes).
** Ministre du culte mahométan (équivalent catholique ici : un directeur, un aumônier).

ques jours ; le ciel vous saura gré d'une action si charitable, et vous serez secourus.''

« Il avait beaucoup d'éloquence ; il les persuada. On nous fit cette horrible opération. L'iman nous appliqua le même baume qu'on met aux enfants qu'on vient de circoncire. Nous étions toutes à la mort.

« A peine les janissaires eurent-ils fait le repas que nous leur avions fourni, que les Russes arrivent sur des bateaux plats : il ne réchappa pas un janissaire. Les Russes ne firent aucune attention à l'état où nous étions. Il y a partout des chirurgiens français ; un d'eux, qui était fort adroit, prit soin de nous ; il nous guérit, et je me souviendrai toute ma vie que, quand mes plaies furent bien fermées, il me fit des propositions. Au reste, il nous dit à toutes de nous consoler ; il nous assura que dans plusieurs sièges pareille chose était arrivée, et que c'était la loi de la guerre.

« Dès que mes compagnes purent marcher, on les fit aller à Moscou. J'échus en partage à un boïard qui me fit sa jardinière, et qui me donnait vingt coups de fouet par jour ; mais ce seigneur ayant été roué au bout de deux ans avec une trentaine de boïards pour quelque tracasserie de cour [7], je profitai de cette aventure : je m'enfuis ; je traversai toute la Russie ; je fus longtemps servante de cabaret à Riga, puis à Rostock, à Vismar, à Leipsick, à Cassel, à Utrecht, à Leyde, à La Haye, à Rotterdam [14] ; j'ai vieilli dans la misère et dans l'opprobre, n'ayant que la moitié d'un derrière, me souvenant toujours que j'étais fille d'un pape ; je voulus cent fois me tuer, mais j'aimais encore la vie. Cette faiblesse ridicule est peut-être un de nos penchants les plus funestes : car y a-t-il rien de plus sot que de vouloir porter

continuellement un fardeau qu'on veut toujours jeter par terre ? d'avoir son être en horreur, et de tenir à son être ? Enfin de caresser le serpent qui nous dévore, jusqu'à ce qu'il nous ait mangé le cœur ?

« J'ai vu dans les pays que le sort m'a fait parcourir, et dans les cabarets où j'ai servi, un nombre prodigieux de personnes qui avaient leur existence en exécration ; mais je n'en ai vu que douze qui aient mis volontairement fin à leur misère : trois nègres, quatre Anglais, quatre Genevois, et un professeur allemand nommé Robeck[8]. J'ai fini par être servante chez le juif don Issachar ; il me mit auprès de vous, ma belle demoiselle ; je me suis attachée à votre destinée, et j'ai été plus occupée de vos aventures que des miennes. Je ne vous aurais même jamais parlé de mes malheurs si vous ne m'aviez pas un peu piquée*, et s'il n'était d'usage, dans un vaisseau, de conter des histoires pour se désennuyer. Enfin, mademoiselle, j'ai de l'expérience, je connais le monde ; donnez-vous un plaisir, engagez chaque passager à vous conter son histoire, et s'il s'en trouve un seul qui n'ait souvent maudit sa vie, qui ne se soit souvent dit à lui-même qu'il était le plus malheureux des hommes, jetez-moi dans la mer la tête la première. »

* Piquée au vif, vexée.

CHAPITRE TREIZIÈME

Comment Candide fut obligé de se séparer de la belle Cunégonde et de la vieille

La belle Cunégonde, ayant entendu l'histoire de la vieille, lui fit toutes les politesses qu'on devait à une personne de son rang et de son mérite. Elle accepta la proposition ; elle engagea tous les passagers, l'un après l'autre, à lui conter leurs aventures. Candide et elle avouèrent que la vieille avait raison. « C'est bien dommage, disait Candide, que le sage Pangloss ait été pendu contre la coutume dans un auto-da-fé ; il nous dirait des choses admirables sur le mal physique et sur le mal moral [12] qui couvrent la terre et la mer, et je me sentirais assez de force pour oser lui faire respectueusement quelques objections. »

A mesure que chacun racontait son histoire, le vaisseau avançait. On aborda dans Buenos-Ayres [14]. Cunégonde, le capitaine Candide et la vieille allèrent chez le gouverneur don Fernando d'Ibaraa, y Figueora, y Mascarenes, y Lampourdos, y Souza [14]. Ce seigneur avait une fierté

convenable à un homme qui portait tant de noms. Il parlait aux hommes avec le dédain le plus noble, portant le nez si haut, élevant si impitoyablement la voix, prenant un ton si imposant, affectant une démarche si altière, que tous ceux qui le saluaient étaient tentés de le battre. Il aimait les femmes à la fureur. Cunégonde lui parut ce qu'il avait jamais vu de plus beau. La première chose qu'il fit fut de demander si elle n'était point la femme du capitaine. L'air dont il fit cette question alarma Candide : il n'osa pas dire qu'elle était sa femme, parce qu'en effet elle ne l'était point ; il n'osait pas dire que c'était sa sœur, parce qu'elle ne l'était pas non plus ; et quoique ce mensonge officieux eût été autrefois très à la mode chez les anciens, et qu'il pût être utile aux modernes, son âme était trop pure pour trahir la vérité [11]. « Mademoiselle Cunégonde, dit-il, doit me faire l'honneur de m'épouser et nous supplions Votre Excellence de daigner faire notre noce. »

Don Fernando d'Ibaraa, y Figueora, y Mascarenes, y Lampourdos, y Souza, relevant sa moustache, sourit amèrement, et ordonna au capitaine Candide d'aller faire la revue de sa compagnie. Candide obéit ; le gouverneur demeura avec mademoiselle Cunégonde. Il lui déclara sa passion, lui protesta que le lendemain il l'épouserait à la face de l'Eglise, ou autrement, ainsi qu'il plairait à ses charmes. Cunégonde lui demanda un quart d'heure pour se recueillir, pour consulter la vieille, et pour se déterminer.

La vieille dit à Cunégonde : « Mademoiselle, vous avez soixante et douze quartiers et pas une obole ; il ne tient qu'à vous d'être la femme du plus grand seigneur de l'Amérique méridionale, qui a une très belle moustache ; est-ce à vous de

vous piquer d'une fidélité à toute épreuve ? Vous avez été violée par les Bulgares ; un juif et un inquisiteur ont eu vos bonnes grâces* : les malheurs donnent des droits. J'avoue que, si j'étais à votre place, je ne ferais aucun scrupule d'épouser monsieur le gouverneur, et de faire la fortune de monsieur le capitaine Candide. » Tandis que la vieille parlait avec toute la prudence que l'âge et l'expérience donnent, on vit entrer dans le port un petit vaisseau : il portait un alcade** et des alguazils***, et voici ce qui était arrivé.

La vieille avait très bien deviné que ce fut un cordelier à la grande manche qui vola l'argent et les bijoux de Cunégonde dans la ville de Badajos, lorsqu'elle fuyait en hâte avec Candide. Ce moine voulut vendre quelques-unes des pierreries à un joaillier. Le marchand les reconnut pour celles du grand inquisiteur. Le cordelier, avant d'être pendu, avoua qu'il les avait volées[2] : il indiqua les personnes, et la route qu'elles prenaient. La fuite de Cunégonde et de Candide était déjà connue. On les suivit à Cadix : on envoya sans perdre de temps, un vaisseau à leur poursuite. Le vaisseau était déjà dans le port de Buenos-Ayres. Le bruit se répandit qu'un alcade allait débarquer, et qu'on poursuivait les meurtriers de monseigneur le grand inquisiteur. La prudente vieille vit dans l'instant tout ce qui était à faire. « Vous ne pouvez fuir, dit-elle à Cunégonde, et vous n'avez rien à craindre : ce n'est pas vous qui avez tué monseigneur, et d'ailleurs le gouverneur, qui vous aime, ne souffrira pas qu'on vous maltraite ; demeurez. » Elle

* Vos faveurs.
** Juge espagnol.
*** Policiers chargés des arrestations.

court sur-le-champ à Candide : « Fuyez, dit-elle, ou dans une heure vous allez être brûlé. » Il n'y avait pas un moment à perdre ; mais comment se séparer de Cunégonde, et où se réfugier ?

CHAPITRE QUATORZIÈME

Comment Candide et Cacambo furent reçus chez les jésuites du Paraguai

Candide avait amené de Cadix un valet tel qu'on en trouve beaucoup sur les côtes d'Espagne et dans les colonies. C'était un quart d'Espagnol*, né d'un métis dans le Tucuman [14] ; il avait été enfant de chœur, sacristain, matelot, moine, facteur**, soldat, laquais. Il s'appelait Cacambo [14] et aimait fort son maître, parce que son maître était un fort bon homme. Il sella au plus vite les deux chevaux andalous. « Allons, mon maître, suivons le conseil de la vieille ; partons, et courons sans regarder derrière nous. » Candide versa des larmes : « Ô ma chère Cunégonde ! faut-il vous abandonner dans le temps que monsieur le gouverneur va faire nos noces ! Cunégonde amenée de si loin, que deviendrez-vous ? — Elle deviendra ce qu'elle pourra, dit Cacambo ; les femmes ne sont jamais

* Un quarteron : père métis et mère indienne.
** Agent d'une factorerie, intermédiaire commercial.

embarrassées d'elles ; Dieu y pourvoit ; courons.
— Où me mènes-tu ? où allons-nous ? que ferons-nous sans Cunégonde ? disait Candide. — Par St Jacques de Compostelle, dit Cacambo, vous alliez faire la guerre aux jésuites ; allons la faire pour eux : je sais assez les chemins, je vous mènerai dans leur royaume[4], ils seront charmés d'avoir un capitaine qui fasse l'exercice à la bulgare ; vous ferez une fortune prodigieuse : quand on n'a pas son compte dans un monde, on le trouve dans un autre. C'est un très grand plaisir de voir et de faire des choses nouvelles.

— Tu as donc été déjà dans le Paraguay ? dit Candide.

— Eh vraiment oui ! dit Cacambo ; j'ai été cuistre* dans le collège de l'Assomption[14], et je connais le gouvernement de Los Padres[4] comme je connais les rues de Cadix. C'est une chose admirable que ce gouvernement. Le royaume a déjà plus de trois cents lieues de diamètre ; il est divisé en trente provinces. Los Padres y ont tout, et les peuples rien ; c'est le chef-d'œuvre de la raison et de la justice. Pour moi, je ne vois rien de si divin que Los Padres, qui font ici la guerre au roi d'Espagne et au roi de Portugal, et qui en Europe confessent ces rois ; qui tuent ici des Espagnols, et qui à Madrid les envoient au ciel : cela me ravit ; avançons : vous allez être le plus heureux de tous les hommes. Quel plaisir auront Los Padres quand ils sauront qu'il leur vient un capitaine qui sait l'exercice bulgare ! »

Dès qu'ils furent arrivés à la première barrière, Cacambo dit à la garde avancée qu'un capitaine demandait à parler à monseigneur le commandant.

* Valet, surtout chargé de la cuisine.

On alla avertir la grande garde. Un officier para-
gayen[14] courut aux pieds du commandant lui
donner part de la nouvelle. Candide et Cacambo
furent d'abord désarmés ; on se saisit de leurs deux
chevaux andalous. Les deux étrangers sont intro-
duits au milieu de deux files de soldats ; le com-
mandant était au bout, le bonnet à trois cornes[4]
en tête, la robe retroussée, l'épée au côté, l'espon-
ton[1] à la main. Il fit un signe ; aussitôt vingt-
quatre soldats entourent les deux nouveaux venus.
Un sergent leur dit qu'il faut attendre, que le com-
mandant ne peut leur parler, que le révérend père
provincial[4] ne permet pas qu'aucun Espagnol
ouvre la bouche qu'en sa présence, et demeure plus
de trois heures dans le pays.

« Et où est le révérend père provincial ? dit
Cacambo. — Il est à la parade après avoir dit sa
messe, répondit le sergent, et vous ne pourrez bai-
ser ses éperons que dans trois heures. — Mais, dit
Cacambo, monsieur le capitaine, qui meurt de
faim comme moi, n'est point espagnol, il est alle-
mand ; ne pourrions-nous point déjeuner en atten-
dant Sa Révérence[4] ? »

Le sergent alla sur-le-champ rendre compte de
ce discours au commandant. « Dieu soit béni ! dit
ce seigneur, puisqu'il est allemand, je peux lui par-
ler ; qu'on le mène dans ma feuillée*. » Aussitôt
on conduit Candide dans un cabinet de verdure,
orné d'une très jolie colonnade de marbre vert et
or, et de treillages qui renfermaient des perroquets,
des colibris, des oiseaux-mouches, des pintades,
et tous les oiseaux les plus rares. Un excellent
déjeuner était préparé dans des vases d'or ; et

* Abri ombragé sous les feuillages.

tandis que les Paraguains mangèrent du maïs* dans des écuelles de bois, en plein champ, à l'ardeur du soleil, le révérend père commandant entra dans la feuillée.

C'était un très beau jeune homme, le visage plein, assez blanc, haut en couleur, le sourcil relevé, l'œil vif, l'oreille rouge, les lèvres vermeilles, l'air fier, mais d'une fierté qui n'était ni celle d'un Espagnol ni celle d'un jésuite. On rendit à Candide et à Cacambo leurs armes, qu'on leur avait saisies, ainsi que les deux chevaux andalous ; Cacambo leur fit manger l'avoine auprès de la feuillée ayant toujours l'œil sur eux, crainte de surprise.

Candide baisa d'abord le bas de la robe du commandant, ensuite ils se mirent à table.

« Vous êtes donc allemand ? lui dit le jésuite en cette langue. — Oui, mon révérend père », dit Candide.

L'un et l'autre, en prononçant ces paroles, se regardaient avec une extrême surprise, et une émotion dont ils n'étaient pas les maîtres. « Et de quel pays d'Allemagne êtes-vous ? dit le jésuite. — De la sale province de Westphalie, dit Candide ; je suis né dans le château de Thunder-ten-tronckh. — Ô ciel ! est-il possible ! s'écria le commandant. — Quel miracle ! s'écria Candide. — Serait-ce vous ? dit le commandant. — Cela n'est pas possible », dit Candide. Ils se laissent tomber tous deux à la renverse, ils s'embrassent, ils versent des ruisseaux de larmes. « Quoi ! serait-ce vous, mon révérend père ? vous, le frère de la belle Cunégonde ! vous, qui fûtes tué par les Bulgares ! vous,

* Céréale originaire d'Amérique du Sud, nourriture des plus pauvres.

le fils de monsieur le baron ! vous, jésuite au Paraguay ! Il faut avouer que ce monde est une étrange chose. Ô Pangloss ! Pangloss ! que vous seriez aise si vous n'aviez pas été pendu ! »

Le commandant fit retirer les esclaves nègres et les Paraguains qui servaient à boire dans des gobelets de cristal de roche. Il remercia Dieu et St Ignace [4] mille fois ; il serrait Candide entre ses bras, leurs visages étaient baignés de pleurs.

« Vous seriez bien plus étonné, plus attendri, plus hors de vous-même, dit Candide, si je vous disais que mademoiselle Cunégonde, votre sœur, que vous avez crue éventrée, est pleine de santé. — Où ? — Dans votre voisinage, chez monsieur le gouverneur de Buenos-Ayres ; et je venais pour vous faire la guerre. »

Chaque mot qu'ils prononcèrent dans cette longue conversation accumulait prodige sur prodige. Leur âme tout entière volait sur leur langue, était attentive dans leurs oreilles, et étincelante dans leurs yeux. Comme ils étaient allemands, ils tinrent table longtemps, en attendant le révérend père provincial ; et le commandant parla ainsi à son cher Candide.

CHAPITRE QUINZIÈME

Comment Candide tua le frère
de sa chère Cunégonde

« J'aurai toute ma vie présent à la mémoire le jour horrible où je vis tuer mon père et ma mère, et violer ma sœur. Quand les Bulgares furent retirés, on ne trouva point cette sœur adorable, et on mit dans une charrette ma mère, mon père, et moi, deux servantes et trois petits garçons égorgés, pour nous aller enterrer dans une chapelle de jésuites, à deux lieues du château de mes pères. Un jésuite nous jeta de l'eau bénite ; elle était horriblement salée ; il en entra quelques gouttes dans mes yeux : le père s'aperçut que ma paupière faisait un petit mouvement : il mit la main sur mon cœur, et le sentit palpiter ; je fus secouru, et au bout de trois semaines il n'y paraissait pas. Vous savez, mon cher Candide, que j'étais fort joli ; je le devins encore davantage ; aussi le révérend père Croust[14], supérieur de la maison, prit pour moi la plus tendre amitié[6] : il me donna l'habit de novice ; quelque temps après je fus envoyé à Rome.

Le père général [4] avait besoin d'une recrue* de jeunes jésuites allemands. Les souverains du Paraguay reçoivent le moins qu'ils peuvent de jésuites espagnols ; il aiment mieux les étrangers, dont ils se croient plus maîtres. Je fus jugé propre par le révérend père général pour aller travailler dans cette vigne [11]. Nous partîmes, un Polonais, un Tyrolien, et moi. Je fus honoré, en arrivant, du sous-diaconat** et d'une lieutenance ; je suis aujourd'hui colonel et prêtre. Nous recevons vigoureusement les troupes du roi d'Espagne ; je vous réponds qu'elles seront excommuniées et battues. La Providence vous envoie ici pour nous seconder. Mais est-il bien vrai que ma chère sœur Cunégonde soit dans le voisinage, chez le gouverneur de Buenos-Ayres ? » Candide l'assura par serment que rien n'était plus vrai. Leurs larmes recommencèrent à couler.

Le baron ne pouvait se lasser d'embrasser Candide ; il l'appelait son frère, son sauveur. « Ah ! peut-être, lui dit-il, nous pourrons ensemble, mon cher Candide, entrer en vainqueurs dans la ville, et reprendre ma sœur Cunégonde. — C'est tout ce que je souhaite, dit Candide ; car je comptais l'épouser, et je l'espère encore. — Vous, insolent ! répondit le baron, vous auriez l'impudence d'épouser ma sœur, qui a soixante et douze quartiers ! Je vous trouve bien effronté d'oser me parler d'un dessein si téméraire ! » Candide, pétrifié d'un tel discours, lui répondit : « Mon révérend père, tous les quartiers du monde n'y font rien ; j'ai tiré votre sœur des bras d'un juif et d'un inquisiteur ; elle m'a assez d'obligations, elle veut m'épouser.

* D'un recrutement (terme militaire).
** Ordre mineur, précédant la prêtrise.

Maître Pangloss m'a toujours dit que les hommes sont égaux ; et assurément je l'épouserai. — C'est ce que nous verrons, coquin ! » dit le jésuite baron de Thunder-ten-tronckh ; et en même temps il lui donna un grand coup du plat de son épée sur le visage [6]. Candide dans l'instant tire la sienne, et l'enfonce jusqu'à la garde dans le ventre du baron jésuite ; mais en la retirant toute fumante, il se mit à pleurer : « Hélas ! mon Dieu, dit-il, j'ai tué mon ancien maître, mon ami, mon beau-frère ; je suis le meilleur homme du monde, et voilà déjà trois hommes que je tue ; et dans ces trois il y a deux prêtres. »

Cacambo, qui faisait sentinelle à la porte de la feuillée, accourut : « Il ne nous reste qu'à vendre cher notre vie, lui dit son maître ; on va, sans doute, entrer dans la feuillée ; il faut mourir les armes à la main. » Cacambo, qui en avait bien vu d'autres, ne perdit point la tête ; il prit la robe de jésuite que portait le baron, la mit sur le corps de Candide, lui donna le bonnet carré du mort, et le fit monter à cheval. Tout cela se fit en un clin d'œil. « Galopons, mon maître ; tout le monde vous prendra pour un jésuite qui va donner des ordres ; et nous aurons passé les frontières avant qu'on puisse courir après nous. » Il volait déjà en prononçant ces paroles, et en criant en espagnol : « Place, place pour le révérend père colonel ! »

CHAPITRE SEIZIÈME

*Ce qui advint aux deux voyageurs
avec deux filles, deux singes,
et les sauvages nommés Oreillons*

Candide et son valet furent au-delà des barrières, et personne ne savait encore dans le camp la mort du jésuite allemand. Le vigilant Cacambo avait eu soin de remplir sa valise* de pain, de chocolat, de jambon, de fruits et de quelques mesures de vin. Ils s'enfoncèrent avec leurs chevaux andalous dans un pays inconnu où ils ne découvrirent aucune route. Enfin une belle prairie entrecoupée de ruisseaux se présenta devant eux. Nos deux voyageurs font repaître leurs montures. Cacambo propose à son maître de manger, et lui en donne l'exemple. « Comment veux-tu, disait Candide, que je mange du jambon, quand j'ai tué le fils de monsieur le baron, et que je me vois condamné à ne revoir la belle Cunégonde de ma vie ? A quoi me servira de prolonger mes misé-

* Sac de cuir du cavalier (différent du « havresac » du piéton).

rables jours, puisque je dois les traîner loin d'elle dans les remords et dans le désespoir ? Et que dira le Journal de Trévoux [10] ? »

En parlant ainsi, il ne laissa pas de* manger. Le soleil se couchait. Les deux égarés entendirent quelques petits cris qui paraissaient poussés par des femmes. Ils ne savaient si ces cris étaient de douleur ou de joie ; mais ils se levèrent précipitamment avec cette inquiétude et cette alarme que tout inspire dans un pays inconnu. Ces clameurs partaient de deux filles toutes nues qui couraient légèrement au bord de la prairie, tandis que deux singes les suivaient en leur mordant les fesses. Candide fut touché de pitié ; il avait appris à tirer chez les Bulgares, et il aurait abattu une noisette dans un buisson sans toucher aux feuilles. Il prend son fusil espagnol à deux coups, tire, et tue les deux singes. « Dieu soit loué, mon cher Cacambo ! j'ai délivré d'un grand péril ces deux pauvres créatures : si j'ai commis un péché en tuant un inquisiteur et un jésuite, je l'ai bien réparé en sauvant la vie à deux filles. Ce sont peut-être deux demoiselles de condition**, et cette aventure nous peut procurer de très grands avantages dans le pays. »

Il allait continuer, mais sa langue devint percluse quand il vit ces deux filles embrasser tendrement les deux singes, fondre en larmes sur leurs corps, et remplir l'air des cris les plus douloureux. « Je ne m'attendais pas à tant de bonté d'âme », dit-il enfin à Cacambo ; lequel lui répliqua : « Vous avez fait là un beau chef-d'œuvre, mon maître ; vous avez tué les deux amants de ces demoiselles. — Leurs amants ! serait-il possible ? Vous vous

* Il continua de.
** De naissance noble.

moquez de moi, Cacambo ; le moyen de vous croire ? — Mon cher maître, repartit Cacambo, vous êtes toujours étonné de tout ; pourquoi trouvez-vous si étrange que dans quelques pays il y ait des singes qui obtiennent les bonnes grâces des dames ? Ils sont des quarts d'homme, comme je suis un quart d'Espagnol. — Hélas ! reprit Candide, je me souviens d'avoir entendu dire à maître Pangloss qu'autrefois pareils accidents étaient arrivés, et que ces mélanges avaient produit des égypans, des faunes, des satyres ; que plusieurs grands personnages de l'Antiquité en avaient vu ; mais je prenais cela pour des fables. — Vous devez être convaincu à présent, dit Cacambo, que c'est une vérité, et vous voyez comment en usent les personnes qui n'ont pas reçu une certaine éducation ; tout ce que je crains, c'est que ces dames ne nous fassent quelque méchante affaire. »

Ces réflexions solides engagèrent Candide à quitter la prairie, et à s'enfoncer dans un bois. Il y soupa avec Cacambo ; et tous deux, après avoir maudit l'inquisiteur de Portugal, le gouverneur de Buenos-Ayres, et le baron, s'endormirent sur de la mousse. A leur réveil, ils sentirent qu'ils ne pouvaient remuer ; la raison en était que pendant la nuit les Oreillons [14], habitants du pays, à qui les deux dames les avaient dénoncés, les avaient garrottés avec des cordes d'écorces d'arbre. Ils étaient entourés d'une cinquantaine d'Oreillons tout nus, armés de flèches, de massues, et de haches de caillou : les uns faisaient bouillir une grande chaudière ; les autres préparaient des broches, et tous criaient : « C'est un jésuite, c'est un jésuite ! nous serons vengés, et nous ferons bonne chère ; mangeons du jésuite, mangeons du jésuite ! »

« Je vous l'avais bien dit, mon cher maître,

s'écria tristement Cacambo, que ces deux filles nous joueraient d'un mauvais tour. » Candide, apercevant la chaudière et les broches, s'écria : « Nous allons certainement être rôtis ou bouillis. Ah ! que dirait maître Pangloss, s'il voyait comme la pure nature est faite ? Tout est bien ; soit [12], mais j'avoue qu'il est bien cruel d'avoir perdu mademoiselle Cunégonde et d'être mis à la broche par des Oreillons. »

Cacambo ne perdait jamais la tête : « Ne désespérez de rien, dit-il au désolé Candide ; j'entends un peu le jargon de ces peuples, je vais leur parler. — Ne manquez pas, dit Candide, de leur représenter quelle est l'inhumanité affreuse de faire cuire des hommes, et combien cela est peu chrétien.. »

« Messieurs, dit Cacambo, vous comptez donc manger aujourd'hui un jésuite ? C'est très bien fait ; rien n'est plus juste que de traiter ainsi ses ennemis. En effet le droit naturel [11] nous enseigne à tuer notre prochain, et c'est ainsi qu'on en agit dans toute la terre. Si nous n'usons pas du droit de le manger, c'est que nous avons d'ailleurs de quoi faire bonne chère ; mais vous n'avez pas les mêmes ressources que nous : certainement il vaut mieux manger ses ennemis que d'abandonner aux corbeaux et aux corneilles le fruit de sa victoire. Mais, messieurs, vous ne voudriez pas manger vos amis. Vous croyez aller mettre un jésuite en broche, et c'est votre défenseur, c'est l'ennemi de vos ennemis que vous allez rôtir. Pour moi, je suis né dans votre pays ; monsieur que vous voyez est mon maître, et bien loin d'être jésuite, il vient de tuer un jésuite, il en porte les dépouilles ; voilà le sujet de votre méprise. Pour vérifier ce que je vous dis, prenez sa robe, portez-la à la première barrière du royaume de Los Padres ; informez-vous si

mon maître n'a pas tué un officier jésuite. Il vous faudra peu de temps ; vous pourrez toujours nous manger, si vous trouvez que je vous ai menti. Mais, si je vous ai dit la vérité, vous connaissez trop les principes du droit public, les mœurs et les lois, pour ne nous pas faire grâce. »

Les Oreillons trouvèrent ce discours très raisonnable ; ils députèrent deux notables pour aller en diligence s'informer de la vérité ; les deux députés s'acquittèrent de leur commission en gens d'esprit, et revinrent bientôt apporter de bonnes nouvelles. Les Oreillons délièrent leurs deux prisonniers, leur firent toutes sortes de civilités, leur offrirent des filles, leur donnèrent des rafraîchissements, et les reconduisirent jusqu'aux confins de leurs Etats, en criant avec allégresse : « Il n'est point jésuite, il n'est point jésuite ! »

Candide ne se lassait point d'admirer le sujet de sa délivrance. « Quel peuple ! disait-il, quels hommes ! quelles mœurs ! si je n'avais pas eu le bonheur de donner un grand coup d'épée au travers du corps du frère de mademoiselle Cunégonde, j'étais mangé sans rémission. Mais, après tout, la pure nature est bonne, puisque ces gens-ci, au lieu de me manger, m'ont fait mille honnêtetés dès qu'ils ont su que je n'étais pas jésuite. »

CHAPITRE DIX-SEPTIÈME

*Arrivée de Candide et de son valet
au pays d'Eldorado, et ce qu'ils y virent*

Quand ils furent aux frontières des Oreillons :
« Vous voyez, dit Cacambo à Candide, que cet
hémisphère-ci ne vaut pas mieux que l'autre ;
croyez-moi, retournons en Europe par le plus
court. — Comment y retourner, dit Candide ; et
où aller ? Si je vais dans mon pays, les Bulgares
et les Abares y égorgent tout ; si je retourne en
Portugal, j'y suis brûlé ; si nous restons dans ce
pays-ci, nous risquons à tout moment d'être mis
en broche. Mais comment se résoudre à quitter la
partie du monde que mademoiselle Cunégonde
habite ?

— Tournons vers la Cayenne [3, 14], dit Cacam-
bo, nous y trouverons des Français, qui vont par
tout le monde ; ils pourront nous aider. Dieu aura
peut-être pitié de nous. »

Il n'était pas facile d'aller à la Cayenne ; ils
savaient bien à peu près de quel côté il fallait
marcher ; mais des montagnes, des fleuves, des

précipices, des brigands, des sauvages, étaient partout de terribles obstacles. Leurs chevaux moururent de fatigue ; leurs provisions furent consumées ; ils se nourrirent un mois entier de fruits sauvages, et se trouvèrent enfin auprès d'une petite rivière bordée de cocotiers, qui soutinrent leur vie et leurs espérances.

Cacambo, qui donnait toujours d'aussi bons conseils que la vieille, dit à Candide : « Nous n'en pouvons plus, nous avons assez marché ; j'aperçois un canot vide sur le rivage, emplissons-le de cocos, jetons-nous dans cette petite barque, laissons-nous aller au courant ; une rivière mène toujours à quelque endroit habité. Si nous ne trouvons pas des choses agréables, nous trouverons du moins des choses nouvelles. — Allons, dit Candide, recommandons-nous à la Providence. »

Ils voguèrent quelques lieues entre des bords tantôt fleuris, tantôt arides, tantôt unis, tantôt escarpés. La rivière s'élargissait toujours ; enfin elle se perdait sous une voûte de rochers épouvantables qui s'élevaient jusqu'au ciel. Les deux voyageurs eurent la hardiesse de s'abandonner aux flots sous cette voûte. Le fleuve, resserré en cet endroit, les porta avec une rapidité et un bruit horrible. Au bout de vingt-quatre heures ils revirent le jour ; mais leur canot se fracassa contre les écueils ; il fallut se traîner de rocher en rocher pendant une lieue entière ; enfin ils découvrirent un horizon immense, bordé de montagnes inaccessibles. Le pays était cultivé pour le plaisir comme pour le besoin ; partout l'utile était agréable. Les chemins étaient couverts ou plutôt ornés de voitures d'une forme et d'une matière brillante, portant des hommes et des femmes d'une beauté singulière,

traînés rapidement par de gros moutons rouges* qui surpassaient en vitesse les plus beaux chevaux d'Andalousie, de Tétuan et de Méquinez [14].

 « Voilà pourtant, dit Candide, un pays qui vaut mieux que la Westphalie. » Il mit pied à terre avec Cacambo auprès du premier village qu'il rencontra. Quelques enfants du village, couverts de brocarts d'or tout déchirés, jouaient au palet** à l'entrée du bourg ; nos deux hommes de l'autre monde s'amusèrent à les regarder : leurs palets étaient d'assez larges pièces rondes, jaunes, rouges, vertes, qui jetaient un éclat singulier. Il prit envie aux voyageurs d'en ramasser quelques-uns ; c'était de l'or, c'était des émeraudes, des rubis, dont le moindre aurait été le plus grand ornement du trône du Mogol***. « Sans doute****, dit Cacambo, ces enfants sont les fils du roi du pays, qui jouent au petit palet. » Le magister***** du village parut dans ce moment pour les faire rentrer à l'école. « Voilà, dit Candide, le précepteur de la famille royale. »

Les petits gueux quittèrent aussitôt le jeu, en laissant à terre leurs palets, et tout ce qui avait servi à leurs divertissements. Candide les ramasse, court au précepteur, et les lui présente humblement, lui faisant entendre par signes que leurs altesses royales avaient oublié leur or et leurs pierreries. Le magister du village, en souriant, les jeta par terre, regarda un moment la figure de Candide avec beaucoup de surprise, et continua son chemin.

* Probablement des lamas.
** Petite pierre plate utilisée par les enfants pour des jeux d'adresse.
*** De l'empereur des Indes.
**** Sans aucun doute, certainement.
***** Le maître d'école.

 Voir *Au fil du texte*, p. XII.

Les voyageurs ne manquèrent pas de ramasser l'or, les rubis, et les émeraudes. « Où sommes-nous ? s'écria Candide. Il faut que les enfants des rois de ce pays soient bien élevés, puisqu'on leur apprend à mépriser l'or et les pierreries. » Cacambo était aussi surpris que Candide. Ils approchèrent enfin de la première maison du village ; elle était bâtie comme un palais d'Europe. Une foule de monde s'empressait à la porte, et encore plus dans le logis ; une musique très agréable se faisait entendre, et une odeur délicieuse de cuisine se faisait sentir. Cacambo s'approcha de la porte, et entendit qu'on parlait péruvien ; c'était sa langue maternelle ; car tout le monde sait que Cacambo était né au Tucuman, dans un village où l'on ne connaissait que cette langue. « Je vous servirai d'interprète, dit-il à Candide : entrons, c'est ici un cabaret. »

Aussitôt deux garçons et deux filles de l'hôtellerie, vêtus de drap d'or, et les cheveux renoués avec des rubans, les invitent à se mettre à la table de l'hôte. On servit quatre potages garnis chacun de deux perroquets, un contour* bouilli qui pesait deux cents livres, deux singes rôtis d'un goût excellent, trois cents colibris dans un plat, et six cents oiseaux-mouches dans un autre ; des ragoûts exquis, des pâtisseries délicieuses ; le tout dans des plats d'une espèce de cristal de roche. Les garçons et les filles de l'hôtellerie versaient plusieurs liqueurs faites de canne de sucre.

Les convives étaient pour la plupart des marchands et des voituriers, tous d'une politesse extrême, qui firent quelques questions à Cacambo

* Un condor.

avec la discrétion la plus circonspecte, et qui répondirent aux siennes d'une manière à le satisfaire.

Quand le repas fut fini, Cacambo crut, ainsi que Candide, bien payer son écot en jetant sur la table de l'hôte deux de ces larges pièces d'or qu'il avait ramassées ; l'hôte et l'hôtesse éclatèrent de rire, et se tinrent longtemps les côtés. Enfin ils se remirent. « Messieurs, dit l'hôte, nous voyons bien que vous êtes des étrangers ; nous ne sommes pas accoutumés à en voir. Pardonnez-nous si nous nous sommes mis à rire quand vous nous avez offert en payement les cailloux de nos grands chemins. Vous n'avez pas sans doute de la monnaie du pays, mais il n'est pas nécessaire d'en avoir pour dîner ici. Toutes les hôtelleries établies pour la commodité du commerce sont payées par le gouvernement. Vous avez fait mauvaise chère ici, parce que c'est un pauvre village ; mais partout ailleurs vous serez reçus comme vous méritez de l'être. » Cacambo expliquait à Candide tous les discours de l'hôte, et Candide les écoutait avec la même admiration et le même égarement que son ami Cacambo les rendait. « Quel est donc ce pays, disaient-ils l'un et l'autre, inconnu à tout le reste de la terre, et où toute la nature est d'une espèce si différente de la nôtre ? C'est probablement le pays où tout va bien : car il faut absolument qu'il y en ait un de cette espèce. Et, quoi qu'en dît maître Pangloss, je me suis souvent aperçu que tout allait mal en Westphalie [13]. »

CHAPITRE DIX-HUITIÈME

Ce qu'ils virent dans le pays d'Eldorado

Cacambo témoigna à son hôte toute sa curiosité ; l'hôte lui dit : « Je suis fort ignorant, et je m'en trouve bien ; mais nous avons ici un vieillard retiré de la cour qui est le plus savant homme du royaume, et le plus communicatif. » Aussitôt il mène Cacambo chez le vieillard. Candide ne jouait plus que le second personnage, et accompagnait son valet. Ils entrèrent dans une maison fort simple, car la porte n'était que d'argent, et les lambris* des appartements n'étaient que d'or, mais travaillés avec tant de goût que les plus riches lambris ne l'effaçaient pas. L'antichambre n'était à la vérité incrustée que de rubis et d'émeraudes ; mais l'ordre dans lequel tout était arrangé réparait bien cette extrême simplicité.

Le vieillard reçut les deux étrangers sur un sofa matelassé de plumes de colibri, et leur fit présenter des liqueurs dans des vases de diamant ; après quoi il satisfit à leur curiosité en ces termes :

* Revêtements des parois intérieures d'une pièce.

« Je suis âgé de cent soixante et douze ans, et j'ai appris de feu mon père, écuyer du roi, les étonnantes révolutions* du Pérou dont il avait été témoin. Le royaume où nous sommes est l'ancienne patrie des Incas, qui en sortirent très imprudemment pour aller subjuguer une partie du monde et qui furent enfin détruits par les Espagnols. Les princes de leur famille qui restèrent dans leur pays natal furent plus sages ; ils ordonnèrent, du consentement de la nation, qu'aucun habitant ne sortirait jamais de notre petit royaume ; et c'est ce qui nous a conservé notre innocence et notre félicité. Les Espagnols ont eu une connaissance confuse de ce pays, ils l'ont appelé *El Dorado* ; et un Anglais, nommé le chevalier Raleigh, en a même approché il y a environ cent années [13] ; mais, comme nous sommes entourés de rochers inabordables et de précipices, nous avons toujours été jusqu'à présent à l'abri de la rapacité des nations de l'Europe, qui ont une fureur inconcevable pour les cailloux et pour la fange de notre terre, et qui, pour en avoir, nous tueraient tous jusqu'au dernier. »

La conversation fut longue ; elle roula sur la forme du gouvernement, sur les mœurs, sur les femmes, sur les spectacles publics, sur les arts. Enfin Candide, qui avait toujours du goût pour la métaphysique, fit demander par Cacambo si dans le pays il y avait une religion.

Le vieillard rougit un peu. « Comment donc ! dit-il ; en pouvez-vous douter ? Est-ce que vous nous prenez pour des ingrats ? » Cacambo demanda humblement quelle était la religion d'Eldorado. Le vieillard rougit encore : « Est-ce

* Changements politiques importants.

qu'il peut y avoir deux religions ? dit-il. Nous avons, je crois, la religion de tout le monde ; nous adorons Dieu du soir jusqu'au matin. — N'adorez-vous qu'un seul Dieu ? dit Cacambo, qui servait toujours d'interprète aux doutes de Candide. — Apparemment, dit le vieillard, qu'il n'y en a ni deux, ni trois, ni quatre. Je vous avoue que les gens de votre monde font des questions bien singulières. » Candide ne se lassait pas de faire interroger ce bon vieillard ; il voulut savoir comment on priait Dieu dans l'Eldorado. « Nous ne le prions point, dit le bon et respectable sage ; nous n'avons rien à lui demander, il nous a donné tout ce qu'il nous faut ; nous le remercions sans cesse. » Candide eut la curiosité de voir des prêtres ; il fit demander où ils étaient. Le bon vieillard sourit. « Mes amis, dit-il, nous sommes tous prêtres ; le roi et tous les chefs de famille chantent des cantiques d'actions de grâces solennellement tous les matins, et cinq ou six mille musiciens les accompagnent. — Quoi ! Vous n'avez point de moines qui enseignent, qui disputent, qui gouvernent, qui cabalent*, et qui font brûler les gens qui ne sont pas de leur avis ? — Il faudrait que nous fussions fous, dit le vieillard ; nous sommes tous ici du même avis, et nous n'entendons pas ce que vous voulez dire avec vos moines. » Candide à tous ces discours demeurait en extase, et disait en lui-même : « Ceci est bien différent de la Westphalie et du château de monsieur le baron : si notre ami Pangloss avait vu Eldorado, il n'aurait plus dit que le château de Thunder-ten-tronckh était ce qu'il y avait de mieux sur la terre ; il est certain qu'il faut voyager. »

* Complotent.

Après cette longue conversation, le bon vieillard fit atteler un carrosse à six moutons, et donna douze de ses domestiques aux deux voyageurs pour les conduire à la cour. « Excusez-moi, leur dit-il, si mon âge me prive de l'honneur de vous accompagner. Le roi vous recevra d'une manière dont vous ne serez pas mécontents, et vous pardonnerez sans doute aux usages du pays, s'il y en a quelques-uns qui vous déplaisent. »

Candide et Cacambo montent en carrosse ; les six moutons volaient, et en moins de quatre heures on arriva au palais du roi, situé à un bout de la capitale. Le portail était de deux cent vingt pieds de haut, et de cent de large* ; il est impossible d'exprimer quelle en était la matière. On voit assez quelle supériorité prodigieuse elle devait avoir sur ces cailloux et sur ce sable que nous nommons or et pierreries.

Vingt belles filles de la garde reçurent Candide et Cacambo à la descente du carrosse, les conduisirent aux bains, les vêtirent de robes d'un tissu de duvet de colibri ; après quoi les grands officiers et les grandes officières de la couronne les menèrent à l'appartement de Sa Majesté au milieu de deux files, chacune de mille musiciens, selon l'usage ordinaire. Quand ils approchèrent de la salle du trône, Cacambo demanda à un grand officier comment il fallait s'y prendre pour saluer Sa Majesté : si on se jetait à genoux ou ventre à terre ; si on mettait les mains sur la tête ou sur le derrière ; si on léchait la poussière de la salle ; en un mot, quelle était la cérémonie. « L'usage, dit le grand officier, est d'embrasser le roi et de le baiser des deux côtés. » Candide et Cacambo sautè-

* Environ 66 mètres de haut sur 30 de large.

rent au cou de Sa Majesté, qui les reçut avec toute la grâce imaginable, et qui les pria poliment à souper.

En attendant, on leur fit voir la ville, les édifices publics élevés jusqu'aux nues, les marchés ornés de mille colonnes, les fontaines d'eau pure, les fontaines d'eau rose, celles de liqueurs de canne de sucre qui coulaient continuellement dans de grandes places pavées d'une espèce de pierreries qui répandaient une odeur semblable à celle du gérofle et de la cannelle. Candide demanda à voir la cour de justice, le parlement ; on lui dit qu'il n'y en avait point, et qu'on ne plaidait jamais. Il s'informa s'il y avait des prisons, et on lui dit que non. Ce qui le surprit davantage, et qui lui fit le plus de plaisir, ce fut le palais des sciences, dans lequel il vit une galerie de deux mille pas*, toute pleine d'instruments de mathématique et de physique.

Après avoir parcouru toute l'après-dînée à peu près la millième partie de la ville, on les ramena chez le roi. Candide se mit à table entre Sa Majesté, son valet Cacambo, et plusieurs dames. Jamais on ne fit meilleure chère, et jamais on n'eut plus d'esprit à souper qu'en eut Sa Majesté. Cacambo expliquait les bons mots du roi à Candide, et quoique traduits, ils paraissaient toujours des bons mots. De tout ce qui étonnait Candide, ce n'était pas ce qui l'étonna le moins.

Ils passèrent un mois dans cet hospice**. Candide ne cessait de dire à Cacambo : « Il est vrai, mon ami, encore une fois, que le château où je suis né ne vaut pas le pays où nous sommes ; mais

* Environ 1 500 mètres.
** Lieu où l'on reçoit l'hospitalité.

enfin mademoiselle Cunégonde n'y est pas, et vous avez sans doute quelque maîtresse en Europe. Si nous restons ici, nous n'y serons que comme les autres ; au lieu que si nous retournons dans notre monde, seulement avec douze moutons chargés de cailloux d'Eldorado, nous serons plus riches que tous les rois ensemble, nous n'aurons plus d'inquisiteurs à craindre, et nous pourrons aisément reprendre mademoiselle Cunégonde. »

Ce discours plut à Cacambo ; on aime tant à courir, à se faire valoir chez les siens, à faire parade de ce qu'on a vu dans ses voyages, que les deux heureux résolurent de ne plus l'être, et de demander leur congé à Sa Majesté.

« Vous faites une sottise, leur dit le roi ; je sais bien que mon pays est peu de chose ; mais, quand on est passablement quelque part, il faut y rester. Je n'ai pas assurément le droit de retenir des étrangers ; c'est une tyrannie qui n'est ni dans nos mœurs ni dans nos lois : tous les hommes sont libres ; partez quand vous voudrez, mais la sortie est bien difficile. Il est impossible de remonter la rivière rapide sur laquelle vous êtes arrivés par miracle, et qui court sous des voûtes de rochers. Les montagnes qui entourent tout mon royaume ont dix mille pieds de hauteur*, et sont droites comme des murailles : elles occupent chacune en largeur un espace de plus de dix lieues** ; on ne peut en descendre que par des précipices. Cependant, puisque vous voulez absolument partir, je vais donner ordre aux intendants des machines d'en faire une qui puisse vous transporter commodément. Quand on vous aura conduits au revers

* Plus de 3 000 mètres d'altitude.
** Plus de 40 kilomètres.

des montagnes, personne ne pourra vous accompagner : car mes sujets ont fait vœu de ne jamais sortir de leur enceinte, et ils sont trop sages pour rompre leur vœu. Demandez-moi d'ailleurs* tout ce qu'il vous plaira. — Nous ne demandons à Votre Majesté, dit Cacambo, que quelques moutons chargés de vivres, de cailloux, et de la boue du pays. » Le roi rit : « Je ne conçois pas, dit-il, quel goût vos gens d'Europe ont pour notre boue jaune ; mais emportez-en tant que vous voudrez, et grand bien vous fasse. »

Il donna l'ordre sur-le-champ à ses ingénieurs de faire une machine pour guinder** ces deux hommes extraordinaires hors du royaume. Trois mille bons physiciens y travaillèrent ; elle fut prête au bout de quinze jours, et ne coûta pas plus de vingt millions de livres sterling, monnaie du pays. On mit sur la machine Candide et Cacambo ; il y avait deux grands moutons rouges sellés et bridés pour leur servir de monture quand ils auraient franchi les montagnes, vingt moutons de bât chargés de vivres, trente qui portaient des présents de ce que le pays a de plus curieux, et cinquante chargés d'or, de pierreries et de diamants. Le roi embrassa tendrement les deux vagabonds.

Ce fut un beau spectacle que leur départ, et la manière ingénieuse dont ils furent hissés, eux et leurs moutons, au haut des montagnes. Les physiciens prirent congé d'eux après les avoir mis en sûreté, et Candide n'eut plus d'autre désir et d'autre objet que d'aller présenter ses moutons à mademoiselle Cunégonde. « Nous avons, dit-il, de

* Par ailleurs.
** Hisser.

quoi payer le gouverneur de Buenos-Ayres, si mademoiselle Cunégonde peut être mise à prix. Marchons vers la Cayenne, embarquons-nous, et nous verrons ensuite quel royaume nous pourrons acheter. »

CHAPITRE DIX-NEUVIÈME

Ce qui leur arriva à Surinam,
et comment Candide fit connaissance
avec Martin

La première journée de nos deux voyageurs fut assez agréable. Ils étaient encouragés par l'idée de se voir possesseurs de plus de trésors que l'Asie, l'Europe et l'Afrique n'en pouvaient rassembler. Candide, transporté, écrivit le nom de Cunégonde sur les arbres. A la seconde journée, deux de leurs moutons s'enfoncèrent dans les marais, et y furent abîmés* avec leurs charges ; deux autres moutons moururent de fatigue quelques jours après ; sept ou huit périrent ensuite de faim dans un désert ; d'autres tombèrent au bout de quelques jours dans des précipices. Enfin, après cent jours de marche, il ne leur resta que deux moutons. Candide dit à Cacambo : « Mon ami, vous voyez comme les richesses de ce monde sont périssables ; il n'y a rien de solide que la vertu et le bonheur de revoir

* Engloutis.

mademoiselle Cunégonde. — Je l'avoue, dit Cacambo ; mais il nous reste encore deux moutons avec plus de trésors que n'en aura jamais le roi d'Espagne ; et je vois de loin une ville que je soupçonne être Surinam, appartenante aux Hollandais [3, 14]. Nous sommes au bout de nos peines et au commencement de notre félicité. »

●● En approchant de la ville, ils rencontrèrent un nègre étendu par terre, n'ayant plus que la moitié de son habit, c'est-à-dire d'un caleçon de toile bleue ; il manquait à ce pauvre homme la jambe gauche et la main droite. « Eh ! mon Dieu ! lui dit Candide en hollandais, que fais-tu là, mon ami, dans l'état horrible où je te vois ? — J'attends mon maître, M. Vanderdendur [9, 14], le fameux négociant, répondit le nègre. — Est-ce M. Vanderdendur, dit Candide, qui t'a traité ainsi ? — Oui, monsieur, dit le nègre, c'est l'usage. On nous donne un caleçon de toile pour tout vêtement deux fois l'année. Quand nous travaillons aux sucreries, et que la meule nous attrape le doigt, on nous coupe la main ; quand nous voulons nous enfuir, on nous coupe la jambe [3] : je me suis trouvé dans les deux cas. C'est à ce prix que vous mangez du sucre en Europe. Cependant, lorsque ma mère me vendit dix écus patagons* sur la côte de Guinée, elle me disait : ''Mon cher enfant, bénis nos fétiches, adore-les toujours, ils te feront vivre heureux ; tu as l'honneur d'être esclave de nos seigneurs les blancs, et tu fais par là la fortune de ton père et de ta mère.'' Hélas ! je ne sais pas si j'ai fait leur fortune, mais ils n'ont pas fait la mienne. Les chiens, les singes et les perroquets sont mille fois moins malheureux que nous ; les féti-

* Monnaie d'argent espagnole et flamande.

●● Voir *Au fil du texte*, p. X.

ches hollandais* qui m'ont converti me disent tous les dimanches que nous sommes tous enfants d'Adam, blancs et noirs. Je ne suis pas généalogiste ; mais si ces prêcheurs disent vrai, nous sommes tous cousins issus de germain. Or vous m'avouerez qu'on ne peut pas en user avec ses parents d'une manière plus horrible.

— Ô Pangloss ! s'écria Candide, tu n'avais pas deviné cette abomination ; c'en est fait, il faudra qu'à la fin je renonce à ton optimisme [12]. — Qu'est-ce qu'optimisme ? disait Cacambo. — Hélas ! dit Candide, c'est la rage de soutenir que tout est bien quand on est mal » ; et il versait des larmes en regardant son nègre ; et en pleurant, il entra dans Surinam.

La première chose dont ils s'informent, c'est s'il n'y a point au port quelque vaisseau qu'on pût envoyer à Buenos-Ayres. Celui à qui ils s'adressèrent était justement un patron espagnol qui s'offrit à faire avec eux un marché honnête. Il leur donna rendez-vous dans un cabaret. Candide et le fidèle Cacambo allèrent l'y attendre avec leurs deux moutons.

Candide, qui avait le cœur sur les lèvres, conta à l'Espagnol toutes ses aventures, et lui avoua qu'il voulait enlever mademoiselle Cunégonde. « Je me garderai bien de vous passer à Buenos-Ayres, dit le patron ; je serais pendu, et vous aussi ; la belle Cunégonde est la maîtresse favorite de monseigneur. » Ce fut un coup de foudre pour Candide, il pleura longtemps ; enfin il tira à part Cacambo. « Voici, mon cher ami, lui dit-il, ce qu'il faut que

* Les pasteurs. Le mot portugais « feitiço » signifie sortilège, d'où objet ou personne doués d'un pouvoir sacré et auxquels on rend un culte.

tu fasses. Nous avons chacun dans nos poches pour cinq ou six millions de diamants ; tu es plus habile que moi ; va prendre mademoiselle Cunégonde à Buenos-Ayres. Si le gouverneur fait quelque difficulté, donne-lui un million ; s'il ne se rend pas, donne-lui-en deux ; tu n'as point tué d'inquisiteur, on ne se défiera point de toi. J'équiperai un autre vaisseau, j'irai t'attendre à Venise : c'est un pays libre [14] où l'on n'a rien à craindre ni des Bulgares, ni des Abares, ni des juifs, ni des inquisiteurs. » Cacambo applaudit à cette sage résolution. Il était au désespoir de se séparer d'un bon maître devenu son ami intime ; mais le plaisir de lui être utile l'emporta sur la douleur de le quitter. Ils s'embrassèrent en versant des larmes : Candide lui recommanda de ne point oublier la bonne vieille. Cacambo partit dès le jour même : c'était un très bon homme que ce Cacambo.

Candide resta encore quelque temps à Surinam, et attendit qu'un autre patron voulût le mener en Italie, lui et les deux moutons qui lui restaient. Il prit des domestiques, et acheta tout ce qui lui était nécessaire pour un long voyage ; enfin monsieur Vanderdendur, maître d'un gros vaisseau, vint se présenter à lui. « Combien voulez-vous, demandat-il à cet homme, pour me mener en droiture* à Venise, moi, mes gens, mon bagage, et les deux moutons que voilà ? » Le patron s'accorda à dix mille piastres** ; Candide n'hésita pas.

« Oh ! oh ! dit à part soi le prudent Vanderdendur, cet étranger donne dix mille piastres tout d'un coup ! il faut qu'il soit bien riche. » Puis, reve-

* En droite ligne.
** Monnaie d'argent espagnole.

nant un moment après, il signifia qu'il ne pouvait partir à moins de vingt mille. « Eh ! bien vous les aurez, dit Candide.

— Ouais, se dit tout bas le marchand, cet homme donne vingt mille piastres aussi aisément que dix mille. Il revint encore, et dit qu'il ne pouvait le conduire à Venise à moins de trente mille piastres. « Vous en aurez donc trente mille, répondit Candide.

— Oh ! oh ! se dit encore le marchand hollandais, trente mille piastres ne coûtent rien à cet homme-ci : sans doute les deux moutons portent des trésors immenses : n'insistons pas davantage ; faisons-nous d'abord payer les trente mille piastres, et puis nous verrons. » Candide vendit deux petits diamants, dont le moindre valait plus que tout l'argent que demandait le patron. Il le paya d'avance. Les deux moutons furent embarqués. Candide suivait dans un petit bateau pour joindre le vaisseau à la rade ; le patron prend son temps*, met à la voile, démarre** ; le vent le favorise. Candide, éperdu et stupéfait, le perd bientôt de vue. « Hélas ! cria-t-il, voilà un tour digne de l'ancien monde. » Il retourne au rivage, abîmé dans la douleur : car enfin il avait perdu de quoi faire la fortune de vingt monarques.

Il se transporte chez le juge hollandais ; et, comme il était un peu troublé, il frappe rudement à la porte ; il entre, expose son aventure, et crie un peu plus haut qu'il ne convenait. Le juge commença par lui faire payer dix mille piastres pour le bruit qu'il avait fait ; ensuite il l'écouta patiemment, lui promit d'examiner son affaire sitôt que

* Choisit le moment favorable (terme d'escrime).
** Largue les amarres (terme technique de navigation).

le marchand serait revenu, et se fit payer dix mille autres piastres pour les frais de l'audience.

Ce procédé acheva de désespérer Candide ; il avait à la vérité essuyé des malheurs mille fois plus douloureux ; mais le sang-froid du juge, et celui du patron dont il était volé, alluma sa bile, et le plongea dans une noire mélancolie. La méchanceté des hommes se présentait à son esprit dans toute sa laideur, il ne se nourrissait que d'idées tristes. Enfin un vaisseau français étant sur le point de partir pour Bordeaux [14], comme il n'avait plus de moutons chargés de diamants à embarquer, il loua une chambre du vaisseau à juste prix, et fit signifier dans la ville qu'il payerait le passage, la nourriture, et donnerait deux mille piastres à un honnête homme qui voudrait faire le voyage avec lui, à condition que cet homme serait le plus dégoûté de son état et le plus malheureux de la province.

Il se présenta une foule de prétendants qu'une flotte n'aurait pu contenir. Candide voulant choisir entre les plus apparents*, il distingua une vingtaine de personnes qui lui paraissaient assez sociables, et qui toutes prétendaient mériter la préférence. Il les assembla dans son cabaret, et leur donna à souper, à condition que chacun ferait serment de raconter fidèlement son histoire, promettant de choisir celui qui lui paraîtrait le plus à plaindre et le plus mécontent de son état, à plus juste titre, et de donner aux autres quelques gratifications.

La séance dura jusqu'à quatre heures du matin. Candide, en écoutant toutes leurs aventures, se ressouvenait de ce que lui avait dit la vieille en allant à Buenos-Ayres, et de la gageure qu'elle avait faite,

* Les plus distingués, ceux qui ont la meilleure apparence.

100

qu'il n'y avait personne sur le vaisseau à qui il ne fût arrivé de très grands malheurs. Il songeait à Pangloss à chaque aventure qu'on lui contait. « Ce Pangloss, disait-il, serait bien embarrassé à démontrer son système [12]. Je voudrais qu'il fût ici. Certainement si tout va bien, c'est dans Eldorado, et non pas dans le reste de la terre. » Enfin il se détermina en faveur d'un pauvre savant qui avait travaillé dix ans pour les libraires à Amsterdam [9]. Il jugea qu'il n'y avait point de métier au monde dont on dût être plus dégoûté.

Ce savant, qui était d'ailleurs un bon homme, avait été volé par sa femme, battu par son fils, et abandonné de sa fille, qui s'était fait enlever par un Portugais. Il venait d'être privé d'un petit emploi duquel il subsistait ; et les prédicants de Surinam le persécutaient parce qu'ils le prenaient pour un socinien [2]. Il faut avouer que les autres étaient pour le moins aussi malheureux que lui ; mais Candide espérait que le savant le désennuierait dans le voyage. Tous ses autres rivaux trouvèrent que Candide leur faisait une grande injustice ; mais il les apaisa en leur donnant à chacun cent piastres.

CHAPITRE VINGTIÈME

Ce qui arriva sur mer à Candide et à Martin

Le vieux savant, qui s'appelait Martin [14], s'embarqua donc pour Bordeaux avec Candide. L'un et l'autre avaient beaucoup vu et beaucoup souffert ; et quand le vaisseau aurait dû faire voile de Surinam au Japon par le cap de Bonne-Espérance, ils auraient eu de quoi s'entretenir du mal moral et du mal physique [12] pendant tout le voyage.

Cependant Candide avait un grand avantage sur Martin, c'est qu'il espérait toujours revoir mademoiselle Cunégonde, et que Martin n'avait rien à espérer ; de plus il avait de l'or et des diamants ; et quoiqu'il eût perdu cent gros moutons rouges chargés des plus grands trésors de la terre, quoiqu'il eût toujours sur le cœur la friponnerie du patron hollandais, cependant, quand il songeait à ce qui lui restait dans ses poches, et quand il parlait de Cunégonde, surtout à la fin du repas, il penchait alors pour le système de Pangloss.

« Mais vous, monsieur Martin, dit-il au savant, que pensez-vous de tout cela ? Quelle est votre idée sur le mal moral et le mal physique ? — Monsieur, répondit Martin, mes prêtres m'ont accusé d'être socinien ; mais la vérité du fait est que je suis manichéen[2]. — Vous vous moquez de moi, dit Candide ; il n'y a plus de manichéens dans le monde. — Il y a moi, dit Martin ; je ne sais qu'y faire, mais je ne peux penser autrement. — Il faut que vous ayez le diable au corps, dit Candide. — Il se mêle si fort des affaires de ce monde, dit Martin, qu'il pourrait bien être dans mon corps, comme partout ailleurs ; mais je vous avoue qu'en jetant la vue sur ce globe, ou plutôt sur ce globule[14], je pense que Dieu l'a abandonné à quelque être malfaisant ; j'en excepte toujours Eldorado. Je n'ai guère vu de ville qui ne désirât la ruine de la ville voisine, point de famille qui ne voulût exterminer quelque autre famille. Partout les faibles ont en exécration les puissants devant lesquels ils rampent, et les puissants les traitent comme des troupeaux dont on vend la laine et la chair. Un million d'assassins enrégimentés, courant d'un bout de l'Europe à l'autre, exerce le meurtre et le brigandage avec discipline pour gagner son pain, parce qu'il n'a pas de métier plus honnête ; et dans les villes qui paraissent jouir de la paix, et où les arts fleurissent, les hommes sont dévorés de plus d'envie, de soins[14] et d'inquiétudes qu'une ville assiégée n'éprouve de fléaux. Les chagrins secrets sont encore plus cruels que les misères publiques. En un mot, j'en ai tant vu et tant éprouvé que je suis manichéen.

— Il y a pourtant du bon, répliquait Candide. — Cela peut être, disait Martin ; mais je ne le connais pas[8]. »

Au milieu de cette dispute*, on entendit un bruit de canon. Le bruit redouble de moment en moment. Chacun prend sa lunette. On aperçoit deux vaisseaux qui combattaient à la distance d'environ trois milles : le vent les amena l'un et l'autre si près du vaisseau français qu'on eut le plaisir de voir le combat tout à son aise. Enfin l'un des deux vaisseaux lâcha à l'autre une bordée** si bas et si juste, qu'il le coula à fond. Candide et Martin aperçurent distinctement une centaine d'hommes sur le tillac du vaisseau qui s'enfonçait ; ils levaient tous les mains au ciel, et jetaient des clameurs effroyables : en un moment tout fut englouti.

« Eh bien ! dit Martin, voilà comme les hommes se traitent les uns les autres. — Il est vrai, dit Candide, qu'il y a quelque chose de diabolique dans cette affaire. » En parlant ainsi, il aperçut je ne sais quoi d'un rouge éclatant, qui nageait auprès de son vaisseau. On détacha la chaloupe pour voir ce que ce pouvait être : c'était un de ses moutons. Candide eut plus de joie de retrouver ce mouton qu'il n'avait été affligé d'en perdre cent tous chargés de gros diamants d'Eldorado[11].

Le capitaine français aperçut bientôt que le capitaine du vaisseau submergeant était espagnol, et que celui du vaisseau submergé était un pirate hollandais ; c'était celui-là même qui avait volé Candide. Les richesses immenses dont ce scélérat s'était emparé furent ensevelies avec lui dans la mer, et il n'y eut qu'un mouton de sauvé. « Vous voyez, dit Candide à Martin, que le crime est puni quelquefois ; ce coquin de patron hollandais a eu le

* Discussion.
** Salve de tous les canons situés d'un côté du navire.

sort qu'il méritait. — Oui, dit Martin ; mais fallait-il que les passagers qui étaient sur son vaisseau périssent aussi ? Dieu a puni ce fripon, le diable a noyé les autres. »

Cependant le vaisseau français et l'espagnol continuèrent leur route, et Candide continua ses conversations avec Martin. Ils disputèrent quinze jours de suite, et au bout de quinze jours ils étaient aussi avancés que le premier [12]. Mais enfin ils parlaient, ils se communiquaient des idées, ils se consolaient. Candide caressait son mouton. « Puisque je t'ai retrouvé, dit-il, je pourrai bien retrouver Cunégonde. »

CHAPITRE VINGT ET UNIÈME

Candide et Martin approchent des côtes de France, et raisonnent

On aperçut enfin les côtes de France. « Avez-vous jamais été en France, monsieur Martin ? dit Candide. — Oui, dit Martin, j'ai parcouru plusieurs provinces. Il y en a où la moitié des habitants est folle, quelques-unes où l'on est trop rusé, d'autres où l'on est communément assez doux et assez bête, d'autres où l'on fait le bel esprit ; et, dans toutes, la principale occupation est l'amour ; la seconde, de médire ; et la troisième, de dire des sottises. — Mais, monsieur Martin, avez-vous vu Paris ? — Oui, j'ai vu Paris ; il tient de toutes ces espèces-là ; c'est un chaos, c'est une presse* dans laquelle tout le monde cherche le plaisir, et où presque personne ne le trouve, du moins à ce qu'il m'a paru. J'y ai séjourné peu ; j'y fus volé, en arrivant, de tout ce que j'avais, par des filous, à la foire St Germain [14] ; on me prit moi-même pour

* Multitude de gens qui se pressent dans un espace restreint.

un voleur, et je fus huit jours en prison ; après quoi je me fis correcteur d'imprimerie pour gagner de quoi retourner à pied en Hollande. Je connus la canaille écrivante, la canaille cabalante, et la canaille convulsionnaire. On dit qu'il y a des gens fort polis dans cette ville-là : je le veux croire.

— Pour moi, je n'ai nulle curiosité de voir la France, dit Candide ; vous devinez aisément que quand on a passé un mois dans Eldorado, on ne se soucie plus de rien voir sur la terre que mademoiselle Cunégonde : je vais l'attendre à Venise ; nous traverserons la France pour aller en Italie ; ne m'accompagnerez-vous pas ? — Très volontiers, dit Martin ; on dit que Venise n'est bonne que pour les nobles vénitiens, mais que cependant on y reçoit très bien les étrangers quand ils ont beaucoup d'argent : je n'en ai point ; vous en avez, je vous suivrai partout. — A propos, dit Candide, pensez-vous que la terre ait été originairement une mer, comme on l'assure dans ce gros livre qui appartient au capitaine du vaisseau [11] ?

— Je n'en crois rien du tout, dit Martin, non plus que toutes les rêveries qu'on nous débite depuis quelque temps. — Mais à quelle fin ce monde a-t-il donc été formé ? dit Candide. — Pour nous faire enrager, répondit Martin. — N'êtes-vous pas bien étonné, continua Candide, de l'amour que ces deux filles du pays des Oreillons avaient pour ces deux singes, et dont je vous ai conté l'aventure ? — Point du tout, dit Martin ; je ne vois pas ce que cette passion a d'étrange : j'ai tant vu de choses extraordinaires qu'il n'y a plus rien d'extraordinaire. — Croyez-vous, dit Candide, que les hommes se soient toujours mutuellement massacrés comme ils font aujourd'hui ? qu'ils aient toujours été menteurs,

fourbes, perfides, ingrats, brigands, faibles, vola-
ges, lâches, envieux, gourmands, ivrognes, ava-
res, ambitieux, sanguinaires, calomniateurs,
débauchés, fanatiques, hypocrites et sots ?
— Croyez-vous, dit Martin, que les éperviers aient
toujours mangé des pigeons quand ils en ont
trouvé ? — Oui, sans doute, dit Candide. — Eh
bien ! dit Martin, si les éperviers ont toujours eu
le même caractère, pourquoi voulez-vous que les
hommes aient changé le leur ? — Oh ! dit Can-
dide, il y a bien de la différence, car le libre
arbitre... [12] »

En raisonnant ainsi, ils arrivèrent à Bordeaux.

CHAPITRE VINGT-DEUXIÈME

Ce qui arriva en France à Candide et à Martin

Candide ne s'arrêta dans Bordeaux qu'autant de temps qu'il en fallait pour vendre quelques cailloux du Dorado, et pour s'accommoder d'une bonne chaise* à deux places ; car il ne pouvait plus se passer de son philosophe Martin ; il fut seulement très fâché de se séparer de son mouton, qu'il laissa à l'Académie des sciences de Bordeaux, laquelle proposa pour le sujet du prix de cette année de trouver pourquoi la laine de ce mouton était rouge ; et le prix fut adjugé à un savant du Nord, qui démontra par A, plus B, moins C divisé par Z^9, que le mouton devait être rouge, et mourir de la clavelée*.

Cependant tous les voyageurs que Candide rencontra dans les cabarets de la route lui disaient : « Nous allons à Paris. » Cet empressement général

* Voiture de voyage (cf. « chaise de poste »).
** Maladie virale contagieuse des ovidés, dite « variole du mouton ».

lui donna enfin l'envie de voir cette capitale ; ce n'était pas beaucoup se détourner du chemin de Venise.

Il entra par le faubourg Saint-Marceau [14], et crut être dans le plus vilain village de la Westphalie.

A peine Candide fut-il dans son auberge, qu'il fut attaqué d'une maladie légère, causée par ses fatigues. Comme il avait au doigt un diamant énorme, et qu'on avait aperçu dans son équipage une cassette prodigieusement pesante, il eut aussitôt auprès de lui deux médecins qu'il n'avait pas mandés, quelques amis intimes qui ne le quittèrent pas, et deux dévotes qui faisaient chauffer ses bouillons. Martin disait : « Je me souviens d'avoir été malade aussi à Paris dans mon premier voyage ; j'étais fort pauvre : aussi n'eus-je ni amis, ni dévotes, ni médecins, et je guéris. »

Cependant, à force de médecines et de saignées, la maladie de Candide devint sérieuse [11]. Un habitué* du quartier vint avec douceur lui demander un billet payable au porteur pour l'autre monde[2] : Candide n'en voulut rien faire. Les dévotes l'assurèrent que c'était une nouvelle mode ; Candide répondit qu'il n'était point homme à la mode. Martin voulut jeter l'habitué par les fenêtres. Le clerc jura qu'on n'enterrerait point Candide. Martin jura qu'il enterrerait le clerc s'il continuait à les importuner. La querelle s'échauffa : Martin le prit par les épaules, et le chassa rudement ; ce qui causa un grand scandale, dont on fit un procès-verbal.

Candide guérit ; et pendant sa convalescence il eut très bonne compagnie à souper chez lui. On

* Prêtre affecté à une paroisse sans en être titulaire.

jouait gros jeu. Candide était tout étonné que jamais les as ne lui vinssent ; et Martin ne s'en étonnait pas.

Parmi ceux qui lui faisaient les honneurs de la ville, il y avait un petit abbé périgourdin, l'un de ces gens empressés, toujours alertes, toujours serviables, effrontés, caressants, accommodants, qui guettent les étrangers à leur passage, leur content l'histoire scandaleuse de la ville, et leur offrent des plaisirs à tout prix. Celui-ci mena d'abord Candide et Martin à la comédie. On y jouait une tragédie nouvelle [10]. Candide se trouva placé auprès de quelques beaux esprits. Cela ne l'empêcha pas de pleurer à des scènes jouées parfaitement. Un des raisonneurs qui étaient à ses côtés lui dit dans un entr'acte : « Vous avez grand tort de pleurer, cette actrice est fort mauvaise ; l'acteur qui joue avec elle est plus mauvais acteur encore ; la pièce est encore plus mauvaise que les acteurs ; l'auteur ne sait pas un mot d'arabe, et cependant la scène est en Arabie ; et, de plus, c'est un homme qui ne croit pas aux idées innées [2] ; je vous apporterai demain vingt brochures contre lui. — Monsieur, combien avez-vous de pièces de théâtre en France ? » dit Candide à l'abbé ; lequel répondit : « Cinq ou six mille. — C'est beaucoup, dit Candide ; combien y en a-t-il de bonnes ? — Quinze ou seize, répliqua l'autre. — C'est beaucoup », dit Martin.

Candide fut très content d'une actrice qui faisait la reine Elizabeth, dans une assez plate tragédie que l'on joue quelquefois. « Cette actrice, dit-il à Martin, me plaît beaucoup ; elle a un faux air de mademoiselle Cunégonde ; je serais bien aise de la saluer.

L'abbé périgourdin s'offrit à l'introduire chez

elle. Candide, élevé en Allemagne, demanda quelle était l'étiquette, et comment on traitait en France les reines d'Angleterre. « Il faut distinguer, dit l'abbé ; en province, on les mène au cabaret ; à Paris, on les respecte quand elles sont belles, et on les jette à la voirie quand elles sont mortes [2]. — Des reines à la voirie ! dit Candide. — Oui vraiment, dit Martin ; monsieur l'abbé a raison : j'étais à Paris quand mademoiselle Monime [10] passa, comme on dit, de cette vie à l'autre ; on lui refusa ce que ces gens-ci appellent *les honneurs de la sépulture*, c'est-à-dire de pourrir avec tous les gueux du quartier dans un vilain cimetière ; elle fut enterrée toute seule de sa bande au coin de la rue de Bourgogne ; ce qui dut lui faire une peine extrême, car elle pensait très noblement. — Cela est bien impoli, dit Candide. — Que voulez-vous ? dit Martin : ces gens-ci sont ainsi faits. Imaginez toutes les contradictions, toutes les incompatibilités possibles, vous les verrez dans le gouvernement, dans les tribunaux, dans les églises, dans les spectacles de cette drôle de nation. — Est-il vrai qu'on rit toujours à Paris ? dit Candide. — Oui, dit l'abbé ; mais c'est en enrageant : car on s'y plaint de tout avec de grands éclats de rire ; même on y fait en riant les actions les plus détestables.

— Quel est, dit Candide, ce gros cochon qui me disait tant de mal de la pièce où j'ai tant pleuré, et des acteurs qui m'ont fait tant de plaisir ? — C'est un mal vivant, répondit l'abbé, qui gagne sa vie à dire du mal de toutes les pièces et de tous les livres ; il hait quiconque réussit, comme les eunuques haïssent les jouissants ; c'est un de ces serpents de la littérature qui se nourissent de fange et de venin ; c'est un folliculaire [14].

— Qu'appelez-vous folliculaire ? dit Candide.

— C'est, dit l'abbé, un faiseur de feuilles, un Fréron[11]. »

C'est ainsi que Candide, Martin, et le Périgourdin, raisonnaient sur l'escalier, en voyant défiler le monde au sortir de la pièce. « Quoique je sois très empressé de revoir mademoiselle Cunégonde, dit Candide, je voudrais pourtant souper avec mademoiselle Clairon[10], car elle m'a paru admirable. »

L'abbé n'était pas homme à approcher de mademoiselle Clairon, qui ne voyait que bonne compagnie. « Elle est engagée pour ce soir, dit-il ; mais j'aurai l'honneur de vous mener chez une dame de qualité, et là vous connaîtrez Paris comme si vous y aviez été quatre ans. »

Candide, qui était naturellement curieux, se laissa mener chez la dame, au fond du faubourg Saint-Honoré[14] ; on y était occupé d'un pharaon[6] ; douze tristes pontes tenaient chacun en main un petit livre de cartes, registre cornu de leurs infortunes. Un profond silence régnait, la pâleur était sur le front des pontes, l'inquiétude sur celui du banquier ; et la dame du logis, assise auprès de ce banquier impitoyable, remarquait avec des yeux de lynx tous les parolis, tous les sept-et-le-va de campagne, dont chaque joueur cornait ses cartes ; elle les faisait décorner avec une attention sévère, mais polie, et ne se fâchait point, de peur de perdre ses pratiques. La dame se faisait appeler la marquise de Parolignac[14]. Sa fille, âgée de quinze ans, était au nombre des pontes, et avertissait d'un clin d'œil des friponneries de ces pauvres gens qui tâchaient de réparer les cruautés du sort. L'abbé périgourdin, Candide, et Martin, entrèrent ; personne ne se leva, ni les salua, ni les

regarda ; tous étaient profondément occupés de leurs cartes. « Madame la baronne de Thunder-ten-tronckh était plus civile », dit Candide.

Cependant l'abbé s'approcha de l'oreille de la marquise, qui se leva à moitié, honora Candide d'un sourire gracieux, et Martin d'un air de tête tout à fait noble ; elle fit donner un siège et un jeu de cartes à Candide, qui perdit cinquante mille francs en deux tailles : après quoi on soupa très gaiement ; et tout le monde était étonné que Candide ne fût pas ému de sa perte ; les laquais disaient entre eux, dans leur langage de laquais : « Il faut que ce soit quelque milord anglais. »

Le souper fut comme la plupart des soupers de Paris : d'abord du silence, ensuite un bruit de paroles qu'on ne distingue point, puis des plaisanteries dont la plupart sont insipides, de fausses nouvelles, de mauvais raisonnements, un peu de politique, et beaucoup de médisance ; on parla même de livres nouveaux. « Avez-vous vu, dit l'abbé périgourdin, le roman du sieur Gauchat [10], docteur en théologie ? — Oui, répondit un des convives : mais je n'ai pu l'achever. Nous avons une foule d'écrits impertinents ; mais tous ensemble n'approchent pas de l'impertinence de Gauchat, docteur en théologie ; je suis si rassasié de cette immensité de détestables livres qui nous inondent que je me suis mis à ponter au pharaon. — Et les *Mélanges* de l'archidiacre T... [10], qu'en dites-vous ? dit l'abbé. — Ah ! dit madame de Parolignac, l'ennuyeux mortel ! comme il vous dit curieusement ce que tout le monde sait ! comme il discute pesamment ce qui ne vaut pas la peine d'être remarqué légèrement ! comme il s'approprie, sans esprit, l'esprit des autres ! comme il gâte ce qu'il pille ! comme il me dégoûte ! mais il ne

me dégoûtera plus ; c'est assez d'avoir lu quelques pages de l'archidiacre. »

Il y avait à table un homme savant et de goût qui appuya ce que disait la marquise. On parla ensuite de tragédies ; la dame demanda pourquoi il y avait des tragédies qu'on jouait quelquefois, et qu'on ne pouvait lire. L'homme de goût expliqua très bien comment une pièce pouvait avoir quelque intérêt, et n'avoir presque aucun mérite ; il prouva en peu de mots que ce n'était pas assez d'amener une ou deux de ces situations qu'on trouve dans tous les romans, et qui séduisent toujours les spectateurs, mais qu'il faut être neuf sans être bizarre, souvent sublime et toujours naturel : connaître le cœur humain et le faire parler ; être grand poète sans que jamais aucun personnage de la pièce paraisse poète ; savoir parfaitement sa langue, la parler avec pureté, avec une harmonie continue, sans que jamais la rime coûte rien au sens. « Quiconque, ajouta-t-il, n'observe pas toutes ces règles peut faire une ou deux tragédies applaudies au théâtre, mais il ne sera jamais compté au rang des bons écrivains ; il y a très peu de bonnes tragédies : les unes sont des idylles en dialogues bien écrits et bien rimés ; les autres, des raisonnements politiques qui endorment, ou des amplifications qui rebutent ; les autres, des rêves d'énergumène, en style barbare, des propos interrompus, de longues apostrophes aux dieux, parce qu'on ne sait point parler aux hommes, des maximes fausses, des lieux communs ampoulés [10]. »

Candide écouta ce propos avec attention, et conçut une grande idée du discoureur ; et, comme la marquise avait eu soin de le placer à côté d'elle, il s'approcha de son oreille, et prit la liberté de lui demander qui était cet homme qui parlait si

bien. « C'est un savant, dit la dame, qui ne ponte point, et que l'abbé m'amène quelquefois à souper : il se connaît parfaitement en tragédies et en livres, et il a fait une tragédie sifflée, et un livre dont on n'a jamais vu hors de la boutique de son libraire qu'un exemplaire, qu'il m'a dédié. — Le grand homme ! dit Candide, c'est un autre Pangloss. »

Alors, se tournant vers lui, il lui dit : « Monsieur, vous pensez, sans doute, que tout est au mieux dans le monde physique et dans le moral, et que rien ne pouvait être autrement [12] ? — Moi, monsieur, lui répondit le savant, je ne pense rien de tout cela : je trouve que tout va de travers chez nous ; que personne ne sait ni quel est son rang, ni quelle est sa charge, ni ce qu'il fait, ni ce qu'il doit faire, et qu'excepté le souper, qui est assez gai, et où il paraît assez d'union, tout le reste du temps se passe en querelles impertinentes : jansénistes contre molinistes, gens du parlement contre gens d'église, gens de lettres contre gens de lettres, courtisans contre courtisans, financiers contre le peuple, femmes contre maris, parents contre parents ; c'est une guerre éternelle. »

Candide lui répliqua : « J'ai vu pis : mais un sage, qui depuis a eu le malheur d'être pendu, m'apprit que tout cela est à merveille : ce sont des ombres à un beau tableau. — Votre pendu se moquait du monde, dit Martin ; vos ombres sont des taches horribles. — Ce sont les hommes qui font les taches, dit Candide, et ils ne peuvent pas s'en dispenser. — Ce n'est donc pas leur faute », dit Martin. La plupart des pontes, qui n'entendaient rien à ce langage, buvaient ; et Martin raisonna avec le savant, et Candide raconta une partie de ses aventures à la dame du logis.

Après souper, la marquise mena Candide dans son cabinet, et le fit asseoir sur un canapé. « Eh bien ! lui dit-elle, vous aimez donc toujours éperdument mademoiselle Cunégonde de Thunder-ten-tronckh ?

— Oui madame », répondit Candide. La marquise lui répliqua avec un sourire tendre : « Vous me répondez comme un jeune homme de Westphalie ; un Français m'aurait dit : "Il est vrai que j'ai aimé mademoiselle Cunégonde ; mais, en vous voyant, madame, je crains de ne la plus aimer."

— Hélas ! madame, dit Candide, je répondrai comme vous voudrez. — Votre passion pour elle, dit la marquise, a commencé en ramassant son mouchoir ; je veux que vous ramassiez ma jarretière. — De tout mon cœur », dit Candide ; et il la ramassa. « Mais je veux que vous me la remettiez », dit la dame ; et Candide la lui remit. « Voyez-vous, dit la dame, vous êtes étranger ; je fais quelquefois languir mes amants de Paris quinze jours, mais je me rends à vous dès la première nuit, parce qu'il faut faire les honneurs de son pays à un jeune homme de Westphalie. » La belle, ayant aperçu deux énormes diamants aux deux mains de son jeune étranger, les loua de si bonne foi que des doigts de Candide ils passèrent aux doigts de la marquise.

Candide, en s'en retournant avec son abbé périgourdin, sentit quelques remords d'avoir fait une infidélité à mademoiselle Cunégonde ; monsieur l'abbé entra dans sa peine ; il n'avait qu'une légère part aux cinquante mille livres perdues au jeu par Candide, et à la valeur des deux brillants moitié donnés, moitié extorqués. Son dessein était de profiter, autant qu'il le pourrait, des avantages que la connaissance de Candide pouvait lui procurer.

Il lui parla beaucoup de Cunégonde, et Candide lui dit qu'il demanderait bien pardon à cette belle de son infidélité, quand il la verrait à Venise.

Le Périgourdin redoublait de politesses et d'attentions, et prenait un intérêt tendre à tout ce que Candide disait, à tout ce qu'il faisait, à tout ce qu'il voulait faire. « Vous avez donc, monsieur, lui dit-il, un rendez-vous à Venise ? — Oui, monsieur l'abbé, dit Candide ; il faut absolument que j'aille trouver mademoiselle Cunégonde. » Alors, engagé par le plaisir de parler de ce qu'il aimait, il conta, selon son usage, une partie de ses aventures avec cette illustre Westphalienne.

« Je crois, dit l'abbé, que mademoiselle Cunégonde a bien de l'esprit, et qu'elle écrit des lettres charmantes. — Je n'en ai jamais reçu, dit Candide ; car, figurez-vous qu'ayant été chassé du château pour l'amour d'elle, je ne pus lui écrire ; que bientôt après j'appris qu'elle était morte, qu'ensuite je la retrouvai, et que je la perdis, et que je lui ai envoyé à deux mille cinq cents lieues d'ici un exprès* dont j'attends la réponse. »

L'abbé écoutait attentivement, et paraissait un peu rêveur. Il prit bientôt congé des deux étrangers, après les avoir tendrement embrassés. Le lendemain Candide reçut à son réveil une lettre conçue en ces termes :

« Monsieur mon très cher amant, il y a huit jours que je suis malade en cette ville ; j'apprends que vous y êtes. Je volerais dans vos bras si je pouvais remuer. J'ai su votre passage à Bordeaux ; j'y ai laissé le fidèle Cacambo et la vieille, qui doivent bientôt me suivre. Le gouverneur de Buenos-Ayres a tout pris, mais il me reste votre cœur.

* Un courrier par messager spécial.

Venez ; votre présence me rendra la vie ou me fera mourir de plaisir. »

Cette lettre charmante, cette lettre inespérée, transporta Candide d'une joie inexprimable ; et la maladie de sa chère Cunégonde l'accabla de douleur. Partagé entre ces deux sentiments, il prend son or et ses diamants, et se fait conduire avec Martin à l'hôtel où mademoiselle Cunégonde demeurait. Il entre en tremblant d'émotion, son cœur palpite, sa voix sanglote ; il veut ouvrir les rideaux du lit ; il veut faire apporter de la lumière. « Gardez-vous-en bien, lui dit la suivante ; la lumière la tue » ; et soudain elle referme le rideau. « Ma chère Cunégonde, dit Candide en pleurant, comment vous portez-vous ? si vous ne pouvez me voir, parlez-moi du moins. « Elle ne peut parler », dit la suivante. La dame alors tire du lit une main potelée que Candide arrose longtemps de ses larmes, et qu'il remplit ensuite de diamants, en laissant un sac plein d'or sur le fauteuil.

Au milieu de ses transports arrive un exempt* suivi de l'abbé périgourdin et d'une escouade. « Voilà donc, dit-il, ces deux étrangers suspects ? » Il les fait incontinent saisir, et ordonne à ses braves de les traîner en prison. « Ce n'est pas ainsi qu'on traite les voyageurs dans le Dorado, dit Candide. » Je suis plus manichéen que jamais, dit Martin. — Mais, monsieur, où nous menez-vous ? dit Candide. — Dans un cul-de-basse-fosse** », dit l'exempt.

Martin, ayant repris son sang-froid, jugea que la dame qui se prétendait Cunégonde était une friponne, monsieur l'abbé périgourdin un fripon qui

* Officier de police.
** Cachot souterrain.

avait abusé au plus vite de l'innocence de Candide, et l'exempt un autre fripon dont on pouvait aisément se débarrasser.

Plutôt que de s'exposer aux procédures de la justice, Candide, éclairé par son conseil, et d'ailleurs toujours impatient de revoir la véritable Cunégonde, propose à l'exempt trois petits diamants d'environ trois mille pistoles chacun. « Ah ! monsieur, lui dit l'homme au bâton d'ivoire*, eussiez-vous commis tous les crimes imaginables, vous êtes le plus honnête homme du monde. Trois diamants ! chacun de trois mille pistoles ! Monsieur ! je me ferais tuer pour vous, au lieu de vous mener dans un cachot. On arrête tous les étrangers, mais laissez-moi faire ; j'ai un frère à Dieppe en Normandie ; je vais vous y mener ; et si vous avez quelque diamant à lui donner, il aura soin de vous comme moi-même. — Et pourquoi arrête-t-on les étrangers ? » dit Candide. L'abbé périgourdin prit alors la parole, et dit : « C'est parce qu'un gueux du pays d'Atrébatie a entendu dire des sottises : cela seul lui a fait commettre un parricide, non pas tel que celui de 1610 au mois de mai, mais tel que celui de 1594 au mois de décembre, et tel que plusieurs autres commis dans d'autres années et dans d'autres mois par d'autres gueux qui avaient entendu dire des sottises[2]. »

L'exempt alors expliqua de quoi il s'agissait. « Ah ! les monstres ! s'écria Candide ; quoi ! de telles horreurs chez un peuple qui danse et qui chante ! Ne pourrai-je sortir au plus vite de ce pays où des singes agacent des tigres ? J'ai vu des ours dans mon pays ; je n'ai vu des hommes que dans

* L'exempt, qui porte pour insigne de sa charge un bâton à bouts d'ivoire.

le Dorado. Au nom de Dieu, monsieur l'exempt, menez-moi à Venise, où je dois attendre mademoiselle Cunégonde. — Je ne peux vous mener qu'en Basse-Normandie [14] », dit le barigel*.

Aussitôt il lui fait ôter ses fers, dit qu'il s'est mépris, renvoie ses gens, et emmène à Dieppe Candide et Martin, et les laisse entre les mains de son frère. Il y avait un petit vaisseau hollandais à la rade. Le Normand, à l'aide de trois autres diamants devenu le plus serviable des hommes, embarque Candide et ses gens dans le vaisseau qui allait faire voile pour Portsmouth en Angleterre. Ce n'était pas le chemin de Venise ; mais Candide croyait être délivré de l'enfer ; et il comptait bien reprendre la route de Venise à la première occasion.

* Toujours l'exempt, assimilé ici à un chef de « sbires », policiers italiens.

CHAPITRE VINGT-TROISIÈME

Candide et Martin vont sur les côtes d'Angleterre ; ce qu'ils y voient

« Ah ! Pangloss ! Pangloss ! Ah ! Martin ! Martin ! Ah ! ma chère Cunégonde ! qu'est-ce que ce monde-ci ? disait Candide sur le vaisseau hollandais. — Quelque chose de bien fou et de bien abominable, répondait Martin. — Vous connaissez l'Angleterre ; y est-on aussi fou qu'en France ? — C'est une autre espèce de folie, dit Martin. Vous savez que ces deux nations sont en guerre pour quelques arpents de neige vers le Canada, et qu'elles dépensent pour cette belle guerre beaucoup plus que tout le Canada ne vaut[1]. De vous dire précisément s'il y a plus de gens à lier dans un pays que dans un autre, c'est ce que mes faibles lumières ne me permettent pas ; je sais seulement qu'en général les gens que nous allons voir sont fort atrabilaires* ».

* Tristes et colériques.

123

En causant ainsi ils abordèrent à Portsmouth [14] ; une multitude de peuple couvrait le rivage, et regardait attentivement un assez gros homme qui était à genoux, les yeux bandés, sur le tillac d'un des vaisseaux de la flotte ; quatre soldats, postés vis-à-vis de cet homme, lui tirèrent chacun trois balles dans le crâne, le plus paisiblement du monde ; et toute l'assemblée s'en retourna extrêmement satisfaite. « Qu'est-ce donc que tout ceci ? dit Candide ; et quel démon exerce partout son empire ? » Il demanda qui était ce gros homme qu'on venait de tuer en cérémonie. « C'est un amiral, lui répondit-on. — Et pourquoi tuer cet amiral ? — C'est, lui dit-on, parce qu'il n'a pas fait tuer assez de monde ; il a livré un combat à un amiral français, et on a trouvé qu'il n'était pas assez près de lui. — Mais, dit Candide, l'amiral français était aussi loin de l'amiral anglais que celui-ci l'était de l'autre ! — Cela est incontestable, lui répliqua-t-on ; mais dans ce pays-ci il est bon de tuer de temps en temps un amiral pour encourager les autres [1]. »

Candide fut si étourdi et si choqué de ce qu'il voyait et de ce qu'il entendait qu'il ne voulut pas seulement mettre pied à terre, et qu'il fit son marché avec le patron hollandais (dût-il le voler comme celui de Surinam) pour le conduire sans délai à Venise.

Le patron fut prêt au bout de deux jours. On côtoya la France ; on passa à la vue de Lisbonne, et Candide frémit. On entra dans le détroit et dans la Méditerranée ; enfin on aborda à Venise. « Dieu soit loué ! dit Candide, en embrassant Martin ; c'est ici que je reverrai la belle Cunégonde. Je

compte sur Cacambo comme sur moi-même. Tout est bien, tout va bien, tout va le mieux qu'il soit possible [12]. »

CHAPITRE VINGT-QUATRIÈME

De Paquette, et de frère Giroflée

Dès qu'il fut à Venise, il fit chercher Cacambo dans tous les cabarets, dans tous les cafés, chez toutes les filles de joie, et ne le trouva point. Il envoyait tous les jours à la découverte de tous les vaisseaux et de toutes les barques : nulles nouvelles de Cacambo. « Quoi ! disait-il à Martin, j'ai eu le temps de passer de Surinam à Bordeaux, d'aller de Bordeaux à Paris, de Paris à Dieppe, de Dieppe à Portsmouth, de côtoyer le Portugal et l'Espagne, de traverser toute la Méditerranée, de passer quelques mois à Venise, et la belle Cunégonde n'est point venue ! Je n'ai rencontré au lieu d'elle qu'une drôlesse et un abbé périgourdin ! Cunégonde est morte, sans doute ; je n'ai plus qu'à mourir. Ah ! il valait mieux rester dans le paradis du Dorado que de revenir dans cette maudite Europe. Que vous avez raison, mon cher Martin ! tout n'est qu'illusion et calamité. »

Il tomba dans une mélancolie noire, et ne prit

aucune part à l'opéra *alla moda**, ni aux autres divertissements du carnaval ; pas une dame ne lui donna la moindre tentation. Martin lui dit : « Vous êtes bien simple, en vérité, de vous figurer qu'un valet métis qui a cinq ou six millions dans ses poches ira chercher votre maîtresse au bout du monde et vous l'amènera à Venise. Il la prendra pour lui, s'il la trouve. S'il ne la trouve pas, il en prendra une autre : je vous conseille d'oublier votre valet Cacambo et votre maîtresse Cunégonde. » Martin n'était pas consolant. La mélancolie de Candide augmenta, et Martin ne cessait de lui prouver qu'il y avait peu de vertu et peu de bonheur sur la terre ; excepté peut-être dans Eldorado, où personne ne pouvait aller.

En disputant sur cette matière importante, et en attendant Cunégonde, Candide aperçut un jeune théatin [2] dans la place Saint Marc, qui tenait sous le bras une fille. Le théatin paraissait frais, potelé, vigoureux ; ses yeux étaient brillants, son air assuré, sa mine haute, sa démarche fière. La fille était très jolie, et chantait ; elle regardait amoureusement son théatin, et de temps en temps lui pinçait ses grosses joues. « Vous m'avouerez du moins, dit Candide à Martin, que ces gens-ci sont heureux. Je n'ai trouvé jusqu'à présent dans toute la terre habitable, excepté dans Eldorado, que des infortunés ; mais pour cette fille et ce théatin, je gage que ce sont des créatures très heureuses. — Je gage que non, dit Martin. — Il n'y a qu'à les prier à dîner, dit Candide, et vous verrez si je me trompe. »

Aussitôt il les aborde, il leur fait son compliment, et les invite à venir à son hôtellerie manger

* A la mode.

des macaronis, des perdrix de Lombardie, des œufs d'esturgeon, et à boire du vin de Montepulciano, du lacryma-christi, du chypre, et du samos [14]. La demoiselle rougit, le théatin accepta la partie, et la fille le suivit en regardant Candide avec des yeux de surprise et de confusion, qui furent obscurcis de quelques larmes. A peine fut-elle entrée dans la chambre de Candide, qu'elle lui dit : « Eh quoi ! monsieur Candide ne reconnaît plus Paquette ! »

A ces mots, Candide, qui ne l'avait pas considérée jusque-là avec attention, parce qu'il n'était occupé que de Cunégonde, lui dit : — Hélas ! ma pauvre enfant, c'est donc vous qui avez mis le docteur Pangloss dans le bel état où je l'ai vu ?

— Hélas ! monsieur, c'est moi-même, dit Paquette ; je vois que vous êtes instruit de tout. J'ai su les malheurs épouvantables arrivés à toute la maison de madame la baronne et à la belle Cunégonde. Je vous jure que ma destinée n'a guère été moins triste. J'étais fort innocente quand vous m'avez vue. Un cordelier, qui était mon confesseur, me séduisit aisément [2]. Les suites en furent affreuses ; je fus obligée de sortir du château quelque temps après que monsieur le baron vous eut renvoyé à grands coups de pied dans le derrière. Si un fameux médecin n'avait pas pris pitié de moi, j'étais morte. Je fus quelque temps par reconnaissance la maîtresse de ce médecin. Sa femme, qui était jalouse à la rage, me battait tous les jours impitoyablement ; c'était une furie. Ce médecin était le plus laid de tous les hommes, et moi la plus malheureuse de toutes les créatures d'être battue continuellement pour un homme que je n'aimais pas. Vous savez, monsieur, combien il est dangereux pour une femme acariâtre d'être l'épouse d'un

médecin. Celui-ci, outré des procédés de sa femme, lui donna un jour, pour la guérir d'un petit rhume, une médecine si efficace qu'elle en mourut en deux heures de temps dans des convulsions horribles. Les parents de madame intentèrent à monsieur un procès criminel ; il prit la fuite, et moi, je fus mise en prison. Mon innocence ne m'aurait pas sauvée si je n'avais été un peu jolie. Le juge m'élargit, à condition qu'il succéderait au médecin. Je fus bientôt supplantée par une rivale, chassée sans récompense, et obligée de continuer ce métier abominable qui vous paraît si plaisant à vous autres hommes, et qui n'est pour nous qu'un abîme de misère. J'allai exercer la profession à Venise. Ah ! monsieur, si vous pouviez vous imaginer ce que c'est que d'être obligée de caresser indifféremment un vieux marchand, un avocat, un moine, un gondolier, un abbé ; d'être exposée à toutes les insultes, à toutes les avanies ; d'être souvent réduite à emprunter une jupe pour aller se la faire lever par un homme dégoûtant ; d'être volée par l'un de ce qu'on a gagné avec l'autre ; d'être rançonnée par les officiers de justice, et de n'avoir en perspective qu'une vieillesse affreuse, un hôpital, et un fumier[2], vous concluriez que je suis une des plus malheureuses créatures du monde. »

Paquette ouvrait ainsi son cœur au bon Candide, dans un cabinet, en présence de Martin, qui disait à Candide : « Vous voyez que j'ai déjà gagné la moitié de la gageure. »

Frère Giroflée[14] était resté dans la salle à manger, et buvait un coup en attendant le dîner. « Mais, dit Candide à Paquette, vous aviez l'air si gai, si content, quand je vous ai rencontrée ; vous chantiez, vous caressiez le théatin avec une complaisance naturelle ; vous m'avez paru aussi

heureuse que vous prétendez être infortunée.

— Ah ! monsieur, répondit Paquette, c'est encore là une des misères du métier. J'ai été hier volée et battue par un officier, et il faut aujourd'hui que je paraisse de bonne humeur pour plaire à un moine. »

Candide n'en voulut pas davantage ; il avoua que Martin avait raison. On se mit à table avec Paquette et le théatin ; le repas fut assez amusant, et sur la fin on se parla avec quelque confiance. « Mon père, dit Candide au moine, vous me paraissez jouir d'une destinée que tout le monde doit envier ; la fleur de la santé brille sur votre visage, votre physionomie annonce le bonheur ; vous avez une très jolie fille pour votre récréation*, et vous paraissez très content de votre état de théatin.

— Ma foi, monsieur, dit frère Giroflée, je voudrais que tous les théatins fussent au fond de la mer. J'ai été tenté cent fois de mettre le feu au couvent, et d'aller me faire turc. Mes parents me forcèrent, à l'âge de quinze ans, d'endosser cette détestable robe, pour laisser plus de fortune à un maudit frère aîné que Dieu confonde ! La jalousie, la discorde, la rage, habitent dans le couvent. Il est vrai que j'ai prêché quelques mauvais sermons qui m'ont valu un peu d'argent dont le prieur me vole la moitié : le reste me sert à entretenir des filles ; mais quand je rentre le soir dans le monastère, je suis prêt de me casser la tête contre les murs du dortoir ; et tous mes confrères sont dans le même cas[2]. »

Martin se tournant vers Candide avec son sang-froid ordinaire : « Eh bien ! lui dit-il, n'ai-je pas

* Distraction, amusement.

gagné la gageure tout entière ? » Candide donna deux mille piastres à Paquette et mille piastres à frère Giroflée. « Je vous réponds, dit-il, qu'avec cela ils seront heureux. — Je n'en crois rien du tout, dit Martin ; vous les rendrez peut-être avec ces piastres beaucoup plus malheureux encore. — Il en sera ce qui pourra, dit Candide ; mais une chose me console, je vois qu'on retrouve souvent les gens qu'on ne croyait jamais retrouver : il se pourra bien faire qu'ayant rencontré mon mouton rouge et Paquette, je rencontre aussi Cunégonde. — Je souhaite, dit Martin, qu'elle fasse un jour votre bonheur ; mais c'est de quoi je doute fort. — Vous êtes bien dur, dit Candide. — C'est que j'ai vécu, dit Martin.

— Mais regardez ces gondoliers, dit Candide ; ne chantent-ils pas sans cesse ? — Vous ne les voyez pas dans leur ménage, avec leurs femmes et leurs marmots d'enfants, dit Martin. Le doge a ses chagrins, les gondoliers ont les leurs. Il est vrai qu'à tout prendre le sort d'un gondolier est préférable à celui d'un doge ; mais je crois la différence si médiocre que cela ne vaut pas la peine d'être examiné.

— On parle, dit Candide, du sénateur Pococuranté [8, 14], qui demeure dans ce beau palais sur la Brenta, et qui reçoit assez bien les étrangers. On prétend que c'est un homme qui n'a jamais eu de chagrin. — Je voudrais voir une espèce si rare », dit Martin.

Candide aussitôt fit demander au seigneur Pococuranté la permission de venir le voir le lendemain.

CHAPITRE VINGT-CINQUIÈME

Visite chez le seigneur Pococuranté,
noble Vénitien

Candide et Martin allèrent en gondole sur la
Brenta, et arrivèrent au palais du noble Pococu-
ranté. Les jardins étaient bien entendus[14], et
ornés de belles statues de marbre ; le palais, d'une
belle architecture. Le maître du logis, homme de
soixante ans, fort riche, reçut très poliment les
deux curieux, mais avec très peu d'empressement,
ce qui déconcerta Candide et ne déplut point à
Martin.

D'abord deux filles jolies et proprement mises*
servirent du chocolat, qu'elles firent très bien
mousser. Candide ne put s'empêcher de les louer
sur leur beauté, sur leur bonne grâce, et sur leur
adresse. « Ce sont d'assez bonnes créatures, dit
le sénateur Pococuranté ; je les fais quelquefois
coucher dans mon lit : car je suis bien las des
dames de la ville, de leurs coquetteries, de leurs

* Elégamment vêtues.

jalousies, de leurs querelles, de leurs humeurs, de leurs petitesses, de leur orgueil, de leurs sottises, et des sonnets qu'il faut faire ou commander pour elles ; mais, après tout, ces deux filles commencent fort à m'ennuyer. »

Candide, après le déjeuner, se promenant dans une longue galerie, fut surpris de la beauté des tableaux. Il demanda de quel maître étaient les deux premiers. « Ils sont de Raphaël, dit le sénateur ; je les achetai fort cher par vanité, il y a quelques années ; on dit que c'est ce qu'il y a de plus beau en Italie, mais ils ne me plaisent point du tout : la couleur en est très rembrunie, les figures ne sont pas assez arrondies, et ne sortent point assez ; les draperies ne ressemblent en rien à une étoffe : en un mot, quoi qu'on en dise, je ne trouve point là une imitation vraie de la nature. Je n'aimerai un tableau que quand je croirai voir la nature elle-même : il n'y en a point de cette espèce. J'ai beaucoup de tableaux, mais je ne les regarde plus [8, 11]. »

Pococuranté, en attendant le dîner, se fit donner un concerto [11]. Candide trouva la musique délicieuse. « Ce bruit, dit Pococuranté, peut amuser une demi-heure ; mais s'il dure plus longtemps, il fatigue tout le monde, quoique personne n'ose l'avouer. La musique aujourd'hui n'est plus que l'art d'exécuter des choses difficiles, et ce qui n'est que difficile ne plaît point à la longue.

« J'aimerais peut-être mieux l'opéra, si on n'avait pas trouvé le secret d'en faire un monstre qui me révolte. Ira voir qui voudra de mauvaises tragédies en musique, où les scènes ne sont faites que pour amener très mal à propos deux ou trois chansons ridicules qui font valoir le gosier d'une actrice ; se pâmera de plaisir qui voudra ou qui

pourra en voyant un châtré fredonner le rôle de César et de Caton, et se promener d'un air gauche sur des planches ; pour moi, il y a longtemps que j'ai renoncé à ces pauvretés, qui font aujourd'hui la gloire de l'Italie, et que des souverains payent si chèrement [8]. » Candide disputa un peu, mais avec discrétion. Martin fut entièrement de l'avis du sénateur.

On se mit à table ; et, après un excellent dîner, on entra dans la bibliothèque. Candide, en voyant un Homère magnifiquement relié, loua l'illustrissime sur son bon goût. « Voilà, dit-il, un livre qui faisait les délices du grand Pangloss, le meilleur philosophe de l'Allemagne. — Il ne fait pas les miennes, dit froidement Pococuranté ; on me fit accroire autrefois que j'avais du plaisir en le lisant ; mais cette répétition continuelle de combats qui se ressemblent tous, ces dieux qui agissent toujours pour ne rien faire de décisif, cette Hélène qui est le sujet de la guerre, et qui à peine est une actrice de la pièce ; cette Troie qu'on assiège, et qu'on ne prend point : tout cela me causait le plus mortel ennui. J'ai demandé quelquefois à des savants s'ils s'ennuyaient autant que moi à cette lecture : tous les gens sincères m'ont avoué que le livre leur tombait des mains, mais qu'il fallait toujours l'avoir dans sa bibliothèque, comme un monument de l'antiquité, et comme ces médailles rouillées qui ne peuvent être de commerce.

— Votre Excellence ne pense pas ainsi de Virgile ? dit Candide. — Je conviens, dit Pococuranté, que le second, le quatrième et le sixième livre de son *Enéide*, sont excellents ; mais pour son pieux Enée, et le fort Cloanthe, et l'ami Achates, et le petit Ascanius, et l'imbécile roi Latinus, et la bourgeoise Amata, et l'insipide Lavinia, je ne

crois pas qu'il y ait rien de si froid et de plus désagréable. J'aime mieux le Tasse et les contes à dormir debout de l'Arioste.

— Oserais-je vous demander, monsieur, dit Candide, si vous n'avez pas un grand plaisir à lire Horace ? — Il y a des maximes, dit Pococuranté, dont un homme du monde peut faire son profit, et qui, étant resserrées dans des vers énergiques, se gravent plus aisément dans la mémoire ; mais je me soucie fort peu de son voyage à Brindes, et de sa description d'un mauvais dîner, et de la querelle de crocheteurs entre je ne sais quel Pupilus dont les paroles, dit-il, *étaient pleines de pus*, et un autre dont les paroles *étaient du vinaigre*. Je n'ai lu qu'avec un extrême dégoût ses vers grossiers contre des vieilles et contre des sorcières ; et je ne vois pas quel mérite il peut y avoir à dire à son ami Mecenas, que, s'il est mis par lui au rang des poètes lyriques, il frappera les astres de son front sublime. Les sots admirent tout dans un auteur estimé. Je ne lis que pour moi ; je n'aime que ce qui est à mon usage. » Candide, qui avait été élevé à ne jamais juger de rien par lui-même, était fort étonné de ce qu'il entendait ; et Martin trouvait la façon de penser de Pococuranté assez raisonnable. « Oh ! voici un Cicéron, dit Candide ; pour ce grand homme-là, je pense que vous ne vous lassez point de le lire ? — Je ne le lis jamais, répondit le Vénitien. Que m'importe qu'il ait plaidé pour Rabirius ou pour Cluentius ? J'ai bien assez des procès que je juge ; je me serais mieux accommodé de ses œuvres philosophiques ; mais quand j'ai vu qu'il doutait de tout, j'ai conclu que j'en savais autant que lui, et que je n'avais besoin de personne pour être ignorant.

— Ah ! voilà quatre-vingts volumes de recueils

d'une académie des sciences, s'écria Martin ; il se peut qu'il y ait là du bon. — Il y en aurait, dit Pococuranté, si un seul des auteurs de ces fatras avait inventé seulement l'art de faire des épingles ; mais il n'y a dans tous ces livres que de vains systèmes, et pas une seule chose utile.

— Que de pièces de théâtre je vois là, dit Candide, en italien, en espagnol, en français ! — Oui, dit le sénateur, il y en a trois mille, et pas trois douzaines de bonnes. Pour ces recueils de sermons, qui tous ensemble ne valent pas une page de Sénèque, et tous ces gros volumes de théologie, vous pensez bien que je ne les ouvre jamais, ni moi, ni personne. »

Martin aperçut des rayons chargés de livres anglais. « Je crois, dit-il, qu'un républicain doit se plaire à la plupart de ces ouvrages écrits si librement. — Oui, répondit Pococuranté ; il est beau d'écrire ce qu'on pense : c'est le privilège de l'homme. Dans toute notre Italie, on n'écrit que ce qu'on ne pense pas ; ceux qui habitent la patrie des Césars et des Antonins n'osent avoir une idée sans la permission d'un jacobin. Je serais content de la liberté qui inspire les génies anglais si la passion et l'esprit de parti ne corrompaient pas tout ce que cette précieuse liberté a d'estimable. »

Candide, apercevant un Milton, lui demanda s'il ne regardait pas cet auteur comme un grand homme.

« Qui ? dit Pococuranté, ce barbare qui fait un long commentaire du premier chapitre de la *Genèse* en dix livres de vers durs ? ce grossier imitateur des Grecs, qui défigure la création, et qui, tandis que Moïse représente l'Etre éternel produisant le monde par la parole, fait prendre un grand compas par le Messiah dans une armoire du ciel pour

tracer son ouvrage ? Moi, j'estimerais celui qui a
gâté l'enfer et le diable du Tasse ; qui déguise Luci-
fer tantôt en crapaud, tantôt en pygmée ; qui lui
fait rebattre cent fois les mêmes discours ; qui le
fait disputer sur la théologie ; qui, en imitant
sérieusement l'invention comique des armes à feu
de l'Arioste, fait tirer le canon dans le ciel par les
diables ? Ni moi, ni personne en Italie n'a pu se
plaire à toutes ces tristes extravagances. Le mariage
du péché et de la mort, et des couleuvres dont le
péché accouche, font vomir tout homme qui a le
goût un peu délicat ; et sa longue description d'un
hôpital n'est bonne que pour un fossoyeur. Ce
poème obscur, bizarre et dégoûtant, fut méprisé
à sa naissance ; je le traite aujourd'hui comme il
fut traité dans sa patrie par les contemporains. Au
reste, je dis ce que je pense, et je me soucie fort
peu que les autres pensent comme moi. » Candide
était affligé de ces discours ; il respectait Homère,
il aimait un peu Milton. « Hélas ! dit-il tout bas
à Martin, j'ai bien peur que cet homme-ci n'ait
un souverain mépris pour nos poètes allemands.
— Il n'y aurait pas grand mal à cela, dit Martin.
— Oh ! quel homme supérieur ! disait encore Can-
dide entre ses dents, quel grand génie que ce Poco-
curanté ! rien ne peut lui plaire [8, 11]. »

Après avoir fait ainsi la revue de tous les livres,
ils descendirent dans le jardin. Candide en loua
toutes les beautés. « Je ne sais rien de si mauvais
goût, dit le maître : nous n'avons ici que des coli-
fichets, mais je vais dès demain en faire planter
un d'un dessin plus noble. »

Quand les deux curieux eurent pris congé de Son
Excellence : « Or ça, dit Candide à Martin, vous
conviendrez que voilà le plus heureux de tous les
hommes, car il est au-dessus de tout ce qu'il

possède. — Ne voyez-vous pas, dit Martin, qu'il est dégoûté de tout ce qu'il possède ? Platon a dit, il y a longtemps, que les meilleurs estomacs ne sont pas ceux qui rebutent tous les aliments[11]. — Mais, dit Candide, n'y a-t-il pas du plaisir à tout critiquer, à sentir des défauts où les autres hommes croient voir des beautés ? — C'est-à-dire, reprit Martin, qu'il y a du plaisir à n'avoir pas de plaisir ? — Oh bien ! dit Candide, il n'y a donc d'heureux que moi, quand je reverrai mademoiselle Cunégonde. — C'est toujours bien fait d'espérer », dit Martin.

Cependant les jours, les semaines s'écoulaient ; Cacambo ne revenait point, et Candide était si abîmé dans sa douleur qu'il ne fit pas même réflexion que Paquette et frère Giroflée n'étaient pas venus seulement le remercier.

CHAPITRE VINGT-SIXIÈME

D'un souper que Candide et Martin firent avec six étrangers, et qui ils étaient

Un soir que Candide, suivi de Martin, allait se mettre à table avec les étrangers qui logeaient dans la même hôtellerie, un homme à visage couleur de suie l'aborda par-derrière, et, le prenant par le bras, lui dit : « Soyez prêt à partir avec nous, n'y manquez pas. » Il se retourne, et voit Cacambo. Il n'y avait que la vue de Cunégonde qui pût l'étonner et lui plaire davantage. Il fut sur le point de devenir fou de joie. Il embrasse son cher ami. « Cunégonde est ici, sans doute ? Où est-elle ? Mène-moi vers elle, que je meure de joie avec elle. — Cunégonde n'est point ici, dit Cacambo, elle est à Constantinople. — Ah ciel ! à Constantinople ! mais fût-elle à la Chine, j'y vole, partons. — Nous partirons après souper, reprit Cacambo ; je ne peux vous en dire davantage ; je suis esclave, mon maître m'attend ; il faut que j'aille le servir à table : ne dites mot ; soupez, et tenez-vous prêt. »

Candide, partagé entre la joie et la douleur, charmé d'avoir revu son agent fidèle, étonné de le voir esclave, plein de l'idée de retrouver sa maîtresse, le cœur agité, l'esprit bouleversé, se mit à table avec Martin, qui voyait de sang-froid toutes ces aventures, et avec six étrangers qui étaient venus passer le carnaval à Venise[7].

Cacambo, qui versait à boire à l'un de ces étrangers, s'approcha de l'oreille de son maître, sur la fin du repas, et lui dit : « Sire, Votre Majesté partira quand elle voudra, le vaisseau est prêt. » Ayant dit ces mots, il sortit. Les convives, étonnés, se regardaient sans proférer une seule parole, lorsqu'un autre domestique, s'approchant de son maître, lui dit : « Sire, la chaise de Votre Majesté est à Padoue, et la barque est prête. » Le maître fit un signe, et le domestique partit. Tous les convives se regardèrent encore, et la surprise commune redoubla. Un troisième valet, s'approchant aussi d'un troisième étranger, lui dit : « Sire, croyez-moi, Votre Majesté ne doit pas rester ici plus longtemps : je vais tout préparer » ; et aussitôt il disparut.

Candide et Martin ne doutèrent pas alors que ce ne fût une mascarade du carnaval. Un quatrième domestique dit au quatrième maître : « Votre Majesté partira quand elle voudra », et sortit comme les autres. Le cinquième valet en dit autant au cinquième maître. Mais le sixième valet parla différemment au sixième étranger, qui était auprès de Candide ; il lui dit : « Ma foi, sire, on ne veut plus faire crédit à Votre Majesté ni à moi non plus, et nous pourrions bien être coffrés cette nuit, vous et moi ; je vais pourvoir à mes affaires, adieu. »

Tous les domestiques ayant disparu, les six étrangers, Candide et Martin, demeurèrent dans

un profond silence. Enfin Candide le rompit :
« Messieurs, dit-il, voilà une singulière plaisante-
rie. Pourquoi êtes-vous tous rois ? Pour moi, je
vous avoue que ni moi ni Martin nous ne le
sommes. »

Le maître de Cacambo prit alors gravement la
parole, et dit en italien : « Je ne suis point plai-
sant, je m'appelle Achmet III ; j'ai été grand sul-
tan plusieurs années ; je détrônai mon frère ; mon
neveu m'a détrôné ; on a coupé le cou à mes
vizirs ; j'achève ma vie dans le vieux sérail ; mon
neveu le grand sultan Mahmoud me permet de
voyager quelquefois pour ma santé ; et je suis venu
passer le carnaval à Venise. »

Un jeune homme qui était auprès d'Achmet
parla après lui, et dit : « Je m'appelle Ivan ; j'ai
été empereur de toutes les Russies ; j'ai été détrôné
au berceau ; mon père et ma mère ont été enfer-
més ; on m'a élevé en prison ; j'ai quelquefois la
permission de voyager, accompagné de ceux qui
me gardent ; et je suis venu passer le carnaval à
Venise. »

Le troisième dit : « Je suis Charles-Edouard, roi
d'Angleterre ; mon père m'a cédé ses droits au
royaume ; j'ai combattu pour les soutenir ; on a
arraché le cœur à huit cents de mes partisans, et
on leur en a battu les joues ; j'ai été mis en pri-
son ; je vais à Rome faire une visite au roi mon
père, détrôné ainsi que moi et mon grand-père ;
et je suis venu passer le carnaval à Venise. »

Le quatrième prit alors la parole et dit : « Je
suis roi des Polaques ; le sort de la guerre m'a privé
de mes Etats héréditaires ; mon père a éprouvé les
mêmes revers ; je me résigne à la Providence
comme le sultan Achmet, l'empereur Ivan, et le
roi Charles-Edouard, à qui Dieu donne une lon-

gue vie ; et je suis venu passer le carnaval à Venise. »

Le cinquième dit : « Je suis aussi roi des Polaques ; j'ai perdu mon royaume deux fois ; mais la Providence m'a donné un autre Etat dans lequel j'ai fait plus de bien que tous les rois des Sarmates ensemble n'en ont jamais pu faire sur les bords de la Vistule. Je me résigne aussi à la Providence ; et je suis venu passer le carnaval à Venise. »

Il restait au sixième monarque à parler. « Messieurs, dit-il, je ne suis pas si grand seigneur que vous ; mais enfin j'ai été roi tout comme un autre ; je suis Théodore ; on m'a élu roi en Corse ; on m'a appelé *Votre Majesté*, et à présent à peine m'appelle-t-on *Monsieur* ; j'ai fait frapper de la monnaie, et je ne possède pas un denier ; j'ai eu deux secrétaires d'Etat, et j'ai à peine un valet ; je me suis vu sur un trône, et j'ai longtemps été à Londres en prison sur la paille ; j'ai bien peur d'être traité de même ici, quoique je sois venu, comme Vos Majestés, passer le carnaval à Venise. [6, 7] »

Les cinq autres rois écoutèrent ce discours avec une noble compassion. Chacun d'eux donna vingt sequins* au roi Théodore pour avoir des habits et des chemises ; Candide lui fit présent d'un diamant de deux mille sequins. « Quel est donc, disaient les cinq rois, ce simple particulier qui est en état de donner cent fois autant que chacun de nous, et qui le donne ? »

Dans l'instant qu'on sortait de table, il arriva dans la même hôtellerie quatre altesses sérénissimes qui avaient aussi perdu leurs Etats par le sort de la guerre, et qui venaient passer le reste du car-

* Pièces d'or vénitiennes.

naval à Venise. Mais Candide ne prit pas seulement garde à ces nouveaux venus. Il n'était occupé que d'aller trouver sa chère Cunégonde à Constantinople.

CHAPITRE VINGT-SEPTIÈME

Voyage de Candide à Constantinople

Le fidèle Cacambo avait déjà obtenu du patron turc qui allait reconduire le sultan Achmet à Constantinople qu'il recevrait Candide et Martin sur son bord. L'un et l'autre s'y rendirent après s'être prosternés devant Sa misérable Hautesse*. Candide, chemin faisant, disait à Martin : « Voilà pourtant six rois détrônés avec qui nous avons soupé ! et encore dans ces six rois il y en a un à qui j'ai fait l'aumône. Peut-être y a-t-il beaucoup d'autres princes plus infortunés. Pour moi, je n'ai perdu que cent moutons, et je vole dans les bras de Cunégonde. Mon cher Martin, encore une fois, Pangloss avait raison, tout est bien. — Je le souhaite, dit Martin. — Mais, dit Candide, voilà une aventure bien peu vraisemblable que nous avons eue à Venise. On n'avait jamais vu ni ouï conter que six rois détrônés soupassent ensemble au cabaret. — Cela n'est pas plus extraordinaire, dit Mar-

* « Sa Hautesse » est le titre donné au sultan de l'Empire ottoman.

tin, que la plupart des choses qui nous sont arrivées. Il est très commun que des rois soient détrônés ; et à l'égard de l'honneur que nous avons eu de souper avec eux, c'est une bagatelle qui ne mérite pas notre attention. »

A peine Candide fut-il dans le vaisseau qu'il sauta au cou de son ancien valet, de son ami Cacambo. « Eh bien ! lui dit-il, que fait Cunégonde ? Est-elle toujours un prodige de beauté ? M'aime-t-elle toujours ? Comment se porte-t-elle ? Tu lui as sans doute acheté un palais à Constantinople ?

— Mon cher maître, répondit Cacambo, Cunégonde lave les écuelles sur le bord de la Propontide [14], chez un prince qui a très peu d'écuelles ; elle est esclave dans la maison d'un ancien souverain, nommé Ragotski [7], à qui le Grand Turc donne trois écus par jour dans son asile ; mais, ce qui est bien plus triste, c'est qu'elle a perdu sa beauté, et qu'elle est devenue horriblement laide. — Ah ! belle ou laide, dit Candide, je suis honnête homme, et mon devoir est de l'aimer toujours. Mais comment peut-elle être réduite à un état si abject avec les cinq ou six millions que tu avais apportés ? — Bon, dit Cacambo, ne m'en a-t-il pas fallu donner deux millions au señor [14] don Fernando d'Ibaraa, y Figueora, y Mascarenes, y Lampourdos, y Souza, gouverneur du Buenos-Ayres, pour avoir la permission de reprendre mademoiselle Cunégonde ? Et un pirate ne nous a-t-il pas bravement dépouillés de tout le reste ? Ce pirate ne nous a-t-il pas menés au cap de Matapan, à Milo, à Nicarie, à Samos, à Petra, aux Dardanelles, à Marmora, à Scutari [14] ! Cunégonde et la vieille servent chez ce prince dont je vous ai parlé, et moi, je suis esclave du sultan détrôné.

— Que d'épouvantables calamités enchaînées les unes aux autres ! dit Candide. Mais, après tout, j'ai encore quelques diamants ; je délivrerai aisément Cunégonde. C'est bien dommage qu'elle soit devenue si laide. »

Ensuite, se tournant vers Martin : « Que pensez-vous, dit-il, qui soit le plus à plaindre, de l'empereur Achmet, de l'empereur Ivan, du roi Charles-Edouard, ou de moi ? — Je n'en sais rien, dit Martin ; il faudrait que je fusse dans vos cœurs pour le savoir. — Ah ! dit Candide, si Pangloss était ici, il le saurait, et nous l'apprendrait. — Je ne sais, dit Martin, avec quelles balances votre Pangloss aurait pu peser les infortunes des hommes, et apprécier leurs douleurs. Tout ce que je présume, c'est qu'il y a des millions d'hommes sur la terre cent fois plus à plaindre que le roi Charles-Edouard, l'empereur Ivan, et le sultan Achmet. — Cela pourrait bien être », dit Candide.

On arriva en peu de jours sur le canal de la mer Noire. Candide commença par racheter Cacambo fort cher ; et sans perdre de temps, il se jeta dans une galère, avec ses compagnons, pour aller sur le rivage de la Propontide chercher Cunégonde, quelque laide qu'elle pût être.

Il y avait dans la chiourme* deux forçats qui ramaient fort mal, et à qui le levanti patron** appliquait de temps en temps quelques coups de nerf de bœuf sur leurs épaules nues ; Candide, par un mouvement naturel, les regarda plus attentivement que les autres galériens, et s'approcha d'eux avec pitié. Quelques traits de leurs visages

* Equipe des forçats condamnés à ramer sur la galère.
** Chef des gardes-chiourme d'origine levantine, c'est-à-dire du Proche-Orient.

défigurés lui parurent avoir un peu de ressemblance avec Pangloss et avec ce malheureux jésuite, ce baron, ce frère de mademoiselle Cunégonde. Cette idée l'émut et l'attrista. Il les considéra encore plus attentivement. « En vérité, dit-il à Cacambo, si je n'avais pas vu pendre maître Pangloss, et si je n'avais pas eu le malheur de tuer le baron, je croirais que ce sont eux qui rament dans cette galère. »

Au nom du baron et de Pangloss les deux forçats poussèrent un grand cri, s'arrêtèrent sur leur banc, et laissèrent tomber leurs rames. Le levanti patron accourait sur eux, et les coups de nerf de bœuf redoublaient. « Arrêtez ! arrêtez ! seigneur, s'écria Candide ; je vous donnerai tant d'argent que vous voudrez. — Quoi ! c'est Candide ! disait l'un des forçats. — Quoi ! c'est Candide ! disait l'autre. — Est-ce un songe ? dit Candide ; veillé-je ? suis-je dans cette galère ? Est-ce là monsieur le baron, que j'ai tué ? Est-ce là maître Pangloss, que j'ai vu pendre ? — C'est nous-mêmes, c'est nous-mêmes, répondaient-ils. — Quoi ! c'est là ce grand philosophe ? disait Martin. — Eh ! monsieur le levanti patron, dit Candide, combien voulez-vous d'argent pour la rançon de monsieur de Thunder-ten-tronckh, un des premiers barons de l'empire, et de monsieur Pangloss, le plus profond métaphysicien d'Allemagne ? — Chien de chrétien, répondit le levanti patron, puisque ces deux chiens de forçats chrétiens sont des barons et des métaphysiciens, ce qui est sans doute une grande dignité dans leur pays, tu m'en donneras cinquante mille sequins. — Vous les aurez, monsieur ; ramenez-moi comme un éclair à Constantinople, et vous serez payé sur-le-champ. Mais non, menez-moi chez mademoiselle Cunégonde. » Le levanti patron, sur la première offre de Candide,

avait déjà tourné la proue vers la ville, et il faisait ramer plus vite qu'un oiseau ne fend les airs.

Candide embrassa cent fois le baron et Pangloss. « Et comment ne vous ai-je pas tué, mon cher baron ? et mon cher Pangloss, comment êtes-vous en vie après avoir été pendu ? et pourquoi êtes-vous tous deux aux galères en Turquie ? — Est-il bien vrai que ma chère sœur soit dans ce pays ? disait le baron. — Oui, répondait Cacambo.

— Je revois donc mon cher Candide », s'écriait Pangloss.

Candide leur présentait Martin et Cacambo. Ils s'embrassaient tous ; ils parlaient tous à la fois. La galère volait, ils étaient déjà dans le port. On fit venir un juif, à qui Candide vendit pour cinquante mille sequins un diamant de la valeur de cent mille, et qui lui jura par Abraham qu'il n'en pouvait donner davantage. Il paya incontinent la rançon du baron et de Pangloss. Celui-ci se jeta aux pieds de son libérateur, et les baigna de larmes ; l'autre le remercia par un signe de tête, et lui promit de lui rendre cet argent à la première occasion. « Mais est-il bien possible que ma sœur soit en Turquie ? disait-il. — Rien n'est si possible, reprit Cacambo, puisqu'elle récure la vaisselle chez un prince de Transylvanie. » On fit aussitôt venir deux juifs : Candide vendit encore des diamants ; et ils repartirent dans une autre galère pour aller délivrer Cunégonde.

CHAPITRE VINGT-HUITIÈME

Ce qui arriva à Candide, à Cunégonde, à Pangloss, à Martin, etc.

« Pardon, encore une fois, dit Candide au baron ; pardon, mon révérend père, de vous avoir donné un grand coup d'épée au travers du corps. — N'en parlons plus, dit le baron ; je fus un peu trop vif, je l'avoue ; mais puisque vous voulez savoir par quel hasard vous m'avez vu aux galères, je vous dirai qu'après avoir été guéri de ma blessure par le frère apothicaire du collège, je fus attaqué et enlevé par un parti espagnol ; on me mit en prison à Buenos-Ayres dans le temps que ma sœur venait d'en partir. Je demandai à retourner à Rome auprès du père général. Je fus nommé pour aller servir d'aumônier à Constantinople auprès de monsieur l'ambassadeur de France. Il n'y avait pas huit jours que j'étais entré en fonction, quand je trouvai sur le soir un jeune icoglan* très bien fait. Il faisait fort chaud : le jeune homme

* Jeune homme choisi parmi les plus beaux et élevé dans le sérail pour être initié aux charges du gouvernement. Nous dirions « un page ».

voulut se baigner* ; je pris cette occasion de me baigner aussi. Je ne savais pas que ce fût un crime capital pour un chrétien d'être trouvé tout nu avec un jeune musulman. Un cadi** me fit donner cent coups de bâton sous la plante des pieds, et me condamna aux galères. Je ne crois pas qu'on ait fait une plus horrible injustice. Mais je voudrais bien savoir pourquoi ma sœur est dans la cuisine d'un souverain de Transylvanie réfugié chez les Turcs.

— Mais vous, mon cher Pangloss, dit Candide, comment se peut-il que je vous revoie ? — Il est vrai, dit Pangloss, que vous m'avez vu pendre ; je devais naturellement être brûlé : mais vous vous souvenez qu'il plut à verse lorsqu'on aillait me cuire : l'orage fut si violent qu'on désespéra d'allumer le feu ; je fus pendu, parce qu'on ne put mieux faire : un chirurgien acheta mon corps, m'emporta chez lui, et me disséqua. Il me fit d'abord une incision cruciale*** depuis le nombril jusqu'à la clavicule. On ne pouvait pas avoir été plus mal pendu que je l'avais été. L'exécuteur des hautes œuvres de la sainte Inquisition, lequel était sous-diacre, brûlait à la vérité les gens à merveille, mais il n'était pas accoutumé à pendre : la corde était mouillée et glissa mal, elle fut nouée ; enfin je respirais encore : l'incision cruciale me fit jeter un si grand cri que mon chirurgien tomba à la renverse ; et, croyant qu'il disséquait le diable, il s'enfuit en mourant de peur, et tomba encore sur l'escalier en fuyant. Sa femme accourut au bruit, d'un cabinet voisin : elle me vit sur la table étendu avec mon

* Prendre un bain (sec) dans une étuve (un « sauna »).
** Juge musulman.
*** En forme de croix.

incision cruciale ; elle eut encore plus peur que son mari, s'enfuit, et tomba sur lui. Quand ils furent un peu revenus à eux, j'entendis la chirurgienne qui disait au chirurgien : « Mon bon, de quoi vous avisez-vous de disséquer un hérétique ? Ne savez-vous pas que le diable est toujours dans le corps de ces gens-là ? Je vais vite chercher un prêtre pour l'exorciser. » Je frémis à ce propos, et je ramassai le peu de forces qui me restaient pour crier : « Ayez pitié de moi ! » Enfin le barbier* portugais s'enhardit : il recousit ma peau ; sa femme même eut soin de moi ; je fus sur pied au bout de quinze jours. Le barbier me trouva une condition, et me fit laquais d'un chevalier de Malte qui allait à Venise ; mais mon maître n'ayant pas de quoi me payer, je me mis au service d'un marchand vénitien, et je le suivis à Constantinople.

« Un jour il me prit fantaisie d'entrer dans une mosquée ; il n'y avait qu'un vieux iman et une jeune dévote très jolie qui disait ses patenôtres ; sa gorge était toute découverte : elle avait entre ses deux tétons un beau bouquet de tulipes, de roses, d'anémones, de renoncules, d'hyacinthes, et d'oreilles d'ours ; elle laissa tomber son bouquet ; je le ramassai, et je le lui remis avec un empressement très respectueux. Je fus si longtemps à le lui remettre que l'iman se mit en colère, et, voyant que j'étais chrétien, il cria à l'aide. On me mena chez le cadi, qui me fit donner cent coups de latte sur la plante des pieds, et m'envoya aux galères. Je fus enchaîné précisément dans la même galère et au même banc que monsieur le baron. Il y avait dans cette galère quatre jeunes gens de

* Le chirurgien : les deux métiers étaient souvent confondus (cf. Figaro).

Marseille, cinq prêtres napolitains, et deux moines de Corfou, qui nous dirent que de pareilles aventures arrivaient tous les jours. Monsieur le baron prétendait qu'il avait essuyé une plus grande injustice que moi ; je prétendais, moi, qu'il était beaucoup plus permis de remettre un bouquet sur la gorge d'une femme que d'être tout nu avec un icoglan. Nous disputions sans cesse, et nous recevions vingt coups de nerf de bœuf par jour, lorsque l'enchaînement des événements de cet univers vous a conduit dans notre galère, et que vous nous avez rachetés.

— Eh bien ! mon cher Pangloss, lui dit Candide, quand vous avez été pendu, disséqué, roué de coups, et que vous avez ramé aux galères, avez-vous toujours pensé que tout allait le mieux du monde ?

— Je suis toujours de mon premier sentiment, répondit Pangloss ; car enfin je suis philosophe : il ne me convient pas de me dédire, Leibniz ne pouvant pas avoir tort, et l'harmonie préétablie étant d'ailleurs la plus belle chose du monde, aussi bien que le plein et la matière subtile [12]. »

CHAPITRE VINGT-NEUVIÈME

Comment Candide retrouva Cunégonde
et la vieille

Pendant que Candide, le baron, Pangloss, Martin, et Cacambo, contaient leurs aventures, qu'ils raisonnaient sur les événements contingents ou non contingents de cet univers, qu'ils disputaient sur les effets et les causes, sur le mal moral et sur le mal physique, sur la liberté et la nécessité [12], sur les consolations que l'on peut éprouver lorsqu'on est aux galères en Turquie, ils abordèrent sur le rivage de la Propontide, à la maison du prince de Transylvanie. Les premiers objets [14] qui se présentèrent furent Cunégonde et la vieille, qui étendaient des serviettes sur des ficelles pour les faire sécher.

Le baron pâlit à cette vue. Le tendre amant Candide, en voyant sa belle Cunégonde rembrunie, les yeux éraillés, la gorge sèche*, les joues ridées, les

* Les seins tombant.

bras rouges et écaillés, recula trois pas, saisi d'horreur, et avança ensuite par bon procédé*. Elle embrassa Candide et son frère ; on embrassa la vieille : Candide les racheta toutes deux.

Il y avait une petite métairie** dans le voisinage ; la vieille proposa à Candide de s'en accommoder, en attendant que toute la troupe eût une meilleure destinée. Cunégonde ne savait pas qu'elle était enlaidie, personne ne l'en avait avertie : elle fit souvenir Candide de ses promesses avec un ton si absolu que le bon Candide n'osa pas la refuser. Il signifia donc au baron qu'il allait se marier avec sa sœur. « Je ne souffrirai jamais, dit le baron, une telle bassesse de sa part, et une telle insolence de la vôtre ; cette infamie ne me sera jamais reprochée : les enfants de ma sœur ne pourraient entrer dans les chapitres d'Allemagne. Non, jamais ma sœur n'épousera qu'un baron de l'Empire[6]. » Cunégode se jeta à ses pieds, et les baigna de larmes ; il fut inflexible. « Maître fou, lui dit Candide, je t'ai réchappé des galères[14], j'ai payé ta rançon, j'ai payé celle de ta sœur ; elle lavait ici des écuelles, elle est laide, j'ai la bonté d'en faire ma femme ; et tu prétends encore t'y opposer ! Je te retuerais si j'en croyais ma colère. — Tu peux me tuer encore, dit le baron, mais tu n'épouseras pas ma sœur de mon vivant. »

* Par courtoisie, civilité.
** Domaine agricole de médiocre étendue.

CHAPITRE TRENTIÈME

Conclusion

Candide, dans le fond de son cœur, n'avait aucune envie d'épouser Cunégonde ; mais l'impertinence extrême du baron le déterminait à conclure le mariage, et Cunégonde le pressait si vivement qu'il ne pouvait s'en dédire. Il consulta Pangloss, Martin, et le fidèle Cacambo. Pangloss fit un beau mémoire par lequel il prouvait que le baron n'avait nul droit sur sa sœur, et qu'elle pouvait, selon toutes les lois de l'Empire, épouser Candide de la main gauche [6]. Martin conclut à jeter le baron dans la mer ; Cacambo décida qu'il fallait le rendre au levanti patron, et le remettre aux galères, après quoi on l'enverrait à Rome au père général par le premier vaisseau. L'avis fut trouvé fort bon ; la vieille l'approuva ; on n'en dit rien à sa sœur ; la chose fut exécutée pour quelque argent, et on eut le plaisir d'attraper un jésuite, et de punir l'orgueil d'un baron allemand.

Il était tout naturel d'imaginer qu'après tant de désastres Candide, marié avec sa maîtresse et

vivant avec le philosophe Pangloss, le philosophe Martin, le prudent Cacambo, et la vieille, ayant d'ailleurs rapporté tant de diamants de la patrie des anciens Incas, mènerait la vie du monde la plus agréable ; mais il fut tant friponné par les juifs qu'il ne lui resta plus rien que sa petite métairie ; sa femme, devenant tous les jours plus laide, devint acariâtre et insupportable ; la vieille était infirme, et fut encore de plus mauvaise humeur que Cunégonde. Cacambo, qui travaillait au jardin, et qui allait vendre des légumes à Constantinople, était excédé de travail, et maudissait sa destinée. Pangloss était au désespoir de ne pas briller dans quelque université d'Allemagne. Pour Martin, il était fermement persuadé qu'on est également mal partout ; il prenait les choses en patience. Candide, Martin, et Pangloss, disputaient quelquefois de métaphysique et de morale. On voyait souvent passer sous les fenêtres de la métairie des bateaux chargés d'effendis*, de bachas**, de cadis, qu'on envoyait en exil à Lemnos, à Mytilène, à Erzeroum [14] ; on voyait venir d'autres cadis, d'autres bachas, d'autres effendis, qui prenaient la place des expulsés, et qui étaient expulsés à leur tour. On voyait des têtes proprement empaillées qu'on allait présenter à la Sublime-Porte. Ces spectacles faisaient redoubler les dissertations ; et quand on ne disputait pas, l'ennui était si excessif que la vieille osa un jour leur dire : « Je voudrais savoir lequel est le pire, ou d'être violée cent fois par des pirates nègres, d'avoir une fesse coupée, de passer par les baguettes chez les Bulgares, d'être

* Seigneurs.
** Ou « pachas », sortes de préfets de région.

fouetté et pendu dans un auto-da-fé, d'être disséqué, de ramer en galère, d'éprouver enfin toutes les misères par lesquelles nous avons tous passé, ou bien de rester ici à ne rien faire ? — C'est une grande question, dit Candide. »

Ce discours fit naître de nouvelles réflexions, et Martin surtout conclut que l'homme était né pour vivre dans les convulsions de l'inquiétude, ou dans la léthargie de l'ennui. Candide n'en convenait pas, mais il n'assurait rien. Pangloss avouait qu'il avait toujours horriblement souffert ; mais ayant soutenu une fois que tout allait à merveille, il le soutenait toujours, et n'en croyait rien [12].

Une chose acheva de confirmer Martin dans ses détestables principes, de faire hésiter plus que jamais Candide, et d'embarrasser Pangloss. C'est qu'ils virent un jour aborder dans leur métairie Paquette et le frère Giroflée, qui étaient dans la plus extrême misère ; ils avaient bien vite mangé leurs trois mille piastres, s'étaient quittés, s'étaient raccommodés, s'étaient brouillés, avaient été mis en prison ; s'étaient enfuis, et enfin frère Giroflée s'était fait turc. Paquette continuait son métier partout, et n'y gagnait plus rien. « Je l'avais bien prévu, dit Martin à Candide, que vos présents seraient bientôt dissipés et ne les rendraient que plus misérables. Vous avez regorgé de millions de piastres, vous et Cacambo, et vous n'êtes pas plus heureux que frère Giroflée et Paquette. — Ah ! ah ! dit Pangloss à Paquette, le Ciel vous ramène donc ici parmi nous, ma pauvre enfant ! savez-vous bien que vous m'avez coûté le bout du nez, un œil, et une oreille ? Comme vous voilà faite ! eh ! qu'est-ce que ce monde ! » Cette nouvelle aventure les engagea à philosopher plus que jamais.

Il y avait dans le voisinage un derviche* très fameux qui passait pour le meilleur philosophe de la Turquie ; ils allèrent le consulter ; Pangloss porta la parole, et lui dit : « Maître, nous venons vous prier de nous dire pourquoi un aussi étrange animal que l'homme a été formé. — De quoi te mêles-tu ? lui dit le derviche ; est-ce là ton affaire ? — Mais, mon révérend père, dit Candide, il y a horriblement de mal sur la terre. — Qu'importe, dit le derviche, qu'il y ait du mal ou du bien ? Quand Sa Hautesse envoie un vaisseau en Egypte, s'embarrasse-t-elle si les souris qui sont dans le vaisseau sont à leur aise ou non ? — Que faut-il donc faire ? dit Pangloss. — Te taire, dit le derviche. — Je me flattais, dit Pangloss, de raisonner un peu avec vous des effets et des causes, du meilleur des mondes possibles, de l'origine du mal, de la nature de l'âme, et de l'harmonie préétablie [12]. » Le derviche à ces mots, leur ferma la porte au nez.

Pendant cette conversation, la nouvelle s'était répandue qu'on venait d'étrangler à Constantinople deux vizirs du banc** et le muphti***, et qu'on avait empalé plusieurs de leurs amis. Cette catastrophe faisait partout un grand bruit pendant quelques heures. Pangloss, Candide, et Martin, en retournant à la petite métairie, rencontrèrent un bon vieillard qui prenait le frais à sa porte sous un berceau d'orangers. Pangloss, qui était aussi curieux que raisonneur, lui demanda comment se nommait le muphti qu'on venait d'étrangler. « Je n'en sais rien, répondit le bonhomme ; et je n'ai

* Religieux mahométan, ascète et mendiant.
** Ministres siégeant à la cour suprême de l'Empire.
*** Chef religieux en Turquie.

Voir *Au fil du texte*, p. X.

jamais su le nom d'aucun muphti ni d'aucun vizir. J'ignore absolument l'aventure dont vous me parlez ; je présume qu'en général ceux qui se mêlent des affaires publiques périssent quelquefois misérablement, et qu'ils le méritent ; mais je ne m'informe jamais de ce qu'on fait à Constantinople ; je me contente d'y envoyer vendre les fruits du jardin que je cultive. » Ayant dit ces mots, il fit entrer les étrangers dans sa maison ; ses deux filles et ses deux fils leur présentèrent plusieurs sortes de sorbets qu'ils faisaient eux-mêmes, du kaïmak* piqué d'écorces de cédrat** confit, des oranges, des citrons, des limons, des ananas, des pistaches, du café de Moka qui n'était point mêlé avec le mauvais café de Batavia et des îles***. Après quoi les deux filles de ce bon musulman parfumèrent les barbes de Candide, de Pangloss, et de Martin.

« Vous devez avoir, dit Candide au Turc, une vaste et magnifique terre ? — Je n'ai que vingt arpents****, répondit le Turc ; je les cultive avec mes enfants ; le travail éloigne de nous trois grands maux, l'ennui, le vice, et le besoin. »

Candide, en retournant dans sa métairie, fit de profondes réflexions sur le discours du Turc. Il dit à Pangloss et à Martin : « Ce bon vieillard me paraît s'être fait un sort bien préférable à celui des six rois avec qui nous avons eu l'honneur de souper. — Les grandeurs, dit Pangloss, sont fort dangereuses, selon le rapport de tous les philosophes : car enfin Eglon, roi des Moabites, fut assassiné

* Sorte de sorbet.
** Fruit du cédratier, utilisé en confiserie.
*** Des Antilles.
**** Un peu plus de 7 hectares.

par Aod ; Absalon fut pendu par les cheveux et percé de trois dards ; le roi Nadab, fils de Jéroboam, fut tué par Baasa ; le roi Ela, par Zambri ; Ochosias, par Jéhu ; Athalia, par Joïada ; les rois Joachim, Jéchonias, Sédécias, furent esclaves. Vous savez comment périrent Crésus, Astyage, Darius, Denys de Syracuse, Pyrrhus, Persée, Annibal, Jugurtha, Arioviste, César, Pompée, Néron, Othon, Vitellius, Domitien, Richard II d'Angleterre, Edouard II, Henri VI, Richard III, Marie Stuart, Charles Ier, les trois Henri de France, l'empereur Henri IV [11] ! Vous savez... — Je sais aussi, dit Candide, qu'il faut cultiver notre jardin. — Vous avez raison, dit Pangloss ; car quand l'homme fut mis dans le jardin d'Eden, il y fut mis *ut operaretur eum*, pour qu'il travaillât [11] : ce qui prouve que l'homme n'est pas né pour le repos. — Travaillons sans raisonner, dit Martin ; c'est le seul moyen de rendre la vie supportable. »

Toute la petite société entra dans ce louable dessein ; chacun se mit à exercer ses talents. La petite terre rapporta beaucoup. Cunégonde était, à la vérité, bien laide ; mais elle devint une excellente pâtissière ; Paquette broda ; la vieille eut soin du linge. Il n'y eut pas jusqu'à frère Giroflée qui ne rendît service ; il fut un très bon menuisier, et même devint honnête homme [14] ; et Pangloss disait quelquefois à Candide : « Tous les événements sont enchaînés dans le meilleur des mondes possibles : car enfin si vous n'aviez pas été chassé d'un beau château à grands coups de pied dans le derrière pour l'amour de mademoiselle Cunégonde, si vous n'aviez pas été mis à l'Inquisition, si vous n'aviez pas couru l'Amérique à pied, si vous n'aviez pas donné un bon coup d'épée au baron, si vous n'aviez pas perdu tous vos mou-

tons du bon pays d'Eldorado, vous ne mangeriez pas ici des cédrats confits et des pistaches[12].

— Cela est bien dit, répondit Candide, mais il faut cultiver notre jardin. »

ITINÉRAIRE DE CANDIDE

voyage vers l'Ouest
voyage vers l'Est
1 500 km

Eldorado (19)
(17-18)
Pays des Oreillons (16)
Paraguay (14-15)
Buenos Aires (13)
Surinam (19)
(20-21)
(11-12)
Lisbonne (5-6-7-8-9)
Cadix (10)
Portsmouth (23)
Bordeaux (22)
Paris
Westphalie (1-2)
Venise (24-25-26)
Hollande (3-4)
Constantinople (29-30)
(27-28)

ITINÉRAIRE DE CUNÉGONDE

Vers Buenos-Aires (aller-retour)
Lisbonne
Cadix
Cap Matapan
Milo
Samos
Scutari

ITINÉRAIRE DE LA VIEILLE

1 000 km

Lisbonne
Cadix
Utrecht
Rotterdam
Leipzig
Kassel
Rostock
Riga
Moscou
MAROC
Alger
Tunis
Gaète
Tripoli
Alexandrie
Constantinople
Smyrne
Samos
Azov

CART

LES CLÉS DE L'ŒUVRE

I - AU FIL DU TEXTE

II - DOSSIER HISTORIQUE ET LITTÉRAIRE

Pour approfondir votre lecture, LIRE vous propose une sélection commentée :
• de morceaux « classiques » devenus incontournables, signalés par ➡◆ (droit au but).
• d'extraits représentatifs de l'œuvre, signalés par ↶◈ (en flânant).

AU FIL DU TEXTE

Par Sophie Ratto,
PRAG à l'université de Paris III.

1. DÉCOUVRIR .. V

- La date
- Le titre
- Composition :
 - Point de vue de l'auteur
 - Structure de l'œuvre

2. LIRE ... IX

- •◆ Droit au but
 - *Comment Candide fut élevé dans un beau château...*
 - *Comment on fit un bel auto-da-fé...*
 - *Ce qui leur arriva à Surinam...*
 - *Il faut cultiver notre jardin*

- ⊂◈ En flânant
 - *Tempête, naufrage et tremblement de terre...*
 - *Histoire de Cunégonde*
 - *Arrivée de Candide et de son valet au pays d'Eldorado*

- Les thèmes clés
 - L'optimisme ou comment peut-on dire que « tout est pour le mieux » quand tout va mal
 - La dénonciation de l'intolérance et du fanatisme religieux
 - La dénonciation de l'esclavage et des abus de la colonisation
 - La dénonciation des abus et des artifices sociaux
 - La dénonciation de la guerre « boucherie héroïque »

3. POURSUIVRE .. XV

- Lectures croisées
- Pistes de recherches
 - Pour étudier l'œuvre dans le détail
 - Pour éclairer le contexte historique et culturel de l'époque
- Parcours critique

AU FIL DU TEXTE

I - DÉCOUVRIR

La phrase clé

« Maître, nous venons vous prier de nous dire pourquoi un aussi étrange animal que l'homme a été formé. – De quoi te mêles-tu ? lui dit le derviche ; est-ce là ton affaire ? – Mais, mon révérend père, dit Candide, il y a horriblement de mal sur la terre. – Qu'importe, dit le derviche, qu'il y ait du mal ou du bien ? Quand Sa Hautesse envoie un vaisseau en Égypte, s'embarrasse-t-elle si les souris qui sont dans le vaisseau sont à l'aise ou non ? – Que faut-il donc faire ? dit Pangloss. Te taire, dit le derviche. »

• LA DATE

Voltaire est très préoccupé et très inquiet au moment où il écrit ; à l'optimisme de ses premières œuvres (*Le Mondain*...), dès les années 1740, succède une désillusion qui transparaît dans *Candide*. L'auteur récuse sa paternité de l'œuvre (voir texte, p. 201), ce qui ne trompe personne. Car *Memnon* (voir texte, p. 216 sq) et *Zadig* anticipaient déjà *Candide*.

L'optimisme et les thèses providentialistes sont alors au centre d'un débat ; et *Candide* est un texte d'actualité. Les années qui ont précédé la rédaction du conte ont vu un grand engouement pour la philosophie de Newton, et pour la science en général. Contrairement à la philosophie de Leibniz, dont les recherches ont été transmises à Voltaire par Frédéric de Prusse vers 1736, Voltaire souhaite que les idées, les concepts et la philosophie soient bien ancrées dans le quotidien et le matériel. Lui-même donne l'exemple : « Il est bien doux d'être dans sa maison, de la construire, de l'arranger », écrit-il à M^me Denis en octobre 1753, après s'être installé à Ferney.

Le 24 novembre 1755, quelques semaines après les événements, Voltaire apprend la nouvelle du tremblement de terre de Lisbonne ; c'est alors qu'il va s'insurger contre l'insensibilité de la philosophie

aux phénomènes naturels, cruels et brutaux qui bouleversent la vie des hommes.

En 1756 éclate la guerre de Sept Ans, qui bouleverse Voltaire : les horreurs de la guerre nient de manière éclatante le « tout est bien » de Leibniz. « Que d'horreurs, et que le meilleur des mondes est affreux ! », écrit-il en janvier 1757.

Selon Pomeau, qui en est le grand spécialiste, Voltaire a rédigé *Candide* au cours de l'année 1758, alors que lui-même se penchait sur les malheurs du peuple de Ferney : « La moitié des habitants périt de misère, l'autre dans des cachots. Le cœur est déchiré quand on est témoin de tant de malheurs. Je n'achète la terre de Ferney que pour y faire un peu de bien », lettre à J.-R. Tronchin, 18 novembre 1758.

• LE TITRE

Candide représente le héros type : il est homme jeune, prometteur, beau et intelligent, mais naïf et trop confiant envers les formes diverses de l'autorité en place. Sa naïveté – sans connotation péjorative – et surtout sa bonne volonté et sa capacité à se faire une opinion par lui-même en font un individu représentatif de l'esprit des Lumières. Si, par ses ridicules, il se rapproche d'un personnage de comédie, voire de farce, ses interrogations en font le héros type du conte philosophique.

Candide est par ailleurs un conte polémique, et le deuxième terme du titre désigne sans ambiguïté l'ennemi. Voici la définition que l'on trouve du terme dans le *Dictionnaire de Trévoux*, 1771 :

« Terme didactique. Du mot *optimus*, "le meilleur". C'est le nom qu'on donne au système de ceux qui prétendent que tout est bien, que le monde est le meilleur de ceux que Dieu aurait pu créer ; que le mieux possible se trouve toujours dans tout ce qui est et qui arrive. Les crimes même sont accessoires à la perfection et à la beauté du monde moral, parce qu'il en résulte des biens. Le crime de Tarquin qui viola Lucrèce produisit la liberté de Rome et par conséquent toutes les vertus romaines. »

• COMPOSITION

Le point de vue de l'auteur

Le pacte de lecture

Par le biais d'un mélange entre les passages racontés par un narrateur omniscient, et ceux qui laissent la parole aux protagonistes ou

aux personnages de rencontre, Voltaire crée une apparence de désordre qui souligne l'absurdité et la cruauté du sort, et la naturelle perversion des hommes.

Le narrateur n'est pas l'auteur, mais un dénommé docteur Ralph, dont nous ignorons tout excepté qu'il est allemand. Ce narrateur omniscient connaît jusqu'aux sentiments intimes des personnages qu'il livre à l'analyse du lecteur. L'apparente objectivité qui s'en dégage, surtout pendant les descriptions des maux qui affligent les hommes, qu'ils soient causés par d'autres hommes, par les princes ou par la nature, révolte le lecteur.

Lorsque le point de vue est celui d'un des acteurs du conte, l'émotion prend parfois le dessus dans le même but pédagogique, et souvent le lecteur fait siennes les opinions de Candide et évolue avec lui vers un respect moindre de la religion et de l'autorité et vers une méfiance accrue face aux dogmes de l'optimisme.

Structure de l'œuvre

Il est difficile de repérer la structure apparente du conte, dont le foisonnement volontaire des épisodes se présente comme une accumulation de contre-exemples à l'axiome « tout est pour le mieux dans le meilleur des mondes possibles » et comme le reflet des incohérences du monde. Le fil directeur est bien entendu le héros, que nous suivons dans son évolution spirituelle et dans sa quête du meilleur des mondes et de l'amour de M^lle Cunégonde, jusqu'au refus de l'optimisme et la désillusion de l'amour.

Ceux qui étaient les références positives, idéologiques et religieuses de Candide changent : Cunégonde, Pangloss perdent leur autorité ou leur aura pour devenir comme les autres les jouets du destin. Hors du château, leur personnage n'existe plus en tant que tel. Les autres personnes que va croiser Candide pendant ses voyages vont être autant d'affirmations qui se dressent pour affirmer que le château est un monde hors du monde, et que la philosophie de Pangloss n'est pas ancrée dans le monde réel.

Voltaire utilise la ressource stylistique du récit dans le récit ; ce qui permet de multiplier les points de vue (par exemple celui de la prise du château), et de briser tout ordre chronologique trop rigide. Le fil directeur le plus clair demeure le voyage – on retrouve ici les structures du roman d'apprentissage – dont le but change au fur et à mesure des pérégrinations de Candide : fuite d'abord, puis décision de retrouver Cunégonde, et quête initiatique enfin au cours de laquelle Candide affirme sa propre pensée qui se détache progressivement de celle de son maître Pangloss.

L'unité s'organise autour du héros, présent à tous les chapitres dans une succession de lieux, d'espaces et de rencontres souvent fugaces. La cohérence de la construction s'affirme dans les récurrences des thèmes sur lesquels Voltaire tient à insister : l'intolérance religieuse apparaît ainsi aux chapitres III (« tandis que les deux rois faisaient chanter un *Te Deum*… », p. 27), puis XI, en des termes voisins, ou du moins comparables (« … je demeurai mourante sur un tas de morts. Des scènes pareilles se passaient dans l'étendue de plus de trois cent lieues, sans qu'on manquât aux cinq prières par jour ordonnées par Mahomet », p. 58). La structure est scandée par le thème de l'intolérance religieuse et l'insistance sur la prière en des circonstances tragiques.

Les titres des chapitres participent de l'intérêt que prend le lecteur au conte, en annonçant à chaque fois les catastrophes qui ne vont pas manquer de s'abattre sur le héros. Le rythme de la narration et les accumulations soulignent ce qui fait la véritable unité du roman : l'affirmation de l'incompatibilité de l'ordre des choses, de la providence, avec le principe « tout est pour le mieux dans le meilleur des mondes possibles ». L'axiome favori de Candide rentre immédiatement en contradiction avec l'événement contingent, et faire coïncider les principes de l'optimisme avec le spectacle du monde devient à chaque épisode plus difficile. Chaque péripétie ouvre sur la dérision, mais aussi sur le tragique, l'humour et l'ironie insistent sur le pathétique de la condition humaine. Le conte, qui s'ouvre sur la séparation des amants, et qui s'achève sur leur réunion, met en relief la dérision ; l'histoire s'achève non sur une fin heureuse à la manière du roman sensible, mais sur une relecture des positions philosophiques des Lumières.

II - LIRE

Pour approfondir votre lecture, LIRE vous propose une sélection commentée :
- *de morceaux « classiques » devenus incontournables, signalés par ●◇ (droit au but).*
- *d'extraits représentatifs de l'œuvre, signalés par ○◇ (en flânant).*

●◇ 1 - « *Comment Candide fut élevé dans un beau château, et comment il fut chassé d'icelui* » de « Il y avait… » à la fin.	I pp. 19-22

Présentation de Candide qui sera notre guide et le fil directeur de la construction du conte, le premier chapitre détaille les caractéristiques physiques et morales du héros. La faiblesse de sa position sociale est mise en valeur par le contexte du château de Pangloss, caricature du philosophe et du noble à la fois. Candide (p. 21) voudrait être baron de Thunder-ten-Tronck, ou bien être M^lle Cunégonde ; c'est-à-dire qu'il aspire à appartenir à l'ordre social dominant ; l'épanouissement dans l'amour et la philosophie n'arrivent qu'après. C'est son innocence qui est la cause de la chute de Candide, son ignorance qui provoque la transgression d'un interdit, et le bouleversement de l'ordre idéal « du plus beau et du plus agréable des châteaux possibles ».

●◇ 2 - « *Comment on fit un bel auto-da-fé pour empêcher les tremblements de terre, et comment Candide fut fessé* » de « Après le tremblement… » à la fin.	VI pp. 40-41

Le chapitre est extrêmement court et condense un grand nombre d'événements, mis en scène de manière très dramatique. Il dénonce une des pratiques de l'Inquisition, l'autodafé, cérémonie dans laquelle les hérétiques ou supposés tels devaient se racheter pour gagner leur salut dans l'au-delà – généralement par le supplice du

bûcher. Il s'agit non pas ici de pure fiction, mais de la critique de l'autodafé qui eut réellement lieu le 20 juin 1756 à Lisbonne ; « Les Portugais crurent obtenir la clémence de Dieu en faisant brûler des Juifs et d'autres hommes dans ce qu'ils appellent un autodafé, acte de foi, que les autres nations considèrent comme un acte de barbarie », écrit Voltaire dans son *Précis du siècle de Louis XV*. C'est un des chapitres où l'ironie de Voltaire est la plus mordante, jouant essentiellement sur les euphémismes et le procédé de l'antiphrase.

◆◇ 3 - *« Ce qui leur arriva à Surinam, et comment Candide fit connaissance avec Martin »* de « En approchant de la ville... » à la fin.	XIX pp. 96-101

Chapitre très connu, où s'expriment la réprobation et l'horreur de Voltaire pour l'esclavage, et où l'optimisme de Candide s'effondre devant le sort du « nègre de Surinam » : l'optimisme devient « la rage de soutenir que tout est bien quand tout est mal » (p. 97), il perd ses droits devant l'absurde et la cruauté du sort des esclaves et se révèle dans toute sa superficialité et sa dérision. Le texte met en avant non plus l'ironie et la distance, mais le pathétique et la dénonciation franche.

◆◇ 4 - *La conclusion du conte : « il faut cultiver notre jardin »* de « Pendant cette conversation... » à la fin.	XXX pp. 160-162

Devenue quasiment proverbiale, l'expression « il faut cultiver notre jardin » signale le passage de Candide de la fascination de la noblesse et de l'ordre établi à l'idéal de paix et d'ordre économique lié à l'agriculture ; elle annonce la pratique de Voltaire à Ferney, et se réfère aux travaux des physiocrates. Tout est joué, les illusions de Candide ont disparu, même touchant à l'amour (Cunégonde est devenue fort laide), et ce qui compte désormais, c'est la paix et le travail (Cunégonde est devenue une excellente pâtissière).

Apparaît aussi l'ennui, et les discussions métaphysiques ne sont plus là qu'à titre de distraction ; Pangloss n'est plus le maître, le

temps n'est plus à la parole mais à l'action, seule une morale de l'action va permettre d'atteindre le stade de sagesse qui est désormais le modèle, celui du vieillard turc. Le sage est celui qui cultive son jardin et jouit en paix de ses productions ; l'aspect économique primera désormais sur les aspirations politiques et philosophiques. Le remède au pessimisme, c'est de faire de son mieux, à son niveau ; le travail porte en lui-même le remède à trois maux : le besoin, le vice et l'ennui. La providence ne peut rien pour l'homme qui est lui-même l'artisan de sa destinée.

| ☞ 5 - « *Tempête, naufrage et tremblement de terre, et ce qui advint du docteur Pangloss, de Candide, et de l'anabaptiste Jacques* » de « La moitié des passagers… » à la fin. | V pp. 36-39 |

Voltaire met en scène dans le conte l'événement dont la cruauté et l'injustice l'émurent tant : le tremblement de terre de Lisbonne. L'horreur est décrite presque sans ironie ; le marin intéressé qui cherche de l'argent sur les dépouilles n'est que l'incarnation de l'égoïsme humain, plus matériel et presque plus excusable que Pangloss qui disserte en vain au lieu de secourir son élève blessé.

| ☞ 6 - « *Histoire de Cunégonde* » de « J'étais dans mon lit… » à la fin. | VIII pp. 45-48 |

Rien ne lui a été épargné : Cunégonde est déchue, physiquement et socialement. Violée, vendue, poignardée, mais digne fille de son père, elle trouve justification dans la maxime : « Une personne d'honneur peut être violée une fois, mais sa vertu s'en affermit » (p. 46). Elle ne tarde pas cependant à montrer qu'elle ne mérite nullement l'idéalisation que s'en faisait Candide : une fois tombé le décorum social, Cunégonde n'est plus qu'une femme sensuelle et vénale : « J'avais cru qu'il n'y avait rien de si beau que le château de Thunder-ten-Tronck ; j'ai été détrompée » (p. 46).

Parodie vraisemblable des héroïnes du romancier anglais Richardson, Cunégonde ne semble pas souffrir de sa déchéance ; elle n'est plus celle qu'avait aimée Candide, et tout porte dès lors à croire que le héros n'aura connu qu'une illusion d'amour.

⟳ 7 - « *Arrivée de Candide et de son valet au* *pays d'Eldorado, et ce qu'ils y virent* » de « Voilà pourtant, dit Candide, un pays qui… » à la fin.	XVII pp. 84-86

Le concept d'Eldorado, présenté ici non sans ironie, met en valeur par contraste la première partie du texte qui affirmait que tous les pays se valent, que la guerre et la faim sont partout. Dans l'Eldorado, les richesses ne sont rien, et la façon de vivre forme un contrepoint critique aux mœurs de l'Europe des Lumières. Là encore, la narration et la description amènent à une lecture au second degré, une lecture plus philosophique de l'idéal des préromantiques.

• LES THÈMES CLÉS

L'optimisme ou comment peut-on dire que « tout est pour le mieux » quand tout va mal

Candide paraît en plein débat sur l'optimisme ; le tremblement de terre de Lisbonne (1755), la guerre de Sept Ans (1756-1763) remettent en cause le triomphe de ce courant de pensée, de cette philosophie créée par Leibniz (*Théodicée*, 1710) et qui repose sur les principes suivants : même Dieu, en créant le monde, n'a pas pu créer quelque chose de parfait, mais les imperfections qu'il faut bien constater sont les moins graves possibles, et ce qui est mal est en quelque manière nécessaire : de ce mal sortira un bien plus grand.

La réponse chrétienne au problème du mal ne satisfait pas Voltaire qui se refuse à voir dans le mal la « punition » des péchés des hommes, et à accepter toutes les douleurs du monde au nom de la foi en Dieu.

Voltaire refuse également de trouver dans les raisonnements optimistes une consolation face à la souffrance et à la mort : les optimistes représentés par Pangloss dans le conte sont montrés comme égoïstes, déplaisants, totalement dépourvus de compassion humaine, et aimant par-dessus tout s'entendre parler.

La dénonciation de l'intolérance et du fanatisme religieux

La critique de Voltaire ne s'adresse pas à une seule religion : toutes les convictions sont défendables pourvu qu'on ne les pousse pas jusqu'au fanatisme, et que l'hypocrisie des autorités religieuses ne dissimule pas un pouvoir excessif et une exploitation financière

des peuples. La religion ne fait rien contre l'esclavage, les Jésuites sont cruels, l'Inquisition se livre à des tortures démesurées, vides de sens... toutes ces pratiques n'ont rien à voir avec le vrai sentiment religieux ni avec les valeurs chrétiennes.

La dénonciation de l'esclavage et des abus de la colonisation

L'exploitation de l'homme par l'homme est un des abus qui font l'objet de la dénonciation la plus virulente dans *Candide*. L'esclavage, qui fait de l'homme une bête de somme, moins bien traitée que les animaux, et le livre aux pires châtiments en cas de tentative de fuite, est montré avec horreur. Il s'agit d'un thème récurrent dans la philosophie des Lumières :

« Les navigateurs arrivent-ils dans une région du nouveau monde qui n'est occupée par aucun peuple de l'ancien, aussitôt, ils enfouissent une petite plaque de métal sur laquelle ils ont gravé ces mots : "cette contrée nous appartient". Et pourquoi nous appartient-elle ? [...] Vous n'avez aucun droit sur les productions insensibles et brutes de la terre où vous abordez, et vous vous en arrogez un sur l'homme, votre semblable. Au lieu de reconnaître dans cet homme un frère, vous n'y voyez qu'un esclave, une bête de somme » (Abbé Raynal, *Histoire philosophique et politique des établissements des Européens dans les deux Indes*, 1770).

« Serait-ce un projet chimérique que celui d'un pacte général par lequel toutes les nations renonceraient d'un commun accord à la traite des nègres ? [...] On ne peut se livrer encore à de telles espérances ; la politique trouve petit à petit tous les sentiments communs ; et puisque la morale des particuliers a besoin elle-même du frein et de l'appui des lois, il ne faut pas s'étonner que celle des souverains se ressente de son indépendance. Un temps peut arriver cependant où les Princes, lassés de l'ambition qui les agite, tourneront davantage leurs regards vers les grandes idées d'humanité » (Necker, *De l'administration des finances de la France*, 1784).

La dénonciation des abus et des artifices sociaux

Les codes sociaux, montrés dans *Candide* avec un recul qui annonce la démarche des premiers sociologues, apparaissent comme réduits à leur seule manifestation physique et vides de toute utilité ou de toute profondeur : les nobles et les riches exploitent et méprisent le peuple ; leurs belles manières ne sont là que pour dissimuler la noirceur de leurs sentiments. (Le baron se révèle autoritaire, plein de préjugés, cruel et imbu à la fois de sa personne et de son

rang). L'argent peut tout, et va rarement de pair avec la bonté et la générosité.

Les idées admises sont erronées : les philosophes et penseurs, qui se devraient d'avoir les qualités dont ils se parent, ne sont que des égoïstes sans envergure intellectuelle.

La dénonciation de la guerre « boucherie héroïque »

La guerre ajoute à la cruauté du jeu social l'absurdité des causes et l'ineptie du sang versé pour des causes qui n'en sont pas. Voltaire pense ici bien sûr à la guerre de Sept Ans qui causa des dommages énormes tant à la Prusse qu'aux peuples qu'elle avait tenté de conquérir, mais aussi aux problèmes liés à la colonisation. Les « arpents de neige » canadienne du chapitre XXIII valent-ils le sang que l'on verse pour eux ?

Non contente d'être absurde, la guerre apparaît aussi comme omniprésente ; elle est un des fléaux les plus répandus, et la problématique de la responsabilité de l'homme en général et du Prince en particulier affleure constamment dans le texte.

III - POURSUIVRE

• **LECTURES CROISÉES**

On lira avec bénéfice le poème sur le désastre de Lisbonne ou examen de cet axiome : tout est bien (1756).

« Ô malheureux mortels ! ô terre déplorable !
Ô de tous les mortels assemblage effroyable !
D'inutiles douleurs éternel entretien !
Philosophes trompés qui criez "tout est bien" ;
Accourez, contemplez ces ruines affreuses,
Ces débris, ces lambeaux, ces cendres malheureuses
Ces femmes, ces enfants l'un sur l'autre entassés,
Sous ces marbres rompus ces membres dispersés ;
Cent mille infortunés que la terre dévore,
Qui sanglants, déchirés, palpitants encore,
Enterrés sous leurs toits, terminent sans secours
Dans l'horreur des tourments leurs lamentables jours !
Aux cris demi-formés de leurs voix expirantes,
Au spectacle effrayant de leurs cendres fumantes,
Direz-vous : "c'est l'effet des éternelles lois
Qui d'un Dieu libre et bon nécessitent le choix" ?
Direz-vous en voyant cet amas de victimes :
"Dieu s'est vengé, leur mort est le prix de leurs crimes" ?
Quelle faute, quel crime ont commis ces enfants
Sur le sein maternel écrasés et sanglants ?
Lisbonne, qui n'est plus, eut-elle plus de vices
Que Londres, que Paris, plongés dans les délices ?
[…]
Ainsi, du monde entier tous les membres gémissent ;
Nés pour tous les tourments, l'un par l'autre ils périssent :
Et vous composerez dans ce chaos fatal
Des malheurs de chaque être un bonheur général !
Quel bonheur ! ô mortel faible et misérable.
Vous criez "tout est bien" d'une voix lamentable,
L'univers vous dément et votre propre cœur
Cent fois de votre esprit a réfuté l'erreur.

Éléments, animaux, humains, tout est en guerre.
Il le faut avouer, le mal est sur la terre :
Son principe secret ne nous est point connu.
De l'auteur de tout bien le mal est-il venu ?
[…]
Mais comment concevoir un dieu, la bonté même,
Qui prodigua ses biens à ses enfants qu'il aime,
Et qui versa sur eux les maux à pleines mains ?
Quel œil peut pénétrer dans ses puissants desseins ?
De l'être tout parfait le mal ne pouvait naître ;
Il ne vient point d'autrui puisque Dieu est seul maître.
Il existe pourtant. Ô tristes vérités !
Ô mélange étonnant de contrariétés !
[…]
Que peut donc de l'esprit la plus vaste étendue ?
Rien : le livre du sort se ferme à notre vue.
L'homme étranger à soi de l'homme est ignoré.
Qui suis-je, où suis-je, où vais-je, et d'où suis-je tiré ?
Atomes tourmentés sur cet amas de boue,
Que la mort engloutit et dont le sort se joue,
Mais atomes pensants, atomes dont les yeux,
Guidés par la pensée, ont mesuré les cieux ;
Au sein de l'infini nous élançons notre être,
Sans pouvoir un moment nous voir et nous connaître. »
[…]

Parmi les réactions que suscita la parution de *Candide*, on peut relever cette lettre de J.-J. Rousseau, qui voit dans les idées de Voltaire un avenir désespérant.

LETTRE DE J.-J. ROUSSEAU À MONSIEUR DE VOLTAIRE
(18 août 1756)

« Vos derniers Poèmes, Monsieur, me sont parvenus dans ma solitude […] ; je vous dirai sans détour, non les beautés que j'ai cru sentir dans ces deux poèmes, la tâche effrayerait ma paresse, ni même les défauts qu'y remarqueront peut-être de plus habiles gens que moi, mais les déplaisirs qui troublent en cet instant le goût que je prenais à vos leçons, et je vous les dirai, encore attendri d'une première lecture où mon cœur écoutait avidement le vôtre, vous aimant comme mon frère, vous honorant comme mon Maître, me flattant enfin que vous reconnaîtrez dans mes intentions la franchise d'une âme droite, et dans mes discours, le ton d'un ami de la vérité qui

parle à un philosophe. D'ailleurs, plus votre second poème m'enchante, plus je prends librement parti contre le premier ; car si vous n'avez pas craint de vous opposer à vous-même, pourquoi craindrais-je d'être de votre avis ? Je dois croire que vous ne tenez pas beaucoup à des sentiments que vous réfutez si bien.

Tous mes griefs sont donc contre votre poème sur le désastre de Lisbonne, parce que j'en attendais des effets plus dignes de l'humanité qui paraît vous l'avoir inspiré. Vous reprochez à Pope et à Leibnitz d'insulter à mes maux, en soutenant que tout est bien, et vous amplifiez tellement le tableau de nos misères, que vous en aggravez le sentiment ; au lieu des consolations que j'espérais, vous ne faites que m'affliger, on dirait que vous craignez que je ne voie pas assez combien je suis malheureux, et vous croiriez, ce semble, me tranquilliser beaucoup en me prouvant que tout est mal.

Ne vous y trompez pas, Monsieur, il arrive tout le contraire de ce que vous vous proposez. Cet optimisme que vous trouvez si cruel, me console pourtant dans les mêmes douleurs que vous me peignez comme insupportables.

Le poème de Pope adoucit mes maux et me porte à la patience, le vôtre aigrit mes peines, m'excite au murmure, et m'ôtant tout, hors une espérance, ébranlé il me réduit au désespoir. Dans cette étrange opposition qui règne entre ce que vous établissez et ce que j'éprouve, calmez la perplexité qui m'agite, et dites-moi, qui s'abuse, du sentiment ou de la raison. "Homme, prends patience, me disent Pope et Leibnitz. Tes maux sont un effet nécessaire de ta nature, et de la constitution de cet univers. L'Être éternel et bienfaisant qui le gouverne eût voulu t'en garantir. De toutes les économies possibles, il a choisi celle qui réunissait le moins de mal et le plus de bien, ou (pour dire la même chose encore plus crûment, s'il le faut) s'il n'a pas mieux fait, c'est qu'il ne pouvait mieux faire."

Que me dit maintenant votre poème ? "Souffre à jamais, malheureux. S'il est un Dieu qui t'ait créé, sans doute il est tout-puissant, il pouvait prévenir tous tes maux : n'espère donc jamais qu'ils finissent car on ne saurait voir pourquoi tu existes, si ce n'est pour souffrir et mourir." Je ne sais ce qu'une pareille doctrine peut avoir de plus consolant que l'optimisme et que la fatalité même. Pour moi, j'avoue qu'elle me paraît plus cruelle encore que le Manichéisme. Si l'embarras de l'origine du mal vous forçait d'altérer quelqu'une des perfections de Dieu, pourquoi vouloir justifier sa

puissance aux dépens de sa bonté ? S'il faut choisir entre deux erreurs, j'aime encore mieux la première.

Je ne vois pas qu'on puisse chercher la source du mal moral ailleurs que dans l'homme libre, perfectionné, partant corrompu ; et quant aux maux physiques, si la matière sensible et impassible est une contradiction, comme il me le semble, ils sont inévitables dans tout système dont l'homme fait partie ; et alors la question n'est point, pourquoi l'homme n'est pas parfaitement heureux, mais pourquoi il existe ? De plus, je crois avoir montré qu'excepté la mort, qui n'est presque un mal que par les préparatifs dont on la fait précéder, la plupart de nos maux physiques sont encore notre ouvrage. Sans quitter votre sujet de Lisbonne, convenez, par exemple, que la nature n'avait point rassemblé là vingt mille maisons de six à sept étages, et que si les habitants de cette grande ville eussent été dispersés plus également, et plus légèrement logés, le dégât eût été beaucoup moindre, et peut-être nul. Tout eût fui au premier ébranlement, et on les eût vus le lendemain à vingt lieues de là, tout aussi gais que s'il n'était rien arrivé, mais il faut rester, s'opiniâtrer autour des masures, s'exposer à de nouvelles secousses, parce que ce qu'on laisse vaut mieux que ce qu'on peut emporter. Combien de malheureux ont péri dans ce désastre, pour vouloir prendre, l'un ses habits, l'autre ses papiers, l'autre son argent ? Ne sait-on pas que la personne de chaque homme est devenue la moindre partie de lui-même, et que ce n'est presque pas la peine de la sauver quand on a perdu tout le reste ?

Vous auriez voulu (et qui n'eût pas voulu de même ?) que le tremblement se fût fait au fond d'un désert plutôt qu'à Lisbonne. Peut-on douter qu'il ne s'en forme aussi dans les déserts ? Mais nous n'en parlons point, parce qu'ils ne font aucun mal aux Messieurs des Villes, les seuls hommes dont nous tenions compte – ils en font peu même aux animaux et aux Sauvages qui habitent épars dans les lieux retirés et qui ne craignent, ni la chute des toits, ni l'embrasement des maisons. Mais que signifierait un pareil privilège ? Serait-ce donc à dire que l'ordre du monde doit changer selon nos caprices, que la nature doit être soumise à nos lois, et que pour lui interdire un tremblement de terre en quelque lieu, nous n'avons qu'à y bâtir une Ville ? »

• PISTES DE RECHERCHES

Candide peut donner lieu à de nombreux exposés et recherches qui recoupent une bonne partie des thèmes du XVIIIᵉ siècle et des problématiques liées aux Lumières.

On pourra voir par exemple :

Pour étudier l'œuvre dans le détail

– Les lieux et leur symbolique.
– Le statut de l'enseignement et des principes moraux.
– L'ironie et la parodie dans *Candide*.
– La notion de fanatisme dans *Candide*.
– La notion de guerre dans *Candide*.
– La monarchie et la noblesse dans *Candide*.
– La sexualité et l'amour dans *Candide*.
– La philosophie de Leibniz.
– *Candide* comme roman d'initiation ?
– Comparer Candide à certains autres héros de Voltaire, Mesrour (*Le Crocheteur borgne*, pp. 221 et suivantes, ou Cosi Sancta dans le conte qui porte son nom, p. 210…).
– Dans quelle mesure *Candide* est-il un roman subversif ?
– Pouvez-vous appliquer à votre lecture de *Candide* cette pensée extraite d'un autre conte de Voltaire, *Le Taureau blanc*, IX : « Les contes que l'on pouvait faire à la quadrisaïeule de la quadrisaïeule de ma grand-mère ne sont plus bons pour moi, qui ai été élevée par le sage Mambrès, et qui ai lu *L'Entendement humain* du philosophe égyptien nommé Locke, et *La Matrone d'Éphèse* ; je veux qu'un conte soit fondé sur la vraisemblance, et qu'il ne ressemble pas toujours à un rêve. Je désire qu'il n'ait rien de trivial, ni d'extravagant. Je voudrais surtout que, sous le voile de la fable, il laissât entrevoir aux yeux exercés quelque vérité qui échappe au vulgaire » ?

Pour éclairer le contexte historique et culturel de l'époque

– L'esclavagisme et la colonisation au XVIIIe siècle.
– La notion de despotisme éclairé.
– L'Encyclopédie et les encyclopédistes.
– Le statut de la foi et celui de la religion dans la pensée de Voltaire.
– L'histoire de l'Inquisition.
– Les débuts de l'ethnologie au XVIIIe siècle.

• PARCOURS CRITIQUE

Candide paraît au plus fort de la bataille philosophique, vers janvier 1759, de manière anonyme. Nul ne s'y trompe, en dépit des dénégations plaisantes de Voltaire qui refuse la paternité de l'ouvrage. L'accueil est enthousiaste, plus encore de la part du grand public que de celle des lettrés.

En dépit de la dénonciation par l'avocat général Omer, puis de la saisie de l'ouvrage et de sa condamnation par Rome en 1762, le succès de *Candide* et son retentissement ne se démentiront plus. Grimm chante longuement ses louanges dans la *Correspondance littéraire*. La seule année 1759 voit une vingtaine de rééditions, une traduction italienne, et quatre traductions anglaises.

On rencontre cependant moins d'enthousiasme de la part des nostalgiques de l'Ancien Régime, ou de la part des romantiques qui crient à l'insensibilité et voient dans le conte un déchaînement de cruauté et un manque de compassion envers le genre humain ; on se souvient de l'attaque de Musset, dans *Rolla* (1833) :

> « Dors-tu content, Voltaire, et ton hideux sourire
> Voltige-t-il encore sur tes os décharnés ?
> Ton siècle était, dit-on, trop jeune pour te lire ;
> Le nôtre doit te plaire et tes hommes sont nés.
> Il est tombé sur nous, cet édifice immense
> Que de tes larges mains tu sapais nuit et jour. »

Par la suite, la critique littéraire insistera surtout sur les qualités de l'œuvre et en récusera l'aspect « infernal » selon la formule de Mme de Staël ; Nietzsche ira jusqu'à appeler Voltaire « le dernier des Grecs » et repérera dans *Candide* les traits de style et l'ampleur humaine d'une tragédie antique.

René Pomeau, auteur d'une importante réflexion sur Voltaire, donne dans son ouvrage *La Religion de Voltaire* (Nizet, 1986) l'interprétation suivante du personnage de Candide :

« Candide, non plus que Jacques ou Figaro, n'est un héros tragiquement jeté dans un monde autre. [...] Au plus fort des désastres, l'univers de Candide fournit toujours la planche de salut. On ne meurt point dans ce monde-là. [...] Le monde de Candide est un monde où on vit. »

DOSSIER HISTORIQUE ET LITTÉRAIRE

REPÈRES BIOGRAPHIQUES .. 167

« LE MONDE COMME IL VA… » 173
 1. La guerre ... 173
 2. L'intolérance et le fanatisme religieux 174
 3. Une colonisation barbare 176
 4. L'expérience paraguayenne 177
 5. Les fléaux naturels ... 178
 6. Les mœurs désuètes ou dépravées des élites 178
 7. Le caprice des fortunes et infortunes des princes 180
 8. Le dégoût de la vie ou l'ennui des âmes sensibles 181
 9. Diverses mésaventures personnelles 182
 10. Le déchaînement de la polémique contre les
 Lumières ... 183
 11. Les grands repères de la culture 184
 12. Le système philosophique de l'Optimisme 187
 13. L'Eldorado ... 190
 14. La fantaisie verbale 191

LE CORTÈGE DE *CANDIDE* 197
 — « Lettre au sujet de *Candide* » 201
 — *Histoire des voyages de Scarmentado* 203
 — *Cosi-Sancta* ... 210
 — *Memnon ou la Sagesse humaine* 216
 — *Le Crocheteur borgne* 221
 — *La Princesse de Babylone* (extrait) 226
 — *Histoire d'un bon bramin* 228
 — *Histoire de Jenni ou l'Athée et le Sage* (extrait) 231
 — *Candide ou l'Optimisme*, « seconde partie »
 (apocryphe) ... 255

BIBLIOGRAPHIE PRATIQUE 299

REPÈRES BIOGRAPHIQUES

Une liste de dates comme celle qui suit ne peut tout consigner, s'agissant surtout d'une existence aussi longue, mouvementée et publique que celle de Voltaire. On trouvera principalement dans celle-ci les quatre séries qui ont un rapport direct avec *Candide* : les mésaventures de l'homme (un itinéraire trépidant, ponctué de persécutions et de fuites), les aliments du penseur (sur le Bien et le Mal : faits et livres), la production de l'écrivain (en particulier dans le genre du récit, savamment devenu conte), et les diverses façons dont le philosophe engagé a su cultiver son jardin. Ce rapport est indiqué par le numéro, entre crochets, du chapitre concerné.

1596	Expédition de Raleigh vers l'Eldorado. [XVIII]
1685	Révocation de l'Edit de Nantes. Le *Code noir* réglemente l'esclavage dans les colonies françaises. [XIX]
1694	Naissance, à Paris, de François-Marie Arouet, fils d'un riche notaire.
1695-1696	Siège d'Azov, ville turque, par les Russes. [XII]
1704	François-Marie entre au collège des jésuites de Louis-le-Grand. Bayle : *Dictionnaire historique et critique.* La controverse sur le problème de l'Optimisme métaphysique commence par une vive polémique entre Bayle et Leibniz. [I, etc.]
1710	Leibniz : *Essais de Théodicée.*
1711	François-Marie fréquente la société libertine du Temple.
1713	La bulle *Unigenitus* condamne définitivement l'hérésie janséniste. [XXII] François-Marie secrétaire d'ambassade à La Haye. [III] Il écrit des contes en vers et, peut-être, ses premiers contes en prose *(Le Crocheteur borgne, Cosi-*

	Sancta). Il veut enlever et convertir une jeune et jolie protestante : on le rapatrie en hâte.
1715	Mort de Louis XIV.
1717	François-Marie incarcéré onze mois à la Bastille pour des vers insolents sur le Régent.
1718	Immense succès de sa première tragédie, *Œdipe.* Son jeune auteur prend le nom de Voltaire.
1723	Mort du Régent. Majorité de Louis XV. *La Ligue,* poème épique qui deviendra *la Henriade,* circule clandestinement. Voltaire voyage beaucoup et frôle deux fois la mort (maladie, incendie).
1726	Altercation avec le chevalier de Rohan, qui le fait bâtonner. Emprisonné à la Bastille, puis exilé en Angleterre.
1727	Fréquente le poète Pope, un « optimiste ». Rencontre Swift. Assiste aux funérailles de Newton.
1728	Rentre en France. Scènes d'hystérie collective des « convulsionnaires » jansénistes au cimetière Saint-Médard, sur la tombe du diacre Pâris, mort en 1727. [XXI]
1733	Pope : *Essay on Man,* poème qui vulgarise la thèse leibnizienne du « Meilleur des mondes ».
1730-1734	Intense activité mondaine, financière et littéraire. *Ode sur la mort de M^{lle} Lecouvreur* [XXII], *Brutus* et *Zaïre,* tragédies, *Histoire de Charles XII, le Temple du goût,* les *Lettres anglaises* (ou *philosophiques*).
1733	Le Roi-Sergent, Frédéric-Guillaume, fait de la Prusse une nation guerrière (conscription obligatoire). [II]
1734	Le scandale des *Lettres philosophiques* oblige Voltaire à se réfugier à Cirey (Lorraine), chez M^{me} du Châtelet, son amie, avec laquelle il va mener pendant neuf ans des travaux de philosophie et de mathématiques.
1736	Voltaire commence à correspondre avec Frédéric, qui deviendra roi de Prusse en 1740. [II] Il

s'initie à la pensée leibnizienne à travers son disciple Wolff. Scandale du poème *le Mondain.*

1738 *Eléments de la philosophie de Newton, Discours en vers sur l'homme.* La paix de Vienne met fin à la guerre de Succession de Pologne : Stanislas Leszczyński renonce au trône et reçoit le gouvernement de Lorraine. [XXVI]

1739 Voltaire envoie à Frédéric le *Voyage du baron de Gangan,* texte perdu, qui est à l'origine de *Micromégas.* Suicide de J. Robeck. [XII]

1740 Le tsar Ivan VI est détrôné. [XXVI]

1741 *Mahomet ou le fanatisme,* tragédie.

1743 *Mérope,* tragédie. Début du règne personnel de Louis XV. Voltaire est envoyé en mission diplomatique auprès de Frédéric II.

1745 Victoire française sur les Anglais à Fontenoy. [III] Echec de l'expédition de Charles-Edouard en Ecosse. [XXVI]

1745-1747 Grande période de succès pour Voltaire, qui est rentré en faveur grâce aux frères d'Argenson, ses anciens condisciples devenus ministres, et à M^{me} de Pompadour, favorite du roi : poète officiel, historiographe de France, élu à l'Académie française, il reçoit un brevet de gentilhomme. Il vit avec M^{me} Denis, sa nièce.

1747 *Memnon,* 1^{re} version de *Zadig.* Incident du jeu de la Reine : Voltaire doit se réfugier à Sceaux, chez la duchesse du Maine.

1748 Paix d'Aix-la-Chapelle qui met fin à la guerre de Succession d'Autriche. Voltaire à Lunéville, à la cour de Stanislas Leszczyński. *Babouc, Zadig ou la Destinée.*

1749 *Memnon ou la Sagesse humaine.* Mort de M^{me} du Châtelet : Voltaire est fou de douleur. La polémique se déchaîne contre lui, autour de Fréron.

1750-1753 Voltaire réside à Berlin auprès de Frédéric. Il y publie *le Siècle de Louis XIV, Micromégas.*

169

1750	Premier discours de Rousseau, sur *les Sciences et les Arts*.
1751	Les autodafés sont interdits au Portugal, [VI] et l'esclavage aboli en Pennsylvanie. Le 1er tome de *l'Encyclopédie* est distribué aux souscripteurs.
1753-1754	Après de graves mésententes avec son ami couronné, Voltaire quitte Berlin, est retenu à Francfort, erre en Alsace, ne peut regagner Paris, se fixe près de Genève, aux « Délices », avec Mme Denis.
1755	Voltaire aménage les Délices. Deuxième discours de Rousseau *sur l'Origine de l'Inégalité*. [X] Un tremblement de terre détruit entièrement Lisbonne. [V] Voltaire écrit le *Poème sur le désastre de Lisbonne*. Les Jésuites sont combattus au Paraguay par les troupes espagnoles. [X]
1756	Début de l'horrible guerre de Sept Ans, coalition contre la Prusse. Auguste III de Saxe doit se réfugier en Pologne. [XXVI] Exécution, à Portsmouth, de l'amiral Byng (Voltaire est intervenu en vain pour lui). [XXIII] *Scarmentado, Essai sur les mœurs*. Voltaire correspond avec Rousseau sur le « Tout est bien », et collabore à *l'Encyclopédie*.
1757	Damiens attente à la vie du roi et est écartelé. [XXII] Victoires de Montcalm au Canada. [XXII] Défaite des Français devant les Prussiens à Rossbach. Voltaire tente de négocier une paix séparée entre la France et la Prusse.
1758	La lutte contre les Cacouacs (= philosophes) s'amplifie. Voltaire rédige *Candide* et achète le domaine de Ferney, à la frontière franco-suisse.
1759	Publication et immense succès de *Candide,* dans toute l'Europe. Bataille de Minden.
1760	L'abbé Guyon, Fréron et Le Franc de Pompignan se déchaînent contre *Candide,* dont paraît une deuxième partie, apocryphe. Voltaire recueille Mlle Corneille et reçoit de Rousseau une lettre d'insultes (« Je vous hais... »). *Tancrède*, tragédie.

1761	Edition augmentée de *Candide*.
1762	Condamnation de *Candide* par l'Eglise. Voltaire fait paraître dans le *Journal encyclopédique* une « Lettre au sujet de *Candide* ». Début des affaires Calas et Sirven. Les jésuites sont expulsés de France.
1763	Traité de Paris : la France perd ses colonies américaines. Fin de la guerre de Sept Ans. *Traité sur la tolérance*.
1764	*Dictionnaire philosophique portatif. Jeannot et Colin. Le Blanc et le Noir*.
1765	Réhabilitation de Calas, qui encourage et intensifie l'activité de Voltaire contre l'intolérance (affaires Lally-Tollendal, La Barre, Sirven, Delisle de Sales...).
1766	Linguet publie *la Cacomonade,* facétieuse « suite » de *Candide*.
1767	*L'Ingénu*.
1768	*L'Homme aux quarante écus. La Princesse de Babylone.* Voltaire s'occupe activement de son domaine de Ferney et de ses habitants.
1770	Début des *Questions sur l'Encyclopédie,* dernière somme philosophique. Elles occuperont 9 volumes. M^me Necker lance une souscription pour élever, de son vivant, une statue à Voltaire. Le travail sera confié à Pigalle.
1772	*Epître à Horace,* bilan autobiographique.
1774	Mort de Louis XV. Avènement de Louis XVI. Ministère Turgot. *Le Taureau blanc*.
1775	L'éditeur Cramer publie les *Œuvres complètes* de Voltaire.
1776	Chute du ministère Turgot et fin de l'espoir de réformes. *La Bible enfin expliquée*.
1777	*Le Prix de la Justice et de l'Humanité*.
1778	Retour de Voltaire à Paris. Triomphe d'*Irène,* tragédie. Voltaire meurt le 30 mai, Rousseau, le 2 juillet.

171

1784	Le Théâtre italien donne *Léandre-Candide,* variation facétieuse de la fin du conte.
1785-1789	Grande édition, à Kehl, en 70 volumes, des *Œuvres complètes* de Voltaire, sous la direction de Beaumarchais.
1788	*Candide marié,* vaudeville. Collin d'Harleville : *l'Optimiste ou l'homme content de tout,* comédie.
1791	Les cendres de Voltaire sont transférées au Panthéon.

« LE MONDE COMME IL VA... »

I

Il allait fort mal, en ce milieu du XVIII^e siècle. La liste ordonnée des horreurs dont il était le théâtre peut servir d'annotation aux épisodes successifs de *Candide,* et brosser un panorama complet du contexte affligeant et obscur de ce texte si brillant et tonique.

1) La guerre

Elle est partout présente, dans quelque région du monde où nous entraînent le périple qu'accomplit Candide ou ceux que racontent Cunégonde, la vieille, Paquette, Martin et les autres. Tout un éventail des armes de mort se déploie dans le texte, dans la description d'une belle bataille, bien sûr [III], mais aussi partout ailleurs, de la baïonnette, d'usage récent, au « canon de 24 » (ce calibre indique le poids, en livres, du projectile : ici, environ 12 kg) [IV], en passant par l'« esponton » (sorte de pique dont le fer, en forme de feuille, fait des plaies bien larges et profondes) [XIV]. Toutes sortes de conflits sont évoqués, de la guerre de Succession d'Espagne, d'ancienne mais sinistre mémoire (1701-1714) [XII], au cours de laquelle le Portugal, « une puissance chrétienne », ne craignit pas de faire alliance avec le féroce roi du Maroc, Mulay-Ismaïl (1646-1727) [XI], au siège d'Azov par Pierre le Grand (1695-1696) [XII] ; de l'expédition espagnole contre les Guaranis du Paraguay (1758) [X, XIV] à la rivalité franco-anglaise au Canada [XXIII]. Partout la violence se déchaîne et fait loi, et autant chez les Anglais, qui font exécuter leur amiral Byng pour n'avoir pas combattu avec assez de hargne contre les Français à Minorque (1757) [XXIII], que chez les Turcs, où la vieille assiste aux prouesses du redoutable corps d'élite des « janissaires », créé au XIV^e siècle et qui devait sévir

173

jusqu'au début du XIXe, sous le commandement de son chef, l'« aga » [XII].

Mais c'est en Europe même que la guerre fait rage. Frédéric-Guillaume, le Roi-Sergent (1620-1688), a doté la Prusse d'une armée à laquelle sa discipline et son efficacité ouvrent le plus bel avenir, pour le plus grand avantage des ambitions de son fils, le très éclairé Frédéric II : conscription obligatoire, par des sergents recruteurs « habillés de bleu », maniement accéléré de la « baguette » qui servait, avant l'invention de la culasse, à enfoncer la charge dans le canon du fusil, mais qui peut aussi jouer son rôle dans le châtiment des insoumis et des déserteurs, permettent aux « Bulgares » prussiens de bousculer les « Abares » français, à Rossbach par exemple (1757), ou à Minden où disparaît en 1759 un certain docteur Ralph, au cours de cette guerre de Sept Ans qui ravage l'Europe des Lumières de 1756 à 1763 [II, III].

2) L'intolérance et le fanatisme religieux

Là encore, l'Europe n'a rien à envier aux brutalités orientales. Certes, c'est à Nagasaki que l'on oblige les Japonais travaillant pour les marchands hollandais, puis ces Hollandais eux-mêmes, à marcher sur un crucifix [V], mais c'est bien à Paris qu'on a vu des scènes de convulsions collectives sur la tombe d'un diacre (1727-1729) [XXI] ; qu'on a exigé des mourants un « billet de confession » (1750) attestant qu'ils étaient soumis à la Bulle *Unigenitus* (1713) (Voltaire ajoute facétieusement « payable au porteur », jouant sur le sens bancaire de « billet » et sur le honteux trafic qui consiste à vendre, en somme, le passage heureux « pour l'autre monde ») [XXII] ; qu'on a refusé la sépulture à la sublime Adrienne Lecouvreur parce qu'elle était comédienne (1730), et qu'on a jeté son corps à la « voirie » (= décharge publique. Paquette, elle, dira le « fumier » [XXIV] [XXII] ; qu'on méprise un homme qui ne croit pas au dogme cartésien des « idées innées » ; qu'on voit depuis longtemps le fanatisme monachiste, insinuant et sournois, armer le bras des régicides, de J. Châtel (1594) à Ravaillac (1610) et jusqu'à ce Damiens, « du pays d'Atrébatie » (= d'Arras), qui blessa Louis XV et fut écartelé (1757) [XXII]. C'est qu'en France comme dans toute l'Europe chrétienne, se sont multipliés les sectes, ordres et autres congrégations qui affirment tous représenter la vérité de la foi et la pureté de la pratique, et

prétendent en imposer universellement les principes et les règles, dans d'interminables et haineuses controverses (= disputes théologiques) [IV].

Le texte de *Candide* anime, dans un tragi-comique pêle-mêle, un véritable ballet de ces prosélytes, chacun arborant le jargon et les insignes de sa chapelle : si le « théatin » Giroflée est inoffensif et ne doit sa jovialité qu'au laxisme avec lequel il applique les règles de son ordre, fondé pourtant au XVIe siècle pour réformer les mœurs ecclésiastiques [XXIV], si le « prieur de bénédictins » n'a que la chance de se trouver à point nommé à Avacéna pour profiter du dénuement de Candide et acheter à bas prix son cheval [X], si le « cordelier » (membre d'un ordre mendiant, celui des franciscains) « à la grande manche » (= renté) n'est qu'un vulgaire voleur qui dépouille Cunégonde de ses bijoux [X, XIII] et un autre cordelier le vulgaire suborneur de Paquette [XXIV], si enfin l'« anabaptiste » Jacques a oublié les origines terroristes de sa secte et pratique désormais paisiblement le négoce et la charité [III], d'inexpiables querelles dogmatiques déchirent les « molinistes », adeptes du jésuite espagnol Molina et partisans d'une morale mondaine [XXII], les « sociniens », disciples des Siennois Socini, adversaires de la divinité du Christ et des peines éternelles [XIX], les « manichéens » qui, dans la tradition de l'ancien Persan Manès, soutiennent que les principes du Bien et du Mal se partagent également l'empire du monde [XX], et les protestants, dont même les pasteurs, comme ce prédicateur hollandais « à manteau noir », laissent sans secours et accablent des pires outrages un homme qui refuse de croire que le pape soit l'Antéchrist [III]. Il est vrai que, dans les pays très catholiques, les « jacobins » mettent tout le monde d'accord en coupant court à tout débat [XXV]. Ces jacobins appartiennent au grand ordre des dominicains qui s'honore d'avoir fondé, dès le XIIIe siècle, une belle institution de police et de répression religieuses, l'Inquisition.

Héritière du Moyen Age barbare, cette organisation fait encore régner la terreur, surtout en Espagne et au Portugal, où on la confond avec la milice qui lui sert d'auxiliaire, « la Ste Hermandad » (ce mot, en espagnol, signifie la fraternité !) [IX]. Sous le prétexte de détecter et de réprimer l'hérésie, elle met en œuvre un sinistre appareil de surveillance, de délation, de torture et d'exécutions, qui mobilise toute une hiérarchie, du « familier » (= agent d'espionnage et d'arrestation) au prélat : qu'un homme ait épousé sa « commère » (= la marraine d'un enfant dont il est le parrain) ou qu'il

ait évité de manger le lard d'un poulet, comme font les juifs, on le jette en prison, on le soumet à la question et on le punit solennellement au cours d'une cérémonie publique, l'« auto-da-fé », dont les apprêts sont destinés à frapper de terreur l'imagination populaire. L'accusé que son obstination condamne à être brûlé est revêtu d'un « san benito », vaste scapulaire orné de flammes droites et de diables ; celui qui s'est repenti et confessé porte la « samarra », ornée, elle, de flammes renversées et sans diables. Un grand sermon est prononcé, qui donne son nom à toute la fête (= l'acte de foi). Une musique « en faux-bourdon » (c'est-à-dire ici, aux orgues, un grave et monotone *Miserere*) accompagne cette mascarade tragique [VI, VIII]. Voltaire n'a pas vu lui-même une cérémonie de ce genre, mais il a scruté dans leur moindre détail les illustrations d'un livre de Dellon, *Relation de l'Inquisition de Goa* (1688), avec une indignation narquoise.

3) Une colonisation barbare

Depuis la découverte de nouvelles terres, l'Occident chrétien s'est jeté sur les richesses économiques qu'elles recelaient. Au XVIIIᵉ siècle, la rivalité pour leur contrôle est à son comble entre l'Espagne, le Portugal, l'Angleterre, la Hollande, la France. Principalement assoiffés d'or et de pierres précieuses, les deux pays ibériques se sont partagé tout le continent sud-américain, à l'exception de la Guyane où se sont implantés les Français (la « Cayenne »), les Hollandais (« Surinam ») et les Anglais [XVIII, XIX]. De leur côté, Anglais et Français se disputent « quelques arpents de neige vers le Canada » [XXIII]. Voltaire, qui a placé beaucoup d'argent dans des entreprises d'armateurs pour le commerce entre ces pays neufs et l'ancien continent, n'est pas opposé au geste colonial, même s'il en suggère une espèce de condamnation symbolique en faisant écho à la tradition qui veut que la vérole, ou syphilis, soit d'origine américaine [IV]. La fameuse formule sur les « arpents de neige », qu'on lui a tant reprochée, ne signifie pas que la France ait tort de s'intéresser au Canada en général, mais qu'il est vain de s'entretuer pour cette zone de frontière indéterminée entre l'Ohio, le Québec et les lacs. Ce qu'il dénonce, c'est le prétexte pieux de l'évangélisation sous lequel les colons cachent leurs exactions et leurs massacres, et l'inhumanité du traitement infligé aux indigènes. Entraîné même par son indignation devant les atteintes à ce qu'on appelle aujourd'hui les

« droits de l'homme », il ne craint pas d'en rajouter et d'attribuer à la pure cruauté telle amputation de la main qui n'était qu'un moyen médical d'éviter la gangrène et la mort. Mais il est vrai que le *Code noir* édicté par Louis XIV prévoyait qu'on sectionne le jarret d'un esclave qui avait tenté de s'enfuir [XIX].

4) L'expérience paraguayenne

Chez les Indiens guaranis, au Paraguay, la colonisation a pourtant pris un visage différent. Installés pour l'évangélisation dès la fin du XVIe siècle, les jésuites (ordre fondé par St Ignace de Loyola en 1540) ont peu à peu développé autour de la ville du « Saint-Sacrement » (aujourd'hui disparue), en opposition avec les pratiques esclavagistes courantes, une organisation sociale communautaire et égalitaire, qui leur permettait de conjuguer harmonieusement les nécessités de l'ordre, celles de la production artisanale et agricole, et celles de la foi. En Europe, les esprits sont partagés sur cette expérience, que certains trouvent humanitaire et « philosophique », et d'autres autoritaire, paternaliste, intéressée et peu digne d'hommes d'Eglise. Le caractère quasi militaire de ces « réductions » prêtait en effet le flanc à ces critiques, et l'on avait beau jeu de soupçonner ces prêtres-soldats (le Supérieur de l'ordre, à Rome, n'est-il pas appelé « général » ?) de violence, d'ambition et d'insoumission. On parlait même d'un « royaume », et l'on prétendait qu'un Père jésuite y avait été élu roi sous le nom de Nicolas Ier. L'affaire tourna mal après 1750, quand un traité mit sous obédience portugaise le territoire des réductions, d'abord espagnol. Encouragés et encadrés par « Los Padres » (= les Pères), les Guaranis refusèrent l'autorité des colons portugais du Brésil, qui voulaient ramener ce territoire à la juridiction commune des zones qu'ils contrôlaient et exploitaient. On envoya contre eux des troupes qui, après une guerre de plus de dix ans, détruisirent leur société et réinstallèrent un régime de colonisation brutale (1767-1768).

Voltaire est de ceux qui trouvent la conduite des jésuites au Paraguay louche et dangereuse. Il n'hésite pas à tourner en ridicule le double statut de « Los Padres », prêtres coiffés du « bonnet à trois cornes » (qui distinguait les jésuites des autres ecclésiastiques, portant la barrette à quatre cornes) et soldats, « robe retroussée », « épée au côté », qui se faisaient appeler « Sa Révérence » comme d'autres, ailleurs,

« Son Excellence », qui étaient servis par des esclaves nègres, et dont le « père provincial » (= Supérieur de la province) interdisait aux Espagnols de rester plus de trois jours (Voltaire dit « trois heures » !) dans le pays et de communiquer avec les Indiens [X, XIV]. Le récent film de R. Joffé, *Mission* (1986), a plutôt illustré l'hypothèse inverse, qui fait des Pères jésuites, en l'occurrence, des pionniers de l'émancipation, des victimes de l'oppression coloniale, et finalement des martyrs.

5) Les fléaux naturels

La vérole, on l'a vu, s'est mise à désoler l'Europe, juste rançon, peut-être, d'une conquête hypocrite et meurtrière. Ailleurs sévit la peste, fléau immémorial [XII]. Mais surtout, si les tempêtes et autres cataclysmes naturels font partie de l'expérience commune et ont l'avantage de relancer l'intérêt d'un récit de voyage [IV, V], le séisme qui vient de détruire entièrement Lisbonne est sans précédent. La terre trembla le 1er novembre 1755, et un raz de marée aggrava le désastre : le port et les bateaux détruits, la ville effondrée et incendiée par le feu des cuisines allumé dans les maisons, probablement près de trente mille victimes. Voltaire s'amuse à situer l'« auto-da-fé » destiné à « empêcher la terre de trembler » juste avant une seconde secousse : il eut lieu en réalité, sans rapport apparent avec la catastrophe, le 20 juin 1756, mais la terre avait bien tremblé de nouveau, « avec un fracas épouvantable », le 21 décembre 1755. Et l'hypothèse de la « traînée de soufre depuis Lima jusqu'à Lisbonne », qui rassure Pangloss, avait au contraire de quoi nourrir l'inquiétude sur la réitération de ce genre de calamités qui frappent aveuglément, injustement, absurdement, et devant lesquelles l'homme reste impuissant et le philosophe perplexe [V-VI].

6) Les mœurs désuètes ou dépravées des élites

Voltaire a toute sa vie fréquenté le monde, les Grands, les Princes, les savants. Il n'est certes pas de ceux qui leur dénient le droit de constituer une élite et qui revendiquent contre eux l'égalité des droits de « la canaille ». Mais il a pu observer de près leurs ridicules, leurs vices, leur inaptitude à exercer, pour le bien général, les fonctions dont les investissent leur rang et leurs privilèges, et il ne manque pas une occasion de mettre en scène leur suffisance ou leur bouffissure. Un beau geste de clémence royale est interprété, sous l'apparente admi-

ration, comme un calcul publicitaire, à court et à long termes : Frédéric II aimait qu'on parle de lui « dans les journaux » et ne se croyait pas indigne d'une gloire qui s'étende, comme celle même de Dieu, « dans tous les siècles » [II]. La morgue et la sotte vanité des Grands, dont le chevalier de Rohan a donné au jeune Arouet, en 1726, un cuisant exemple, les rendent intraitables sur le nombre des « quartiers » (= ascendants nobles, paternels et maternels) dont peut se prévaloir celui qui prétend s'allier à leur famille, ou entrer dans un « chapitre » (= assemblée de dignitaires religieux, royaux ou militaires) : si quatre quartiers de chaque côté suffisent en général en France pour être réputé de bonne noblesse, les aristocrates allemands sont plus pointilleux, et peuvent en exiger plus de soixante et onze ! [I, XV, XXIX] Ce qui n'empêche pas le noble de pratiquer la règle inverse quand cela l'arrange, et de se marier « de la main gauche », c'est-à-dire, en cas de mésalliance, de n'engager ni ses biens ni ses titres, ni même sa parole [XXX]. Le moindre hobereau (« baron » est devenu alors, en France, un titre obsolète et ridicule) se fait appeler « monseigneur », titre réservé aux princes, aux ducs et pairs, et aux gouverneurs de provinces [I]. On raconte que le roi Stanislas, deux fois chassé de Pologne, ne sut tirer d'autre leçon de la fameuse scène des rois détrônés à Venise que l'inconvenance qu'il y avait à mêler à des princes malheureux, mais de *vrai* sang, cet aventurier de Théodore qui était parvenu à se faire élire roi de Corse en 1736 [XXVI].

Dans la haute société mondaine de « la ville », les dehors de l'élégance la plus distinguée ne font souvent que cacher l'inanité et la prévention des jugements de goût, voire la friponnerie, que Voltaire avait aussi pu, à son grand dam, expérimenter en 1747 au jeu de la Reine. Les parties de « pharaon » qui se jouent avant le souper au faubourg Saint-Honoré ne sont que des traquenards où la tricherie permet de s'approprier sans vergogne la fortune d'un nouveau venu trop confiant. Le « banquier » dispose des cartes à droite et à gauche ; les « pontes » (= joueurs) ayant misé de l'un ou de l'autre côté, le banquier retourne alternativement les cartes, dont la plus forte fait gagner le côté où elle est placée. Le banquier double les mises de ce côté, et ramasse celles du côté perdant ; il mène ainsi à son terme une « taille », série de coups qui se suivent jusqu'à l'épuisement complet des cartes qu'il a en main. A l'aide d'une manipulation qui consiste à « corner » certaines cartes, toutes sortes de manœuvres,

dont le « paroli », qui revient à doubler sa première mise, ou le « sept-et-le-va de campagne », qui permet de jouer une somme que l'on n'a pas encore gagnée, sont à la disposition des tricheurs, sous l'œil souvent complice du banquier (un des futurs « métiers » de Figaro !) et de la maîtresse de maison [XXII]. Ce n'est pas un hasard si le fripon qui fait gruger Candide à ce jeu est un abbé.

Du côté des ecclésiastiques en effet, le décalage est encore plus scandaleux entre la morale qu'on enseigne et celle qu'on pratique. Le vœu de chasteté n'est pas plus respecté que ceux de pauvreté ou d'obéissance, et les plus grands dignitaires de l'Eglise en donnent l'exemple : le « grand inquisiteur », qui entretient une maîtresse [VIII], et jusqu'au pape, qui fait élever publiquement comme des princes les fruits de ses coupables amours. Il est vrai que Voltaire choisit finalement, après avoir désigné, comme père de la vieille, Clément XII (pape de 1730 à 1741), de lui substituer le nom d'un pape qui n'a jamais existé, ce qui lui donne l'occasion de cette savoureuse mise au point : « Voyez l'extrême discrétion de l'auteur : il n'y eut jusqu'à présent aucun pape nommé Urbain X ; il craint de donner une bâtarde à un pape connu. Quelle circonspection ! quelle délicatesse de conscience ! » [XI]. Quant aux mœurs des jésuites, sans peut-être leur accorder l'importance — et l'influence sur Voltaire — que leur donne le récent ouvrage de Roger Peyrefitte *(Voltaire. Sa jeunesse et son temps*, 1985), on sait qu'elles étaient volontiers pédérastiques : elles sont assez clairement illustrées par la façon dont le jeune et beau baron de Thunder-ten-tronckh a été distingué et promu par le supérieur de sa maison, auquel Voltaire a finalement choisi de donner le nom du père Croust, un des jésuites qui l'avaient lui-même persécuté à Colmar, en 1754 [XV].

7) Le caprice des fortunes et infortunes des princes

Le travail de documentation que vient de mener l'auteur de l'*Essai sur les mœurs,* où sont consignés « les principaux faits de l'histoire depuis Charlemagne jusqu'à Louis XIII », a mis à sa disposition un ahurissant spectacle de hasards et d'intrigues, de mauvais coups et de retournements imprévus dans la conquête, l'exercice et la perte du pouvoir. Mais, de ce point de vue, le Moyen Age se survit aussi, et l'époque contemporaine lui offre encore tant d'exemples de ce burlesque ballet des têtes dé-couronnées qu'il n'a plus qu'à les réunir en un seul lieu pour faire vivre à son héros — et à son

lecteur — une de ses expériences les plus cocasses. Qui songera à lui reprocher l'invraisemblance — au moins chronologique — d'une réunion aussi parlante ? Qu'Ahmed III (né en 1673, sultan de l'Empire ottoman en 1703, déposé en 1730 et mort en 1730), Ivan VI (tsar de Russie en 1740, déposé aussitôt, emprisonné à Schlusselbourg en 1756 et tué en 1764), Charles-Edouard Stuart (né en 1688, prétendant au trône d'Angleterre en 1745, exilé en France, puis en Italie, mort en 1788), Auguste III de Saxe (né en 1696, roi de Pologne en 1733, chassé par Frédéric II en 1756, mort en 1763), Stanislas Leszczyński (né en 1677, roi de Pologne en 1704-1709, puis en 1733-1736, père de la reine de France, chassé par les Russes, réfugié en Lorraine, et mort en 1766), et Théodore de Neuhoff (éphémère roi de Corse en 1736) n'aient jamais été en rapport l'un avec l'autre, c'est plus que probable, mais ils ont en commun d'illustrer le fameux adage *Sic transit gloria mundi* et sont bien à leur place à ce « carnaval de Venise », image du renversement grotesque de toute grandeur d'établissement et de la sinistre farce que constituent, aux yeux de l'observateur de bonne foi, les actes successifs de l'histoire humaine [XXVI]. Car leur cercle aurait pu s'élargir, et compter encore, outre ces « quatre altesses sérénissimes » que le récit dépasse sans même y prendre garde, ce « Ragotski » (= Rakoczy, né en 1676, roi de Transylvanie en 1707, exilé en Pologne, en France, puis en Turquie où il fut interné en 1720, mort en 1735) [XXVII] ; ou ce jeune Napolitain qui, une fois « chaponné », a été appelé à « gouverner les Etats » : il s'agit du castrat Farinelli, né en 1705, favori des rois d'Espagne jusqu'en 1759, mort en 1782 [XII] ; ou même l'ombre de ce « boïard » (= seigneur russe) roué en 1698, lors de la révolte des streltsy contre Pierre le Grand [XII]... et, finalement, tous ces rois détrônés que nous sommes.

8) *Le dégoût de la vie ou l'ennui des âmes sensibles*

La question du suicide est centrale en ce siècle du plaisir et du raffinement. Si le cas du médecin suédois, professeur en Allemagne, Robeck, qui se noya volontairement en 1739 après avoir écrit une apologie du suicide, hante exemplairement tous les esprits et même les livres (*la Nouvelle Héloïse*, III, 21), combien d'autres, obscurs, ont été tentés de fuir définitivement une terre ingrate et cruelle, qu'ils soient nègres (comme le misérable esclave de Surinam), anglais (la vogue du suicide est grande, dans ce pays du « spleen »), ou genevois

(est-ce à cause de Rousseau que Voltaire ajoute cet exemple ?), ou encore imaginaire fille de pape entraînée dans une invraisemblable série de misères, au cœur d'un monde bien vrai [XII] ? Même si l'on n'a pas le goût de cette solution extrême, n'a-t-on pas bien des raisons, comme Martin, de faire un triste bilan du Mal et d'en forger une philosophie désabusée [XX] ? Encore Martin a-t-il subi assez de malheurs pour justifier ce pessimisme, mais que dire d'un riche seigneur luxueusement installé sur les bords de la Brenta, où sont les palais d'été des nobles vénitiens, ayant à sa disposition tous les trésors de la culture universelle et le loisir de s'y livrer, et que l'ennui ronge en permanence ? On traduit le plus souvent « Pococuranté » par « qui ne se fait guère de souci » ; il vaudrait sans doute mieux dire : « qui fait peu de cas des choses », car son mal n'est pas tant le dilettantisme sceptique et hédonique que l'impossibilité de trouver ici-bas quoi que ce soit qui vaille la peine qu'on s'y attache : non une perversion mais une névrose [XXIV-XXV]. Il est symptomatique que, dans la « suite » apocryphe de *Candide* parue en 1760, ce soit l'ennui (et non le vice, ni le besoin, ni la force comme au début du conte de Voltaire, ni la curiosité...) qui pousse Candide à quitter son « jardin » pour courir de nouvelles aventures. C'était bien là, déjà, un « mal du siècle », pour les êtres les plus délicats.

9) Diverses mésaventures personnelles

Réunissant dans le prisme brillant de son conte tous les faisceaux des grandes misères de son temps, Voltaire n'agit pas en pur observateur attentif et détaché. On a vu déjà combien son existence est imbriquée dans ces lignes de forces néfastes, destructrices, désespérantes. Son récit fait allusion, ici et là, dans le flot de la désolation universelle, à telle mésaventure personnelle, contribution ironiquement versée au lot commun. Le système de la banqueroute dénoncé par Jacques, et qui « frustre les créanciers », il en a souffert en 1757, quand l'effondrement du banquier Samuel Bernard lui a fait perdre 8 000 livres [IV]. La sottise prétentieuse de ce « savant du Nord » qui démontre « par A, plus B, moins C, divisé par Z, que le mouton devait être rouge... », il l'a rencontrée chez Maupertuis, son impitoyable adversaire à la cour de Frédéric, qui se servait, dit-on, d'une formule de ce genre pour démontrer l'existence de Dieu [XXII]. La dureté de « M. Vanderdendur » lui est inspirée par celle de l'éditeur hollandais

Van Düren, dont l'âpreté au gain lui avait été préjudiciable [XIX] ; et le pauvre Martin n'est pas loin de lui ressembler, qui a « travaillé dix ans pour les libraires (= éditeurs) à Amsterdam », c'est-à-dire qui a été financièrement exploité par eux [XIX].

10) Le déchaînement de la polémique contre les Lumières

Cette rubrique s'inscrit dans le prolongement de la précédente, à la différence que Voltaire n'est plus seul concerné, mais toute la « famille » philosophique. La réaction aux idées nouvelles et émancipatrices s'est puissamment organisée, et s'appuie sur des institutions dont aucun effort de la Raison n'a encore pu ébranler la rigidité d'un autre âge. De temps en temps, quelque espoir naît de les voir évoluer : au début de la Régence par exemple (1715-1718), ou quand s'élève l'astre de la Pompadour (1745-1750) ; mais les coups d'arrêt et les pas en arrière n'en sont que plus puissants et plus pénibles. Malgré leur ouverture d'esprit sur un certain nombre de problèmes, les jésuites du *Journal de Trévoux* (ou *Mémoires de Trévoux,* publication périodique fondée en 1701) rendent compte des ouvrages des philosophes de façon souvent très défavorable [XVI]. Comme de coutume, le théâtre est l'occasion des affrontements les plus passionnés. Marivaux, Voltaire y veulent faire passer un souffle nouveau, mais la critique officielle leur oppose les chefs-d'œuvre antérieurs, ceux de Corneille, Racine (« M^{lle} Monime » désigne A. Lecouvreur dans le rôle de l'héroïne de *Mithridate*), Crébillon (ces trois auteurs se reconnaissent respectivement, dans les propos de l'« homme de goût », à travers « les raisonnements politiques qui endorment », les « idylles en dialogues bien écrits et bien rimés » et les « rêves d'énergumène, en style barbare »...), quand ce n'est pas ceux de Thomas Corneille (la « plate tragédie » où paraît la reine Elizabeth est *le Comte d'Essex,* de ce dernier). Et l'on réserve un très mauvais accueil à *Tancrède,* une tragédie que Voltaire a située dans le Moyen Age sicilien, qui imposa le talent de M^{lle} Clairon et émut les spectateurs aux larmes (1760). De toute la horde des « folliculaires » attachée à ses basques, Voltaire fait paraître un instant sur son théâtre de marionnettes, quelques échantillons : « le sieur Gauchat, docteur en théologie », qui l'a attaqué dans ses *Lettres critiques* et qu'il croit être l'auteur d'un roman satirique, *l'Oracle des nouveaux philosophes* (1759-1760), en réalité de l'abbé Guyon ; « l'archidiacre T. »

(= l'abbé Trublet), qui disait que *la Henriade* le faisait bâiller, et qui reçoit ici la monnaie de sa pièce ; Fréron surtout, que l'auteur de *Candide* ne ménage pas plus (« ce gros cochon », « un de ces serpents de la littérature », et surtout le nom commun : « un Fréron ») que son périodique, *l'Année littéraire,* ne ménageait les philosophes [XXII].

C'était en somme une lutte où il n'y avait pas de quartier. Ce mot n'est pas employé dans ce sens dans *Candide,* mais il paraît digne de résumer à lui seul la liste des abominations de tous ordres qu'on vient de lire, désignant tour à tour l'orgueil incurable des aristocrates [I], le cantonnement militaire [VIII], le lieu d'exercice des poètes ampoulés [XI], l'endroit où un prêtre vient « avec douceur » demander à Candide son billet de confession [XXII], et l'état du cadavre dépecé de la princesse de Palestrine, après le combat sans merci entre les Maures et les pirates au Maroc [XII]. Cette image de la femme coupée en morceaux est d'ailleurs récurrente, et semble pouvoir servir d'emblème à la barbarie générale du siècle [IV, XI, XII].

II

En face de cela, qu'y a-t-il ? Sur quoi peut-on fonder quelque espoir, retrouver quelque confiance en l'homme, en la nature des choses et la vie des sociétés ? Sur trois ensembles, très présents dans le texte de *Candide,* mais pour y être déconstruits et annulés : les grands repères de la culture, le système philosophique de l'Optimisme, l'Eldorado.

11) Les grands repères de la culture

Et d'abord, le Livre, dont la lecture et l'exégèse ont posé tant de problèmes à la chrétienté depuis le XVIᵉ siècle, la *Bible*. Comment y trouver la moindre certitude, quand tant de querelles d'interprétation ont divisé les spécialistes, quand les découvertes de la science et de l'histoire ont démenti les récits sacrés et les ont clairement ramenés au statut de fictions ? Tantôt ces fictions sont simplement naïves et risibles, et la parodie suffit à les anéantir : ainsi la série exacte et complète des intermédiaires par lesquels s'est transmise la vérole, d'« un des compagnons de Christophe Colomb » à Paquette puis à Pangloss, reproduit-elle le schéma de ces généalogies

qu'on trouve par exemple dans *Matthieu* (I, 1-17) ou dans *Luc* (III, 23-29) [IV] ; de même la réaction de Candide, qui éprouva « plus de joie de retrouver (un) mouton qu'il n'avait été affligé d'en perdre cent », peut passer pour une irrespectueuse adaptation de la parabole de la brebis égarée (*Matthieu*, XVIII, 13-14) [XX]. Tantôt elles sont seulement fantaisistes, comme cette théorie de la mer primordiale à laquelle ne croit pas Voltaire et qu'il égratigne au passage, s'il est vrai que « ce gros livre » que Candide a vu chez le capitaine du vaisseau qui le ramenait en Europe est bien la *Bible* (voir *Genèse,* I, 2) et non tel ouvrage contemporain, de Buffon par exemple, sur la théorie transformiste de la Terre [XXI]. Tantôt elles proposent des exemples douteux du point de vue de la morale, comme ce subterfuge casuistique par lequel Abraham fit passer son épouse Sarah pour sa sœur, afin d'échapper lui-même aux coups du pharaon (*Genèse,* XII, 12) : « mensonge officieux », « autrefois très à la mode chez les anciens et qui pourrait être utile aux modernes » ! [XIII]. Tantôt enfin elles sont proprement dangereuses, alimentant le fanatisme, comme cette figure terrible de l'*Apocalypse,* « l'Antéchrist », qui doit venir ravager la terre avant la fin des temps, mais doit être finalement vaincu par le Christ [III], ou couvrant des meilleures intentions de la générosité et du don de soi les actes les plus intéressés et les plus violents, comme l'apostolat missionnaire décrit par le jésuite-baron comme un appel divin à « travailler dans cette vigne », formule récurrente dans *Matthieu* (XX, 2, XXI, 33), *Marc* (XII, 1) et *Luc* (XX, 9) [XV]. En fait, la *Bible* est un livre comme les autres, et la folie des hommes ne s'y manifeste pas moins qu'ailleurs : faisant décliner à Pangloss tous les exemples du danger des grandeurs offerts par l'histoire universelle, Voltaire enchaîne sur les cas d'Eglon, Absalon, Nadab, Ela, Ochosias, Athalia, Joachim, Jéchonias, Sédécias (*Juges,* III, 15 ; *II Rois,* XIV, 25 ; *III Rois,* XV, 25 ; *IV Rois,* XV, 30, IX, 27, XI, 16, XXIV, 1-2, XXV, 5-7) ceux, profanes, de Crésus, Astyage, etc., jusqu'à l'empereur Henri IV [XXX]. Il pousse même l'irrespect du texte sacré jusqu'à faire servir la formule par laquelle Dieu fixe son devoir à l'homme qu'il a placé dans le jardin d'Eden, « *ut operaretur eum,* pour qu'il (le) travaillât » (*Genèse,* II, 15), à la justification de la morale ultime de son propre conte [XXX].

Des grands philosophes de l'Antiquité il ne faut pas non plus attendre beaucoup de lumières. Platon a bien proposé

une définition de l'homme qui trotte dans la tête du bon Jacques et l'incline à la charité envers Candide : « un être à deux pieds sans plumes, qui a une âme » [III] ; mais sa philosophie est ensuite ravalée à un registre plus trivial dans la bouche de Martin, qui le cite : « les meilleurs estomacs ne sont pas ceux qui rebutent tous les aliments » (*la République,* 475c) [XXV]. Et Sénèque n'est guère cité par Pococuranté que pour servir de repoussoir à tous les « recueils de sermons » et « gros volumes de théologie » [XXV]. Du côté des poètes, le même Pococuranté se charge de la plus radicale démystification, dont Voltaire ne prend certes pas la responsabilité directe, mais qu'il énonce avec une complicité sensible, l'ayant déjà esquissée dans son *Essai sur la poésie épique* (1728) : et de détailler les invraisemblances et les longueurs de *l'Iliade* d'Homère, les faiblesses psychologiques d'une bonne partie de *l'Enéide* de Virgile (sauf le 2e livre, sur la prise et l'incendie de Troie, le 4e sur les amours de Didon et d'Enée, et le 6e, sur la descente aux Enfers), l'inspiration triviale et grossière d'Horace (*Satires,* I, V ; I, VII — « Pupilus » s'y appelle en réalité Rupilius — ; *Epodes,* V, VII XII, *Odes,* I, I). Et si trouvent plus grâce à ses yeux Le Tasse (sans commentaire) et l'Arioste (mais pour ses « contes à dormir debout » !), Milton est jugé encore plus sévèrement que Voltaire ne l'avait jamais fait, et le *Paradis perdu* de ce poète épique anglais (qui compte douze chants et non dix) est appelé un poème « obscur, bizarre et dégoûtant » [XXV].

Le reste, bien sûr, est pire encore, des discours d'orateurs (même Cicéron !) aux recueils scientifiques, assommants et inutiles [XXV]. La médecine ne trouve pas plus de grâce que chez Molière, n'ayant d'ailleurs pas fait depuis beaucoup de progrès et concentrant toujours l'essentiel de son effort sur les « médecines » (= clystères, lavements) et les « saignées » [IV, XXII] ; ni le « droit public » (= international) qui contredit effrontément le « droit naturel » [XVI] et permet aux armées en guerre de détruire par le feu les villages ennemis [III]. Et, pendant qu'il y est, Voltaire charge encore Pococuranté de régler leur compte aux productions artistiques, agrément d'un siècle qui se croit connaisseur et raffiné, et n'est en réalité qu'imitateur et conventionnel : la peinture (Raphaël !), la musique (Voltaire, piètre mélomane, désigne un concert par le mot « concerto », qui signifie déjà très précisément à l'époque « une pièce faite pour quelque instrument particulier qui joue seul de temps en temps avec un simple accompagnement » : définition de J.-J. Rousseau),

l'opéra, les jardins [XXV]. Un seul éclair semble devoir illuminer ce sombre tableau, mais il est obscurci par sa présence dans l'horrible histoire de la vieille : c'est la beauté légendaire de la « Vénus de Médicis », statue de l'Athénien Cléomène du I^{er} siècle avant J.-C., conservée au musée des Offices à Florence [XI].

S'il y avait une tradition à laquelle l'artiste Voltaire semblerait devoir quelque chose, ce serait celle de Rabelais, l'homme de la dérision généralisée et de la bouffonnerie destructrice de toute autorité en matière de philosophie et d'esthétique. On croit savoir que Voltaire relisait Rabelais au moment où il composait *Candide*. Sa présence en tout cas est discrète mais active, dans le texte du conte, de l'allusion à Dioscoride, médecin grec du I^{er} siècle après J.-C., auquel il se référait volontiers [II], à la généalogie de la vérole, où il avait déjà parodié le texte biblique [IV], des prières inutilement prononcées par les passagers d'un navire en perdition (cf. *Quart Livre*, XIX) [V] au double traitement que reçoivent les cadavres des deux protecteurs de Cunégonde, l'un enterré « dans une belle église », l'autre jeté « à la voirie » (cf. *Gargantua*, XLVII) [IX] ; et du nom même de Pangloss : « Tout-parole », symétrique de celui de Panurge : « Tout-activité », à ce « gobelet d'urine de vache » qui, dans la première rédaction, servait plus gauloisement qu'« un peu de mauvais vinaigre » à ranimer Candide dans l'étable de l'anabaptiste hospitalier [IV]. Dans la première rédaction, Voltaire avait aussi écrit sans coupure (!) l'exclamation du castrat qui sauve la vieille : « *O che sciagura d'essere senza coglioni !* » (= Oh ! quel malheur d'être sans couilles !) [XI]. On voit que s'il y a un « humanisme » que l'on puisse opposer à la brutalité du siècle, ce n'est certes pas pour Voltaire celui d'une culture figée dans la pusillanimité bien-pensante de ses frileux sectateurs. Plutôt celui d'une vigoureuse et salutaire libération par le corps, le rire, l'im-pertinence.

12) Le système philosophique de l'Optimisme

— « Qu'est-ce qu'optimisme ? disait Cacambo. — Hélas, dit Candide, c'est la rage de soutenir que tout est bien quand on est mal. » [XIX]. Les philosophes, en effet, n'ont pas attendu les calamités du XVIII^e siècle pour se poser le problème du mal — celui que l'homme subit et celui qu'il provoque, celui qui contredit la toute-puissance, la justice et la bonté de Dieu, et qu'il permet cependant — et pour tenter

d'en donner une explication plausible. Le XVIIᵉ siècle a vu s'affronter là-dessus deux grandes tendances : celle de Pascal, pour qui le mal est une conséquence de la faute originelle et caractérise radicalement la condition de l'homme déchu, jusqu'au retour du Christ à la fin du monde, et celle de Bossuet, qui y voit la punition que Dieu inflige à l'homme pécheur, et une des composantes de sa Providence qui, à travers l'histoire des hommes et malgré eux, reconstruit peu à peu son Royaume. Le premier proposait de ne rien attendre de ce monde et de parier sur l'autre, le deuxième d'obéir aux autorités auxquelles Dieu a ici-bas délégué son pouvoir, afin de ne pas faire obstacle à cet avènement progressif de la volonté divine. Mais vers la fin du siècle, on donne à la question un angle moins théologique, et on tente de penser une histoire humaine qui ne se résume pas tout entière en sa fin. Une grande controverse oppose, dans les premières années du XVIIIᵉ siècle, le philosophe français Pierre Bayle (1647-1707) et le philosophe allemand Gottfried Wilhelm Leibniz (1646-1716). Alors que celui-ci tente d'innocenter Dieu, faisant découler l'existence du mal d'une rationalité profonde et démontrable, celui-là veut lui conserver son caractère mystérieux, irréductible à la Raison, douloureux et scandaleux pour l'homme vivant. En 1710 dans la *Théodicée,* puis en 1714 dans la *Monadologie,* Leibniz élabore un véritable système d'ensemble qui remporte un énorme succès dans l'Europe d'alors, impressionnée par la solidité et la cohérence de la pensée, séduite aussi par une idéologie qui s'accorde si bien à l'élan conquérant de la Raison et du Commerce conjugués : distinction entre « mal métaphysique », « physique » et « moral » [XXIX], principe de la « raison suffisante » (« il n'y a pas d'effet sans cause », ou « jamais rien n'arrive sans qu'il y ait une cause, ou du moins une raison déterminante ») [I, IV, etc.], chaîne des « causes » et des « effets » [XXX], « harmonie préétablie » entre le « mal particulier » et le « bien général » [IV, XXVIII, XXX], « meilleur des mondes possibles » [I, IV, XXX]...

Deux disciples de Leibniz viennent ensuite illustrer son système, chacun à sa façon : lourdement érudite et pompeuse chez le philosophe allemand Christian von Wolff (1679-1754), élégante et légère chez le poète anglais Alexander Pope (1688-1744), à qui l'on doit la fameuse formule « Whatever is, is right » (= tout ce qui est est bien) [I]. Voltaire s'attaque, en bloc et en détail, à cette conception du monde, d'abord parce qu'elle est pédante et systématique, enfermant

les questions les plus simples dans les formules obscures et prétentieuses d'une « métaphysico-théologo-cosmolo-nigologie » [I] ; et de s'en prendre à la rage de « démontrer » qui caractérisait Wolff, en particulier [I], à ses raisonnements « *a priori* » (c'est-à-dire fondés non sur des faits mais sur des arguments logiques) [V], aux exemples ridicules qu'il aimait à avancer : les nez « faits pour porter des lunettes », etc. [I] ; à toutes sortes de concepts dont se délecte sans fruit la pensée spéculative : le « libre arbitre » [XXI], le « plein » et la « matière subtile » [XXVIII], le « contingent » et le « non-contingent », la « liberté » et la « nécessité » [XXIX]. Voilà en effet de quoi exercer la verve d'un esprit clair, qui soupçonne dans tous les jargons une arme de la confusion, voire du confusionnisme, quand ce n'est pas de l'imposture. Mais il s'oppose plus particulièrement à ce jargon-là, parce qu'il mène à l'acceptation trop commode des malheurs du monde, et à la passivité dans la lutte que doivent à son avis engager, contre eux, pour les supprimer ou, du moins, les faire reculer, tant les individus que la collectivité.

Enfin, s'il s'acharne, non pas à réfuter mais à mettre à l'épreuve des faits — et, on le verra, des mots — ce système, c'est qu'il est lui-même tenté, pour une série de raisons, d'aller dans le même sens. Par tempérament, il n'est en général pas disposé à voir le mauvais côté des choses, ni à se laisser envahir par la morosité. Il a beaucoup apprécié le poète Pope, à qui il a rendu hommage dans ses *Lettres philosophiques* (1734). Plusieurs de ses amis ont été ou sont leibniziens, à commencer par M^me du Châtelet, dont on sait l'influence et l'attrait qu'elle a exercés sur lui, et jusqu'à cette duchesse de Saxe-Gotha qui l'a recueilli en 1753, après ses démêlés avec Frédéric, et qu'il taquine amicalement, dans sa correspondance, sur son attachement viscéral au « meilleur des mondes ». Enfin il lui faut bien admettre que son opposition au dernier et au plus solide effort de la philosophie pour concilier la foi en Dieu et l'exercice autonome de la Raison ouvre la voie à l'athéisme, qu'il exècre, et dont il sent pointer le danger du côté du curé Meslier, de La Mettrie, de Diderot et de ses amis. J.-J. Rousseau l'a fort bien senti, et lui a fait cette objection dans sa lettre du 18 août 1756, au cours de la polémique qui les a opposés sur le désastre de Lisbonne. En 1775, un autre conte, l'*Histoire de Jenni,* reviendra, pour cette raison, sur l'impitoyable « démonstration » de *Candide.*

Si notre monde n'est donc pas, décidément, « le meilleur des mondes possibles », celui-ci existe-t-il, ou a-t-il existé, quelque part, sinon dans la tête des métaphysiciens ? Les récits de voyage et la tradition utopique fournissent à Voltaire l'occasion de tenter, en plein centre de son conte, au tournant décisif de la courbe qui mène Candide du château de l'enfance à la métairie de l'âge mûr, de l'Europe natale aux confins de l'Occident, puis aux portes de l'Orient, de l'appétissante baronnette à la pâtissière, de l'influence univoque de Pangloss à la contradiction de Martin, la description d'un tel monde, ne serait-ce que pour en conjurer le mirage, en détruire l'illusion, tout en le faisant servir, d'une part à la critique — par simple différence — du monde réel (« Voilà pourtant, dit Candide, un pays qui vaut mieux que la Westphalie » ... [XVII]), d'autre part à la dynamique du rêve, qui a besoin pour poursuivre l'effort d'une quête de s'en représenter, fût-ce imaginairement et temporairement, le terme et le succès. Or l'« Eldorado », « le Pays d'or », a existé. Bien sûr pas tel que le décrivent les chapitres XVII et XVIII de *Candide,* mais comme ce monde, perdu aussitôt que découvert, que représentait l'empire des Incas du Pérou décrit par Garcilaso de la Vega ou « approché » par sir Walter Raleigh qui fit, en 1695-1696, sur l'ordre de la reine Elizabeth, une expédition en Amazonie que Voltaire évoque dans l'*Essai sur les mœurs.* « El Dorado » fut d'abord un homme, un cacique indien qui, rapporte la légende, s'enduisait le corps de graisse de tortue saupoudrée d'or et plongeait rituellement chaque année dans le lac Guatavita (dans l'actuelle Colombie). On ne sut bientôt plus si l'on cherchait cet homme ou la région que se mit à désigner son nom : après le Pérou, la Colombie, et plus tard l'Orénoque et les Guyanes. Comment aurait-on pu retrouver, sur la carte, un pays qui fût un être, l'espace étendu d'une terre promise qui fût en même temps le nœud serré d'une intériorité individuelle ? La beauté de ce mythe tient sans doute à cette équivoque sublime, qui met en communication l'homme intime et l'univers qu'il habite, qui contredit ainsi radicalement le dualisme cartésien, et qui n'a que faire, bien sûr, des démentis de la science objective : La Condamine, puis, au début du XIXe siècle, Alexandre de Humboldt ont eu beau faire des relevés topographiques assez complets et précis pour ne plus laisser place à aucune élucubration, on tentait encore de vider le lac Guatavita en 1912...

Le croisement, chez Voltaire, des sources historiques et des schémas utopiques, la place qu'il donne à cet épisode, à la fois dans la topographie d'un voyage et dans le processus d'une aventure intellectuelle, en font ainsi paradoxalement le moment, peut-être, le plus *réaliste* du conte : l'Eldorado est ce pays proche et inaccessible que les hommes aperçoivent tout au bout de leur regard et portent au fond de leur cœur, fait de leurs aspirations les plus éthérées (l'or a l'éclat de la pureté parfaite) en même temps que de leurs désirs les plus grossiers (l'or excite la convoitise) ; pays qu'ils n'atteindront sans doute jamais, mais auquel ils ne sont pas près de renoncer [XVII-XVIII] : « Je n'ai trouvé jusqu'à présent dans toute la terre habitable, excepté dans Eldorado, que des infortunés »... [XXIV].

III

Le monde comme il va n'est pas seulement celui des êtres, des objets et des faits, ni celui des systèmes et des rêves. Il est aussi celui des mots qui s'y échangent, et qui vivent parfois un destin étrange, comme libérés de cela même qu'ils désignent ou consignent. Le mélange de réalisme et de fantaisie, chez l'auteur de *Candide,* se manifeste dans son inspiration, son sujet, la structure de son récit, la richesse de ses épisodes, le traitement de ses sources ; mais il est peut-être plus sensible encore dans son langage, où interfèrent, avec un bonheur capable — comble de l'ironie ! — de réhabiliter l'optimisme, le sérieux d'un constat et le plaisir d'un jeu.

14) La fantaisie verbale

Elle se montre tout d'abord dans l'onomastique. Si le nom de « Candide » [I, etc.] convient bien à la naïveté et à l'innocence du jeune héros, il ruine d'emblée toute la vraisemblance du milieu germanique. « Cunégonde » [I, etc.] s'y plie mieux, mais au prix d'une filiation pour le moins burlesque : sainte Cunégonde, princesse allemande, fut canonisée en 1012 pour avoir pu prouver, à l'épreuve du feu, qu'elle était chaste et vierge. Si « Jacques » [III, etc.] et « Martin » [XX, etc.] sont des noms tout simples, « Pangloss » [I, etc.] est une savante composition de racines grecques, et « Cacambo » [XIV, etc.]

un métissage d'indien et d'espagnol. Le nom de « Paquette » [IV, etc.] sort peut-être tout droit d'une fable de La Fontaine *(le Curé et le Mort),* mais où Voltaire est-il allé cueillir celui de « Giroflée » [XXIV, etc.] ? Peut-être dans l'image de couleur vive et fraîche que suggère ce nom de fleur, et qui convient bien à la mine joviale du moine bon vivant, de même que le nom du pape « Urbain X » [XI] le situe au cœur de sa Ville, celui de « Pococuranté » [XXIV, etc.] au sein de son incurable ennui, et celui de la marquise de « Parolignac » [XXII] au carrefour précis où se croisent l'instrument (le « paroli » du pharaon) et le complice (« -gnac », terminaison périgourdine) de ses escroqueries mondaines. Des deux protecteurs de Cunégonde à Lisbonne, l'un n'est désigné que par sa fonction, « le grand inquisiteur » : ce nom suffit à l'édification du lecteur ; mais l'autre n'est pas seulement appelé « le juif » ou « l'Hébreu », ce qui suggère déjà une incompatibilité entre les deux rivaux, mal accordée au marché qu'ils ont fait : il s'appelle « don Issachar », composition du nom d'un des fils de Jacob, éponyme d'une des tribus d'Israël (cf. *Genèse,* XXX, 19) et de la marque nobiliaire concédée par le roi à ce précieux bailleur de fonds [VIII-IX]. « Vanderdendur » [XIX] fait entendre à la fois la « dent dure » de l'homme d'affaires et la longueur — redoublée ici par l'allitération — des vocables flamands, moins barbares encore, pourtant, aux oreilles françaises que les germaniques : « Thunder-ten-tronckh » [I, etc.], qui conjugue le même effet d'allitération, la rudesse d'un « tronckh » de parfaite invention et comparable à notre moderne « schtroumpf », et la confusion du germanique pur avec son cousin linguistique, l'anglo-saxon (« thunder » : le tonnerre), comme pour le nom de cet auteur prétendu de *Candide,* « le docteur Ralph », dont la source probable est anglaise (*Hudibras,* 1663-1678, de Samuel Butler), mais qui y figurait sous sa forme romane : « Ralpho » ! Parfois, le processus s'emballe, le plaisir est trop tentant et emporte toute réserve : et c'est la ville de « Valdberghoff-trarbk-dikdorff », qui serait si planureusement allemande sans son noyau, plutôt volapuk, et dont au reste la nomination ne sert rigoureusement à rien dans l'histoire [II] ; ou le gouverneur « don Fernando d'Ibaraa, y Figueora, y Mascarenes, y Lampourdos, y Souza », où la parodie des noms ibériques à rallonge se double d'un beau mélange de basque et de portugais [XIII]. Il est vrai que dans ce défilé de personnages, la nationalité n'est pas déterminante, puisqu'on peut être sage ou fou, malheureux ou méchant

dans n'importe quel pays. D'où toutes ces figures sans nom qui traversent le récit, comme celle de ce matelot de tous les naufrages qui pille et viole les victimes de Lisbonne [V] ; d'où l'emploi du « signor » italien pour le « señor » ibérique, qu'on retrouvera d'ailleurs dans *le Barbier de Séville* [VIII], et le retour imprévu du « señor » plus loin [XXVII] : d'où encore cette « vieille », que sa bâtardise prive de tout nom officiel, mais à qui ses malheurs, son âge et sa fesse coupée tiennent lieu d'état civil [VI, etc.].

A côté de ces créatures de la fiction exhibée, évoluent des êtres aux noms bien réels, comme la princesse de Palestrine [XI], le père Croust [XV], tous ces rois qui promènent à Venise un nom naguère glorieux et désormais dérisoire [XXVI], ou encore ces Oreillons, que les Espagnols appelaient ainsi (« Orejones ») à cause des grandes oreilles que leur faisaient les bijoux qu'ils y pendaient [XVI]. Car le nom des peuples est soumis au même traitement que celui des individus. On rencontre dans leur pays des Anglais, des Hollandais, des Turcs, mais aussi, en Westphalie où ils n'ont rien à faire, des « Bulgares » et des « Abares », noms de deux anciennes nations scythes dont le premier pourrait bien, en plus de la connotation « barbare », faire hardiment allusion aux mœurs homosexuelles de Frédéric (« bougre », qui vient de « bulgare », désignait vulgairement un sodomite) [II-III].

Les noms de lieux paraissent pourtant distribués dans le récit d'une façon plus réaliste que les noms de personnes. Certes, il se glisse ici et là quelques à-peu-près : la Westphalie est orthographiée « Vestphalie » dans les premières éditions, à la suite d'une analyse phonétique erronée de Voltaire [I, etc.] ; « Atocha » se présente comme la ville où est vénérée la Vierge, alors qu'il s'agit de la « vierge enceinte » à laquelle on rendait en Espagne un culte particulier [VII] ; « la petite ville d'Avacéna, au milieu des montagnes de la Sierra-Morena » est demeurée jusqu'à ce jour introuvable [IX] ; « Surinam » n'est pas le nom d'une ville, mais de tout le territoire occupé par les Hollandais en Guyane [XIX] ; Dieppe est en Haute et non en « Basse-Normandie » [XXII] ; et l'itinéraire qui mène de Lisbonne à Cadix par les villes, bien réelles, de « Lucena, Chillas, Lebrixa » n'est pas le plus direct [X]. Mais Coïmbra est bien le siège d'une célèbre université portugaise [VI], Batavia la capitale de la colonie hollandaise de Java (aujourd'hui Djakarta) [V], Badajos une ville à l'est de Lisbonne, sur la route de Cadix, port espagnol d'embarquement pour le Nouveau Monde [X], Massa-Carrara un

petit duché de Toscane, « Gaïète » (= Gaète) une ville du Latium au bord de la mer, Salé une base de corsaires sur la côte atlantique au Maroc (on disait alors « à Maroc ») [XI], Ceuta un port espagnol proche de Tanger ; et l'on pourrait suivre aujourd'hui l'itinéraire de la vieille, d'Alger à Tunis, Tripoli, Alexandrie, Smyrne, Constantinople (aujourd'hui Istanbul), Azov, Moscou, Riga, Rostock, Wismar, Leipsick (= Leipzig), Cassel, Utrecht, Leyde, La Haye et Rotterdam [XII]. Buenos-Ayres était bien la capitale des possessions espagnoles d'Amérique du Sud (aujourd'hui capitale de l'Argentine) [XIII], le Tucuman, une province au nord-ouest de Buenos-Ayres (aujourd'hui, ville capitale de cette province), « l'Assomption » (= Asunción) la capitale de l'Etat jésuite du Paraguay [XIV] (mais Voltaire nomme « Paraguains » ceux que nous appelons aujourd'hui Paraguayens), et « la Cayenne » le territoire français de Guyane (aujourd'hui Cayenne est la capitale de ce territoire) [XV]. L'Andalousie, province d'Espagne, Tetuan et « Mequinez » (= Meknès), villes du Maroc, étaient bien célèbres pour leurs chevaux [XVII].

On arrivait bien d'Amérique du Sud en France par Bordeaux [XXI]. A Paris, la foire St-Germain, les faubourgs St-Marceau et St-Honoré correspondaient alors à ce qu'en dit Voltaire [XXII], et c'est bien à Portsmouth, port du sud de l'Angleterre, qu'eut lieu l'exécution de l'amiral Byng [XXIII]. Venise passait en effet pour « un pays libre », malgré la rigueur de sa police secrète et la puissance de ses familles aristocratiques, non seulement parce que c'était une des rares républiques de l'époque, mais à cause des plaisirs de tous ordres qu'on y trouvait [XIX, XXIV, XXVI]. Et Montepulciano, en Toscane, produit bien un vin presque aussi raffiné sinon aussi célèbre que le « lacryma-christi », le « chypre » et le « samos » [XXIV]. Matapan est bien un cap du Péloponnèse, et Milo, Nicarie, Samos, Pétra, les Dardanelles, Marmora jalonnent correctement un périple en Méditerranée orientale, jusqu'à Scutari, faubourg de Constantinople [XXVII]. Lemnos et Mitylène sont devenues des îles grecques, mais Erzeroum est toujours une ville turque [XXX]. Pourtant, comme pour contredire ce réalisme géographique et signaler de temps en temps qu'il ne s'agit pas d'un récit de voyage ordinaire, Voltaire recourt parfois aux appellations antiques, comme les « Palus-Méotides » pour la mer d'Azov [XII], ou, pour la mer de Marmara, cette « Propontide » où il nous laisse, sur quelle très ancienne terre ou très nouveau

rivage ? Abri protégé des vents ou promontoire ? Propylées ou Atlantide ? [XXVII, XXIX-XXX].

La fantaisie verbale ne se limite pas aux noms propres. La langue, toute limpide et directe, de Voltaire s'attarde parfois à l'archaïsme, parfois se hasarde au néologisme, comme pour faire le pont entre l'ancien monde et le nouveau. Du côté de l'archaïsme, cet « icelui » marotique, qui semble programmer une titrologie des chapitres mais ne réapparaît plus jamais [I] ; un « cependant » dans le sens de « pendant ce temps » [V] ; « étonné », « soins » et « objet » dans le sens classique de « fortement troublé », « soucis », et « ce qui se présente à l'œil » [VII, XX, XXIX] ; « entendus » dans le sens de « conçus » [XXV] ; et « je t'ai réchappé de » avec la valeur active de « je t'ai tiré, fait sortir de » [XXIX] ; « prête de » au lieu de « près de » ou « prête à » que l'usage moderne a distingués [VIII] ; et enfin cet « honnête homme » que devient à la fin frère Giroflée est sans doute plus un homme d'esprit délié, de manières correctes et de bonne compagnie, qu'un homme honnête [XXX]. Du côté du néologisme, cet « optimisme » même qui sert de sous-titre au conte mais ne se rencontre qu'une seule fois dans le texte [XIX] : le mot était d'emploi récent ; les *Mémoires de Trévoux* l'avaient lancé pour définir et expliquer la pensée de Leibniz en 1737, mais ce « terme didactique » n'avait pas franchi le cercle des spécialistes. Le conte de Voltaire lui donna soudain une telle audience qu'il entra au *Dictionnaire de l'Académie française* dès 1762 ; *Candide* est aussi pour beaucoup dans la double dimension du sens que revêt ce mot dans la langue moderne : intellectuellement il caractérise une position philosophique, une vision du monde, et moralement un tempérament, une manière d'être. Nul doute que, dans le titre du conte, ce mot en « -isme » jouait déjà de l'ambiguïté, et désignait indissociablement la doctrine-tête de turc et la disposition d'âme du jeune héros. « Cosmologie » était aussi un terme récent, désignant un secteur nouveau de la science dont l'objet était l'univers comme ensemble, le cosmos autorégulé : ouverte, bien sûr, par Copernic, Képler, Galilée, et plus récemment par Newton, cette science aurait eu tout pour plaire à l'auteur de *Micromégas* et à l'admirateur de Newton si son nom n'avait été créé par Wolff, justement, et repris par Maupertuis (*Essai de cosmologie,* 1751) : raison suffisante pour l'associer à la très canularesque « nigologie » [I]. Le mot « globule » dans le sens de « globe minuscule » figure dans les *Pensées* de Pascal (Br. 368), mais Voltaire est le premier

à l'appliquer précisément à la Terre [XX], de même qu'il est le premier à employer le terme de « folliculaire » pour désigner le mauvais journaliste (scribouilleur de « petites feuilles ») [XXII].

Témoin attentif et artisan averti de la vie des mots dans l'histoire, l'auteur de *Candide* l'est aussi de leurs reflets, qu'il sait, sans éblouir, faire entrevoir et dont tout le conte miroite. Deux exemples suffiront à l'illustrer. « Rien n'était si beau, si leste, si brillant [...] que les deux armées » : au début du chapitre III, l'adjectif « leste » nous donne à voir non seulement l'élégance des uniformes et l'ordonnance harmonieuse des bataillons de cette guerre en dentelles, mais aussi l'agilité de ces soldats marchant allégrement à la boucherie, dont le film *Barry Lyndon* a tiré ses meilleurs effets. « Le matelot court incontinent au milieu des débris » [V] : l'hésitation est permise entre le sens adverbial du mot « incontinent » (= aussitôt), qui s'accorde bien à la rapidité de toute cette séquence du tremblement de terre, et son sens adjectival (= sensuel, débauché), qui programme la scène qui suit où, le temps d'une seule phrase, le matelot détrousse, boit, cuve et viole. Il est clair que *Candide* n'est pas seulement le réquisitoire d'une époque, la réfutation d'une idéologie, le témoignage d'un homme sensible et fin, mais, parce que « du jeu » y est savamment ménagé entre les mots, une grande œuvre littéraire.

LE CORTÈGE DE *CANDIDE*

C'est un texte à tous égards si central, si nodal dans la production voltairienne qu'il est en communication avec tous les espaces qu'elle a explorés pendant soixante ans, qu'il ouvre sur toutes les perspectives qu'elle a tour à tour dessinées, dans le domaine immense qui était alors celui de la « philosophie », c'est-à-dire à peu près celui de nos modernes « sciences humaines ». On pourrait donc, de proche en proche, établir toutes sortes de relations — reprises de thèmes, réitération de structures, échos poétiques, développement des idées, expérimentation des formes, obstination pédagogico-ironique des principes et des images, variations du rythme autour d'un *tempo* reconnaissable entre cent, modulations de la tonalité... — entre le texte de ce conte et tous les autres.

Et non seulement tous les autres textes de Voltaire, mais aussi tout le champ ouvert par l'adjectif « voltairien ». Rarement un adjectif de ce genre, dérivé du nom d'un créateur, a fait autant jouer son double sens : « ce qui a été produit par » et « ce qui, produit par d'autres, s'inscrit dans la manière de ». Puisque force est ici de choisir, dans une matière aussi vaste, on se contentera, pour faire cortège au texte de *Candide,* de trois échantillons.

■ Le premier est la lettre que Voltaire fit paraître, sous un nouveau nom d'emprunt, dans le *Journal encyclopédique* du 15 juillet 1762. Il s'amuse à y prolonger jusqu'au vertige le jeu de l'attribution de son conte, ouvert dès l'édition originale par la mention du « docteur Ralph », et compliqué par les précisions qu'il y a ajoutées (les « additions », la « poche », « Minden »...) en 1761. C'est ainsi tout un roman qui s'esquisse en marge du roman, où l'écrivain, quittant son rôle d'observateur pour devenir acteur, s'invente des aventures plus symboliques peut-être que simplement facétieuses : il s'offre le luxe de mourir à Minden, d'avoir combattu en personne au Paraguay, de déclarer directement la guerre à

197

l'hérésie socinienne, bref, outre « M. de V... » que tout le monde a depuis longtemps reconnu, d'être Ralph, et Demad (= the mad ?), et le frère de Demad, c'est-à-dire, en définitive, un « loustic » (mot qu'il introduit, du même coup, dans la langue française).

■ Le deuxième est un « pot-pourri » de contes courts ou d'extraits qui constituent en quelque sorte des harmoniques de tel ou tel « moment » musical de *Candide.* Ils s'attachent tour à tour, selon un ordre dont on pourra réévaluer la hiérarchie, à Candide lui-même, à la belle Cunégonde, au précepteur Pangloss, à l'auteur Voltaire, au lecteur... et à Dieu.

• Candide a eu un prédécesseur, qui a fait, à plus grandes enjambées que lui il est vrai, un voyage fort instructif, plus étendu vers l'est (jusqu'à la Chine) et moins vers l'ouest (pas d'Eldorado !). Ce voyage a pu le rendre « escarmentado » (= instruit par l'expérience), la sagesse finale de cet homme qui n'a trouvé son nom qu'à la fin de sa vie, mais qui était né à « Candie », est infiniment plus bornée que celle de Candide.

• Mademoiselle Cunégonde voit tant de fois sa vertu mise en péril qu'on ne peut même les compter. Elle n'est certes pas la seule, en général, et, en particulier, chez Voltaire. Mais il ne se contente pas là-dessus de suivre une tradition bien drue qui passe par Rabelais et le La Fontaine des *Contes* : il feint, en bon empiriste et homme d'affaires avisé, d'évaluer le prix de la vertu des femmes et d'établir sereinement les règles correctes de son marchandage. La « belle St-Yves », dans *l'Ingénu,* portera la plaisanterie à la limite du pathétique, mais *Cosi-Sancta* choisit délibérément d'en rire, sous le haut patronage de saint Augustin.

• Le malheureux accident qui rend Pangloss borgne n'est, dans *Candide,* qu'une des mésaventures destinées à mettre à mal son système de pensée. Mais il revêt une signification toute particulière quand on le rapproche d'une longue série de cas où les héros voltairiens subissent semblable mutilation. Cette signification est peut-être éclairée par ce passage du *Dictionnaire philosophique* où est décrite la condition des « gens de lettres » : « Montesquieu dit que les Scythes crevaient les yeux à leurs esclaves, afin qu'ils fussent moins distraits en battant leur beurre ; c'est ainsi que l'Inquisition en use, et presque tout le monde est aveugle dans les pays où ce monstre règne. On a deux yeux depuis plus de cent ans en Angleterre ; les Français commencent à ouvrir un œil ; mais quel-

quefois il se trouve des hommes en place qui ne veulent pas même permettre qu'on soit borgne. » Etre borgne, en effet, c'est n'avoir qu'un œil, mais c'est y voir encore — ou déjà —. Après Zadig, à qui ce malheur arrive tout au début de sa « destinée » mais qui en guérit aussitôt (ch. I : « Le borgne »), c'est Memnon qui apprend bon gré mal gré à concilier ses désirs de sagesse absolue avec les nécessités de l'humaine condition. Quant à Mesrour, « le crocheteur borgne », il bénéficie merveilleusement, par le rêve, d'être à jamais privé de l'œil « qui voit le mauvais côté des choses ».

• Voltaire a eu plus d'une occasion de s'en prendre à la critique avant et après la réception publique de ses ouvrages. L'auteur de *Candide* intègre au texte même de son conte et parmi les calamités qu'il détaille (surtout au chapitre XXII) un tir groupé contre ses principaux détracteurs du moment. Dix ans plus tard, cet art de la parabase, dans lequel peu après un de ses disciples déclarés, Beaumarchais, passera maître, explose dans un long conte oriental, *la Princesse de Babylone*, dont, contrairement à tous les usages, il assure la chute.

• Le lecteur de Voltaire est souvent en droit de se demander ce qu'on lui veut. Quel besoin de venir ajouter aux tristesses de la vie et aux malheurs du monde ceux de leur examen minutieux et détaillé ? On mettait à mort, jadis, le messager qui apportait une mauvaise nouvelle. Et l'on sait la répulsion qu'a éprouvée un certain XIXe siècle pour le « hideux sourire » du grand démystificateur. Ne vaudrait-il pas mieux s'efforcer d'oublier le mal, de penser à autre chose, de se blottir dans le rêve, l'illusion, l'inconscience, les paradis artificiels ? Bref, être un imbécile, mais heureux ? L'*Histoire d'un bon bramin*, texte exactement contemporain de *Candide*, exécute en deux pages cette objection des belles âmes.

• A tout seigneur tout honneur : tout commence, dit-on, et tout doit finir par Dieu. Au-delà de sa justice problématique, de son curieux mode d'intervention dans le monde qu'il a créé, et des abus qu'on commet en son nom, n'est-ce pas son existence même que la logique de *Candide* met en question ? Sentant autour de lui monter ce péril d'un athéisme dont il ne veut pas, à cause des ravages que ne manquerait pas de causer, dans la multitude des hommes ainsi livrés à eux-mêmes, la rupture de ce barrage protecteur, Voltaire tente, pendant toute la fin de sa vie, de colmater la brèche. L'*Histoire de Jenni* met aux prises un « athée », le vraiment trop débauché et sardonique Birton, et un « sage », le vraiment trop vertueux et mesuré Freind, à l'avantage — il est

vrai un peu laborieux — de ce dernier qui finit par ramener, avec une pédanterie plus abondante que celle de Pangloss, son fils Jenni dans un « droit chemin » assurément plus conventionnel et édifiant que le jardin de Candide.

■ Le troisième échantillon n'est pas de la plume de Voltaire. Il s'agit de cette suite, présentée comme une « seconde partie », qui parut en 1760. Qu'elle soit de Thorel de Campigneulles, comme le prétendit Grimm, de Du Laurens, l'auteur libertin du *Compère Mathieu* (1766), ou d'un autre, on pourra juger à la fois, en lisant ce texte à la suite du conte de Voltaire, de la productivité d'un style qui suscite de telles émulations et de son irréductible originalité.

LETTRE* AU SUJET DE *CANDIDE*

(de Voltaire au *Journal encyclopédique)*

Messieurs,

Vous dites dans votre journal du mois de mars qu'une espèce de petit roman intitulé *de l'Optimisme* ou *Candide* est attribué à un *nommé* M. de V... Je ne sais de quel M. de V... vous voulez parler ; mais je vous déclare que ce petit livre est de mon frère M. Démad, actuellement capitaine dans le régiment de Brunswick ; et à l'égard de la prétendue royauté des jésuites dans le Paraguay, que vous appelez une misérable fable, je vous déclare à la face de l'Europe que rien n'est plus certain ; que j'ai servi sur un des vaisseaux espagnols envoyés à Buenos-Ayres en 1756, pour mettre à la raison la colonie voisine du Saint-Sacrement ; que j'ai passé trois mois à l'Assomption ; que les jésuites ont, de ma connaissance, vingt-neuf provinces qu'ils appellent leurs Réductions, et qu'ils y sont les maîtres absolus au moyen de huit réales par tête qu'ils payent au gouverneur de Buenos-Ayres pour chaque père de famille, et encore ne payent-ils que pour le tiers de leurs cantons. Ils ne souffrent pas qu'aucun Espagnol reste plus de trois jours dans leurs Réductions. Ils n'ont jamais voulu que leurs sujets apprissent la langue castillane. Ce sont eux seuls qui font faire l'exercice des armes aux Paraguains ; ce sont eux seuls qui les conduisent. Le jésuite Tomas Verle, natif de Bavière, fut tué à l'attaque de la ville du Saint-Sacrement, en montant à l'assaut à la tête des Paraguains, en 1737 et non pas en 1735, comme le dit le jésuite Charlevoix, auteur aussi insipide que mal instruit. On sait comment ils soutinrent la guerre contre Don Antequera ; on sait ce

* N.B. Cette lettre a été égarée pendant longtemps ; et lorsqu'elle nous est parvenue, nous avons fait des recherches inutiles pour découvrir l'existence de M. Démad, capitaine dans le régiment de Brunswick.

qu'ils ont tramé en dernier lieu contre la couronne du Portugal, et comment ils ont bravé les ordres du Conseil de Madrid.

Ils sont si puissants qu'ils obtinrent de Philippe V, en 1743, une confirmation de leur puissance qu'on ne pouvait leur ôter. Je sais bien, Messieurs, qu'ils n'ont pas le titre de roi, et par là on peut excuser ce que vous dites de la misérable fable de la royauté du Paraguay. Mais le dey d'Alger n'est pas roi, et n'en est pas moins maître. Je ne conseillerais pas à mon frère le capitaine de faire le voyage du Paraguay sans être le plus fort.

Au reste, Messieurs, j'ai l'honneur de vous informer que mon frère le capitaine, qui est le *Loustik** du régiment, est un très bon chrétien, qui en s'amusant à composer le roman de *Candide* dans son quartier d'hiver a eu principalement en vue de convertir les sociniens. Ces hérétiques ne se contentent pas de nier hautement la Trinité et les peines éternelles, ils disent que Dieu a nécessairement fait de notre monde le meilleur des mondes possibles, et que tout est bien. Cette idée est manifestement contraire à la doctrine du péché originel. Ces novateurs oublient que le serpent, qui était le plus subtil des animaux, séduisit la femme tirée de la côte d'Adam ; qu'Adam mangea de la pomme défendue ; que Dieu maudit la terre qu'il avait bénite : *Maledicta terra in opere tuo, in laboribus comedes.* Ignorent-ils que tous les pères sans en excepter un seul ont fondé la religion chrétienne sur cette malédiction prononcée par Dieu même, dont nous ressentons continuellement les effets ? Les sociniens affectent d'exalter la Providence, et ils ne voient pas que nous sommes des coupables tourmentés, qui devons avouer nos fautes et notre punition. Que ces hérétiques se gardent de paraître devant mon frère le capitaine : il leur ferait voir si tout est bien.

Je suis, Messieurs, votre très humble et très obéissant serviteur DEMAD.

A Zastrou, le 1er avril 1759.

P.S. Mon frère le capitaine est l'intime ami de M. Ralph, professeur assez connu dans l'Académie de Francfort-sur-l'Oder, qui l'a beaucoup aidé à faire ce profond ouvrage de philosophie, et mon frère a eu la modestie de ne l'intituler que traduction de M. Ralph, modestie bien rare chez les auteurs.

* Mot allemand qui signifie joyeux.

HISTOIRE
DES VOYAGES DE SCARMENTADO

ÉCRITE PAR LUI-MÊME

Je naquis dans la ville de Candie, en 1600. Mon père en était gouverneur ; et je me souviens qu'un poète médiocre qui n'était pas médiocrement dur, nommé *Iro,* fit de mauvais vers à ma louange, dans lesquels il me faisait descendre de Minos en droite ligne ; mais mon père ayant été disgracié, il fit d'autres vers où je ne descendais plus que de Pasiphaé et de son amant. C'était un bien méchant homme que cet Iro, et le plus ennuyeux coquin qui fût dans l'île.

Mon père m'envoya, à l'âge de quinze ans, étudier à Rome. J'arrivai dans l'espérance d'apprendre toutes les vérités ; car jusque-là on m'avait enseigné tout le contraire, selon l'usage de ce bas monde, depuis la Chine jusqu'aux Alpes. Monsignor Profondo, à qui j'étais recommandé, était un homme singulier, et un des plus terribles savants qu'il y eût au monde. Il voulut m'apprendre les catégories d'Aristote, et fut sur le point de me mettre dans la catégorie de ses mignons : je l'échappai belle. Je vis des processions, des exorcismes, et quelques rapines. On disait, mais très faussement, que la signora Olimpia, personne d'une grande prudence, vendait beaucoup de choses qu'on ne doit point vendre. J'étais dans un âge où tout cela me paraissait fort plaisant. Une jeune dame de mœurs très douces, nommée la signora Fatelo, s'avisa de m'aimer. Elle était courtisée par le révérend père Poignardini, et par le révérend père Aconiti, jeunes profès d'un ordre qui ne subsiste plus : elle les mit d'accord en me donnant ses bonnes grâces ; mais en même temps je courus risque d'être excommunié et empoisonné. Je partis, très content de l'architecture de Saint-Pierre.

Je voyageai en France ; c'était le temps du règne de Louis le Juste. La première chose qu'on me demanda, ce fut si

203

je voulais à mon déjeuner un petit morceau du maréchal d'Ancre, dont le peuple avait fait rôtir la chair, et qu'on distribuait à fort bon compte à ceux qui en voulaient.

Cet État était continuellement en proie aux guerres civiles, quelquefois pour une place au conseil, quelquefois pour deux pages de controverse. Il y avait plus de soixante ans que ce feu, tantôt couvert et tantôt soufflé avec violence, désolait ces beaux climats. C'étaient là les libertés de l'Eglise gallicane. « Hélas ! dis-je, ce peuple est pourtant né doux : qui peut l'avoir tiré ainsi de son caractère ? Il plaisante, et il fait des Saint-Barthélemy. Heureux le temps où il ne fera que plaisanter ! »

Je passai en Angleterre : les mêmes querelles y excitaient les mêmes fureurs. De saints catholiques avaient résolu, pour le bien de l'Eglise, de faire sauter en l'air, avec de la poudre, le roi, la famille royale, et tout le parlement, et de délivrer l'Angleterre de ces hérétiques. On me montra la place où la bienheureuse reine Marie, fille de Henri VIII, avait fait brûler plus de cinq cents de ses sujets. Un prêtre hibernois m'assura que c'était une très bonne action : premièrement, parce que ceux qu'on avait brûlés étaient Anglais ; en second lieu, parce qu'ils ne prenaient jamais d'eau bénite, et qu'ils ne croyaient pas au trou de St. Patrice. Il s'étonnait surtout que la reine Marie ne fût pas encore canonisée ; mais il espérait qu'elle le serait bientôt, quand le cardinal-neveu aurait un peu de loisir.

J'allai en Hollande, où j'espérais trouver plus de tranquillité chez des peuples plus flegmatiques. On coupait la tête à un vieillard vénérable lorsque j'arrivai à La Haye. C'était la tête chauve du premier ministre Barneveldt, l'homme qui avait le mieux mérité de la république. Touché de pitié, je demandai quel était son crime, et s'il avait trahi l'Etat. « Il a fait bien pis, me répondit un prédicant à manteau noir ; c'est un homme qui croit que l'on peut se sauver par les bonnes œuvres aussi bien que par la foi. Vous sentez bien que, si de telles opinions s'établissaient, une république ne pourrait subsister, et qu'il faut des lois sévères pour réprimer de si scandaleuses horreurs. » Un profond politique du pays me dit en soupirant : « Hélas ! monsieur, le bon temps ne durera pas toujours ; ce n'est que par hasard que ce peuple est si zélé ; le fond de son caractère est porté au dogme abominable de la tolérance, un jour il y viendra : cela fait frémir. » Pour moi, en attendant que ce temps funeste de la modération et de l'indulgence fût arrivé, je quittai bien vite un pays où la

sévérité n'était adoucie par aucun agrément, et je m'embarquai pour l'Espagne.

La cour était à Séville, les galions étaient arrivés, tout respirait l'abondance et la joie dans la plus belle saison de l'année. Je vis au bout d'une allée d'orangers et de citronniers une espèce de lice immense entourée de gradins couverts d'étoffes précieuses. Le roi, la reine, les infants, les infantes, étaient sous un dais superbe. Vis-à-vis de cette auguste famille était un autre trône, mais plus élevé. Je dis à un de mes compagnons de voyage : « A moins que ce trône ne soit réservé pour Dieu, je ne vois pas à quoi il peut servir. » Ces indiscrètes paroles furent entendues d'un grave Espagnol, et me coûtèrent cher. Cependant je m'imaginais que nous allions voir quelque carrousel ou quelque fête de taureaux, lorsque le grand inquisiteur parut sur ce trône d'où il bénit le roi et le peuple.

Ensuite vint une armée de moines défilant deux à deux, blancs, noirs, gris, chaussés, déchaussés, avec barbe, sans barbe, avec capuchon pointu et sans capuchon ; puis marchait le bourreau ; puis on voyait au milieu des alguazils et des grands environ quarante personnes couvertes de sacs sur lesquels on avait peint des diables et des flammes. C'étaient des juifs qui n'avaient pas voulu renoncer absolument à Moïse, c'étaient des chrétiens qui avaient épousé leurs commères, ou qui n'avaient pas adoré Notre Dame d'Atocha, ou qui n'avaient pas voulu se défaire de leur argent comptant en faveur des frères hiéronymites. On chanta dévotement de très belles prières, après quoi on brûla à petit feu tous les coupables, de quoi toute la famille royale parut extrêmement édifiée.

Le soir, dans le temps que j'allais me mettre au lit, arrivèrent chez moi deux familiers de l'Inquisition avec la sainte Hermandad : ils m'embrassèrent tendrement, et me menèrent, sans me dire un seul mot, dans un cachot très frais, meublé d'un lit de natte et d'un beau crucifix. Je restai là six semaines, au bout desquelles le révérend père inquisiteur m'envoya prier de venir lui parler : il me serra quelque temps entre ses bras, avec une affection toute paternelle ; il me dit qu'il était sincèrement affligé d'avoir appris que je fusse si mal logé ; mais que tous les appartements de la maison étaient remplis, et qu'une autre fois il espérait que je serais plus à mon aise. Ensuite il me demanda cordialement si je ne savais pas pourquoi j'étais là. Je dis au révérend père que c'était apparemment pour mes péchés. « Eh bien, mon cher enfant, pour

quel péché ? parlez-moi avec confiance. » J'eus beau imaginer, je ne devinai point ; il me mit charitablement sur les voies.

Enfin je me souvins de mes indiscrètes paroles. J'en fus quitte pour la discipline et une amende de trente mille réales. On me mena faire la révérence au grand inquisiteur : c'était un homme poli, qui me demanda comment j'avais trouvé sa petite fête. Je lui dis que cela était délicieux, et j'allai presser mes compagnons de voyage de quitter ce pays, tout beau qu'il est. Ils avaient eu le temps de s'instruire de toutes les grandes choses que les Espagnols avaient faites pour la religion. Ils avaient lu les mémoires du fameux évêque de Chiapa, par lesquels il paraît qu'on avait égorgé, ou brûlé, ou noyé dix millions d'infidèles en Amérique pour les convertir. Je crus que cet évêque exagérait ; mais quand on réduirait ces sacrifices à cinq millions de victimes, cela serait encore admirable.

Le désir de voyager me pressait toujours. J'avais compté finir mon tour de l'Europe par la Turquie ; nous en prîmes la route. Je me proposai bien de ne plus dire mon avis sur les fêtes que je verrais. « Ces Turcs, dis-je à mes compagnons, sont des mécréants qui n'ont point été baptisés, et qui par conséquent seront bien plus cruels que les révérends pères inquisiteurs. Gardons le silence quand nous serons chez les mahométans. »

J'allai donc chez eux. Je fus étrangement surpris de voir en Turquie beaucoup plus d'églises chrétiennes qu'il n'y en avait dans Candie. J'y vis jusqu'à des troupes nombreuses de moines qu'on laissait prier la Vierge Marie librement, et maudire Mahomet, ceux-ci en grec, ceux-là en latin, quelques autres en arménien. « Les bonnes gens que les Turcs ! » m'écriai-je. Les chrétiens grecs et les chrétiens latins étaient ennemis mortels dans Constantinople ; ces esclaves se persécutaient les uns les autres, comme des chiens qui se mordent dans la rue, et à qui leurs maîtres donnent des coups de bâton pour les séparer. Le grand vizir protégeait alors les Grecs. Le patriarche grec m'accusa d'avoir soupé chez le patriarche latin, et je fus condamné en plein divan à cent coups de latte sur la plante des pieds, rachetables de cinq cents sequins. Le lendemain le grand vizir fut étranglé ; le surlendemain son successeur, qui était pour le parti des Latins, et qui ne fut étranglé qu'un mois après, me condamna à la même amende, pour avoir soupé chez le patriarche grec. Je fus dans la triste nécessité de ne plus fréquenter ni l'église grecque ni la latine. Pour m'en consoler, je pris à loyer une fort belle Circassienne, qui était la personne la plus tendre dans le tête-à-tête, et la

plus dévote à la mosquée. Une nuit, dans les doux transports de son amour, elle s'écria en m'embrassant : *Alla, Illa, Alla :* ce sont les paroles sacramentales des Turcs : je crus que c'étaient celles de l'amour ; je m'écriai aussi fort tendrement : « *Alla, Illa, Alla.* — Ah ! me dit-elle, le Dieu miséricordieux soit loué ! vous êtes Turc. » Je lui dis que je le bénissais de m'en avoir donné la force, et je me crus trop heureux. Le matin l'iman vint pour me circoncire ; et, comme je fis quelque difficulté, le cadi du quartier, homme loyal, me proposa de m'empaler : je sauvai mon prépuce et mon derrière avec mille sequins, et je m'enfuis vite en Perse, résolu de ne plus entendre ni messe grecque ni latine en Turquie, et de ne plus crier : *Alla, Illa, Alla,* dans un rendez-vous.

En arrivant à Ispahan on me demanda si j'étais pour le mouton noir ou pour le mouton blanc. Je répondis que cela m'était fort indifférent, pourvu qu'il fût tendre. Il faut savoir que les factions du *Mouton blanc* et du *Mouton noir* partageaient encore les Persans. On crut que je me moquais des deux partis ; de sorte que je me trouvai déjà une violente affaire sur les bras aux portes de la ville : il m'en coûta encore grand nombre de sequins pour me débarrasser des moutons.

Je poussai jusqu'à la Chine avec un interprète, qui m'assura que c'était là le pays où l'on vivait librement et gaiement. Les Tartares s'en étaient rendus maîtres, après avoir tout mis à feu et à sang ; et les révérends pères jésuites d'un côté, comme les révérends pères dominicains de l'autre, disaient qu'ils y gagnaient des âmes à Dieu, sans que personne en sût rien. On n'a jamais vu de convertisseurs si zélés : car ils se persécutaient les uns les autres tour à tour ; ils écrivaient à Rome des volumes de calomnies ; ils se traitaient d'infidèles et de prévaricateurs pour une âme. Il y avait surtout une horrible querelle entre eux sur la manière de faire la révérence. Les jésuites voulaient que les Chinois saluassent leurs pères et leurs mères à la mode de la Chine, et les dominicains voulaient qu'on les saluât à la mode de Rome. Il m'arriva d'être pris par les jésuites pour un dominicain. On me fit passer chez Sa Majesté tartare pour un espion du pape. Le conseil suprême chargea un premier mandarin, qui ordonna à un sergent, qui commanda à quatre sbires du pays de m'arrêter et de me lier en cérémonie. Je fus conduit après cent quarante génuflexions devant Sa Majesté. Elle me fit demander si j'étais l'espion du pape, et s'il était vrai que ce prince dût venir en personne le détrôner. Je lui répondis que le pape était un prêtre de soixante et dix ans ; qu'il demeurait à quatre mille lieues

de Sa Sacrée Majesté tartaro-chinoise ; qu'il avait environ deux mille soldats qui montaient la garde avec un parasol ; qu'il ne détrônait personne, et que Sa Majesté pouvait dormir en sûreté. Ce fut l'aventure la moins funeste de ma vie. On m'envoya à Macao, d'où je m'embarquai pour l'Europe.

Mon vaisseau eut besoin d'être radoubé vers les côtes de Golconde. Je pris ce temps pour aller voir la cour du grand Aureng-Zeb, dont on disait des merveilles dans le monde : il était alors dans Delhi. J'eus la consolation de l'envisager le jour de la pompeuse cérémonie dans laquelle il reçut le présent céleste que lui envoyait le shérif de La Mecque. C'était le balai avec lequel on avait balayé la maison sainte, le Caaba, le Beth Alla. Ce balai est le symbole qui balaye toutes les ordures de l'âme. Aureng-Zeb ne paraissait pas en avoir besoin ; c'était l'homme le plus pieux de tout l'Indoustan. Il est vrai qu'il avait égorgé un de ses frères et empoisonné son père. Vingt rayas et autant d'omras étaient morts dans les supplices ; mais cela n'était rien, et on ne parlait que de sa dévotion. On ne lui comparait que la sacrée majesté du sérénissime empereur de Maroc, Muley-Ismaël, qui coupait des têtes tous les vendredis après la prière.

Je ne disais mot ; les voyages m'avaient formé, et je sentais qu'il ne m'appartenait pas de décider entre ces deux augustes souverains. Un jeune Français, avec qui je logeais, manqua, je l'avoue, de respect à l'empereur des Indes et à celui de Maroc. Il s'avisa de dire très indiscrètement qu'il y avait en Europe de très pieux souverains qui gouvernaient bien leurs Etats et qui fréquentaient même les églises, sans pourtant tuer leurs pères et leurs frères, et sans couper les têtes de leurs sujets. Notre interprète transmit en indou le discours impie de mon jeune homme. Instruit par le passé, je fis vite seller mes chameaux : nous partîmes, le Français et moi. J'ai su depuis que la nuit même les officiers du grand Aureng-Zeb étant venus pour nous prendre, ils ne trouvèrent que l'interprète. Il fut exécuté en place publique, et tous les courtisans avouèrent sans flatterie que sa mort était très juste.

Il me restait de voir l'Afrique, pour jouir de toutes les douceurs de notre continent. Je la vis en effet. Mon vaisseau fut pris par des corsaires nègres. Notre patron fit de grandes plaintes ; il leur demanda pourquoi ils violaient ainsi les lois des nations. Le capitaine nègre lui répondit : « Vous avez le nez long, et nous l'avons plat ; vos cheveux sont tout droits, et notre laine est frisée ; vous avez la peau de couleur de cendre, et nous de couleur d'ébène ; par conséquent nous

devons, par les lois sacrées de la nature, être toujours enne-
mis. Vous nous achetez aux foires de la côte de Guinée,
comme des bêtes de somme, pour nous faire travailler à je
ne sais quel emploi aussi pénible que ridicule. Vous nous fai-
tes fouiller à coups de nerfs de bœuf dans des montagnes pour
en tirer une espèce de terre jaune qui par elle-même n'est
bonne à rien, et qui ne vaut pas, à beaucoup près, un bon
oignon d'Égypte ; aussi quand nous vous rencontrons, et que
nous sommes les plus forts, nous vous faisons esclaves, nous
vous faisons labourer nos champs, ou nous vous coupons le
nez et les oreilles. »

On n'avait rien à répliquer à un discours si sage. J'allai
labourer le champ d'une vieille négresse, pour conserver mes
oreilles et mon nez. On me racheta au bout d'un an. J'avais
vu tout ce qu'il y a de beau, de bon et d'admirable sur la
terre : je résolus de ne plus voir que mes pénates. Je me mariai
chez moi : je fus cocu, et je vis que c'était l'état le plus doux
de la vie.

COSI-SANCTA

UN PETIT MAL POUR UN GRAND BIEN
NOUVELLE AFRICAINE

C'est une maxime faussement établie qu'il n'est pas permis de faire un petit mal dont un plus grand bien pourrait résulter. Saint Augustin a été entièrement de cet avis, comme il est aisé de le voir dans le récit de cette petite aventure arrivée dans son diocèse, sous le proconsulat de Septimus Acindynus, et rapportée dans le livre de la *Cité de Dieu*.

Il y avait à Hippone un vieux curé, grand inventeur de confréries, confesseur de toutes les jeunes filles du quartier, et qui passait pour un homme inspiré de Dieu, parce qu'il se mêlait de dire la bonne aventure, métier dont il se tirait assez passablement.

On lui amena un jour une jeune fille nommée Cosi-Sancta : c'était la plus belle personne de la province. Elle avait un père et une mère jansénistes, qui l'avaient élevée dans les principes de la vertu la plus rigide ; et de tous les amants qu'elle avait eus, aucun n'avait pu seulement lui causer, dans ses oraisons, un moment de distraction. Elle était accordée depuis quelques jours à un petit vieillard ratatiné, nommé Capito, conseiller au présidial d'Hippone. C'était un petit homme bourru et chagrin, qui ne manquait pas d'esprit, mais qui était pincé dans la conversation, ricaneur, et assez mauvais plaisant ; jaloux d'ailleurs comme un Vénitien, et qui pour rien au monde ne se serait accommodé d'être l'ami des galants de sa femme. La jeune créature faisait tout ce qu'elle pouvait pour l'aimer, parce qu'il devait être son mari ; elle y allait de la meilleure foi du monde, et cependant n'y réussissait guère.

Elle alla consulter son curé, pour savoir si son mariage serait heureux. Le bonhomme lui dit d'un ton de prophète : « Ma fille, ta vertu causera bien des malheurs ; mais tu seras

un jour canonisée pour avoir fait trois infidélités à ton mari. »

Cet oracle étonna et embarrassa cruellement l'innocence de cette belle fille. Elle pleura ; elle en demanda l'explication, croyant que ces paroles cachaient quelque sens mystique ; mais toute l'explication qu'on lui donna fut que les trois fois ne devaient point s'entendre de trois rendez-vous avec le même amant, mais de trois aventures différentes.

Alors Cosi-Sancta jeta les hauts cris ; elle dit même quelques injures au curé, et jura qu'elle ne serait jamais canonisée. Elle le fut pourtant, comme vous l'allez voir.

Elle se maria bientôt après : la noce fut très galante ; elle soutint assez bien tous les mauvais discours qu'elle eut à essuyer, toutes les équivoques fades, toutes les grossièretés assez mal enveloppées dont on embarrasse ordinairement la pudeur des jeunes mariées. Elle dansa de fort bonne grâce avec quelques jeunes gens fort bien faits et très jolis, à qui son mari trouvait le plus mauvais air du monde.

Elle se mit au lit auprès du petit Capito, avec un peu de répugnance. Elle passa une fort bonne partie de la nuit à dormir, et se réveilla toute rêveuse. Son mari était pourtant moins le sujet de sa rêverie qu'un jeune homme nommé Ribaldos, qui lui avait donné dans la tête sans qu'elle en sût rien. Ce jeune homme semblait formé par les mains de l'Amour ; il en avait les grâces, la hardiesse et la friponnerie ; il était un peu indiscret, mais il ne l'était qu'avec celles qui le voulaient bien : c'était la coqueluche d'Hippone. Il avait brouillé toutes les femmes de la ville les unes contre les autres, et il l'était avec tous les maris et toutes les mères. Il aimait d'ordinaire par étourderie, un peu par vanité ; mais il aima Cosi-Sancta par goût, et l'aima d'autant plus éperdument que la conquête en était plus difficile.

Il s'attacha d'abord, en homme d'esprit, à plaire au mari. Il lui faisait mille avances, le louait sur sa bonne mine, et sur son esprit aisé et galant. Il perdait contre lui de l'argent au jeu, et avait tous les jours quelque confidence de rien à lui faire. Cosi-Sancta le trouvait le plus aimable du monde ; elle l'aimait déjà plus qu'elle ne croyait ; elle ne s'en doutait point, mais son mari s'en douta pour elle. Quoiqu'il eût tout l'amour-propre qu'un petit homme peut avoir, il ne laissa pas de se douter que les visites de Ribaldos n'étaient pas pour lui seul. Il rompit avec lui sur quelque mauvais prétexte, et lui défendit sa maison.

Cosi-Sancta en fut très fâchée, et n'osa le dire ; et Ribaldos,

devenu plus amoureux par les difficultés, passa tout son temps à épier les moments de la voir. Il se déguisa en moine, en revendeuse à la toilette, en joueur de marionnettes ; mais il n'en fit point assez pour triompher de sa maîtresse, et il en fit trop pour n'être pas reconnu par le mari. Si Cosi-Sancta avait été d'accord avec son amant, ils auraient si bien pris leurs mesures que le mari n'aurait rien pu soupçonner ; mais, comme elle combattait son goût et qu'elle n'avait rien à se reprocher, elle sauvait tout, hors les apparences ; et son mari la croyait très coupable.

Le petit bonhomme, qui était très colère, et qui s'imaginait que son honneur dépendait de la fidélité de sa femme, l'outragea cruellement, et la punit de ce qu'on la trouvait belle. Elle se trouva dans la plus horrible situation où une femme puisse être : accusée injustement, et maltraitée par un mari à qui elle était fidèle, et déchirée par une passion violente qu'elle cherchait à surmonter.

Elle crut que, si son amant cessait ses poursuites, son mari pourrait cesser ses injustices, et qu'elle serait assez heureuse pour se guérir d'un amour que rien ne nourrirait plus. Dans cette vue, elle se hasarda d'écrire cette lettre à Ribaldos :

« Si vous avez de la vertu, cessez de me rendre malheureuse : vous m'aimez, et votre amour m'expose aux soupçons et aux violences d'un maître que je me suis donné pour le reste de ma vie. Plût au ciel que ce fût encore le seul risque que j'eusse à courir ! Par pitié pour moi, cessez vos poursuites ; je vous en conjure par cet amour même qui fait votre malheur et le mien, et qui ne peut jamais vous rendre heureux. »

La pauvre Cosi-Sancta n'avait pas prévu qu'une lettre si tendre, quoique si vertueuse, ferait un effet tout contraire à celui qu'elle espérait. Elle enflamma plus que jamais le cœur de son amant, qui résolut d'exposer sa vie pour voir sa maîtresse.

Capito, qui était assez sot pour vouloir être averti de tout, et qui avait de bons espions, fut averti que Ribaldos s'était déguisé en frère carme quêteur pour demander la charité à sa femme. Il se crut perdu : il imagina que l'habit d'un carme était bien plus dangereux qu'un autre pour l'honneur d'un mari. Il aposta des gens pour étriller frère Ribaldos : il ne fut que trop bien servi. Le jeune homme, en entrant dans la maison, est reçu par ces messieurs ; il a beau crier qu'il est un très honnête carme, et qu'on ne traite point ainsi de pauvres religieux, il fut assommé, et mourut, à quinze jours de

là, d'un coup qu'il avait reçu sur la tête. Toutes les femmes de la ville le pleurèrent. Cosi-Sancta en fut inconsolable. Capito même en fut fâché, mais par une autre raison, car il se trouvait une très méchante affaire sur les bras.

Ribaldos était parent du proconsul Acindynus. Ce Romain voulut faire une punition exemplaire de cet assassinat, et, comme il avait eu quelques querelles autrefois avec le présidial d'Hippone, il ne fut pas fâché d'avoir de quoi faire pendre un conseiller ; et il fut fort aise que le sort tombât sur Capito, qui était bien le plus vain et le plus insupportable petit robin du pays.

Cosi-Sancta avait donc vu assassiner son amant et était près de voir pendre son mari ; et tout cela pour avoir été vertueuse. Car, comme je l'ai déjà dit, si elle avait donné ses faveurs à Ribaldos, le mari en eût été bien mieux trompé.

Voilà comme la moitié de la prédiction du curé fut accomplie. Cosi-Sancta se ressouvint alors de l'oracle, elle craignit fort d'en accomplir le reste. Mais, ayant bien fait réflexion qu'on ne peut vaincre sa destinée, elle s'abandonna à la Providence, qui la mena au but par les chemins du monde les plus honnêtes.

Le proconsul Acindynus était un homme plus débauché que voluptueux, s'amusant très peu aux préliminaires, brutal, familier, vrai héros de garnison, très craint de la province, et avec qui toutes les femmes d'Hippone avaient eu affaire, uniquement pour ne se pas brouiller avec lui.

Il fit venir chez lui Mme Cosi-Sancta : elle arriva en pleurs ; mais elle n'en avait que plus de charmes. « Votre mari, madame, lui dit-il, va être pendu, et il ne tient qu'à vous de le sauver. — Je donnerais ma vie pour la sienne, lui dit la dame. — Ce n'est pas cela qu'on vous demande, répliqua le proconsul. — Et que faut-il donc faire ? dit-elle. — Je ne veux qu'une de vos nuits, reprit le proconsul. — Elles ne m'appartiennent pas, dit Cosi-Sancta ; c'est un bien qui est à mon mari. Je donnerais mon sang pour le sauver, mais je ne puis donner mon honneur. — Mais si votre mari y consent ? dit le proconsul. — Il est le maître, répondit la dame : chacun fait de son bien ce qu'il veut. Mais je connais mon mari, il n'en fera rien ; c'est un petit homme têtu, tout propre à se laisser pendre plutôt que de permettre qu'on me touche du bout du doigt. — Nous allons voir cela », dit le juge en colère.

Sur-le-champ il fait venir devant lui le criminel ; il lui propose ou d'être pendu, ou d'être cocu : il n'y avait point à

balancer. Le petit bonhomme se fit pourtant tirer l'oreille. Il fit enfin ce que tout autre aurait fait à sa place. Sa femme par charité, lui sauva la vie ; et ce fut la première des trois fois.

Le même jour, son fils tomba malade d'une maladie fort extraordinaire, inconnue à tous les médecins d'Hippone. Il n'y en avait qu'un qui eût des secrets pour cette maladie ; encore demeurait-il à Aquila, à quelques lieues d'Hippone. Il était défendu alors à un médecin établi dans une ville d'en sortir pour aller exercer sa profession dans une autre. Cosi-Sancta fut obligée elle-même d'aller à sa porte à Aquila, avec un frère qu'elle avait, et qu'elle aimait tendrement. Dans les chemins elle fut arrêtée par des brigands. Le chef de ces messieurs la trouva très jolie ; et, comme on était près de tuer son frère, il s'approcha d'elle, et lui dit que, si elle voulait avoir un peu de complaisance, on ne tuerait point son frère, et qu'il ne lui en coûterait rien. La chose était pressante : elle venait de sauver la vie à son mari, qu'elle n'aimait guère ; elle allait perdre un frère, qu'elle aimait beaucoup ; d'ailleurs le danger de son fils l'alarmait : il n'y avait pas de moment à perdre. Elle se recommanda à Dieu, fit tout ce qu'on voulut ; et ce fut la seconde des trois fois.

Elle arriva le même jour à Aquila, et descendit chez le médecin. C'était un de ces médecins à la mode que les femmes envoient chercher quand elles ont des vapeurs, ou quand elles n'ont rien du tout. Il était le confident des unes, l'amant des autres : homme poli, complaisant, un peu brouillé d'ailleurs avec la Faculté, dont il avait fait de fort bonnes plaisanteries dans l'occasion.

Cosi-Sancta lui exposa la maladie de son fils, et lui offrit un gros sesterce. (Vous remarquerez qu'un gros sesterce fait, en monnaie de France, mille écus et plus.) « Ce n'est pas de cette monnaie, madame, que je prétends être payé, lui dit le galant médecin. Je vous offrirais moi-même tout mon bien, si vous étiez dans le goût de vous faire payer des cures que vous pouvez faire : guérissez-moi seulement du mal que vous me faites, et je rendrai la santé à votre fils. »

La proposition parut extravagante à la dame ; mais le destin l'avait accoutumée aux choses bizarres. Le médecin était un opiniâtre qui ne voulait point d'autre prix de son remède. Cosi-Sancta n'avait point de mari à consulter ; et le moyen de laisser mourir un fils qu'elle adorait, faute du plus petit secours du monde qu'elle pouvait lui donner ! Elle était aussi bonne mère que bonne sœur. Elle acheta le remède au prix qu'on voulut : et ce fut la dernière des trois fois.

Elle revint à Hippone avec son frère, qui ne cessait de la remercier, durant le chemin, du courage avec lequel elle lui avait sauvé la vie.

Ainsi Cosi-Sancta, pour avoir été trop sage, fit périr son amant et condamner à mort son mari, et, pour avoir été complaisante, conserva les jours de son frère, de son fils, et de son mari. On trouva qu'une pareille femme était fort nécessaire dans une famille, on la canonisa après sa mort, pour avoir fait tant de bien à ses parents en se mortifiant, et l'on grava sur son tombeau :

UN PETIT MAL POUR UN GRAND BIEN.

MEMNON

OU

LA SAGESSE HUMAINE

Memnon conçut un jour le projet insensé d'être parfaitement sage. Il n'y a guère d'hommes à qui cette folie n'ait quelquefois passé par la tête. Memnon se dit à lui-même : « Pour être très sage, et par conséquent très heureux, il n'y a qu'à être sans passions ; et rien n'est plus aisé, comme on sait. Premièrement, je n'aimerai jamais de femme ; car, en voyant une beauté parfaite, je me dirai à moi-même : ces joues-là se rideront un jour ; ces beaux yeux seront bordés de rouge ; cette gorge ronde deviendra plate et pendante ; cette belle tête deviendra chauve. Or je n'ai qu'à la voir à présent des mêmes yeux dont je la verrai alors, et assurément cette tête ne fera pas tourner la mienne.

« En second lieu je serai toujours sobre ; j'aurai beau être tenté par la bonne chère, par des vins délicieux, par la séduction de la société ; je n'aurai qu'à me représenter les suites des excès, une tête pesante, un estomac embarrassé, la perte de la raison, de la santé et du temps, je ne mangerai alors que pour le besoin ; ma santé sera toujours égale, mes idées toujours pures et lumineuses. Tout cela est si facile qu'il n'y a aucun mérite à y parvenir.

« Ensuite, disait Memnon, il faut penser un peu à ma fortune ; mes désirs sont modérés ; mon bien est solidement placé sur le receveur général des finances de Ninive ; j'ai de quoi vivre dans l'indépendance : c'est là le plus grand des biens. Je ne serai jamais dans la cruelle nécessité de faire ma cour ; je n'envierai personne, et personne ne m'enviera. Voilà qui est encore très aisé. J'ai des amis, continuait-il, je les conserverai, puisqu'ils n'auront rien à me disputer. Je n'aurai jamais d'humeur avec eux, ni eux avec moi ; cela est sans difficulté. »

Ayant fait ainsi son petit plan de sagesse dans sa chambre, Memnon mit la tête à la fenêtre. Il vit deux femmes qui se promenaient sous des platanes auprès de sa maison. L'une était vieille, et paraissait ne songer à rien ; l'autre était jeune, jolie, et semblait fort occupée. Elle soupirait, elle pleurait, et n'en avait que plus de grâces. Notre sage fut touché, non pas de la beauté de la dame (il était bien sûr de ne pas sentir une telle faiblesse), mais de l'affliction où il la voyait. Il descendit ; il aborda la jeune Ninivienne dans le dessein de la consoler avec sagesse. Cette belle personne lui conta, de l'air le plus naïf et le plus touchant, tout le mal que lui faisait un oncle qu'elle n'avait point ; avec quels artifices il lui avait enlevé un bien qu'elle n'avait jamais possédé, et tout ce qu'elle avait à craindre de sa violence. « Vous me paraissez un homme de si bon conseil, lui dit-elle, que si vous aviez la condescendance de venir jusque chez moi, et d'examiner mes affaires, je suis sûre que vous me tireriez du cruel embarras où je suis. » Memnon n'hésita pas à la suivre, pour examiner sagement ses affaires, et pour lui donner un bon conseil.

La dame affligée le mena dans une chambre parfumée, et le fit asseoir avec elle poliment sur un large sofa, où ils se tenaient tous deux les jambes croisées vis-à-vis l'un de l'autre. La dame parla en baissant les yeux, dont il échappait quelquefois des larmes, et qui en se relevant rencontraient toujours les regards du sage Memnon. Ses discours étaient pleins d'un attendrissement qui redoublait toutes les fois qu'ils se regardaient. Memnon prenait ses affaires extrêmement à cœur, et se sentait de moment en moment la plus grande envie d'obliger une personne si honnête et si malheureuse. Ils cessèrent insensiblement, dans la chaleur de la conversation, d'être vis-à-vis l'un de l'autre. Leurs jambes ne furent plus croisées. Memnon la conseilla de si près, et lui donna des avis si tendres, qu'ils ne pouvaient ni l'un ni l'autre parler d'affaires, et qu'ils ne savaient plus où ils en étaient.

Comme ils en étaient là, arrive l'oncle, ainsi qu'on peut bien le penser : il était armé de la tête aux pieds ; et la première chose qu'il dit fut qu'il allait tuer, comme de raison, le sage Memnon et sa nièce ; la dernière qui lui échappa fut qu'il pouvait pardonner pour beaucoup d'argent. Memnon fut obligé de donner tout ce qu'il avait. On était heureux dans ce temps-là d'en être quitte à si bon marché ; l'Amérique n'était pas encore découverte, et les dames affligées n'étaient pas à beaucoup près si dangereuses qu'elles le sont aujourd'hui.

Memnon, honteux et désespéré, rentra chez lui : il y trouva un billet qui l'invitait à dîner avec quelques-uns de ses intimes amis. « Si je reste seul chez moi, dit-il, j'aurai l'esprit occupé de ma triste aventure, je ne mangerai point ; je tomberai malade : il vaut mieux aller faire avec mes amis intimes un repas frugal. J'oublierai, dans la douceur de leur société, la sottise que j'ai faite ce matin. » Il va au rendez-vous ; on le trouve un peu chagrin. On le fait boire pour dissiper sa tristesse. Un peu de vin pris modérément est un remède pour l'âme et pour le corps. C'est ainsi que pense le sage Memnon ; et il s'enivre. On lui propose de jouer après le repas. Un jeu réglé avec des amis est un passe-temps honnête. Il joue ; on lui gagne tout ce qu'il a dans sa bourse, et quatre fois autant sur sa parole. Une dispute s'élève sur le jeu, on s'échauffe : l'un de ses amis intimes lui jette à la tête un cornet, et lui crève un œil. On rapporte chez lui le sage Memnon ivre, sans argent, et ayant un œil de moins.

Il cuve un peu son vin, et dès qu'il a la tête plus libre, il envoie son valet chercher de l'argent chez le receveur général des finances de Ninive pour payer ses intimes amis : on lui dit que son débiteur a fait le matin une banqueroute frauduleuse qui met en alarme cent familles. Memnon, outré, va à la cour avec un emplâtre sur l'œil et un placet à la main pour demander justice au roi contre le banqueroutier. Il rencontre dans un salon plusieurs dames qui portaient toutes d'un air aisé des cerceaux de vingt-quatre pieds de circonférence. L'une d'elles, qui le connaissait un peu, dit en le regardant de côté : « Ah ! l'horreur ! » Une autre, qui le connaissait davantage, lui dit : « Bonsoir, monsieur Memnon ; mais vraiment, monsieur Memnon, je suis fort aise de vous voir ; à propos, monsieur Memnon, pourquoi avez-vous perdu un œil ? » Et elle passa sans attendre sa réponse. Memnon se cacha dans un coin, et attendit le moment où il pût se jeter aux pieds du monarque. Ce moment arriva. Il baisa trois fois la terre, et présenta son placet. Sa gracieuse Majesté le reçut très favorablement, et donna le mémoire à un de ses satrapes pour lui en rendre compte. Le satrape tire Memnon à part, et lui dit d'un air de hauteur, en ricanant amèrement : « Je vous trouve un plaisant borgne de vous adresser au roi plutôt qu'à moi et encore plus plaisant d'oser demander justice contre un honnête banqueroutier que j'honore de ma protection, et qui est le neveu d'une femme de chambre de ma maîtresse. Abandonnez cette affaire-là, mon ami, si vous voulez conserver l'œil qui vous reste. »

Memnon, ayant ainsi renoncé le matin aux femmes, aux excès de table, au jeu, à toute querelle, et surtout à la cour, avait été avant la nuit trompé et volé par une belle dame, s'était enivré, avait joué, avait eu une querelle, s'était fait crever un œil, et avait été à la cour, où l'on s'était moqué de lui.

Pétrifié d'étonnement et navré de douleur, il s'en retourne la mort dans le cœur. Il veut rentrer chez lui ; il y trouve des huissiers qui démeublaient sa maison de la part de ses créanciers. Il reste presque évanoui sous un platane ; il y rencontre la belle dame du matin, qui se promenait avec son cher oncle, et qui éclata de rire en voyant Memnon avec son emplâtre. La nuit vint ; Memnon se coucha sur de la paille auprès des murs de sa maison. La fièvre le saisit ; il s'endormit dans l'accès, et un esprit céleste lui apparut en songe.

Il était tout resplendissant de lumière. Il avait six belles ailes, mais ni pieds, ni tête, ni queue, et ne ressemblait à rien. « Qui es-tu ? lui dit Memnon. — Ton bon génie, lui répondit l'autre. — Rends-moi donc mon œil, ma santé, mon bien, ma sagesse, lui dit Memnon. » Ensuite il lui conta comment il avait perdu tout cela en un jour. « Voilà des aventures qui ne nous arrivent jamais dans le monde que nous habitons, dit l'esprit. — Et quel monde habitez-vous ? dit l'homme affligé. — Ma patrie, répondit-il, est à cinq cents millions de lieues du soleil, dans une petite étoile auprès de Sirius, que tu vois d'ici. — Le beau pays ! dit Memnon ; quoi ! vous n'avez point chez vous de coquines qui trompent un pauvre homme, point d'amis intimes qui lui gagnent son argent et qui lui crèvent un œil, point de banqueroutiers, point de satrapes qui se moquent de vous en vous refusant justice ? — Non, dit l'habitant de l'étoile, rien de tout cela. Nous ne sommes jamais trompés par les femmes, parce que nous n'en avons point ; nous ne faisons point d'excès de table, parce que nous ne mangeons point ; nous n'avons point de banqueroutiers, parce qu'il n'y a chez nous ni or ni argent ; on ne peut pas nous crever les yeux, parce que nous n'avons point de corps à la façon des vôtres ; et les satrapes ne nous font jamais d'injustice, parce que dans notre petite étoile le monde est égal. »

Memnon lui dit alors : « Monseigneur, sans femme et sans dîner, à quoi passez-vous votre temps ? — A veiller, dit le génie, sur les autres globes qui nous sont confiés ; et je viens pour te consoler. — Hélas ! reprit Memnon, que ne veniez-vous la nuit passée pour m'empêcher de faire tant de folies ?

— J'étais auprès d'Assan, ton frère aîné, dit l'être céleste. Il est plus à plaindre que toi. Sa gracieuse Majesté le roi des Indes, à la cour duquel il a l'honneur d'être, lui a fait crever les deux yeux pour une petite indiscrétion, et il est actuellement dans un cachot, les fers aux pieds et aux mains. — C'est bien la peine, dit Memnon, d'avoir un bon génie dans une famille pour que, de deux frères, l'un soit borgne, l'autre aveugle ; l'un couché sur la paille, l'autre en prison. — Ton sort changera, reprit l'animal de l'étoile. Il est vrai que tu seras toujours borgne ; mais, à cela près, tu seras assez heureux, pourvu que tu ne fasses jamais le sot projet d'être parfaitement sage. — C'est donc une chose à laquelle il est impossible de parvenir ? s'écria Memnon en soupirant. — Aussi impossible, lui répliqua l'autre, que d'être parfaitement habile, parfaitement fort, parfaitement puissant, parfaitement heureux. Nous-mêmes, nous en sommes bien loin. Il y a un globe où tout cela se trouve ; mais dans les cent mille millions de mondes qui sont dispersés dans l'étendue tout se suit par degrés. On a moins de sagesse et de plaisir dans le second que dans le premier, moins dans le troisième que dans le second, ainsi du reste jusqu'au dernier, où tout le monde est complètement fou. — J'ai bien peur, dit Memnon, que notre petit globe terraqué ne soit précisément les petites-maisons de l'univers dont vous me faites l'honneur de me parler. — Pas tout à fait, dit l'esprit ; mais il en approche : il faut que tout soit en sa place. — Eh mais ! dit Memnon, certains poètes, certains philosophes, ont donc grand tort de dire que *tout est bien ?* — Ils ont grande raison, dit le philosophe de là-haut, en considérant l'arrangement de l'univers entier. — Ah ! je ne croirai cela, répliqua le pauvre Memnon, que quand je ne serai plus borgne. »

LE CROCHETEUR BORGNE

Nos deux yeux ne rendent pas notre condition meilleure ; l'un nous sert à voir les biens, et l'autre les maux de la vie. Bien des gens ont la mauvaise habitude de fermer le premier, et bien peu ferment le second ; voilà pourquoi il y a tant de gens qui aimeraient mieux être aveugles que de voir tout ce qu'ils voient. Heureux les borgnes qui ne sont privés que de ce mauvais œil qui gâte tout ce qu'on regarde ! Mesrour en est un exemple.

Il aurait fallu être aveugle pour ne pas voir que Mesrour était borgne. Il l'était de naissance, mais c'était un borgne si content de son état qu'il ne s'était jamais avisé de désirer un autre œil. Ce n'étaient point les dons de la fortune qui le consolaient des torts de la nature, car il était simple crocheteur, et n'avait d'autre trésor que ses épaules ; mais il était heureux, et il montrait qu'un œil de plus et de la peine de moins contribuent bien peu au bonheur. L'argent et l'appétit lui venaient toujours en proportion de l'exercice qu'il faisait ; il travaillait le matin, mangeait et buvait le soir, dormait la nuit, et regardait tous ses jours comme autant de vies séparées, en sorte que le soin de l'avenir ne le troublait jamais dans la jouissance du présent. Il était (comme vous le voyez) tout à la fois borgne, crocheteur, et philosophe.

Il vit par hasard passer dans un char brillant une grande princesse qui avait un œil de plus que lui, ce qui ne l'empêcha pas de la trouver fort belle, et, comme les borgnes ne diffèrent des autres hommes qu'en ce qu'ils ont un œil de moins, il en devint éperdument amoureux. On dira peut-être que, quand on est crocheteur et borgne, il ne faut point être amoureux, surtout d'une grande princesse, et, qui plus est, d'une princesse qui a deux yeux. Je conviens qu'on a bien à craindre de ne pas plaire ; cependant, comme il n'y a point d'amour sans espérance, et que notre crocheteur aimait, il espéra.

221

Comme il avait plus de jambes que d'yeux, et qu'elles étaient bonnes, il suivit l'espace de quatre lieues le char de sa déesse, que six grands chevaux blancs traînaient avec une grande rapidité. La mode dans ce temps-là, parmi les dames, était de voyager sans laquais et sans cocher, et de se mener elles-mêmes. Les maris voulaient qu'elles fussent toujours toutes seules afin d'être plus sûrs de leur vertu, ce qui est directement opposé au sentiment des moralistes, qui disent qu'il n'y a point de vertu dans la solitude.

Mesrour courait toujours à côté des roues du char, tournant son bon œil du côté de la dame, qui était étonnée de voir un borgne de cette agilité. Pendant qu'il prouvait ainsi qu'on est infatigable pour ce qu'on aime, une bête fauve, poursuivie par des chasseurs, traversa le grand chemin et effraya les chevaux, qui, ayant pris le mors aux dents, entraînaient la belle dans un précipice. Son nouvel amant, plus effrayé encore qu'elle, quoiqu'elle le fût beaucoup, coupa les traits avec une adresse merveilleuse. Les six chevaux blancs firent seuls le saut périlleux, et la dame, qui n'était pas moins blanche qu'eux, en fut quitte pour la peur. « Qui que vous soyez, lui dit-elle, je n'oublierai jamais que je vous dois la vie ; demandez-moi tout ce que vous voudrez ; tout ce que j'ai est à vous. — Ah , je puis avec bien plus de raison, répondit Mesrour, vous en offrir autant ; mais, en vous l'offrant, je vous en offrirai toujours moins : car je n'ai qu'un œil, et vous en avez deux ; mais un œil qui vous regarde vaut mieux que deux yeux qui ne voient point les vôtres. » La dame sourit, car les galanteries d'un borgne sont toujours des galanteries ; et les galanteries font toujours sourire. « Je voudrais bien pouvoir vous donner un autre œil, lui dit-elle, mais votre mère pouvait seule vous faire ce présent-là ; suivez-moi toujours. » A ces mots elle descend de son char et continue sa route à pied ; son petit chien descendit aussi, et marchait à pied à côté d'elle, aboyant après l'étrange figure de son écuyer. J'ai tort de lui donner le titre d'écuyer, car il eut beau offrir son bras, la dame ne voulut jamais l'accepter, sous prétexte qu'il était trop sale ; et vous allez voir qu'elle fut la dupe de sa propreté. Elle avait de fort petits pieds, et des souliers encore plus petits que ses pieds, en sorte qu'elle n'était ni faite ni chaussée de manière à soutenir une longue marche. De jolis pieds consolent d'avoir de mauvaises jambes, lorsqu'on passe sa vie sur sa chaise longue au milieu d'une foule de petits-maîtres ; mais à quoi servent des souliers brodés en paillettes dans un chemin pierreux, où ils ne peuvent être vus que

par un crocheteur, et encore par un crocheteur qui n'a qu'un œil ?

Mélinade (c'est le nom de la dame, que j'ai eu mes raisons pour ne pas dire jusqu'ici, parce qu'il n'était pas encore fait) avançait comme elle pouvait, maudissant son cordonnier, déchirant ses souliers, écorchant ses pieds, et se donnant des entorses à chaque pas. Il y avait environ une heure et demie qu'elle marchait du train des grandes dames, c'est-à-dire qu'elle avait déjà fait près d'un quart de lieue, lorsqu'elle tomba de fatigue sur la place.

Le Mesrour, dont elle avait refusé les secours pendant qu'elle était debout, balançait à les lui offrir, dans la crainte de la salir en la touchant : car il savait bien qu'il n'était pas propre, la dame le lui avait assez clairement fait entendre, et la comparaison qu'il avait faite en chemin entre lui et sa maîtresse le lui avait fait voir encore plus clairement. Elle avait une robe d'une légère étoffe d'argent, semée de guirlandes de fleurs, qui laissait briller la beauté de sa taille ; et lui avait un sarrau brun, taché en mille endroits, et rapiécé en sorte que les pièces étaient à côté des trous, et point dessus, où elles auraient pourtant été plus à leur place ; il avait comparé ses mains nerveuses et couvertes de durillons avec deux petites mains plus blanches et plus délicates que les lis ; enfin il avait vu les beaux cheveux blonds de Mélinade, qui paraissaient à travers un léger voile de gaze, relevés les uns en tresse et les autres en boucles, et il n'avait à mettre à côté de cela que des crins noirs, hérissés, crépus, et n'ayant pour tout ornement qu'un turban déchiré.

Cependant Mélinade essaye de se relever, mais elle retombe bientôt, et si malheureusement que ce qu'elle laissa voir à Mesrour lui ôta le peu de raison que la vue du visage de la princesse avait pu lui laisser. Il oublia qu'il était crocheteur, qu'il était borgne, et il ne songea plus à la distance que la fortune avait mise entre Mélinade et lui ; à peine se souvint-il qu'il était amant, car il manqua à la délicatesse qu'on dit inséparable d'un véritable amour, et qui en fait quelquefois le charme, et, plus souvent, l'ennui ; il se servit des droits que son état de crocheteur lui donnait à la brutalité, il fut brutal et heureux. La princesse alors était sans doute évanouie, ou bien elle gémissait sur son sort ; mais, comme elle était juste, elle bénissait sûrement le destin de ce que toute infortune porte avec elle sa consolation.

La nuit avait étendu ses voiles sur l'horizon, et elle cachait de son ombre le véritable bonheur de Mesrour, et les pré-

tendus malheurs de Mélinade ; Mesrour goûtait les plaisirs des parfaits amants, et il les goûtait en crocheteur, c'est-à-dire (à la honte de l'humanité) de la manière la plus parfaite ; les faiblesses de Mélinade lui reprenaient à chaque instant, et à chaque instant son amant reprenait des forces. « Puissant Mahomet, dit-il une fois en homme transporté, mais en mauvais catholique, il ne manque à ma félicité que d'être sentie par celle qui la cause ; pendant que je suis dans ton paradis, divin prophète, accorde-moi encore une faveur, c'est d'être aux yeux de Mélinade ce qu'elle serait à mon œil s'il faisait jour » ; il finit de prier, et continua de jouir. L'aurore, toujours trop diligente pour les amants, surprit Mesrour et Mélinade dans l'attitude où elle aurait pu être surprise elle-même un moment auparavant avec Tithon. Mais quel fut l'étonnement de Mélinade quand, ouvrant les yeux aux premiers rayons du jour, elle se vit dans un lieu enchanté, avec un jeune homme d'une taille noble, dont le visage ressemblait à l'astre dont la terre attendait le retour ! Il avait des joues de rose, des lèvres de corail ; ses grands yeux tendres et vifs tout à la fois exprimaient et inspiraient la volupté ; son carquois d'or, orné de pierreries, était suspendu à ses épaules, et le plaisir faisait seul sonner ses flèches ; sa longue chevelure, retenue par une attache de diamants, flottait librement sur ses reins, et une étoffe transparente, brodée de perles, lui servait d'habillement, et ne cachait rien de la beauté de son corps. « Où suis-je, et qui êtes-vous ? s'écria Mélinade dans l'excès de sa surprise. — Vous êtes, répondit-il, avec le misérable qui a eu le bonheur de vous sauver la vie, et qui s'est si bien payé de ses peines. » Mélinade, aussi aise qu'étonnée, regretta que la métamorphose de Mesrour n'eût pas commencé plus tôt. Elle s'approche d'un palais brillant qui frappait sa vue, et lit cette inscription sur la porte : « Eloignez-vous, profanes ; ces portes ne s'ouvriront que pour le maître de l'anneau. »

Mesrour s'approche à son tour pour lire la même inscription ; mais il vit d'autres caractères, et lut ces mots : « Frappe sans crainte. » Il frappa, et aussitôt les portes s'ouvrirent d'elles-mêmes avec un grand bruit. Les deux amants entrèrent, au son de mille voix et de mille instruments, dans un vestibule de marbre de Paros ; de là ils passèrent dans une salle superbe, où un festin délicieux les attendait depuis douze cent cinquante ans, sans qu'aucun des plats fût encore refroidi : ils se mirent à table et furent servis chacun par mille esclaves de la plus grande beauté ; le repas fut entremêlé de

concerts et de danses ; et, quand il fut fini, tous les génies vinrent dans le plus grand ordre, partagés en différentes troupes, avec des habits aussi magnifiques que singuliers, prêter serment de fidélité au maître de l'anneau, et baiser le doigt sacré auquel il le portait.

Cependant il y avait à Bagdad un musulman fort dévot qui, ne pouvant aller se laver dans la mosquée, faisait venir l'eau de la mosquée chez lui, moyennant une légère rétribution qu'il payait au prêtre. Il venait de faire la cinquième ablution, pour se disposer à la cinquième prière, et sa servante, jeune étourdie très peu dévote, se débarrassa de l'eau sacrée en la jetant par la fenêtre. Elle tomba sur un malheureux endormi profondément au coin d'une borne qui lui servait de chevet. Il fut inondé, et s'éveilla. C'était le pauvre Mesrour, qui, revenant de son séjour enchanté, avait perdu dans son voyage l'anneau de Salomon. Il avait quitté ses superbes vêtements, et repris son sarrau ; son beau carquois d'or était changé en crochets de bois, et il avait, pour comble de malheur, laissé un de ses yeux en chemin. Il se ressouvint alors qu'il avait bu la veille une grande quantité d'eau-de-vie qui avait assoupi ses sens et échauffé son imagination. Il avait jusque-là aimé cette liqueur par goût, il commença à l'aimer par reconnaissance, et il retourna avec gaieté à son travail, bien résolu d'en employer le salaire à acheter les moyens de retrouver sa chère Mélinade. Un autre se serait désolé d'être un vilain borgne, après avoir eu deux beaux yeux ; d'éprouver les refus des balayeuses du palais, après avoir joui des faveurs d'une princesse plus belle que les maîtresses du calife, et d'être au service de tous les bourgeois de Bagdad, après avoir régné sur tous les génies ; mais Mesrour n'avait point l'œil qui voit le mauvais côté des choses.

LA PRINCESSE DE BABYLONE

extrait (fin du conte)

Ô muses ! qu'on invoque toujours au commencement de son ouvrage, je ne vous implore qu'à la fin. C'est en vain qu'on me reproche de dire grâces sans avoir dit *benedicite*. Muses ! vous n'en serez pas moins mes protectrices. Empêchez que des continuateurs téméraires ne gâtent par leurs fables les vérités que j'ai enseignées aux mortels dans ce fidèle récit, ainsi qu'ils ont osé falsifier *Candide, l'Ingénu*, et les chastes aventures de la chaste Jeanne, qu'un ex-capucin a défigurées par des vers dignes des capucins, dans des éditions bataves. Qu'ils ne fassent pas ce tort à mon typographe, chargé d'une nombreuse famille, et qui possède à peine de quoi avoir des caractères, du papier et de l'encre.

Ô muses ! imposez silence au détestable Cogé, professeur de bavarderie au collège Mazarin, qui n'a pas été content des discours moraux de Bélisaire et de l'empereur Justinien, et qui a écrit de vilains libelles diffamatoires contre ces deux grands hommes.

Mettez un bâillon au pédant Larcher, qui, sans savoir un mot de l'ancien babylonien, sans avoir voyagé comme moi sur les bords de l'Euphrate et du Tigre, a eu l'impudence de soutenir que la belle Formosante, fille du plus grand roi du monde, et la princesse Aldée, et toutes les femmes de cette respectable cour, allaient coucher avec tous les palefreniers de l'Asie pour de l'argent, dans le grand temple de Babylone, par principe de religion. Ce libertin de collège, votre ennemi et celui de la pudeur, accuse les belles Egyptiennes de Mendès de n'avoir aimé que des boucs, se proposant en secret, par cet exemple, de faire un tour en Egypte pour avoir enfin de bonnes aventures.

Comme il ne connaît pas plus le moderne que l'antique, il insinue, dans l'espérance de s'introduire auprès de quelque

vieille, que notre incomparable Ninon, à l'âge de quatre-vingts ans, coucha avec l'abbé Gédoin, de l'Académie française et de celle des inscriptions et belles-lettres. Il n'a jamais entendu parler de l'abbé de Châteauneuf, qu'il prend pour l'abbé Gédoin. Il ne connaît pas plus Ninon que les filles de Babylone.

Muses, filles du ciel, votre ennemi Larcher fait plus : il se répand en éloges sur la pédérastie ; il ose dire que tous les bambins de mon pays sont sujets à cette infamie. Il croit se sauver en augmentant le nombre des coupables.

Nobles et chastes muses, qui détestez également le pédantisme et la pédérastie, protégez-moi contre maître Larcher !

Et vous, maître Aliboron, dit Fréron, ci-devant soi-disant jésuite, vous dont le Parnasse est tantôt à Bicêtre et tantôt au cabaret du coin ; vous à qui l'on a rendu tant de justice sur tous les théâtres de l'Europe dans l'honnête comédie de *l'Ecossaise* ; vous, digne fils du prêtre Desfontaines, qui naquîtes de ses amours avec un de ces beaux enfants qui portent un fer et un bandeau comme le fils de Vénus, et qui s'élancent comme lui dans les airs, quoiqu'ils n'aillent jamais qu'au haut des cheminées ; mon cher Aliboron, pour qui j'ai toujours eu tant de tendresse, et qui m'avez fait rire un mois de suite du temps de cette *Ecossaise*, je vous recommande ma princesse de Babylone ; dites-en bien du mal afin qu'on la lise.

Je ne vous oublierai point ici, gazetier ecclésiastique, illustre orateur des convulsionnaires, père de l'Eglise fondée par l'abbé Bécherand et par Abraham Chaumeix ; ne manquez pas de dire dans vos feuilles, aussi pieuses qu'éloquentes et sensées, que la *Princesse de Babylone* est hérétique, déiste et athée. Tâchez surtout d'engager le sieur Riballier à faire condamner la *Princesse de Babylone* par la Sorbonne ; vous ferez grand plaisir à mon libraire, à qui j'ai donné cette petite histoire pour ses étrennes.

HISTOIRE D'UN BON BRAMIN

Je rencontrai dans mes voyages un vieux bramin, homme fort sage, plein d'esprit, et très savant ; de plus, il était riche et, partant, il en était plus sage encore : car, ne manquant de rien, il n'avait besoin de tromper personne. Sa famille était très bien gouvernée par trois belles femmes qui s'étudiaient à lui plaire ; et, quand il ne s'amusait pas avec ses femmes, il s'occupait à philosopher.

Près de sa maison, qui était belle, ornée et accompagnée de jardins charmants, demeurait une vieille Indienne, bigote, imbécile, et assez pauvre.

Le bramin me dit un jour : « Je voudrais n'être jamais né. » Je lui demandai pourquoi. Il me répondit : « J'étudie depuis quarante ans, ce sont quarante années de perdues ; j'enseigne les autres, et j'ignore tout : cet état porte dans mon âme tant d'humiliation et de dégoût que la vie m'est insupportable. Je suis né, je vis dans le temps, et je ne sais pas ce que c'est que le temps ; je me trouve dans un point entre deux éternités, comme disent nos sages, et je n'ai nulle idée de l'éternité. Je suis composé de matière ; je pense, je n'ai jamais pu m'instruire de ce qui produit la pensée ; j'ignore si mon entendement est en moi une simple faculté, comme celle de marcher, de digérer, et si je pense avec ma tête comme je prends avec mes mains. Non seulement le principe de ma pensée m'est inconnu, mais le principe de mes mouvements m'est également caché : je ne sais pourquoi j'existe. Cependant on me fait chaque jour des questions sur tous ces points : il faut répondre ; je n'ai rien de bon à dire ; je parle beaucoup, et je demeure confus et honteux de moi-même après avoir parlé.

« C'est bien pis quand on me demande si Brama a été produit par Vitsnou, ou s'ils sont tous deux éternels. Dieu m'est témoin que je n'en sais pas un mot, et il y paraît bien à mes réponses. ''Ah ! mon révérend père, me dit-on, apprenez-nous comment le mal inonde toute la terre.'' Je suis aussi en peine que ceux qui me font cette question : je leur dis

quelquefois que tout est le mieux du monde ; mais ceux qui ont été ruinés et mutilés à la guerre n'en croient rien, ni moi non plus ; je me retire chez moi accablé de ma curiosité et de mon ignorance. Je lis nos anciens livres, et ils redoublent mes ténèbres. Je parle à mes compagnons : les uns me répondent qu'il faut jouir de la vie, et se moquer des hommes ; les autres croient savoir quelque chose, et se perdent dans des idées extravagantes ; tout augmente le sentiment douloureux que j'éprouve. Je suis près quelquefois de tomber dans le désespoir, quand je songe qu'après toutes mes recherches je ne sais ni d'où je viens, ni ce que je suis, ni où j'irai, ni ce que je deviendrai. »

L'état de ce bon homme me fit une vraie peine : personne n'était ni plus raisonnable ni de meilleure foi que lui. Je conçus que plus il avait de lumières dans son entendement et de sensibilité dans son cœur, plus il était malheureux.

Je vis le même jour la vieille femme qui demeurait dans son voisinage : je lui demandai si elle avait jamais été affligée de ne savoir pas comment son âme était faite. Elle ne comprit seulement pas ma question : elle n'avait jamais réfléchi un seul moment de sa vie sur un seul des points qui tourmentaient le bramin ; elle croyait aux métamorphoses de Vitsnou de tout son cœur, et pourvu qu'elle pût avoir quelquefois de l'eau du Gange pour se laver, elle se croyait la plus heureuse des femmes.

Frappé du bonheur de cette pauvre créature, je revins à mon philosophe, et je lui dis : « N'êtes-vous pas honteux d'être malheureux, dans le temps qu'à votre porte il y a un vieil automate qui ne pense à rien, et qui vit content ? — Vous avez raison, me répondit-il ; je me suis dit cent fois que je serais heureux si j'étais aussi sot que ma voisine, et cependant je ne voudrais pas d'un tel bonheur. »

Cette réponse de mon bramin me fit une plus grande impression que tout le reste ; je m'examinai moi-même, et je vis qu'en effet je n'aurais pas voulu être heureux à condition d'être imbécile.

Je proposai la chose à des philosophes, et ils furent de mon avis. « Il y a pourtant, disais-je, une furieuse contradiction dans cette façon de penser : car enfin de quoi s'agit-il ? D'être heureux. Qu'importe d'avoir de l'esprit ou d'être sot ? Il y a bien plus : ceux qui sont contents de leur être sont bien sûrs d'être contents ; ceux qui raisonnent ne sont pas si sûrs de bien raisonner. Il est donc clair, disais-je, qu'il faudrait choisir de n'avoir pas le sens commun, pour peu que ce sens commun

contribue à notre mal-être. » Tout le monde fut de mon avis, et cependant je ne trouvai personne qui voulût accepter le marché de devenir imbécile pour devenir content. De là je conclus que, si nous faisons cas du bonheur, nous faisons encore plus de cas de la raison.

Mais, après y avoir réfléchi, il paraît que de préférer la raison à la félicité, c'est être très insensé. Comment donc cette contradiction peut-elle s'expliquer ? Comme toutes les autres. Il y a là de quoi parler beaucoup.

HISTOIRE DE JENNI
OU L'ATHÉE ET LE SAGE

extrait

Chapitre Huitième

DIALOGUE DE FREIND
ET DE BIRTON SUR L'ATHÉISME

FREIND

Je ne vous répéterai pas, monsieur, les arguments métaphysiques de notre célèbre Clarke. Je vous exhorte seulement à les relire ; ils sont plus faits pour vous éclairer que pour vous toucher : je ne veux vous apporter que des raisons qui peut-être parleront plus à votre cœur.

BIRTON

Vous me ferez plaisir ; je veux qu'on m'amuse et qu'on m'intéresse ; je hais les sophismes : les disputes métaphysiques ressemblent à des ballons remplis de vent que les combattants se renvoient. Les vessies crèvent, l'air en sort, il ne reste rien.

FREIND

Peut-être, dans les profondeurs du respectable arien Clarke, y a-t-il quelques obscurités, quelques vessies ; peut-être s'est-il trompé sur la réalité de l'infini actuel et de l'espace, etc. ; peut-être, en se faisant commentateur de Dieu, a-t-il imité quelquefois les commentateurs d'Homère, qui lui supposent des idées auxquelles Homère ne pensa jamais.

231

*A ces mots d'infini, d'espace, d'Homère, de com-
mentateurs, le bonhomme Parouba et sa fille, et quel-
ques Anglais même voulurent aller prendre l'air sur
le tillac ; mais Freind ayant promis d'être intelligible,
ils demeurèrent ; et moi, j'expliquais tout bas à
Parouba quelques mots un peu scientifiques que des
gens nés sur les montagnes bleues ne pouvaient enten-
dre aussi commodément que des docteurs d'Oxford et
de Cambridge.*

L'ami Freind continua donc ainsi :

Il serait triste que, pour être sûr de l'existence de Dieu, il
fût nécessaire d'être un profond métaphysicien : il n'y aurait
tout au plus en Angleterre qu'une centaine d'esprits bien ver-
sés ou renversés dans cette science ardue du pour et du contre
qui fussent capables de sonder cet abîme, et le reste de la terre
entière croupirait dans une ignorance invincible, abandonné
en proie à ses passions brutales, gouverné par le seul instinct,
et ne raisonnant passablement que sur les grossières notions
de ses intérêts charnels. Pour savoir s'il est un Dieu, je ne
vous demande qu'une chose, c'est d'ouvrir les yeux.

BIRTON

Ah ! je vous vois venir : vous recourez à ce vieil argument
tant rebattu que le soleil tourne sur son axe en vingt-cinq jours
et demi, en dépit de l'absurde Inquisition de Rome ; que la
lumière nous arrive réfléchie de Saturne en quatorze minutes,
malgré les suppositions absurdes de Descartes ; que chaque
étoile fixe est un soleil comme le nôtre, environné de planè-
tes ; que tous ces astres innombrables, placés dans les pro-
fondeurs de l'espace, obéissent aux lois mathématiques décou-
vertes et démontrées par le grand Newton ; qu'un catéchiste
annonce Dieu aux enfants, et que Newton le prouve aux sages,
comme le dit un philosophe *frenchman*, persécuté dans son
drôle de pays pour l'avoir dit.

Ne vous tourmentez pas à m'étaler cet ordre constant qui
règne dans toutes les parties de l'univers : il faut bien que
tout ce qui existe soit dans un ordre quelconque ; il faut bien
que la matière plus rare s'élève sur la plus massive, que le
plus fort en tout sens presse le plus faible, que ce qui est poussé
avec plus de mouvement coure plus vite que son égal ; tout
s'arrange ainsi de soi-même. Vous auriez beau, après avoir
bu une pinte de vin comme Esdras, me parler comme lui neuf
cent soixante heures de suite sans fermer la bouche, je ne

vous en croirais pas davantage. Voudriez-vous que j'adoptasse un Etre éternel, infini et immuable, qui s'est plu, dans je ne sais quel temps, à créer de rien des choses qui changent à tout moment, et à faire des araignées pour éventrer des mouches ? Voudriez-vous que je disse, avec ce bavard impertinent de Nieuventyd, que « Dieu nous a donné des oreilles pour avoir la foi, parce que la foi vient par ouï-dire » ? Non, non, je ne croirai point à ces charlatans qui ont vendu cher leurs drogues à des imbéciles ; je m'en tiens au petit livre d'un *frenchman* qui dit que rien n'existe et ne peut exister, sinon la nature ; que la nature fait tout, que la nature est tout, qu'il est impossible et contradictoire qu'il existe quelque chose au-delà du tout ; en un mot, je ne crois qu'à la nature.

FREIND

Et si je vous disais qu'il n'y a point de nature, et que dans nous, autour de nous, et à cent mille millions de lieues, tout est art sans aucune exception !

BIRTON

Comment ! tout est art ! en voici bien d'une autre !

FREIND

Presque personne n'y prend garde ; cependant rien n'est plus vrai. Je vous dirai toujours : « Servez-vous de vos yeux, et vous reconnaîtrez, vous adorerez un Dieu. Songez comment ces globes immenses, que vous voyez rouler dans leur immense carrière, observent les lois d'une profonde mathématique : il y a donc un grand mathématicien que Platon appelait l'éternel géomètre. Vous admirez ces machines d'une nouvelle invention, qu'on appelle Oréri, parce que milord Oréri les a mises à la mode en protégeant l'ouvrier par ses libéralités : c'est une très faible copie de notre monde planétaire et de ses révolutions, la période même du changement des solstices et des équinoxes, qui nous amène de jour en jour une nouvelle étoile polaire.

Cette période, cette course si lente d'environ vingt-six mille ans, n'a pu être exécutée par des mains humaines dans nos oréri. Cette machine est très imparfaite : il faut la faire tourner avec une manivelle ; cependant c'est un chef-d'œuvre de l'habileté de nos artisans. Jugez donc quelle est la puissance, quel est le génie de l'éternel achitecte, si l'on peut se servir de ces termes impropres si mal assortis à l'Etre suprême. »

Je donnai une légère idée d'un oréri à Parouba. Il dit : « S'il y a du génie dans cette copie, il faut bien qu'il y en ait dans l'original. Je voudrais voir un oréri : mais le ciel est plus beau. » Tous les assistants, Anglais et Américains, entendant ces mots, furent également frappés de la vérité, et levèrent les mains au ciel. Birton demeura tout pensif, puis il s'écria : « Quoi ! tout serait art, et la nature ne serait que l'ouvrage d'un suprême artisan ! serait-il possible ? » Le sage Freind continua ainsi :

Portez à présent vos yeux sur vous-même ; examinez avec quel art étonnant, et jamais assez connu, tout y est construit en dedans et en dehors pour tous vos usages et pour tous vos désirs ; je ne prétends pas faire ici une leçon d'anatomie, vous savez assez qu'il n'y a pas un viscère qui ne soit nécessaire, et qui ne soit secouru dans ses dangers par le jeu continuel des viscères voisins. Les secours dans le corps sont si artificieusement préparés de tous côtés qu'il n'y a pas une seule veine qui n'ait ses valvules et ses écluses, pour ouvrir au sang des passages. Depuis la racine des cheveux jusqu'aux orteils des pieds, tout est art, tout est préparation, moyen, et fin. Et, en vérité, on ne peut que se sentir de l'indignation contre ceux qui osent nier les véritables causes finales, et qui ont assez de mauvaise foi ou de fureur pour dire que la bouche n'est pas faite pour parler et pour manger ; que ni les yeux ne sont merveilleusement disposés pour voir, ni les oreilles pour entendre, ni les parties de la génération pour engendrer. Cette audace est si folle que j'ai peine à la comprendre.

Avouons que chaque animal rend le témoignage au suprême fabricateur.

La plus petite herbe suffit pour confondre l'intelligence humaine, et cela est si vrai qu'il est impossible aux efforts de tous les hommes réunis de reproduire un brin de paille si le germe n'est pas dans la terre ; et il ne faut pas dire que les germes pourrissent pour produire, car ces bêtises ne se disent plus.

L'assemblée sentit la vérité de ces preuves plus vivement que tout le reste, parce qu'elles étaient plus palpables. Birton disait entre ses dents : « Faudra-t-il se soumettre à reconnaître un Dieu ? Nous verrons cela, pardieu ! c'est une affaire à examiner. » Jenni rêvait toujours profondément, et était touché, et notre Freind acheva sa phrase :

Non, mes amis, nous ne faisons rien ; nous ne pouvons rien faire : il nous est donné d'arranger, d'unir, de désunir, de nombrer, de peser, de mesurer ; mais faire ! quel mot ! Il n'y a que l'être nécessaire, l'être existant éternellement par lui-même, qui fasse ; voilà pourquoi les charlatans qui travaillent à la pierre philosophale sont de si grands imbéciles, ou de si grands fripons. Ils se vantent de créer de l'or, et ils ne pourraient pas créer de la crotte.

Avouons donc, mes amis, qu'il est un Etre suprême, nécessaire, incompréhensible, qui nous a faits.

BIRTON

Et où est-il, cet Etre ? S'il y en a un, pourquoi se cache-t-il ? Quelqu'un l'a-t-il jamais vu ? Doit-on se cacher quand on a fait du bien ?

FREIND

Avez-vous jamais vu Christophe Ken, qui a bâti Saint-Paul de Londres ? Cependant il est démontré que cet édifice est l'ouvrage d'un architecte très habile.

BIRTON

Tout le monde conçoit aisément que Ken a bâti avec beaucoup d'argent ce vaste édifice, où Burgess nous endort quand il prêche. Nous savons bien pourquoi et comment nos pères ont élevé ce bâtiment. Mais pourquoi et comment un Dieu aurait-il créé de rien cet univers ? Vous savez l'ancienne maxime de toute l'antiquité : *Rien ne peut rien créer, rien ne retourne à rien.* C'est une vérité dont personne n'a jamais douté. Votre Bible même dit expressément que votre Dieu fit le ciel et la terre, quoique le ciel, c'est-à-dire l'assemblage de tous les astres, soit beaucoup plus supérieur à la terre que cette terre ne l'est au plus petit des grains de sable ; mais votre Bible n'a jamais dit que Dieu fit le ciel et la terre avec rien du tout : elle ne prétend point que le Seigneur ait fait la femme de rien. Il la pétrit fort singulièrement d'une côte qu'il arracha à son mari. Le chaos existait, selon la Bible même, avant la terre : donc la matière était aussi éternelle que votre Dieu.

Il s'éleva alors un petit murmure dans l'assemblée : on disait : « Birton pourrait bien avoir raison » ; mais Freind répondit :

Je vous ai, je pense, prouvé qu'il existe une intelligence

suprême, une puissance éternelle à qui nous devons une vie passagère : je ne vous ai point promis de vous expliquer le pourquoi et le comment. Dieu m'a donné assez de raison pour comprendre qu'il existe, mais non assez pour savoir au juste si la matière lui a été éternellement soumise ou s'il l'a fait naître dans le temps. Que vous importe l'éternité ou la création de la matière, pourvu que vous reconnaissiez un Dieu, un maître de la matière et de vous ? Vous me demandez où Dieu est ; je n'en sais rien, et je ne dois pas le savoir. Je sais qu'il est ; je sais qu'il est notre maître, qu'il fait tout, que nous devons tout attendre de sa bonté.

<div align="center">BIRTON</div>

De sa bonté ! vous vous moquez de moi. Vous m'avez dit : « Servez-vous de vos yeux » ; et moi je vous dis : « Servez-vous des vôtres. Jetez seulement un coup d'œil sur la terre entière, et jugez si votre Dieu serait bon. »

Mr. Freind sentit bien que c'était là le fort de la dispute, et que Birton lui préparait un rude assaut ; il s'aperçut que les auditeurs, et surtout les Américains, avaient besoin de prendre haleine pour écouter, et lui pour parler. Il se recommanda à Dieu ; on alla se promener sur le tillac ; on prit ensuite du thé dans le yacht, et la dispute réglée recommença.

<div align="center">Chapitre Neuvième</div>

<div align="center">SUR L'ATHÉISME</div>

<div align="center">BIRTON</div>

Pardieu ! monsieur, vous n'aurez pas si beau jeu sur l'article de la bonté que vous l'avez eu sur la puissance et sur l'industrie ; je vous parlerai d'abord des énormes défauts de ce globe, qui sont précisément l'opposé de cette industrie tant vantée ; ensuite je mettrai sous vos yeux les crimes et les malheurs perpétuels des habitants, et vous jugerez de l'affection paternelle que, selon vous, le maître a pour eux.

Je commence par vous dire que les gens de Glocestershire, mon pays, quand ils ont fait naître des chevaux dans leurs haras, les élèvent dans de beaux pâturages, leur donnent ensuite une bonne écurie, et de l'avoine et de la paille à

foison ; mais, s'il vous plaît, quelle nourriture et quel abri avaient tous ces pauvres Américains du Nord quand nous les avons découverts après tant de siècles ? Il fallait qu'ils courussent trente et quarante milles pour avoir de quoi manger. Toute la côte boréale de notre ancien monde languit à peu près sous la même nécessité ; et depuis la Laponie suédoise jusqu'aux mers septentrionales du Japon, cent peuples traînent leur vie, aussi courte qu'insupportable, dans une disette affreuse, au milieu de leurs neiges éternelles.

Les plus beaux climats sont exposés sans cesse à des fléaux destructeurs. Nous y marchons sur des précipices enflammés, recouverts de terrains fertiles qui sont des pièges de mort. Il n'y a point d'autres enfers sans doute ; et ces enfers se sont ouverts mille fois sous nos pas.

On nous parle d'un déluge universel, physiquement impossible, et dont tous les gens sensés rient ; mais du moins on nous console en nous disant qu'il n'a duré que dix mois : il devait éteindre ces feux qui depuis ont détruit tant de villes florissantes. Votre St. Augustin nous apprend qu'il y eut cent villes entières d'embrasées et d'abîmées en Libye par un seul tremblement de terre ; ces volcans ont bouleversé toute la belle Italie. Pour comble de maux, les tristes habitants de la zone glaciale ne sont pas exempts de ces gouffres souterrains ; les Islandais, toujours menacés, voient la faim devant eux, cent pieds de glace et cent pieds de flamme à droite et à gauche sur leur mont Hécla : car tous les grands volcans sont placés sur ces montagnes hideuses.

On a beau nous dire que ces montagnes de deux mille toises de hauteur ne sont rien par rapport à la terre, qui a trois mille lieues de diamètre ; que c'est un grain de la peau d'une orange sur la rondeur de ce fruit, que ce n'est pas un pied sur trois mille. Hélas ! qui sommes-nous donc, si les hautes montagnes ne font sur la terre que la figure d'un pied sur trois mille pieds, et de quatre pouces sur neuf mille pieds ? Nous sommes donc des animaux absolument imperceptibles ; et cependant nous sommes écrasés par tout ce qui nous environne, quoique notre infinie petitesse, si voisine du néant, semblât devoir nous mettre à l'abri de tous les accidents. Après cette innombrable quantité de villes détruites, rebâties et détruites encore comme des fourmilières, que dirons-nous de ces mers de sable qui traversent le milieu de l'Afrique, et dont les vagues brûlantes, amoncelées par les vents, ont englouti des armées entières ? A quoi servent ces vastes déserts à côté de la belle Syrie ? déserts si affreux, si inhabitables, que ces

animaux féroces appelés *juifs* se crurent dans le paradis terrestre quand ils passèrent de ces lieux d'horreur dans un coin de terre dont on pouvait cultiver quelques arpents.

Ce n'est pas encore assez que l'homme, cette noble créature, ait été si mal logé, si mal vêtu, si mal nourri pendant tant de siècles. Il naît entre de l'urine et de la matière fécale pour respirer deux jours ; et, pendant ces deux jours, composés d'espérances trompeuses et de chagrins réels, son corps, formé avec un art inutile, est en proie à tous les maux qui résultent de cet art même : il vit entre la peste et la vérole ; la source de son être est empoisonnée ; il n'y a personne qui puisse mettre dans sa mémoire la liste de toutes les maladies qui nous poursuivent ; et le médecin des urines en Suisse prétend les guérir toutes !

> *Pendant que Birton parlait ainsi, la compagnie était tout attentive et tout émue ; le bonhomme Parouba disait :* « *Voyons comme notre docteur se tirera de là.* » *Jenni même laissa échapper ces paroles à voix basse :* « *Ma foi, il a raison ; j'étais bien sot de m'être laissé toucher des discours de mon père.* » *Mr. Freind laissa passer cette première bordée, qui frappait toutes les imaginations, puis il dit :*

Un jeune théologien répondrait par des sophismes à ce torrent de tristes vérités et vous citerait saint Basile et saint Cyrille qui n'ont que faire ici ; pour moi, messieurs, je vous avouerai sans détour qu'il y a beaucoup de mal physique sur la terre ; je n'en diminue pas l'existence ; mais Mr. Birton l'a trop exagérée. Je m'en rapporte à vous, mon cher Parouba ; votre climat est fait pour vous, et il n'est pas si mauvais, puisque ni vous ni vos compatriotes n'avez voulu le quitter. Les Esquimaux, les Islandais, les Lapons, les Ostiaks, les Samoyèdes, n'ont jamais voulu sortir du leur. Les rangifères, ou rennes, que Dieu leur a donnés pour les nourrir, les vêtir et les traîner, meurent quand on les transporte dans une autre zone. Les Lapons même aussi meurent dans les climats un peu méridionnaux : le climat est trop chaud pour eux ; ils se trouveraient brûlés dans le parage où nous sommes.

Il est clair que Dieu a fait chaque espèce d'animaux et de végétaux pour la place dans laquelle ils se perpétuent. Les nègres, cette espèce d'hommes si différente de la nôtre, sont tellement nés pour leur patrie que des milliers de ces animaux noirs se sont donné la mort quand notre barbare avarice les

a transportés ailleurs. Le chameau et l'autruche vivent commodément dans les sables de l'Afrique ; le taureau et ses compagnes bondissent dans les pays gras où l'herbe se renouvelle continuellement pour leur nourriture ; la cannelle et le girofle ne croissent qu'aux Indes ; le froment n'est bon que dans le peu de pays où Dieu le fait croître. On a d'autres nourritures dans toute votre Amérique, depuis la Californie jusqu'au détroit de Lemaire ; nous ne pouvons cultiver la vigne dans notre fertile Angleterre, non plus qu'en Suède et en Canada. Voilà pourquoi ceux qui fondent dans quelques pays l'essence de leurs rites religieux sur du pain et du vin n'ont consulté que leur climat ; ils font très bien, eux, de remercier Dieu de l'aliment et de la boisson qu'ils tiennent de sa bonté ; et vous ferez très bien, vous Américains, de lui rendre grâce de votre maïs, de votre manioc et de votre cassave. Dieu, dans toute la terre, a proportionné les organes et les facultés des animaux, depuis l'homme jusqu'au limaçon, aux lieux où il leur a donné la vie : n'accusons donc pas toujours la Providence, quand nous lui devons souvent des actions de grâces.

Venons aux fléaux, aux inondations, aux volcans, aux tremblements de terre. Si vous ne considérez que ces calamités, si vous ne ramassez qu'un assemblage affreux de tous les accidents qui ont attaqué quelques roues de la machine de cet univers, Dieu est un tyran à vos yeux ; si vous faites attention à ses innombrables bienfaits, Dieu est un père. Vous me citez saint Augustin le rhéteur, qui, dans son livre des miracles, parle de cent villes englouties à la fois en Libye ; mais songez que cet Africain, qui passa sa vie à se contredire, prodiguait dans ses écrits la figure de l'exagération : il traitait les tremblements de terre comme la grâce efficace et la damnation éternelle de tous les petits enfants morts sans baptême. N'a-t-il pas dit, dans son trente-septième sermon, avoir vu en Ethiopie des races d'hommes pourvues d'un grand œil au milieu du front, comme des cyclopes, et des peuples entiers sans tête ?

Nous, qui ne sommes pas Pères de l'Eglise, nous ne devons aller ni au-delà ni en deçà de la vérité : cette vérité est que, sur cent mille habitations, on en peut compter tout au plus une détruite chaque siècle par les feux nécessaires à la formation de ce globe.

Le feu est tellement nécessaire à l'univers entier que, sans lui, il n'y aurait sur la terre ni animaux, ni végétaux, ni minéraux : il n'y aurait ni soleil ni étoiles dans l'espace. Ce feu, répandu sous la première écorce de la terre, obéit aux lois

239

générales établies par Dieu même ; il est impossible qu'il n'en résulte quelques désastres particuliers : or on ne peut pas dire qu'un artisan soit un mauvais ouvrier quand une machine immense, formée par lui seul, subsiste depuis tant de siècles sans se déranger. Si un homme avait inventé une machine hydraulique qui arrosât toute une province et la rendît fertile, lui reprocheriez-vous que l'eau qu'il vous donnerait noyât quelques insectes ?

Je vous ai prouvé que la machine du monde est l'ouvrage d'un être souverainement intelligent et puissant : vous, qui êtes intelligents, vous devez l'admirer ; vous, qui êtes comblés de ses bienfaits, vous devez l'aimer.

Mais les malheureux, dites-vous, condamnés à souffrir toute leur vie, accablés de maladies incurables, peuvent-ils l'admirer et l'aimer ? Je vous dirai, mes amis, que ces maladies si cruelles viennent presque toutes de notre faute, ou de celle de nos pères, qui ont abusé de leurs corps, et non de la faute du grand fabricateur. On ne connaissait guère de maladie que celle de la décrépitude dans toute l'Amérique septentrionale, avant que nous vous y eussions apporté cette eau de mort que nous appelons *eau-de-vie*, et qui donne mille maux divers à quiconque en a trop bu. La contagion secrète des Caraïbes, que vous autres jeunes gens vous appelez *pox*, n'était qu'une indisposition légère dont nous ignorons la source, et qu'on guérissait en deux jours, soit avec du gayac, soit avec du bouillon de tortue ; l'incontinence des Européens transplanta dans le reste du monde cette incommodité, qui prit parmi nous un caractère si funeste, et qui est devenue un fléau si abominable. Nous lisons que le pape Jules II, le pape Léon X, un archevêque de Mayence nommé Henneberg, le roi de France François Iᵉʳ, en moururent.

La petite vérole, née dans l'Arabie Heureuse, n'était qu'une faible éruption, une ébullition passagère sans danger, une simple dépuration du sang : elle est devenue mortelle en Angleterre, comme dans tant d'autres climats ; notre avarice l'a portée dans ce nouveau monde ; elle l'a dépeuplé.

Souvenons-nous que, dans le poème de Milton, ce benêt d'Adam demande à l'ange Gabriel s'il vivra longtemps. « Oui, lui répond l'ange, si tu observes la grande règle *Rien de trop*. » Observez tous cette règle, mes amis ; oseriez-vous exiger que Dieu vous fît vivre sans douleur des siècles entiers pour prix de votre gourmandise, de votre ivrognerie, de votre incontinence, de votre abandonnement à d'infâmes passions qui corrompent le sang, et qui abrègent nécessairement la vie ?

J'approuvai cette réponse, Parouba en fut assez content ; mais Birton ne fut pas ébranlé, et je remarquai dans les yeux de Jenni qu'il était encore très indécis. Birton répliqua en ces termes :

Puisque vous vous êtes servi de lieux communs mêlés avec quelques réflexions nouvelles, j'emploierai aussi un lieu commun auquel on n'a jamais pu répondre que par des fables et du verbiage. S'il existait un Dieu si puissant, si bon, il n'aurait pas mis le mal sur la terre ; il n'aurait pas dévoué ses créatures à la douleur et au crime. S'il n'a pu empêcher le mal, il est impuissant ; s'il l'a pu et ne l'a pas voulu, il est barbare.

Nous n'avons des annales que d'environ huit mille années, conservées chez les bracmanes ; nous n'en avons que d'environ cinq mille ans chez les Chinois ; nous ne connaissons rien que d'hier ; mais dans cet hier tout est horreur. On s'est égorgé d'un bout de la terre à l'autre, et on a été assez imbécile pour donner le nom de grands hommes, de héros, de demi-dieux, de dieux même, à ceux qui ont fait assassiner le plus grand nombre des hommes leurs semblables.

Il restait dans l'Amérique deux grandes nations civilisées qui commençaient à jouir des douceurs de la paix : les Espagnols arrivent, et en massacrent douze millions ; ils vont à la chasse aux hommes avec des chiens, et Ferdinand, roi de Castille, assigne une pension à ces chiens pour l'avoir si bien servi. Les héros vainqueurs du nouveau monde, qui massacrent tant d'innocents désarmés et nus, font servir sur leur table des gigots d'hommes et de femmes, des fesses, des avant-bras, des mollets en ragoût. Ils font rôtir sur des brasiers le roi Gatimozin au Mexique ; ils courent au Pérou convertir le roi Atabalipa. Un nommé Almagro, prêtre, fils de prêtre, condamné à être pendu en Espagne pour avoir été voleur de grand chemin, vient, avec un nommé Pizarro, signifier au roi, par la voix d'un autre prêtre, qu'un troisième prêtre, nommé Alexandre VI, souillé d'incestes, d'assassinats, et d'homicides, a donné, de son plein gré, *proprio motu*, et de sa pleine puissance, non seulement le Pérou, mais la moitié du nouveau monde, au roi d'Espagne ; qu'Atabalipa doit sur-le-champ se soumettre sous peine d'encourir l'indignation des apôtres saint Pierre et saint Paul. Et, comme ce roi n'entendait pas la langue latine plus que le prêtre qui lisait la bulle, il fut déclaré sur-le-champ incrédule et hérétique : on fit brûler Atabalipa, comme on avait brûlé Gatimozin ; on massacra

sa nation, et tout cela pour ravir de la boue jaune endurcie, qui n'a servi qu'à dépeupler l'Espagne et à l'appauvrir, car elle lui a fait négliger la véritable boue, qui nourrit les hommes quand elle est cultivée.

Ça, mon cher Mr. Freind, si l'être fantastique et ridicule qu'on appelle le diable avait voulu faire des hommes à son image, les aurait-il formés autrement ? Cessez donc d'attribuer à un Dieu un ouvrage si abominable.

Cette tirade fit revenir toute l'assemblée au sentiment de Birton. Je voyais Jenni en triompher en secret : il n'y eut pas jusqu'à la jeune Parouba qui ne fut saisie d'horreur contre le prêtre Almagro, contre le prêtre qui avait lu la bulle en latin, contre le prêtre Alexandre VI, contre tous les chrétiens qui avaient commis tant de crimes inconcevables par dévotion, et pour voler de l'or. J'avoue que je tremblais pour l'ami Freind : je désespérais de sa cause ; voici pourtant comme il répondit sans s'étonner :

Mes amis, souvenez-vous toujours qu'il existe un Etre suprême ; je vous l'ai prouvé, vous en êtes convenus, et, après avoir été forcés d'avouer qu'il est, vous vous efforcez de lui chercher des imperfections, des vices, des méchancetés.

Je suis bien loin de vous dire, comme certains raisonneurs, que les maux particuliers forment le bien général. Cette extravagance est trop ridicule. Je conviens avec douleur qu'il y a beaucoup de mal moral et de mal physique ; mais puisque l'existence de Dieu est certaine, il est aussi très certain que tous ces maux ne peuvent empêcher que Dieu existe. Il ne peut être méchant, car quel intérêt aurait-il à l'être ? Il y a des maux horribles, mes amis ; eh bien ! n'en augmentons pas le nombre. Il est impossible qu'un Dieu ne soit pas bon ; mais les hommes sont pervers : ils font un détestable usage de la liberté que ce grand Etre leur a donnée et dû leur donner, c'est-à-dire de la puissance d'exécuter leurs volontés, sans quoi ils ne seraient que de pures machines formées par un être méchant pour être brisées par lui.

Tous les Espagnols éclairés conviennent qu'un petit nombre de leurs ancêtres abusa de cette liberté jusqu'à commettre des crimes qui font frémir la nature. Don Carlos, second du nom (de qui Mr. l'archiduc puisse être le successeur !), a réparé, autant qu'il a pu, les atrocités auxquelles les Espagnols s'abandonnèrent sous Ferdinand et sous Charles Quint.

Mes amis, si le crime est sur la terre, la vertu y est aussi.

BIRTON
Ah ! ah ! ah ! la vertu ! voilà une plaisante idée ; pardieu ! je voudrais bien savoir comment la vertu est faite, et où l'on peut la trouver.

A ces paroles je ne me contins pas ; j'interrompis Birton à mon tour. « Vous la trouverez chez Mr. Freind, lui dis-je, chez le bon Parouba, chez vous même, quand vous aurez nettoyé votre cœur des vices qui le couvrent. » Il rougit, Jenni aussi ; puis Jenni baissa les yeux, et parut sentir des remords. Son père le regarda avec quelque compassion, et poursuivit ainsi son discours :

FREIND
Oui, mes chers amis, il y eut toujours des vertus, s'il y eut des crimes. Athènes vit des Socrate, si elle vit des Anitus ; Rome eut des Caton, si elle eut des Sylla ; Caligula, Néron, effrayèrent la terre par leurs atrocités ; mais Titus, Trajan, Antonin le Pieux, Marc Aurèle, la consolèrent par leur bienfaisance : mon ami Sherloc dira en peu de mots au bon Parouba ce qu'étaient les gens dont je parle. J'ai heureusement mon Epictète dans ma poche : cet Epictète n'était qu'un esclave, mais égal à Marc Aurèle par ses sentiments. Ecoutez, et puissent tous ceux qui se mêlent d'enseigner les hommes écouter ce qu'Epictète se dit à lui-même ! « C'est Dieu qui m'a créé, je le porte dans moi ; oserais-je le déshonorer par des pensées infâmes, par des actions criminelles, par d'indignes désirs ? » Sa vie fut conforme à ses discours. Marc Aurèle, sur le trône de l'Europe et de deux autres parties de notre hémisphère, ne pensa pas autrement que l'esclave Epictète : l'un ne fut jamais humilié de sa bassesse, l'autre ne fut jamais ébloui de sa grandeur ; et, quand ils écrivirent leurs pensées, ce fut pour eux-mêmes et pour leurs disciples, et non pour être loués dans des journaux. Et, à votre avis, Locke, Newton, Tillotson, Penn, Clarke, le bonhomme qu'on appelle *the man of Ross*, tant d'autres dans notre île et hors de notre île, que je pourrais vous citer, n'ont-ils pas été des modèles de vertu ?

Vous m'avez parlé, Mr. Birton, des guerres aussi cruelles qu'injustes dont tant de nations se sont rendues coupables ;

vous avez peint les abominations des chrétiens au Mexique et au Pérou, vous pouvez y ajouter la Saint-Barthélemy de France, et les massacres d'Irlande ; mais n'est-il pas des peuples entiers qui ont toujours eu l'effusion de sang en horreur ? Les bracmanes n'ont-ils pas donné de tout temps cet exemple au monde ? Et, sans sortir du pays où nous sommes, n'avons-nous pas auprès de nous la Pennsylvanie, où nos primitifs, qu'on défigure en vain par le nom de quakers, ont toujours détesté la guerre ? N'avons-nous pas la Caroline, où le grand Locke a dicté ses lois ? Dans ces deux patries de la vertu, tous les citoyens sont égaux, toutes les consciences sont libres, toutes les religions sont bonnes pourvu qu'on adore un Dieu ; tous les hommes y sont frères. Vous avez vu, Mr. Birton, comme au seul nom d'un descendant de Penn les habitants des montagnes bleues, qui pouvaient vous exterminer, ont mis bas les armes. Ils ont senti ce que c'est que la vertu, et vous vous obstinez à l'ignorer ! Si la terre produit des poisons comme des aliments salutaires, voudrez-vous ne vous nourrir que de poisons ?

BIRTON

Ah ! monsieur, pourquoi tant de poisons ? Si Dieu a tout fait, ils sont son ouvrage ; il est le maître de tout ; il fait tout, il dirige la main de Cromwell qui signe la mort de Charles Ier ; il conduit le bras du bourreau qui lui tranche la tête : non, je ne puis admettre un Dieu homicide.

FREIND

Ni moi non plus. Ecoutez, je vous prie ; vous conviendrez avec moi que Dieu gouverne le monde par des lois générales. Selon ces lois, Cromwell, monstre de fanatisme et d'hypocrisie, résolut la mort de Charles Ier pour son intérêt, que tous les hommes aiment nécessairement et qu'ils n'entendent pas tous également. Selon les lois du mouvement établies par Dieu même, le bourreau coupa la tête de ce roi. Mais certainement Dieu n'assassina pas Charles Ier par un acte particulier de sa volonté. Dieu ne fut ni Cromwell, ni Jeffris, ni Ravaillac, ni Balthazar Gérard, ni le frère prêcheur Jacques Clément. Dieu ne commet, ni n'ordonne, ni ne permet le crime ; mais il a fait l'homme, et il a fait les lois du mouvement ; ces lois éternelles du mouvement sont également exécutées par la main de l'homme charitable, qui secourt le pauvre, et par la main du scélérat, qui égorge son frère. De même que Dieu n'éteignit point son soleil et n'engloutit point l'Espagne sous la mer

pour punir Cortez, Almagro et Pizarro, qui avaient inondé de sang humain la moitié d'un hémisphère, de même aussi il n'envoie point une troupe d'anges à Londres, et ne fait point descendre du ciel cent mille tonneaux de vin de Bourgogne, pour faire plaisir à ses chers Anglais quand ils ont fait une bonne action. Sa providence générale serait ridicule si elle descendait dans chaque moment à chaque individu ; et cette vérité est si palpable que jamais Dieu ne punit sur-le-champ un criminel par un coup éclatant de sa toute-puissance : il laisse luire son soleil sur les bons et sur les méchants. Si quelques scélérats sont morts immédiatement après leurs crimes, ils sont morts par les lois générales qui président au monde. J'ai lu dans le gros livre d'un *frenchman* nommé Mézeray que Dieu avait fait mourir notre grand Henri V de la fistule à l'anus parce qu'il avait osé s'asseoir sur le trône du roi très chrétien ; non, il mourut parce que les lois générales émanées de la toute-puissance avaient tellement arrangé la matière que la fistule à l'anus devait terminer la vie de ce héros. Tout le physique d'une mauvaise action est l'effet des lois générales imprimées par la main de Dieu à la matière ; tout le mal moral de l'action criminelle est l'effet de la liberté dont l'homme abuse.

Enfin, sans nous plonger dans les brouillards de la métaphysique, souvenons-nous que l'existence de Dieu est démontrée ; il n'y a plus à disputer sur son existence. Otez Dieu au monde, l'assassinat de Charles Iᵉʳ en devient-il plus légitime ? Son bourreau vous en sera-t-il plus cher ? Dieu existe, il suffit ; s'il existe, il est juste. Soyez donc justes.

BIRTON

Votre petit argument sur le concours de Dieu a de la finesse et de la force, quoiqu'il ne disculpe pas Dieu entièrement d'être l'auteur du mal physique et du mal moral. Je vois que la manière dont vous excusez Dieu fait quelque impression sur l'assemblée ; mais ne pouvait-il pas faire en sorte que ses lois générales n'entraînassent pas tant de malheurs particuliers ? Vous m'avez prouvé un Etre éternel et puissant, et, Dieu me pardonne ! j'ai craint un moment que vous ne me fissiez croire en Dieu ; mais j'ai de terribles objections à vous faire. Allons, Jenni, prenons courage ; ne nous laissons point abattre.

Chapitre Dixième

SUR L'ATHÉISME

La nuit était venue, elle était belle, l'atmosphère était une voûte d'azur transparent, semée d'étoiles d'or ; ce spectacle touche toujours les hommes, et leur inspire une douce rêverie : le bon Parouba admirait le ciel, comme un Allemand admire Saint-Pierre de Rome, ou l'opéra de Naples, quand il le voit pour la première fois. « Cette voûte est bien hardie », disait Parouba à Freind ; et Freind lui disait : « Mon cher Parouba, il n'y a point de voûte ; ce cintre bleu n'est autre chose qu'une étendue de vapeurs, de nuages légers, que Dieu a tellement disposés et combinés avec la mécanique de vos yeux qu'en quelque endroit que vous soyez vous êtes toujours au centre de votre promenade, et vous voyez ce qu'on nomme le ciel, et qui n'est point le ciel, arrondi sur votre tête. — Et ces étoiles Mr. Freind ? — Ce sont, comme je vous l'ai déjà dit, autant de soleils autour desquels tournent d'autres mondes ; loin d'être attachées à cette voûte bleue, souvenez-vous qu'elles en sont à des distances différentes et prodigieuses : cette étoile, que vous voyez, est à douze cents millions de mille pas de notre soleil. » Alors il lui montra le télescope qu'il avait apporté : il lui fit voir nos planètes, Jupiter avec ses quatre lunes, Saturne avec ses cinq lunes et son inconcevable anneau lumineux ; « c'est la même lumière, lui disait-il, qui part de tous ces globes, et qui arrive à nos yeux : de cette planète-ci, en un quart d'heure ; de cette étoile-ci, en six mois. » Parouba se mit à genoux et dit : « Les cieux annoncent Dieu. » Tout l'équipage était autour du vénérable Freind, regardait, et admirait. Le coriace Birton avança sans rien regarder, et parla ainsi :

BIRTON

Eh bien, soit ! il y a un Dieu, je vous l'accorde ; mais qu'importe à vous et à moi ? Qu'y a-t-il entre l'Etre infini et nous autres vers de terre ? Quel rapport peut-il exister de son essence à la nôtre ? Epicure, en admettant des dieux dans les planètes, avait bien raison d'enseigner qu'ils ne se mêlaient nullement de nos sottises et de nos horreurs ; que nous ne pouvions ni les offenser ni leur plaire ; qu'ils n'avaient nul besoin de nous, ni nous d'eux : vous admettez un Dieu plus digne de l'esprit humain que les dieux d'Epicure et que tous

ceux des Orientaux et des Occidentaux. Mais si vous disiez, comme tant d'autres, que ce Dieu a formé le monde et nous pour sa gloire ; qu'il exigea autrefois des sacrifices de bœufs pour sa gloire ; qu'il apparut, pour sa gloire, sous notre forme de bipèdes, etc., vous diriez, ce me semble, une chose absurde, qui ferait rire tous les gens qui pensent. L'amour de la gloire n'est autre chose que de l'orgueil, et l'orgueil n'est que de la vanité ; un orgueilleux est un fat que Shakespeare jouait sur son théâtre : cette épithète ne peut pas plus convenir à Dieu que celle d'injuste, de cruel, d'inconstant. Si Dieu a daigné faire, ou plutôt arranger l'univers, ce ne doit être que dans la vue d'y faire des heureux. Je vous laisse à penser s'il est venu à bout de ce dessein, le seul pourtant qui pût convenir à la nature divine.

FREIND

Oui, sans doute, il y a réussi avec toutes les âmes honnêtes : elles seront heureuses un jour, si elles ne le sont pas aujourd'hui.

BIRTON

Heureuses ! quel rêve ! quel conte de Peau d'Ane ! où, quand, comment ? qui vous l'a dit ?

FREIND

Sa justice.

BIRTON

N'allez-vous pas me dire, après tant de déclamateurs, que nous vivrons éternellement quand nous ne serons plus ; que nous possédons une âme immortelle, ou plutôt qu'elle nous possède, après nous avoir avoué que les juifs eux-mêmes, les juifs, auxquels vous vous vantez d'avoir été subrogés, n'ont jamais soupçonné seulement cette immortalité de l'âme jusqu'au temps d'Hérode ? Cette idée d'une âme immortelle avait été inventée par les bracmanes, adoptée par les Perses, les Chaldéens, les Grecs, ignorée très longtemps de la malheureuse petite horde judaïque, mère des plus infâmes superstitions. Hélas ! monsieur, savons-nous seulement si nous avons une âme ? Savons-nous si les animaux, dont le sang fait la vie, comme il fait la nôtre, qui ont comme nous des volontés, des appétits, des passions, des idées, de la mémoire, de l'industrie ; savez-vous, dis-je, si ces êtres, aussi incompré-

hensibles que nous, ont une âme, comme on prétend que nous en avons une ?

J'avais cru jusqu'à présent qu'il est dans la nature une force active dont nous tenons le don de vivre dans tout notre corps, de marcher par nos pieds, de prendre par nos mains, de voir par nos yeux, d'entendre par nos oreilles, de sentir par nos nerfs, de penser par notre tête, et que tout cela était ce que nous appelons l'âme : mot vague qui ne signifie au fond que le principe inconnu de nos facultés. J'appellerai Dieu, avec vous, ce principe intelligent et puissant qui anime la nature entière ; mais a-t-il daigné se faire connaître à nous ?

FREIND

Oui, par ses œuvres.

BIRTON

Nous a-t-il dicté ses lois ? nous a-t-il parlé ?

FREIND

Oui, par la voix de votre conscience. N'est-il pas vrai que si vous aviez tué votre père et votre mère, cette conscience vous déchirerait par des remords aussi affreux qu'involontaires ? Cette vérité n'est-elle pas sentie et avouée par l'univers entier ? Descendons maintenant à de moindres crimes. Y en a-t-il un seul qui ne vous effraye au premier coup d'œil, qui ne vous fasse pâlir la première fois que vous le commettez, et qui ne laisse dans votre cœur l'aiguillon du repentir ?

BIRTON

Il faut que je l'avoue.

FREIND

Dieu vous a donc expressément ordonné, en parlant à votre cœur, de ne vous souiller jamais d'un crime évident. Et quant à toutes ces actions équivoques, que les uns condamnent et que les autres justifient, qu'avons-nous de mieux à faire que de suivre cette grande loi du premier des Zoroastres, tant remarquée de nos jours par un auteur français : « Quand tu ne sais si l'action que tu médites est bonne ou mauvaise, abstiens-toi » ?

BIRTON

Cette maxime est admirable ; c'est sans doute ce qu'on a jamais dit de plus beau, c'est-à-dire de plus utile en morale ;

et cela me ferait presque penser que Dieu a suscité de temps en temps des sages qui ont enseigné la vertu aux hommes égarés. Je vous demande pardon d'avoir raillé de la vertu.

FREIND

Demandez-en pardon à l'Etre éternel, qui peut la récompenser éternellement, et punir les transgresseurs.

BIRTON

Quoi ! Dieu me punirait éternellement de m'être livré à des passions qu'il m'a données !

FREIND

Il vous a donné des passions avec lesquelles on peut faire du bien et du mal. Je ne vous dis pas qu'il vous punira à jamais, ni comment il vous punira, car personne n'en peut rien savoir ; je vous dis qu'il le peut. Les bracmanes furent les premiers qui imaginèrent une prison éternelle pour les substances célestes qui s'étaient révoltées contre Dieu dans son propre palais : il les enferma dans une espèce d'enfer qu'ils appelaient *ondéra* ; mais, au bout de quelques milliers de siècles, il adoucit leurs peines, les mit sur la terre, et les fit hommes ; c'est de là que vint notre mélange de vices et de vertus, de plaisirs et de calamités. Cette imagination est ingénieuse ; la fable de *Pandore* et de *Prométhée* l'est encore davantage. Des nations grossières ont imité grossièrement la belle fable de *Pandore* ; ces inventions sont des rêves de la philosophie orientale ; tout ce que je puis vous dire, c'est que, si vous avez commis des crimes en abusant de votre liberté, il vous est impossible de prouver que Dieu soit incapable de vous en punir : je vous en défie.

BIRTON

Attendez ; vous pensez que je ne peux pas vous démontrer qu'il est impossible au grand Etre de me punir : par ma foi, vous avez raison ; j'ai fait ce que j'ai pu pour me prouver que cela était impossible, et je n'en suis jamais venu à bout. J'avoue que j'ai abusé de ma liberté, et que Dieu peut m'en châtier ; mais, pardieu ! je ne serai pas puni quand je ne serai plus.

FREIND

Le meilleur parti que vous ayez à prendre est d'être honnête homme tandis que vous existez.

BIRTON

D'être honnête homme pendant que j'existe ?... oui, je l'avoue ; oui, vous avez raison : c'est le parti qu'il faut prendre.

Je voudrais, mon cher ami, que vous eussiez été témoin de l'effet que firent les discours de Freind sur tous les Anglais et sur tous les Américains. Birton, si évaporé et si audacieux, prit tout à coup un air recueilli et modeste ; Jenni, les yeux mouillés de larmes, se jeta aux genoux de son père, et son père l'embrassa. Voici enfin la dernière scène de cette dispute si épineuse et si intéressante.

Chapitre Onzième

DE L'ATHÉISME

BIRTON

Je conçois bien que le grand Etre, le maître de la nature, est éternel ; mais nous, qui n'étions pas hier, pouvons-nous avoir la folle hardiesse de prétendre à une éternité future ? Tout périt sans retour autour de nous, depuis l'insecte dévoré par l'hirondelle jusqu'à l'éléphant mangé des vers.

FREIND

Non, rien ne périt, tout change ; les germes impalpables des animaux et des végétaux subsistent, se développent, et perpétuent les espèces. Pourquoi ne voudriez-vous pas que Dieu conservât le principe qui vous fait agir et penser, de quelque nature qu'il puisse être ? Dieu me garde de faire un système, mais certainement il y a dans nous quelque chose qui pense et qui veut : ce quelque chose, que l'on appelait autrefois une monade, ce quelque chose est imperceptible. Dieu nous l'a donnée, ou peut-être, pour parler plus juste, Dieu nous a donnés à elle. Etes-vous bien sûr qu'il ne peut la conserver ? Songez, examinez ; pouvez-vous m'en fournir quelque démonstration ?

BIRTON

Non ; j'en ai cherché dans mon entendement, dans tous les livres des athées, et surtout dans le troisième chant de Lucrèce ; j'avoue que je n'ai jamais trouvé que des vraisemblances.

FREIND

Et, sur ces simples vraisemblances, nous nous abandonnerions à toutes nos passions funestes ! Nous vivrions en brutes, n'ayant pour règle que nos appétits, et pour frein que la crainte des autres hommes rendus éternellement ennemis les uns des autres par cette crainte mutuelle ! car on veut toujours détruire ce qu'on craint. Pensez-y bien, Mr. Birton ; réfléchissez-y sérieusement, mon fils Jenni : n'attendre de Dieu ni châtiment ni récompense, c'est être véritablement athée. A quoi servirait l'idée d'un Dieu qui n'aurait sur vous aucun pouvoir ? C'est comme si on disait : il y a un roi de la Chine qui est très puissant ; je réponds : grand bien lui fasse ; qu'il reste dans son manoir et moi dans le mien : je ne me soucie pas plus de lui qu'il ne se soucie de moi ; il n'a pas plus de juridiction sur ma personne qu'un chanoine de Windsor n'en a sur un membre de notre parlement ; alors je suis mon Dieu à moi-même, je sacrifie le monde entier à mes fantaisies si j'en trouve l'occasion ; je suis sans loi, je ne regarde que moi. Si les autres êtres sont moutons, je me fais loup ; s'ils sont poules, je me fais renard.

Je suppose (ce qu'à Dieu ne plaise) que toute notre Angleterre soit athée par principes ; je conviens qu'il pourra se trouver plusieurs citoyens qui, nés tranquilles et doux, assez riches pour n'avoir pas besoin d'être injustes, gouvernés par l'honneur, et par conséquent attentifs à leur conduite, pourront vivre ensemble en société : ils cultiveront les beaux-arts, par qui les mœurs s'adoucissent ; ils pourront vivre dans la paix, dans l'innocente gaieté des honnêtes gens ; mais l'athée pauvre et violent, sûr de l'impunité, sera un sot s'il ne vous assassine pas pour voler votre argent. Dès lors tous les liens de la société sont rompus, tous les crimes secrets inondent la terre, comme les sauterelles, à peine d'abord aperçues, viennent ravager les campagnes ; le bas peuple ne sera qu'une horde de brigands, comme nos voleurs, dont on ne pend pas la dixième partie à nos sessions ; ils passent leur misérable vie dans des tavernes avec des filles perdues, ils les battent, ils se battent entre eux ; ils tombent ivres au milieu de leurs pintes de plomb dont ils se sont cassé la tête ; ils se réveillent

pour voler et pour assassiner ; ils recommencent chaque jour ce cercle abominable de brutalités.

Qui retiendra les grands et les rois dans leurs vengeances, dans leur ambition, à laquelle ils veulent tout immoler ? Un roi athée est plus dangereux qu'un Ravaillac fanatique.

Les athées fourmillaient en Italie au XV^e siècle ; qu'en arriva-t-il ? Il fut aussi commun d'empoisonner que de donner à souper, et d'enfoncer un stylet dans le cœur de son ami que de l'embrasser ; il y eut des professeurs du crime, comme il y a aujourd'hui des maîtres de musique et de mathématique. On choisissait exprès les temples pour y assassiner les princes au pied des autels. Le pape Sixte IV et un archevêque de Florence firent assassiner ainsi les deux princes les plus accomplis de l'Europe. (Mon cher Sherloc, dites, je vous prie, à Parouba et à ses enfants ce que c'est qu'un pape et un archevêque, et dites-leur surtout qu'il n'est plus de pareils monstres.) Mais continuons. Un duc de Milan fut assassiné de même au milieu d'une église. On ne connaissait que trop les étonnantes horreurs d'Alexandre VI. Si de telles mœurs avaient subsisté, l'Italie aurait été plus déserte que ne l'a été le Pérou après son invasion.

La croyance d'un Dieu rémunérateur des bonnes actions, punisseur des méchants, pardonneur des fautes légères, est donc la croyance la plus utile au genre humain : c'est le seul frein des hommes puissants, qui commettent insolemment les crimes publics ; c'est le seul frein des hommes qui commettent adroitement les crimes secrets. Je ne vous dis pas, mes amis, de mêler à cette croyance nécessaire des superstitions qui la déshonoreraient, et qui même pourraient la rendre funeste : l'athée est un monstre qui ne dévorera que pour apaiser sa faim ; le superstitieux est un autre monstre qui déchirera les hommes par devoir. J'ai toujours remarqué qu'on peut guérir un athée, mais on ne guérit jamais le superstitieux radicalement ; l'athée est un homme d'esprit qui se trompe, mais qui pense par lui-même, le superstitieux est un sot brutal qui n'a jamais eu que les idées des autres. L'athée violera Iphigénie prête d'épouser Achille, mais le fanatique l'égorgera pieusement sur l'autel, et croira que Jupiter lui en aura beaucoup d'obligation ; l'athée dérobera un vase d'or dans une église pour donner à souper à des filles de joie, mais le fanatique célébrera un auto-da-fé dans cette église, et chantera un cantique juif à plein gosier, en faisant brûler des juifs. Oui, mes amis, l'athéisme et le fanatisme sont les deux pôles d'un univers de confusion et d'horreur. La petite zone de la

vertu est entre ces deux pôles : marchez d'un pas ferme dans ce sentier ; croyez un Dieu bon, et soyez bons. C'est tout ce que les grands législateurs Locke et Penn demandent à leurs peuples.

Répondez-moi, Mr. Birton, vous et vos amis ; quel mal peut vous faire l'adoration d'un Dieu jointe au bonheur d'être honnête homme ? Nous pouvons tous être attaqués d'une maladie mortelle au moment où je vous parle : qui de nous alors ne voudrait pas avoir vécu dans l'innocence ? Voyez comme notre méchant Richard III meurt dans Shakespeare ; comme les spectres de tous ceux qu'il a tués viennent épouvanter son imagination. Voyez comme expire Charles IX de France après sa St. Barthélemy. Son chapelain a beau lui dire qu'il a bien fait, son crime le déchire, son sang jaillit par ses pores, et tout le sang qu'il fit couler crie contre lui. Soyez sûr que de tous ces monstres, il n'en est aucun qui n'ait vécu dans les tourments du remords, et qui n'ait fini dans la rage du désespoir.

Chapitre Douzième

RETOUR EN ANGLETERRE. MARIAGE DE JENNI

Birton et ses amis ne purent tenir davantage : ils se jetèrent aux genoux de Freind. « Oui, dit Birton, je crois en Dieu et en vous. »

On était déjà près de la maison de Parouba. [...]

CANDIDE OU L'OPTIMISME

SECONDE PARTIE
(Apocryphe)

Avertissement

On croyait que M. le docteur Ralph n'était pas dans la résolution de pousser plus loin son livre de l'Optimisme, et on l'a traduit et publié comme un ouvrage fini, mais M. le docteur Ralph, encouragé par les petites tracasseries des Universités d'Allemagne, en ayant donné la seconde partie, on s'est hâté de la traduire, pour répondre à l'empressement du public, et surtout de ceux qui ne rient point des bons mots de maître Aliboron, qui savent ce que c'est qu'un Abraham Chaumeix, et ne lisent pas le journal de Trévoux.

CHAPITRE PREMIER

Comment Candide se sépara de la société
et ce qu'il en advint

On se lasse de tout dans la vie, les richesses fatiguent celui qui les possède ; l'ambition satisfaite ne laisse que des regrets ; les douceurs de l'amour ne sont pas longtemps des douceurs ; et Candide, fait pour éprouver toutes les vicissitudes de la fortune, s'ennuya bientôt de cultiver son jardin. « Maître Pangloss, disait-il, si nous sommes dans le meilleur des mondes possibles, vous m'avouerez du moins que ce n'est pas jouir de la portion de bonheur possible, que de vivre ignoré dans un petit coin de la Propontide, n'ayant d'autres ressources que celles de mes bras, qui pourront me manquer un jour ; d'autres plaisirs que ceux que me procure mademoiselle Cunégonde, qui est fort laide et qui est ma femme, qui pis est ; d'autre compagnie que la vôtre, qui m'ennuie quelquefois ; ou celle de Martin, qui m'attriste ; ou celle de Giroflée, qui n'est honnête homme que depuis peu ; ou celle de Paquette, dont vous connaissez tout le danger ; ou celle de la vieille, qui n'a qu'une fesse et qui fait des contes à dormir debout. »

Alors Pangloss prit la parole et dit : « La philosophie nous apprend que les monades, divisibles à l'infini, s'arrangent avec une intelligence merveilleuse pour composer les différents corps que nous remarquons dans la nature. Les corps célestes sont ce qu'ils devaient être, ils sont placés où ils devaient l'être ; ils décrivent les cercles qu'ils devaient décrire : l'homme suit la pente qu'il doit suivre, il est ce qu'il doit être, il fait ce qu'il doit faire. Vous vous plaignez, ô Candide ! parce que la monade de votre âme s'ennuie : mais l'ennui est une modification de l'âme et cela n'empêche pas que tout ne soit au mieux, et pour vous et pour les autres. Quand vous m'avez vu tout couvert de pustules, je n'en soutenais pas moins mon sentiment, car si mademoiselle Paquette ne m'avait pas fait goûter les plaisirs de l'amour et son poison,

257

je ne vous aurais pas rencontré en Hollande ; je n'aurais pas donné lieu à l'anabaptiste Jacques de faire une œuvre méritoire ; je n'aurais pas été pendu à Lisbonne pour l'édification du prochain ; je ne serais pas ici pour vous soutenir par mes conseils et vous faire vivre et mourir dans l'opinion leibnizienne. Oui, mon cher Candide, tout est enchaîné, tout est nécessaire dans le meilleur des mondes possibles. Il faut que le bourgeois de Montauban instruise les rois ; que le ver de Quimper-Corentin critique, critique, critique ; que le Dénonciateur des Philosophes se fasse crucifier dans la rue de Saint-Denis, que le Cuistre des Récollets et l'Archidiacre de Saint-Malo distillent le fiel et la calomnie dans leurs journaux chrétiens ; qu'on accuse de philosophie au Tribunal de Melpomène et que les philosophes continuent d'éclairer l'humanité, malgré les croassements des ridicules bêtes qui barbotent dans les marais de la littérature ; et dussiez-vous être chassé du plus beau des châteaux à grands coups de pied dans le derrière, réapprendre l'exercice chez les Bulgares, repasser par les baguettes, souffrir de nouveau les sales effets du zèle d'une Hollandaise, vous renvoyer devant Lisbonne, être très cruellement refessé par l'ordre de la très sainte Inquisition, recourir les mêmes dangers chez *Los Padres,* chez les Oreillons et chez les Français ; dussiez-vous enfin essuyer toutes les calamités possibles et ne jamais mieux entendre Leibniz que je ne l'entends moi-même, vous soutiendrez toujours que tout est bien, que tout est au mieux, que le plein, la matière subtile, l'harmonie préétablie et les monades sont les plus jolies choses du monde et que Leibniz est un grand homme pour ceux mêmes qui ne le comprennent pas. »

A ce beau discours Candide, l'être le plus doux de la nature, quoiqu'il eût tué trois hommes, dont deux étaient prêtres, ne répondit pas un mot ; mais ennuyé du docteur et de sa société, le lendemain à la pointe du jour, un bâton blanc à la main, il s'en fut, sans savoir où, cherchant un lieu où l'on ne s'ennuyât pas et où les hommes ne fussent pas des hommes, comme dans le bon pays d'Eldorado.

Candide, d'autant moins malheureux qu'il n'aimait plus mademoiselle Cunégonde, subsistant des libéralités de différents peuples, qui ne sont pas chrétiens, mais qui font l'aumône, arriva, après une marche très longue et très pénible, à Tauris sur les frontières de la Perse, ville célèbre par les cruautés que les Turcs et les Persans y ont exercées tour à tour.

Exténué de fatigue, n'ayant presque plus de vêtements que

ce qu'il lui en fallait pour cacher ce qui fait l'homme et que l'homme appelle la partie honteuse, Candide ne penchait guère vers l'opinion de Pangloss, quand un Persan l'aborda de l'air le plus poli, en le priant d'ennoblir sa maison par sa présence. « Vous vous moquez, lui dit Candide ; je suis un pauvre diable qui quitte une misérable habitation que j'avais dans la Propontide, parce que j'ai épousé mademoiselle Cunégonde, qu'elle est devenue fort laide et que je m'ennuyais : en vérité, je ne suis point fait pour ennoblir la maison de personne ; je ne suis pas noble moi-même, Dieu merci ; si j'avais eu l'honneur de l'être, M. le Baron de Thunder-ten-tronckh m'eût payé bien cher les coups de pied au cul dont il me gratifia, ou j'en serais mort de honte, ce qui aurait été assez philosophique : d'ailleurs, j'ai été fouetté très ignominieusement par les bourreaux de la très sainte Inquisition et par deux mille héros à trois sols six deniers par jour. Donnez-moi ce que vous voudrez, mais n'insultez pas à ma misère par des railleries qui vous ôteraient tout le prix de vos bienfaits. — Seigneur, répliqua le Persan, vous pouvez être un gueux, et cela paraît assez notoire, mais ma religion m'oblige à l'hospitalité : il suffit que vous soyez homme et malheureux, pour que ma prunelle soit le sentier de vos pieds ; daignez ennoblir ma maison par votre présence radieuse. — Je ferai ce que vous voudrez, répondit Candide. — Entrez donc », dit le Persan. Ils entrèrent et Candide ne se lassait pas d'admirer les attentions respectueuses que son hôte avait pour lui. Les esclaves prévenaient ses désirs ; toute la maison ne semblait occupée qu'à établir sa satisfaction. « Si cela dure, disait Candide en lui-même, tout ne va pas si mal dans ce pays-ci. » Trois jours s'étaient passés pendant lesquels les bons procédés du Persan ne s'étaient point démentis ; et Candide s'écriait déjà : « Maître Pangloss, je me suis toujours bien douté que vous aviez raison, car vous êtes un grand philosophe. »

CHAPITRE II

Ce qui arriva à Candide dans cette maison,
et comme il en sortit

Candide bien nourri, bien vêtu et ne s'ennuyant pas, redevint bientôt aussi vermeil, aussi frais, aussi beau qu'il l'était en Westphalie. Ismaël Raab, son hôte, vit ce changement avec

plaisir : c'était un homme haut de six pieds, orné de deux petits yeux extrêmement rouges, et d'un gros nez tout bourgeonné, qui annonçait assez son infraction à la loi de Mahomet ; sa moustache était renommée dans la province et les mères ne souhaitaient rien tant à leurs fils qu'une pareille moustache. Raab avait des femmes, parce qu'il était riche ; mais il pensait comme on ne pense que trop dans l'Orient et dans quelques-uns des Collèges de l'Europe. « Votre Excellence est plus belle que les étoiles, dit un jour le rusé Persan au naïf Candide, en lui chatouillant légèrement le menton ; vous avez dû captiver bien des cœurs : vous êtes fait pour rendre heureux et pour l'être. — Hélas ! répondit notre héros, je ne fus heureux qu'à demi, derrière un paravent, où j'étais fort mal à mon aise. Mademoiselle Cunégonde était jolie alors... » Mademoiselle Cunégonde : pauvre innocent ! « Suivez-moi, Seigneur », dit le Persan. Et Candide le suivit.

Ils arrivèrent dans un réduit très agréable, au fond d'un petit bois où régnaient le silence et la volupté. Là, Ismaël Raab embrassa tendrement Candide et lui fit en peu de mots l'aveu d'un amour semblable à celui que le bel Alexis exprime si énergiquement dans les *Géorgiques* de Virgile. Candide ne pouvait pas revenir de son étonnement. « Non, s'écria-t-il, je ne souffrirai jamais une telle infamie ! Quelle cause et quel horrible effet ! J'aime mieux la mort. — Tu l'auras, dit Ismaël furieux. Comment, chien de chrétien, parce que je veux poliment te donner du plaisir... résous-toi à me satisfaire ou à endurer la mort la plus cruelle. » Candide n'hésita pas longtemps. La raison suffisante du Persan le faisait trembler ; mais il craignait la mort en philosophe.

On s'accoutume à tout. Candide bien nourri, bien soigné, mais gardé à vue, ne s'ennuyait pas absolument de son état. La bonne chère et différents divertissements exécutés par les esclaves d'Ismaël faisaient trêve à ces chagrins : il n'était malheureux que lorsqu'il pensait ; et il en est ainsi de la plupart des hommes.

Dans ce temps-là, un des plus fermes soutiens de la milice monachale de Perse, le plus docte des docteurs mahométans, qui savait l'arabe sur le bout du doigt et même le grec, qu'on parle aujourd'hui dans la patrie des Démosthène et des Sophocle, le révérend Ed-Ivan-Baal-Denk revenait de Constantinople, où il avait été converser avec le révérend Mamoud-Abram, sur un point de doctrine bien délicat : savoir, si le prophète avait arraché de l'aile de l'ange Gabriel la plume dont il se servit pour écrire l'Alcoran, ou si Gabriel lui en

avait fait présent. Ils avaient disputé pendant trois jours et trois nuits avec une chaleur digne des plus beaux siècles de la controverse, et le docteur s'en revenait persuadé, comme tous les disciples d'Aly, que Mahomet avait arraché la plume ; et Mamoud-Abram était demeuré convaincu, comme le reste des sectateurs d'Omar, que le prophète était incapable de cette impolitesse, et que l'ange lui avait présenté la plume de la meilleure grâce du monde.

On dit qu'il y avait à Constantinople une espèce d'esprit fort qui insinua qu'il aurait fallu examiner d'abord s'il est vrai que l'Alcoran est écrit avec une plume de l'ange Gabriel ; mais il fut lapidé.

L'arrivée de Candide avait fait du bruit dans Tauris : plusieurs personnes qui l'avaient entendu parler des effets contingents et non contingents s'étaient doutées qu'il était philosophe. On en parla au révérend Ed-Ivan-Baal-Denk : il eut la curiosité de le voir ; et Raab, qui ne pouvait guère refuser une personne de cette considération, fit venir Candide en sa présence. Il parut très satisfait de la manière dont Candide parla du mal physique et du mal moral, de l'agent et du patient. « Je comprends que vous êtes un philosophe, et voilà tout. Mais c'est assez, Candide, dit le vénérable cénobite : il ne convient pas qu'un grand homme comme vous soit traité aussi indignement qu'on me l'a dit dans le monde ; vous êtes étranger : Ismaël Raab n'a aucun droit sur vous. Je veux vous mener à la cour ; vous y recevrez un accueil favorable : le sophi aime les sciences. Ismaël, remettez entre mes mains ce jeune philosophe, ou craignez d'encourir la disgrâce du prince et d'attirer sur vous les vengeances du ciel et des moines surtout. » Ces derniers mots épouvantèrent l'intrépide Persan, il consentit à tout ; et Candide, bénissant le ciel et les moines, sortit le même jour de Tauris avec le docteur mahométan. Ils prirent la route d'Ispahan, où ils arrivèrent chargés des bénédictions et des bienfaits des peuples.

CHAPITRE III

Réception de Candide à la cour et ce qui s'ensuivit

Le révérend Ed-Ivan-Baal-Denk ne tarda pas à présenter Candide au roi. Sa Majesté prit un plaisir singulier à l'en-

tendre : elle le mit aux prises avec plusieurs savants de sa cour et ces savants le traitèrent de fou, d'ignorant, d'idiot ; ce qui contribua beaucoup à persuader Sa Majesté qu'il était un grand homme. « Parce que, leur dit-elle, vous ne comprenez rien aux raisonnements de Candide, vous lui dites des sottises : mais moi, qui n'y comprends rien non plus, je vous assure que c'est un grand philosophe ; j'en jure par ma moustache. » Ces mots imposèrent silence aux savants.

On logea Candide au palais ; on lui donna des esclaves pour le servir ; on le revêtit d'un habit magnifique et le sophi ordonna que quelque chose qu'il pût dire, personne ne fût assez osé pour prouver qu'il eût tort*. Sa Majesté ne s'en tint pas là. Le vénérable moine ne cessait point de la solliciter en faveur de son protégé, et elle se résolut enfin à le mettre au nombre de ses plus intimes favoris.

« Dieu soit loué et notre Saint Prophète, dit l'iman en abordant Candide : je viens vous apprendre une nouvelle bien agréable. Que vous êtes heureux, mon cher Candide, que vous allez faire de jaloux ! Vous nagerez dans l'opulence ; vous pouvez aspirer aux plus beaux postes de l'empire. Ne m'oubliez pas au moins, mon cher ami : songez que c'est moi qui vous ai procuré la faveur dont vous allez jouir ; que la gaieté règne sur l'horizon de votre village. Le roi vous accorde une grâce bien mendiée, et vous allez donner un spectacle dont la cour n'a pas joui depuis deux ans. — Et quelles sont les faveurs dont le prince m'honore ? demanda Candide. — Ce jour même, répondit le moine tout joyeux, vous recevrez cinquante coups de nerf de bœuf sous la plante des pieds, en présence de Sa Majesté. Les eunuques nommés pour vous parfumer vont se rendre ici : préparez-vous à supporter gaillardement cette petite épreuve et à vous rendre digne du roi des rois. — Que le roi des rois garde ses bontés, s'écria Candide en colère, s'il faut recevoir cinquante coups de nerf de bœuf pour les mériter. — C'est ainsi qu'il en use, reprit froidement le docteur, avec ceux sur qui il veut répandre ses bienfaits. Je vous aime trop pour m'en rapporter au petit dépit que vous faites paraître et je vous rendrai heureux malgré vous. »

Il n'avait pas cessé de parler, que les eunuques arrivèrent, précédés de l'exécuteur des menus plaisirs de Sa Majesté, qui

* Si ceci pouvait donner envie aux Philosophes qui perdent leur temps à aboyer dans la cabane de *Procope,* de faire un petit voyage en Perse, cet ouvrage futile rendrait un assez grand service à Messieurs les Parisiens. *(Cette note est de M. Ralph.)*

était un des plus grands et des plus robustes seigneurs de la cour. Candide eut beau dire et beau faire, on lui parfuma les jambes et les pieds, suivant l'usage. Quatre eunuques le portèrent dans la place destinée pour la cérémonie, au milieu d'un double rang de soldats, au bruit des instruments de musique, des canons et des cloches de toutes les mosquées d'Ispahan. Le sophi* y était déjà, accompagné de ses principaux officiers et des plus qualifiés de la cour. A l'instant on étendit Candide sur une petite sellette toute dorée, et l'exécuteur des menus plaisirs se mit à entrer en fonction. « Ô maître Pangloss, maître Pangloss, si vous étiez ici !... », disait Candide, pleurant et criant de toutes ses forces ; ce qui aurait été jugé très indécent, si le moine n'eût fait entendre que son protégé n'en agissait ainsi que pour mieux divertir Sa Majesté. En effet, ce grand roi riait comme un fou : il prit même tant de plaisir à la chose, que les cinquante coups donnés, il en ordonna cinquante autres. Mais son Premier ministre lui ayant représenté, avec une fermeté peu commune, que cette faveur inouïe à l'égard d'un étranger pourrait aliéner les cœurs de ses sujets, il révoqua cet ordre et Candide fut reporté dans son appartement.

On le mit au lit, après lui avoir bassiné les pieds avec du vinaigre. Les Grands vinrent tour à tour le féliciter. Le sophi y vint ensuite, et non seulement il lui donna sa main à baiser, suivant l'usage, mais encore un grand coup de poing sur les dents. Les politiques en conjecturèrent que Candide ferait une fortune presque sans exemple ; et ce qui est rare, quoique politiques, ils ne se trompèrent pas.

CHAPITRE IV

Nouvelles faveurs que reçoit Candide. Son élévation

Dès que notre héros fut guéri on l'introduisit auprès du roi, pour lui faire ses remerciements. Ce monarque le reçut au mieux : il lui donna deux ou trois soufflets dans le courant de la conversation et le reconduisit jusque dans la salle

* Je me sers de ce mot *sophi,* parce qu'il est beaucoup plus connu que celui de *sefevi,* qui est le mot propre, à ce que prétend M. Petit de la Croix. *Sophi* signifie, selon lui, *empereur capucin ;* mais qu'importe. *(Note du traducteur.)*

des gardes à grands coups de pied dans le derrière : les courtisans faillirent en crever de dépit. Depuis que Sa Majesté s'était mise en train de battre les gens dont elle faisait un cas particulier, personne n'avait encore eu l'honneur d'être battu autant que Candide.

Trois jours après cette entrevue, notre philosophe, qui enrageait de sa faveur et trouvait que tout allait assez mal, fut nommé gouverneur du Chusistan, avec un pouvoir absolu : on le décora d'un bonnet fourré, ce qui est une grande marque de distinction en Perse. Il prit congé du sophi, qui lui fit encore quelques amitiés et partit pour se rendre à Sus, capitale de sa province. Depuis l'instant que Candide avait paru à la cour, les Grands de l'empire avaient conspiré sa perte. Les faveurs excessives dont le sophi l'avait comblé n'avaient fait que grossir l'orage prêt à fondre sur sa tête. Cependant il s'applaudissait de sa fortune et surtout de son éloignement : il goûtait d'avance les plaisirs du rang suprême ; et il disait du fond du cœur :

Trop heureux les sujets éloignés de leur maître.

Il n'était pas encore à vingt milles d'Ispahan, que voilà cinq cents cavaliers armés de pied en cap qui font une décharge furieuse sur lui et sur son monde. Candide crut un moment que c'était pour lui faire honneur : mais une balle qui lui fracassa la jambe lui apprit de quoi il s'agissait. Ses gens mirent bas les armes, et Candide plus mort que vif fut porté dans un château isolé. Son bagage, ses eunuques blancs, ses eunuques noirs, et trente-six femmes que le sophi lui avait données pour son usage, tout fut la proie du vainqueur. On coupa la jambe à notre héros, de peur de la gangrène, et l'on prit soin de ses jours pour lui donner une mort plus cruelle.

« Ô Pangloss ! Pangloss ! que deviendrait votre optimisme si vous me voyiez avec une jambe de moins entre les mains de mes plus cruels ennemis ; tandis que j'entrais dans le sentier du bonheur ; que j'étais gouverneur, ou roi, pour ainsi dire, d'une des plus considérables provinces de l'empire, de l'ancienne Médie ; que j'avais des chameaux, des esclaves, des eunuques blancs, des eunuques noirs, et trente-six femmes pour mon usage, et dont je n'avais pas encore usé... » C'est ainsi que parlait Candide, dès qu'il put parler.

Pendant qu'il se désolait, tout allait au mieux pour lui. Le ministère, informé de la violence qu'on lui avait faite, avait dépêché une troupe de soldats aguerris à la poursuite des séditieux, et le moine Ed-Ivan-Baal-Denk avait fait publier par d'autres moines que Candide étant l'ouvrage des moines, était

par conséquent l'ouvrage de Dieu. Ceux qui avaient connaissance de cet attentat le révélèrent avec d'autant plus d'empressement que les ministres de la religion assurèrent de par Mahomet que tout homme qui aurait mangé du cochon, bu du vin, passé plusieurs jours sans aller au bain, ou vu des femmes dans le temps où elles sont sales, contre les défenses expresses de l'Alcoran, serait absous *ipso facto,* en déclarant ce qu'il savait de la conspiration. On ne tarda pas à découvrir la prison de Candide ; elle fut forcée, et comme il était question de religion, les vaincus furent exterminés, suivant la règle. Candide marchant sur un tas de morts échappa, triompha du plus grand péril qu'il eût encore couru, et reprit avec sa suite le chemin de son gouvernement. Il y fut reçu, comme un favori qu'on avait honoré de cinquante coups de nerf de bœuf sous la plante des pieds, en présence du roi des rois.

CHAPITRE V

Comme quoi Candide est très grand seigneur et n'est pas content

Le bon de la philosophie est de nous faire aimer nos semblables : Pascal est presque le seul des philosophes qui semble vouloir nous les faire haïr. Heureusement Candide n'avait point lu Pascal, et il aimait de tout son cœur la pauvre humanité. Les gens de bien s'en aperçurent : ils s'étaient toujours tenus éloignés des *missi dominici* de la Perse, mais ils ne firent pas difficulté de se rassembler auprès de Candide et de l'aider de leurs conseils. Il fit de sages règlements pour encourager l'Agriculture, la Population, le Commerce et les Arts. Il récompensa ceux qui avaient fait des expériences utiles, il encouragea ceux qui n'avaient fait que des livres. « Quand on sera généralement content dans ma province, je le serai peut-être », disait-il, avec une candeur charmante. Candide ne connaissait pas l'espèce humaine. Il se vit déchiré dans des libelles séditieux, et calomnié dans un ouvrage qu'on appelait *l'Ami des Hommes*. Il vit qu'en travaillant à faire des heureux, il n'avait fait que des ingrats. « Ah ! s'écria Candide, qu'on a de peine à gouverner les êtres sans plumes qui végètent sur la terre ! Et que ne suis-je encore dans la Propontide dans la compagnie de maître Pangloss, de made-

moiselle Cunégonde, de la fille du pape Urbain X, qui n'a qu'une fesse, de frère Giroflée et de la très luxurieuse Paquette ! »

CHAPITRE VI

Plaisirs de Candide

Candide dans l'amertume de sa douleur écrivit une lettre très pathétique au révérend Ed-Ivan-Baal-Denk. Il lui peignit si fortement l'état actuel de son âme, qu'il en fut touché, au point qu'il fit agréer au sophi que Candide se démît de ses emplois. Sa Majesté, pour récompenser ses services, lui accorda une pension très considérable. Allégé du poids de la grandeur, notre philosophe chercha bientôt dans les plaisirs de la vie privée l'optimisme de Pangloss : il avait vécu jusqu'alors pour les autres, il semblait avoir oublié qu'il avait un sérail.

Il s'en ressouvint avec l'émotion que ce nom seul inspire. « Que tout se prépare, dit-il à son premier eunuque, pour mon entrée chez mes femmes. — Seigneur, répondit l'homme à voix claire, c'est à présent que Votre Excellence mérite le sur-nom de sage. Les hommes, pour qui vous avez tant fait, n'étaient pas dignes de vous occuper ; mais les femmes... — Cela peut être », dit modestement Candide.

Au fond d'un jardin où l'art aidait la nature à développer ses beautés, était une petite maison d'une architecture sim-ple et élégante, et par cela seul bien différente de celles qu'on voit dans les faubourgs de la plus belle ville de l'Europe. Candide n'en approcha qu'en rougissant ; l'air autour de ce réduit charmant répandait un parfum délicieux : les fleurs amoureusement entrelacées y semblaient guidées par l'instinct du plaisir ; elles y conservaient longtemps leurs différents attraits : la rose n'y perdait jamais son éclat ; la vue d'un rocher, d'où l'onde se précipitait avec un bruit sourd et con-fus, invitait l'âme à cette douce mélancolie qui précède la volupté. Candide entre en tremblant dans un salon où règnent le goût et la magnificence : ses sens sont entraînés par un charme secret. Il jette les yeux sur le jeune Télémaque, qui respire sur la toile au milieu des nymphes de la cour de Calypso : il les détourne sur une Diane à moitié nue qui fuit dans les bras du tendre Endymion : son trouble augmente à

la vue d'une Vénus fidèlement copiée sur la Vénus d'Italie. Tout à coup ses oreilles sont frappées d'une harmonie divine : une troupe de jeunes Géorgiennes paraissent couvertes de leurs voiles ; elles forment autour de lui un ballet agréablement dessiné, et plus vrai que ces petits ballets de Sybarites, qu'on exécute sur des petits théâtres après la mort des Césars et des Pompées.

A un signal convenu les voiles tombent ; des physionomies pleines d'expression prêtent à la chaleur du divertissement ; ces beautés étudient des attitudes séduisantes et elles ne paraissent pas étudiées : l'une n'annonce par ses regards qu'une passion sans borne ; l'autre, qu'une molle langueur qui attend les plaisirs sans les chercher ; celle-ci se baisse et se relève précipitamment, pour laisser entrevoir ces appas enchanteurs que le beau sexe met dans un si grand jour à Paris ; celle-là entrouvre sa simarre, pour découvrir une jambe seule capable d'enflammer un mortel délicat. La danse cesse et toutes les beautés restent immobiles.

Le silence rappelle Candide à lui-même ; la fureur de l'amour entre dans son cœur ; il promène partout des regards avides ; il prend un baiser sur des lèvres brûlantes, sur des yeux humides ; il passe la main sur des globes plus blancs que l'albâtre ; leur mouvement précipité la repousse : il en admire les proportions ; il aperçoit des petits boutons vermeils, semblables à ces boutons de rose qui n'attendent pour s'épanouir que les rayons bienfaisants du soleil : il les baise avec emportement, et sa bouche y demeure collée.

Notre philosophe admire encore quelque temps une taille majestueuse, une taille fine et délicate. Consumé de désirs, il jette enfin le mouchoir à une jeune personne dont il avait toujours trouvé les yeux fixés sur lui, qui semblait lui dire : « Apprenez-moi la raison d'un trouble que j'ignore » ; qui rougissait en voulant dire cela et qui en était mille fois plus belle. L'eunuque ouvrit aussitôt la porte d'un cabinet consacré aux mystères de l'amour ; ces amants y entrèrent et l'eunuque dit à son maître : « C'est ici que vous allez être heureux. — Oh ! je l'espère bien », répondit Candide.

Le plafond et les murs de ce petit réduit étaient couverts de glaces : au milieu était un lit de repos de satin noir. Candide y précipita la jeune Géorgienne ; il la déshabilla avec une promptitude incroyable. Cette aimable enfant le laissait faire et ne l'interrompait que pour lui donner des baisers pleins de feu. « Seigneur ! lui disait-elle en bon turc, que votre esclave est fortunée ! Qu'elle est honorée de vos transports ! »

Toutes les langues peignent l'énergie du sentiment dans la bouche de ceux qui en sont remplis. Ce peu de paroles enchanta notre philosophe : il ne se connaissait plus ; tout ce qu'il voyait était étranger pour lui. Quelle différence de mademoiselle Cunégonde, enlaidie et violée par des héros bulgares, à une Géorgienne de dix-huit ans, qui n'avait jamais été violée ! C'était pour la première fois que le sage Candide jouissait. Les objets qu'il dévorait se répétaient dans les glaces : de quelque côté qu'il jetât les yeux, il apercevait sur du satin noir le plus beau, le plus blanc des corps possibles, et le contraste des couleurs lui prêtait un éclat nouveau. Des cuisses rondes, fermes et potelées, une chute de reins admirable ; un... je suis obligé de respecter la fausse délicatesse de notre langue. Il me suffit de dire que notre philosophe goûta à plusieurs reprises la portion de bonheur qu'il pouvait goûter, et que la jeune Géorgienne devint en peu de temps sa raison suffisante.

« Ô mon maître, mon cher maître ! s'écria Candide hors de lui-même, tout est ici aussi bien que dans *Eldorado ;* une belle femme peut seule combler les désirs de l'homme. Je suis heureux autant qu'on peut l'être. Leibniz a raison et vous êtes un grand philosophe. Par exemple, je gage que vous avez toujours penché vers l'optimisme, mon aimable enfant, parce que vous avez toujours été heureuse. — Hélas ! non, répondit l'aimable enfant, je ne sais ce que c'est que l'optimisme, mais je vous jure que votre esclave n'a connu le bonheur que d'aujourd'hui. Si Monseigneur veut bien le permettre, je l'en convaincrai par un récit succinct de mes aventures. — Je le veux bien, dit Candide ; je suis dans une position assez tranquille pour entendre raconter des histoires. » Alors la belle esclave prit la parole et commença en ces termes.

CHAPITRE VII

Histoire de Zirza

« Mon père était chrétien et je suis chrétienne aussi, à ce qu'il m'a dit. Il avait un petit ermitage auprès de Cotatis, dans lequel il s'attirait la vénération des fidèles par une dévotion fervente, et par des austérités qui effrayent la nature ; les femmes venaient en foule lui rendre leurs hommages, et prenaient un plaisir singulier à lui bassiner le derrière, qu'il

se déchirait tous les jours à grands coups de discipline. Ce fut sans doute à une des plus dévotes que je dois la vie. Je fus élevée dans un souterrain, voisin de la cellule de mon père. J'avais douze ans, et je n'étais pas encore sortie de cette espèce de tombeau, quand la terre trembla avec un bruit épouvantable : les voûtes du souterrain s'affaissèrent et l'on me retira de dessous ces décombres. J'étais à moitié morte, lorsque la lumière frappa mes yeux pour la première fois. Mon père me retira dans son ermitage comme un enfant prédestiné ; tout paraissait étrange au peuple dans cette aventure ; mon père cria au miracle, et le peuple aussi.

On me nomma Zirza, ce qui signifie en persan, *Enfant de la Providence*. Il fut bientôt question de mes faibles appas : les femmes venaient déjà plus rarement à l'ermitage et les hommes beaucoup plus souvent. Un d'eux me dit qu'il m'aimait. ''Scélérat, lui dit mon père, as-tu de quoi l'aimer ? C'est un dépôt que Dieu m'a confié : il m'est apparu cette nuit sous la figure d'un ermite vénérable et m'a défendu de m'en dessaisir à moins de mille sequins. Retire-toi, misérable gueux, et crains que ton haleine impure ne flétrisse ses attraits. — Je n'ai qu'un cœur, répondit-il, mais, barbare, ne rougis-tu pas de te jouer de la Divinité pour satisfaire ton avarice ? De quel front, chétive créature, oses-tu dire que Dieu t'a parlé ? C'est avilir l'Auteur des êtres que de le représenter conversant avec des hommes tels que toi. — Ô blasphème ! s'écria mon père furieux : Dieu lui-même ordonna de lapider les blasphémateurs.'' En disant ces paroles, il assomme mon malheureux amant et son sang me rejaillit au visage. Quoique je ne connusse pas encore l'amour, cet homme m'avait intéressée et sa mort me jeta dans une affliction d'autant plus grande, qu'elle me rendit la vue de mon père insupportable. Je pris la résolution de le quitter : il s'en aperçut. ''Ingrate, me dit-il, c'est à moi que tu dois le jour. Tu es ma fille... et tu me hais ! Mais je vais mériter ta haine par les traitements les plus rigoureux.'' Il ne me tint que trop bien parole, le cruel ! Pendant cinq ans que je passai dans les pleurs et les gémissements, ni ma jeunesse ni ma beauté ternie ne purent affaiblir son courroux ! tantôt il m'enfonçait des milliers d'épingles dans toutes les parties du corps, tantôt avec sa discipline, il me mettait les fesses en sang...
— Cela vous faisait moins de mal que les épingles, dit Candide. — Cela est vrai, Seigneur, dit Zirza. Enfin, continua-t-elle, je m'enfuis de la maison paternelle, et n'osant me fier à personne, je m'enfonçai dans le bois : j'y fus trois

jours sans manger ; et j'y serais morte de faim sans un tigre à qui j'eus le bonheur de plaire et qui voulut bien partager sa chasse avec moi ; mais j'eus bien des horreurs à essuyer de cette formidable bête et peu s'en fallut que le brutal ne m'enlevât la fleur que Monseigneur m'a ravie avec tant de peine et de plaisir. La mauvaise nourriture me donna le scorbut : à peine en étais-je guérie, que je suivis un marchand d'esclaves qui allait à Teslis ; la peste y était alors et j'y eus la peste. Ces différents malheurs n'influèrent pas absolument sur mes traits et n'empêchèrent pas le pourvoyeur du sophi de m'acheter pour votre usage. J'ai langui dans les larmes depuis trois mois que je suis au nombre de vos femmes ; mes compagnes et moi, nous nous imaginions être les objets de vos mépris ; et si vous saviez, Seigneur, combien les eunuques sont déplaisants et peu propres à consoler des jeunes filles qu'on méprise… Enfin, je n'ai pas encore dix-huit ans et j'en ai passé douze dans un cachot affreux ; j'ai été couverte du sang du premier homme aimable que j'eusse encore vu ; j'ai enduré pendant quatre ans les tortures les plus cruelles ; j'ai eu le scorbut et la peste. Consumée de désirs au milieu d'une troupe de monstres noirs et blancs, conservant toujours ce que j'avais sauvé des fureurs d'un tigre maladroit, et maudissant ma destinée, j'ai passé trois mois dans ce sérail, et j'y serais morte de la jaunisse si Votre Excellence ne m'avait enfin honorée de ses embrassements. — Ô ciel ! s'écria Candide, se peut-il que vous ayez éprouvé dans un âge aussi tendre des malheurs aussi sensibles ? Que dirait Pangloss, s'il pouvait vous entendre ? Mais vos infortunes sont finies, ainsi que les miennes. Tout ne va pas mal, n'est-il pas vrai ? » En disant ceci Candide recommença ses caresses et s'affermit de plus en plus dans le système de Pangloss.

CHAPITRE VIII

Dégoût de Candide.
Rencontre à laquelle il ne s'attendait pas

Notre philosophe, au milieu de son sérail, partageait ses faveurs avec égalité : il goûtait les plaisirs de l'inconstance, et retournait toujours vers l'*Enfant de la Providence* avec une nouvelle ardeur. Cela ne dura pas : il sentit bientôt des maux de reins violents, des coliques cuisantes ; il desséchait en

devenant heureux. Alors la gorge de Zirza ne lui parut ni si blanche ni si bien placée ; ses fesses ne lui parurent ni si dures ni si potelées ; ses yeux perdirent aux yeux de Candide toute leur vivacité ; son teint, son éclat, ses lèvres, l'incarnat qui l'avait enchanté. Il s'aperçut qu'elle marchait mal et qu'elle sentait mauvais ; il vit avec le plus grand dégoût une tache sur le mont de Vénus, qui ne lui avait jamais paru taché. Les empressements de Zirza lui devinrent à charge. Il remarqua de sang-froid dans ses autres femmes des défauts qui lui étaient échappés dans les premiers emportements de sa passion ; il ne vit en elles qu'une honteuse lubricité ; il eut honte d'avoir marché sur les pas du plus sage des hommes, *et invenit amariorem morte mulierem.*

Candide, toujours dans ces sentiments chrétiens, promenait son oisiveté dans les rues de Sus. Voilà qu'un cavalier superbement vêtu lui saute au cou, en l'appelant par son nom. « Serait-il bien possible ! s'écria Candide. Seigneur, vous seriez ?... Cela n'est pas possible. Cependant vous ressemblez si fort... Monsieur l'abbé Périgourdin... — C'est moi-même », répondit Périgourdin. Alors Candide recula trois pas et dit ingénument : « Etes-vous heureux, Monsieur l'abbé ? — Belle question, reprit Périgourdin : la petite supercherie que je vous ai faite n'a pas peu contribué à me mettre en crédit. La police m'a employé pendant quelque temps ; mais m'étant brouillé avec elle, j'ai quitté l'habit ecclésiastique, qui ne m'était plus bon à rien. J'ai passé en Angleterre, où les gens de mon métier sont mieux payés. J'ai dit tout ce que je savais et ce que je ne savais pas, du fort et du faible du pays que j'avais quitté. J'ai fort assuré surtout que le Français était la lie des peuples, et que le bon sens ne résidait qu'à Londres ; enfin, j'ai fait une brillante fortune, et je viens conclure un traité à la cour de Perse, qui tend à faire exterminer tous les Européens qui viennent chercher le coton et la soie dans les Etats du sophi, au préjudice des Anglais. — L'objet de votre mission est très louable, dit notre philosophe ; mais M. l'abbé, vous êtes un fripon : je n'aime point les fripons et j'ai quelque crédit à la cour. Tremblez, votre bonheur est parvenu à son terme : vous allez subir le sort que vous méritez. — Monseigneur Candide, s'écria Périgourdin, en se jetant à genoux, ayez pitié de moi : je me sens entraîné au mal par une force irrésistible, comme vous vous sentez vous-même nécessité à la vertu ; j'ai senti ce penchant fatal dès l'instant que je fis connaissance avec Monsieur Valsp et que je travaillai aux feuilles. — Qu'est-ce que

les feuilles* ? dit Candide. — Ce sont, dit Périgourdin, des cahiers de soixante et douze pages d'impression, dans lesquelles on entretient le public sur le *ton* de la calomnie, de la satire et de la grossièreté ; c'est un honnête homme qui sait lire et écrire et qui, n'ayant pu être jésuite aussi longtemps qu'il l'aurait voulu, s'est mis à composer ce joli petit ouvrage, pour avoir de quoi donner des dentelles à sa femme et élever ses enfants dans la crainte de Dieu ; ce sont quelques honnêtes gens qui, pour quelques sols et quelques chopines de vin de Brie, aident cet honnête homme à soutenir son entreprise. Ce M. Valsp est encore d'une coterie délicieuse, où l'on s'amuse à faire renier Dieu à quelques gens ivres, ou à aller gruger un pauvre diable, à lui casser ses meubles et à le demander en duel au désert ; petites gentillesses que ces messieurs appellent des mystifications et qui méritent l'attention de la police. Enfin ce très honnête homme de M. Valsp, qui dit qu'il n'a pas été aux galères, est plongé dans une léthargie qui le rend insensible aux plus dures vérités : on ne peut l'en tirer que par certains moyens violents, qu'il supporte avec une résignation et un courage au-dessus de tout ce qu'on peut dire. J'ai travaillé quelque temps sous cette plume célèbre, je suis devenu une plume célèbre à mon tour, et je venais de quitter M. Valsp, pour me mettre en mon particulier, quand j'eus l'honneur de vous rendre visite à Paris. — Vous êtes un très grand fripon, M. l'abbé ; mais votre sincérité me touche. Allez à la cour demander le révérend Ed-Ivan-Baal-Denk ; je lui écrirai en votre faveur, à condition toutefois que vous me promettiez de devenir honnête homme et de ne pas faire égorger quelques milliers d'hommes pour de la soie et du coton. » Périgourdin promit tout ce qu'exigea Candide, et ils se séparèrent assez bons amis.

* C'est un des trente ou quarante journaux qui s'impriment à Paris ; il n'est connu qu'en France, où il a assez de cours parmi le peuple de tous les états. Au reste, il ne faut pas confondre ces cahiers de soixante & douze pages, avec d'autres de soixante & douze pages, dont l'Auteur se respecte lui-même, & dont les Philosophes font un grand cas. *(Cette note est de M. Ralph.)*

CHAPITRE IX

Disgrâces de Candide. Voyages et aventures

Périgourdin ne fut pas plutôt arrivé à la cour qu'il employa toute son adresse pour gagner le ministère, et pour perdre son bienfaiteur. Il répandit le bruit que Candide était un traître, et qu'il avait mal parlé de la sacrée moustache du roi des rois. Tous les courtisans le condamnèrent à être brûlé à petit feu ; mais le sophi, plus indulgent, ne le condamna qu'à un exil perpétuel, après avoir préalablement baisé la plante des pieds de son dénonciateur, suivant l'usage des Persans. Périgourdin partit pour faire exécuter ce jugement : il trouva notre philosophe en assez bonne santé, et disposé à redevenir heureux. « Mon ami, lui dit l'ambassadeur d'Angleterre, je viens à regret vous annoncer qu'il faut sortir au plus vite de cet empire et me baiser les pieds avec un véritable repentir de vos énormes forfaits... — Vous baiser les pieds, M. l'abbé ! en vérité vous n'y pensez pas ; je ne comprends rien à ce badinage. » Alors quelques muets qui avaient suivi Périgourdin entrèrent et le déchaussèrent. On signifia à Candide qu'il fallait subir cette humiliation, ou s'attendre à être empalé. Candide, en vertu de son libre arbitre, baisa les pieds de l'abbé. On le revêtit d'une mauvaise robe de toile et le bourreau le chassa de la ville, en criant : « C'est un traître, il a médit de la moustache du sophi, il a médit de la moustache impériale ! »

Que faisait l'officieux cénobite, tandis qu'on traitait ainsi son protégé ? Je n'en sais rien. Il est à croire qu'il s'était lassé de protéger Candide. Qui peut compter sur la faveur des rois, et des moines surtout ?

Cependant notre héros cheminait tristement. « Je n'ai jamais parlé, se disait-il, de la moustache du roi de Perse. Je tombe en un moment du faîte du bonheur dans l'abîme de l'infortune, parce qu'un misérable, qui a violé toutes les lois, m'accuse d'un prétendu crime que je n'ai jamais commis, et ce misérable, ce monstre persécuteur de la vertu... il est heureux. »

Candide, après quelques jours de marche, se trouva sur les frontières de la Turquie. Il dirigea ses pas vers la Propontide, dans le dessein de s'y fixer et de passer le reste de ses jours à cultiver son jardin. Il vit en passant, dans une petite bourgade, quantité de gens assemblés en tumulte : il s'informa de la cause et de l'effet. « C'est un événement assez par-

ticulier, lui dit un vieillard. Il y a quelque temps que le riche Mehemet demanda en mariage la fille du janissaire Zamoud ; il ne la trouva pas pucelle ; et suivant un principe tout naturel, autorisé par les lois, il la renvoya chez son père après l'avoir dévisagée. Zamoud outré de cet affront, dans les premiers transports d'une fureur très naturelle, abattit d'un coup de cimeterre le visage défiguré de sa fille. Son fils aîné, qui aimait passionnément sa sœur, et cela est bien dans la nature, sauta sur son père, et la rage dans le cœur, lui plongea tout naturellement un poignard très aigu dans l'estomac ; ensuite semblable à un lion qui s'enflamme en voyant couler son sang, le furieux Zamoud courut chez Mehemet : il a renversé quelques esclaves qui s'opposaient à son passage et a massacré Mehemet, ses femmes et deux enfants au berceau ; ce qui est fort naturel dans la situation violente où il était. Enfin, il a fini par se donner la mort avec le même poignard fumant du sang de son père et de ses ennemis ; ce qui est bien naturel encore. — Oh quelles horreurs ! s'écria Candide. Que diriez-vous, maître Pangloss, si vous trouviez ces barbares dans la nature ? N'avoueriez-vous pas que la nature est corrompue, que tout n'est pas… ? — Non, dit le vieillard ; car l'harmonie préétablie… — Ô Ciel ! ne me trompez-vous pas ? Est-ce Pangloss que je revois ? dit Candide. — C'est moi-même, répondit le vieillard : je vous ai reconnu, mais j'ai voulu pénétrer dans vos sentiments avant de me découvrir. Ça, discourons un peu sur les effets contingents, et voyons si vous avez fait des progrès dans l'art de la sagesse… — Hélas ! dit Candide, vous choisissez bien mal votre temps : apprenez-moi plutôt ce qu'est devenue mademoiselle Cunégonde, et où sont frère Giroflée, Paquette et la fille du pape Urbain. — Je n'en sais rien, dit Pangloss ; il y a deux ans que j'ai quitté notre habitation pour vous chercher : j'ai parcouru presque toute la Turquie ; j'allais me rendre à la cour de Perse, où j'avais appris que vous faisiez *flores,* et je ne séjournais dans cette petite bourgade, parmi ces bonnes gens, que pour prendre des forces pour continuer mon voyage. — Qu'est-ce que je vois ? reprit Candide tout surpris. Il vous manque un bras, mon cher docteur. — Cela n'est rien, dit le docteur borgne et manchot, rien de si ordinaire dans le meilleur des mondes, que de voir des gens qui n'ont qu'un œil et qu'un bras. Cet accident m'est arrivé dans un voyage de La Mecque. Notre caravane fut attaquée par une troupe d'Arabes : notre escorte voulut faire résistance et, suivant les droits de la guerre, les Arabes, qui se trouvèrent les plus forts,

nous massacrèrent tous impitoyablement. Il périt environ cinq cents personnes dans cette affaire, parmi lesquelles il y avait une douzaine de femmes grosses ; pour moi, je n'eus que le crâne fendu et le bras coupé : je n'en mourus pas, et j'ai toujours trouvé que tout allait au mieux. Mais vous-même, mon cher Candide, d'où vient que vous avez une jambe de bois ? » Alors Candide prit la parole et raconta ses aventures. Nos philosophes retournèrent ensemble dans la Propontide et firent gaiement le chemin en discourant du mal physique et du mal moral, de la liberté et de la prédestination, des monades et de l'harmonie préétablie.

CHAPITRE X

Arrivée de Candide et de Pangloss dans la Propontide ;
ce qu'ils y virent et ce qu'ils devinrent

« Ô Candide ! disait Pangloss, pourquoi vous êtes-vous lassé de cultiver votre jardin ? Que n'avons-nous toujours mangé des cédrats confits et des pistaches ? Pourquoi vous êtes-vous ennuyé de votre bonheur ? Parce que tout est nécessaire dans le meilleur des mondes, il fallait que vous subissiez la bastonnade en présence du roi de Perse ; que vous eussiez la jambe coupée, pour rendre le Chusistan heureux, pour éprouver l'ingratitude des hommes, et pour attirer sur la tête de quelques scélérats les châtiments qu'ils avaient mérités. » En parlant ainsi ils arrivèrent dans leur ancienne demeure. Les premiers objets qui s'offrirent à leurs yeux furent Martin et Paquette en habit d'esclaves. « D'où vient cette métamorphose ? leur dit Candide, après les avoir tendrement embrassés. — Hélas ! répondirent-ils en sanglotant, vous n'avez plus d'habitation : un autre s'est chargé de faire cultiver votre jardin ; il mange vos cédrats confits et vos pistaches, et nous traite comme des nègres. — Quel est cet autre ? dit Candide. — C'est, dirent-ils, le général de la Mer, l'humain le moins humain des hommes. Le sultan voulant récompenser ses services, sans qu'il lui en coûtât rien, a confisqué tous vos biens, sous le prétexte que vous étiez passé chez ses ennemis, et nous a condamnés à l'esclavage. — Croyezmoi, Candide, ajouta Martin, continuez votre route. Je vous l'ai toujours dit, tout est au plus mal, la somme des maux

excède de beaucoup la somme des biens. Partez, et je ne désespère pas que vous ne deveniez manichéen, si vous ne l'êtes déjà. » Pangloss voulait commencer un argument en forme, mais Candide l'interrompit pour demander des nouvelles de Cunégonde, de la vieille, de frère Giroflée et de Cacambo. « Cacambo, répondit Martin, est ici ; il est actuellement occupé à nettoyer un égout. La vieille est morte d'un coup de pied qu'un eunuque lui a donné dans la poitrine ; le frère Giroflée est entré dans les janissaires ; mademoiselle Cunégonde a repris tout son embonpoint et sa première beauté ; elle est dans le sérail de notre patron. — Quel enchaînement d'infortunes ! dit Candide. Fallait-il que mademoiselle Cunégonde redevînt belle pour me faire cocu ! — Il importe peu, dit Pangloss, que mademoiselle Cunégonde soit belle ou laide, qu'elle soit dans vos bras ou dans ceux d'un autre ; cela ne fait rien au système général ; pour moi je lui souhaite une nombreuse postérité. Les philosophes ne s'embarrassent pas avec qui les femmes font des enfants, pourvu qu'elles en fassent. La population... — Hélas, dit Martin, les philosophes devraient bien plutôt s'occuper à rendre heureux quelques individus, que de les engager à multiplier l'espèce souffrante... » Pendant qu'ils parlaient, un grand bruit se fit entendre. C'était le général de la Mer qui s'amusait à faire fesser une douzaine d'esclaves. Pangloss et Candide épouvantés se séparèrent, la larme à l'œil, de leurs amis, et prirent au plus vite le chemin de Constantinople.

Ils y retrouvèrent tout le monde en émeute. Le feu était dans le faubourg de Pera : il y avait déjà cinq ou six cents maisons de consumées et deux ou trois mille personnes avaient péri dans les flammes. « Quel horrible désastre ! s'écria Candide. — Tout est bien, dit Pangloss : ces petits accidents arrivent tous les ans. Il est tout naturel que le feu prenne à des maisons de bois et que ceux qui s'y trouvent soient brûlés. D'ailleurs cela procure quelques ressources à d'honnêtes gens qui languissent dans la misère... — Qu'est-ce que j'entends ? dit un officier de la Sublime-Porte. Comment, malheureux, tu oses dire que tout est bien, quand la moitié de Constantinople est en feu. Va, chien, maudit du Prophète, va recevoir la punition de ton audace. » En disant ces paroles, il prit Pangloss par le milieu du corps et le précipita dans les flammes. Candide à moitié mort se traîna comme il put dans un quartier voisin, où tout était plus tranquille ; et nous verrons ce qu'il devint dans le chapitre suivant.

CHAPITRE XI

Candide continue de voyager, et en quelle qualité

« Je n'ai d'autre parti à prendre, disait notre philosophe, que de me faire esclave ou Turc. Le bonheur m'a abandonné pour jamais. Un turban corromprait tous mes plaisirs. Je me sens incapable de goûter la tranquillité de l'âme dans une religion pleine d'impostures, dans laquelle je ne serais entré que par un vil intérêt. Non, jamais je ne serai content, si je cesse d'être honnête homme : faisons-nous donc esclave. » Aussitôt cette résolution prise, Candide se mit en devoir de l'exécuter. Il choisit un marchand arménien pour maître : c'était un homme d'un très bon caractère, et qui passait pour vertueux, autant qu'un Arménien peut l'être. Il donna deux cents sequins à Candide pour prix de sa liberté. L'Arménien était sur le point de partir pour la Norvège : il emmena Candide, espérant qu'un philosophe lui serait utile dans son commerce. Ils s'embarquèrent, et le vent leur fut si favorable qu'ils ne mirent que la moitié du temps qu'on met ordinairement pour faire ce trajet. Ils n'eurent pas même besoin d'acheter du vent des magiciens lapons, et se contentèrent de leur faire quelques cadeaux pour qu'ils ne troublassent pas leur bonne fortune par des enchantements ; ce qui leur arrive quelquefois, si l'on en croit le Dictionnaire de Moréri.

Aussitôt débarqué, l'Arménien fit sa provision de graisse de baleine, et chargea notre philosophe de parcourir le pays pour lui acheter du poisson sec : il s'acquitta de sa commission le mieux qu'il lui fut possible. Il s'en revenait avec plusieurs rennes chargés de cette marchandise, et il réfléchissait profondément sur la différence étonnante qui se trouve entre les Lapons et les autres hommes. Une très petite Laponne, qui avait la tête un peu plus grosse que le corps, les yeux rouges et pleins de feu, le nez épaté et la bouche de toute la grandeur possible, lui souhaita le bonjour, avec des grâces infinies. « Mon petit seigneur, lui dit cet être haut d'un pied dix pouces, je vous trouve charmant, faites-moi la grâce de m'aimer un peu. » En disant ceci, la Laponne lui sauta au cou. Candide la repoussa avec horreur. Elle s'écrie, son mari vient, accompagné de plusieurs autres Lapons. « D'où vient ce tintamarre ? dirent-ils. — C'est, dit le petit être, que cet étranger... hélas ! la douleur me suffoque : il me méprise. — J'entends, dit le mari lapon ; impoli, malhonnête, brutal, infâme, lâche coquin ; tu couvres d'opprobre ma maison ; tu

me fais l'injure la plus sensible ; tu refuses de coucher avec ma femme. — En voilà bien d'une autre, s'écria notre héros : qu'auriez-vous donc dit, si j'avais couché avec elle ? — Je t'aurais souhaité toutes sortes de prospérités, dit le Lapon en colère ; mais tu ne mérites que mon indignation. » En parlant ainsi, il déchargea sur le dos de Candide une volée de coups de bâton. Les rennes furent saisis par les parents de l'époux offensé, et Candide, crainte de pis, se vit contraint de prendre la fuite et de renoncer pour jamais à son bon maître ; car, comment oser se présenter devant lui sans argent, sans graisse de baleine et sans rennes ?

CHAPITRE XII

Candide continue ses voyages. Nouvelles aventures

Candide marcha longtemps sans savoir où il irait ; il se résolut enfin à se rendre dans le Danemark, où il avait ouï dire que tout allait assez bien. Il possédait quelques pièces de monnaie, dont l'Arménien lui avait fait présent, et avec ce faible secours, il espérait voir la fin de son voyage. L'espérance lui rendait sa misère supportable, et il passait encore quelques bons moments. Il se trouva un jour dans une hôtellerie avec trois voyageurs, qui lui parlaient avec chaleur du plein et de la matière subtile. Bon, se dit Candide, voilà des philosophes. « Messieurs, leur dit-il, le plein est incontestable : il n'y a point de vide dans la nature et la matière subtile est bien imaginée. — Vous êtes donc cartésien, firent les trois voyageurs. — Oui, fit Candide, et leibnizien, qui plus est. — Tant pis pour vous, répondirent les philosophes : Descartes et Leibniz n'avaient pas le sens commun. Nous sommes newtoniens nous autres, et nous en faisons gloire ; si nous disputons, c'est pour mieux nous affermir dans nos sentiments et nous pensons tous de même. Nous cherchons la vérité sur les traces de Newton, parce que nous sommes persuadés que Newton est un grand homme... — Et Descartes aussi, et Leibniz aussi, et Pangloss aussi, dit Candide ; ces grands hommes-là en valent bien d'autres. — Vous êtes un impertinent, notre ami, répondirent les philosophes ; connaissez-vous les lois de la réfrangibilité, de l'attraction, du mouvement ? Avez-vous lu les vérités que le docteur Clarke a répondues aux rêveries de votre Leibniz ? Savez-vous ce que c'est que la force centrifuge

et la force centripète ? Savez-vous que les couleurs dépendent des épaisseurs ? Avez-vous quelque notion de la théorie de la lumière et de la gravitation ? Connaissez-vous la période de vingt-cinq mille neuf cent vingt années, qui malheureusement ne s'accorde pas avec la chronologie ? Non, sans doute, vous n'avez que de fausses idées de toutes ces choses ; taisez-vous donc, chétive monade, et gardez-vous d'insulter les géants, en les comparant à des pygmées. — Messieurs, répondit Candide, si Pangloss était ici, il vous dirait de fort belles choses ; car c'est un grand philosophe ; il méprise souverainement votre Newton ; et comme je suis son disciple, je n'en fais pas grand cas non plus. » Les philosophes outrés de colère se jetèrent sur Candide, et le pauvre Candide fut rossé très philosophiquement.

Leur courroux s'apaisa ; ils demandèrent pardon à notre héros de leur vivacité. Alors l'un d'eux prit la parole et fit un fort beau discours sur la douceur et la modération.

Pendant qu'ils parlaient, on vit passer un enterrement magnifique ; nos philosophes en prirent occasion de discourir sur la sotte vanité des hommes. « Ne serait-il pas plus raisonnable, dit l'un d'eux, que les parents et les amis du mort portassent eux-mêmes, sans pompe et sans bruit, le fatal cercueil ? Cette opération funèbre, en leur offrant l'idée du trépas, ne produirait-elle pas l'effet le plus salutaire, le plus philosophique ? Cette réflexion, qui se présenterait d'elle-même : *Ce corps que je porte est celui de mon ami, de mon parent, il n'est plus, et comme lui je dois cesser d'être,* ne serait-elle pas capable d'épargner des crimes à ce globe malheureux ; de ramener à la vertu des êtres qui croient à l'immortalité de l'âme ? Les hommes sont trop portés à éloigner d'eux la pensée de la mort, pour qu'on doive craindre de leur en présenter de trop fortes images. D'où vient d'écarter de ce spectacle une mère et une épouse en pleurs ? Les accents plaintifs de la nature, les cris perçants du désespoir honoreraient bien plus les cendres d'un mort, que tous ces individus noirs depuis la tête jusqu'aux pieds, avec des pleureuses inutiles, et ce tas de ministres qui psalmodient gaiement des oraisons qu'ils n'entendent pas.

— C'est fort bien parlé, dit Candide ; si vous parliez toujours aussi bien, sans vous aviser de battre les gens, vous seriez un grand philosophe. »

Nos voyageurs se séparèrent avec des signes de confiance et d'amitié. Candide, dirigeant toujours ses pas vers le Danemark, s'enfonça dans les bois, en y rêvant à tous les malheurs

qui lui étaient arrivés dans le meilleur des mondes ; il se détourna du grand chemin et se perdit. Le jour commençait à baisser quand il s'aperçut de sa méprise ; le découragement le prit, et levant tristement les yeux au ciel, notre héros appuyé sur un tronc d'arbre parla en ces termes : « J'ai parcouru la moitié du monde ; j'ai vu la fraude et la calomnie triomphantes ; je n'ai cherché qu'à rendre service aux hommes, et j'ai été persécuté. Un grand roi m'honore de sa faveur et de cinquante coups de nerf de bœuf. J'arrive avec une jambe de bois dans une fort belle province ; j'y goûte les plaisirs, après m'être abreuvé de fiel et de chagrins. Un abbé arrive, je le protège, il s'insinue à la cour par mon moyen et je suis obligé de lui baiser les pieds... Je rencontre mon pauvre Pangloss, et c'est pour le voir brûler... Je me trouve avec des philosophes, l'espèce la plus douce et la plus sociable de toutes les espèces d'animaux répandus sur la surface de la terre, et ils me battent impitoyablement... Il faut que tout soit bien, puisque Pangloss l'a dit, mais je n'en suis pas moins le plus malheureux des êtres possibles. »

Candide s'interrompit pour prêter l'oreille à des cris perçants qui semblaient partir d'un endroit voisin : il avança par curiosité. Une jeune personne, qui s'arrachait les cheveux avec les marques du plus cruel désespoir, s'offrit tout à coup à sa vue. « Qui que vous soyez, lui dit-elle, si vous avez un cœur, suivez-moi. » Ils eurent à peine fait quelques pas que Candide aperçut un homme et une femme étendus sur l'herbe : leurs physionomies annonçaient la noblesse de leurs âmes et de leur origine ; leurs traits, quoique altérés par la douleur qu'ils ressentaient, avaient quelque chose de si intéressant que Candide ne put s'empêcher de les plaindre et de s'informer avec un vif empressement de la cause qui les avait réduits en ce triste état. « C'est mon père et ma mère que vous voyez, lui dit la jeune personne ; oui, ce sont les auteurs de mes misérables jours, continua-t-elle en se précipitant dans leurs bras. Ils fuyaient pour éviter la rigueur d'une sentence injuste ; j'accompagnais leur fuite, trop contente de partager leur malheur, de penser que dans les déserts où nous allions nous rendre, mes faibles mains pourraient leur procurer une nourriture nécessaire. Nous nous sommes arrêtés ici pour prendre quelque repos ; j'ai découvert cet arbre que vous voyez, son fruit m'a trompée... Hélas ! monsieur, je suis une créature en horreur à l'univers et à moi-même. Que votre bras s'arme pour venger la vertu offensée, pour punir le parricide ! Frappez !... Ce fruit... j'en ai présenté à mon

père et à ma mère ; ils en ont mangé avec plaisir : je m'applaudissais d'avoir trouvé le moyen d'étancher la soif dont ils étaient tourmentés... Malheureuse ! c'était la mort que je leur avais présentée : ce fruit est un poison. »

Ce récit fit frissonner Candide ; ses cheveux se dressèrent sur la tête ; une sueur froide coula sur tout son corps. Il s'empresse, autant que sa situation lui pouvait permettre de donner des secours à cette famille infortunée ; mais le poison avait déjà fait trop de progrès, et les remèdes les plus efficaces n'auraient pu en arrêter le funeste effet.

« Chère enfant, notre unique espérance ! s'écrièrent les deux malheureux, pardonne-toi comme nous te pardonnons ; c'est l'excès de ta tendresse qui nous ôte la vie... Généreux étranger, daignez prendre soin de ses jours ; son cœur est noble et formé à la vertu ; c'est un dépôt que nous vous laissons entre les mains, qui nous est infiniment plus précieux que notre fortune passée... Chère Zénoïde, reçois nos derniers embrassements ; mêle tes larmes avec les nôtres. Ha ! Ciel, que ces moments ont de charmes pour nous : tu nous as ouvert la porte du cachot ténébreux dans lequel nous languissons depuis quarante ans. Tendre Zénoïde, nous te bénissons, puisses-tu ne jamais oublier les leçons que notre prudence t'a dictées, et puissent-elles te préserver des abîmes que nous voyons entr'ouverts sous tes pas ! »

Ils expirèrent en prononçant ces derniers mots. Candide eut beaucoup de peine à faire revenir Zénoïde à elle-même. La lune avait éclairé cette scène touchante ; le jour paraissait, que Zénoïde, plongée dans une morne affliction, n'avait pas encore repris l'usage de ses sens. Dès qu'elle eut ouvert les yeux, elle pria Candide de creuser la terre pour y enfouir ces cadavres ; elle y travailla elle-même avec un courage étonnant. Ce devoir rempli, elle donna libre cours à ses pleurs. Notre philosophe l'entraîna loin de ce lieu fatal ; ils marchèrent longtemps sans tenir de route certaine. Ils aperçurent enfin une petite cabane ; deux personnes sur le déclin de l'âge habitaient dans ce désert, qui s'empressèrent de donner tous les secours que leur pauvreté leur permettait d'offrir à l'état déplorable de leurs frères. Ces vieilles gens étaient tels qu'on nous peint Philémon et Baucis. Il y avait cinquante ans qu'ils goûtaient les douceurs de l'hymen, sans jamais en avoir essuyé l'amertume ; une santé robuste, fruit de la tempérance et de la tranquillité de l'âme ; des mœurs douces et simples ; un fond de candeur inépuisable dans le caractère ; toutes les vertus que l'homme ne doit qu'à lui-même composaient le

glorieux apanage que le Ciel leur avait accordé. Ils étaient en vénération dans les hameaux voisins, dont les habitants plongés dans une heureuse rusticité auraient pu passer pour d'honnêtes gens, s'ils avaient été catholiques. Ils se faisaient un devoir de ne laisser manquer de rien à Agaton et à Suname (c'était les noms des vieux époux). Leur charité s'étendit sur les nouveaux venus. « Hélas ! disait Candide, c'est grand dommage que vous ayez été brûlé, mon cher Pangloss : vous aviez bien raison ; mais ce n'est pas dans toutes les parties de l'Europe et de l'Asie, que j'ai parcourues avec vous, que tout est bien ; c'est dans *Eldorado,* où il n'est pas possible d'aller, et dans une petite cabane située dans le lieu le plus froid, le plus aride, le plus affreux du monde. Que j'aurais de plaisir à vous entendre parler ici de l'harmonie préétablie et des monades ! Je voudrais bien passer mes jours parmi ces honnêtes luthériens ; mais il faudrait renoncer à aller à la messe, et me résoudre à être déchiré dans le *Journal chrétien.* »

Candide était fort curieux d'apprendre les aventures de Zénoïde, il ne lui en parlait pas par discrétion ; elle s'en aperçut et satisfit à son impatience en parlant de la sorte.

CHAPITRE XIII

Histoire de Zénoïde. Comme quoi Candide s'enflamma pour elle, et ce qui s'ensuivit

« Je sors d'une des plus anciennes maisons du Danemark : un de mes ancêtres périt dans ce repas où le méchant Christierne prépara la mort à tant de sénateurs. Les richesses et les dignités accumulées dans ma famille n'ont fait jusqu'à présent que d'illustres malheureux. Mon père eut la hardiesse de déplaire à un homme puissant, en lui disant la vérité : on lui suscita des accusateurs qui le noircirent de plusieurs crimes imaginaires. Les juges furent trompés ; hé ! quels juges peuvent ne jamais donner dans les pièges que la calomnie tend à l'innocence ? Mon père fut condamné à perdre la tête sur un échafaud. La fuite pouvant le garantir du supplice, il se retira chez un ami qu'il croyait digne de ce beau nom ; nous restâmes quelque temps cachés dans un château qu'il possède sur le bord de la mer, et nous y serions encore si le cruel, abusant de l'état déplorable où nous étions, n'avait voulu

vendre ses services à un prix qui nous les fit détester. L'infâme avait conçu une passion déréglée pour ma mère et pour moi ; il attenta à notre vertu par les moyens les plus indignes d'un honnête homme, et nous nous vîmes contraints à nous exposer aux plus affreux dangers pour éviter les effets de sa brutalité ; nous prîmes la fuite une seconde fois, et vous savez le reste. »

En achevant ce récit, Zénoïde pleura de nouveau. Candide essuya ses larmes et lui dit pour la consoler : « Tout est au mieux, Mademoiselle ; car si monsieur votre père n'était pas mort empoisonné, il aurait été infailliblement découvert et on lui aurait coupé la tête ; madame votre mère en serait peut-être morte de chagrin et nous ne serions pas dans cette pauvre chaumière, où tout va beaucoup mieux que dans les plus beaux châteaux possibles. — Hélas ! monsieur, répondit Zénoïde, mon père ne m'a jamais dit que tout était au mieux. Nous appartenons tous à un Dieu qui nous aime ; mais il n'a pas voulu éloigner de nous les soucis dévorants, les maladies cruelles, les maux innombrables qui affligent l'humanité. Le poison croît dans l'Amérique à côté du quinquina. Le plus heureux mortel a répandu des larmes. Du mélange des plaisirs et des peines résulte ce qu'on appelle la vie ; c'est-à-dire un laps de temps déterminé, toujours trop long aux yeux du sage, qu'on doit employer à faire le bien de la société dans laquelle on se trouve, à jouir des ouvrages du Tout-Puissant, sans en rechercher follement les causes ; à régler sa conduite sur le témoignage de sa conscience, et surtout à respecter la religion : trop heureux quand on peut la suivre.

Voilà ce que me disait souvent mon respectable père. Malheur, ajoutait-il, à ces écrivains téméraires, qui cherchent à pénétrer dans les secrets du Tout-Puissant. Sur ce principe que Dieu veut être honoré par des milliers d'atomes à qui il a donné l'être, les hommes ont allié des chimères ridicules à des vérités respectables. Le derviche chez les Turcs, le bramine en Perse, le bonze à la Chine, le talapoin dans l'Inde, tous rendent à la Divinité un culte différent ; mais ils goûtent la paix de l'âme dans les ténèbres où ils sont plongés ; celui qui voudrait les dissiper leur rendrait un mauvais service ; c'est ne pas aimer les hommes que de les arracher à l'empire du préjugé.

— Vous parlez comme un philosophe, dit Candide ; oserais-je vous demander, ma belle demoiselle, de quelle religion vous êtes. — J'ai été élevée dans le luthéranisme, répondit Zénoïde ; c'est la religion de mon pays. — Tout ce que

vous venez de dire, continua Candide, est un trait de lumière qui m'a pénétré, je me sens pour vous un fond d'estime et d'admiration... Comment se peut-il que tant d'esprit soit logé dans un si beau corps ; en vérité, mademoiselle, je vous estime et je vous admire à un point... » Candide balbutia encore quelques mots. Zénoïde s'aperçut de son trouble et le quitta ; elle évita depuis cet instant de se retrouver seule avec lui, et Candide chercha à être seul avec elle, ou à être tout seul. Il était plongé dans une mélancolie qui avait pour lui des charmes : il aimait éperdument Zénoïde et voulait se le dissimuler ; ses regards trahissaient le secret de son cœur : « Hélas ! disait-il, si maître Pangloss était ici, il me donnerait un bon conseil, car c'était un grand philosophe. »

CHAPITRE XIV

Continuation de l'amour de Candide

L'unique consolation que goûtait Candide était de parler à la belle Zénoïde en présence de leurs hôtes. « Comment, lui dit-il un jour, le roi que vous approchiez a-t-il pu permettre l'injustice qu'on a faite à votre maison ? Vous devez bien le haïr. — Hé ! dit Zénoïde, qui peut haïr son roi ? Qui peut ne pas aimer celui dans lequel est déposé le glaive étincelant des lois ? Les rois sont les vivantes images de la Divinité ; nous ne devons jamais condamner leur conduite ; l'obéissance et le respect sont le partage des bons sujets. — Je vous admire de plus en plus, répondit Candide ; mademoiselle, connaissez-vous le grand Leibniz, et le grand Pangloss qui a été brûlé après avoir manqué d'être pendu ? Connaissez-vous les monades, la matière subtile et les tourbillons ? — Non, monsieur, dit Zénoïde ; mon père ne m'a jamais parlé de toutes ces choses ; il m'a donné seulement une teinture de la physique expérimentale et m'a enseigné à mépriser toutes les sortes de philosophies qui ne concourent pas directement au bonheur de l'homme ; qui lui donnent de fausses notions de ce qu'il se doit à lui-même, et de ce qu'il doit aux autres ; qui ne lui apprennent point à régler ses mœurs ; qui ne lui remplissent l'esprit que de mots barbares et de conjectures téméraires ; qui ne lui donnent pas d'idée plus claire de l'Auteur des êtres que celle que lui fournissent ses ouvrages et les merveilles qui s'opèrent tous les jours sous ses yeux. — Encore un coup,

je vous admire, mademoiselle ; vous m'enchantez ; vous me ravissez ; vous êtes un ange que le Ciel m'a envoyé pour m'éclairer sur les sophismes de maître Pangloss. Pauvre animal que j'étais ! après avoir essuyé un nombre prodigieux de coups de pied dans le derrière, de coups de baguettes sur les épaules, de coups de nerfs de bœuf sous la plante des pieds ; après avoir essuyé un tremblement de terre ; après avoir assisté à la pendaison du docteur Pangloss, l'avoir vu brûler tout récemment ; après avoir été violé, avec des douleurs inexprimables, par un vilain Persan ; après avoir été volé par arrêt du Divan, et rossé par des philosophes, je croyais encore que tout était bien. Ah ! je suis bien désabusé. Cependant la nature ne m'a jamais paru plus belle que depuis que je vous vois. Les concerts champêtres des oiseaux frappent mon oreille d'une harmonie que jusqu'à ce jour je ne connaissais pas ; tout s'anime, et le vernis du sentiment qui m'enchante semble empreint sur tous les objets ; je ne sens pas cette molle langueur que j'éprouvais dans les jardins que j'avais à Sus ; ce que vous m'inspirez est absolument différent. — Brisons là, dit Zénoïde ; la suite de votre discours pourrait offenser ma délicatesse, et vous devez la respecter. — Je me tairai, dit Candide, mais mes feux n'en seront que plus ardents. » Il regarda Zénoïde en prononçant ces mots ; il s'aperçut qu'elle rougissait, et en homme expérimenté, il en conçut les plus flatteuses espérances.

La jeune Danoise évita encore quelque temps les poursuites de Candide. Un jour qu'il se promenait à grands pas dans le jardin de ses hôtes, il s'écria dans un transport amoureux : « Que n'ai-je mes moutons du bon pays d'*Eldorado !* Que ne suis-je en état d'acheter un petit royaume ! Ah ! si j'étais roi... — Que vous serais-je dit une voix qui perça le cœur de notre philosophe. — C'est vous, belle Zénoïde, dit-il, en tombant à ses genoux ; je me croyais seul. Le peu de paroles que vous avez prononcées semblent m'assurer le bonheur où j'aspire. Je ne serai jamais roi, ni peut-être jamais riche ; mais si vous m'aimez... ne détournez pas de moi ces yeux si pleins de charmes ; que j'y lise un aveu qui peut seul combler mes désirs. Belle Zénoïde, je vous adore ; que votre âme s'ouvre à la pitié... Que vois-je ! vous répandez des larmes. Ah ! je suis trop heureux. — Oui, vous êtes heureux, dit Zénoïde, rien ne m'oblige à déguiser ma sensibilité pour un objet que j'en crois digne ; jusqu'à présent vous n'êtes attaché à mon sort que par les liens de l'humanité ; il est temps de resserrer ces liens par des liens plus saints. Je me suis consultée ; réflé-

chissez mûrement à votre tour, et songez surtout qu'en m'épousant, vous contractez l'obligation de me protéger ; d'adoucir et de partager les misères que le sort me réserve peut-être encore. — Vous épouser, dit Candide ; ces mots m'éclairent sur l'imprudence de ma conduite. Hélas ! chère idole de ma vie, je ne mérite pas vos bontés ; mademoiselle Cunégonde n'est pas morte... — Qu'est-ce que mademoiselle Cunégonde ? — C'est ma femme », répondit Candide avec son ingénuité ordinaire.

Nos amants restèrent quelques instants sans rien dire ; ils voulaient parler, et la parole expirait sur leurs lèvres ; leurs yeux étaient mouillés de pleurs. Candide tenait dans ses mains celles de Zénoïde, il les serrait contre son cœur, il les dévorait de baisers. Il eut la hardiesse de porter les siennes sur le sein de sa maîtresse ; il sentit qu'elle respirait avec peine : son âme vola sur sa bouche, et sa bouche collée sur celle de Zénoïde fit reprendre à la belle Danoise la connaissance qu'elle avait perdue. Candide crut voir son pardon écrit dans ses beaux yeux. « Cher amant, lui dit-elle, mon courroux paierait mal des transports que mon cœur autorise. Arrête cependant, tu me perdrais dans l'opinion des hommes ; tu serais peu capable de m'aimer si je devenais l'objet de leur mépris. Arrête et respecte ma faiblesse. — Comment ! s'écria Candide, parce que le vulgaire hébété dit qu'une fille se déshonore en rendant heureux un être qu'elle aime et dont elle est aimée, en suivant le doux penchant de la nature, qui dans les beaux jours du monde... » Nous ne rapporterons pas toute cette conversation intéressante ; nous nous contenterons de dire que l'éloquence de Candide, embellie par les expressions de l'amour, eut tout l'effet qu'il en pouvait attendre sur une philosophe jeune et sensible.

Ces amants, dont les jours coulaient auparavant dans la tristesse et dans l'ennui, s'écoulèrent rapidement dans une ivresse continuelle. La sève délicieuse du plaisir circula dans leurs veines. Le silence des forêts, les montagnes couvertes de ronces et entourées de précipices, les plaines glacées, les champs remplis d'horreurs, dont ils étaient environnés, les persuadèrent de plus en plus du besoin qu'ils avaient de s'aimer : ils étaient résolus à ne point quitter cette solitude effrayante ; mais le destin n'était pas las de les persécuter, ainsi que nous le verrons dans le chapitre suivant.

CHAPITRE XV

Arrivée de Volhall. Voyage à Copenhague

Candide et Zénoïde s'entretenaient des ouvrages de la Divinité, du culte que les hommes doivent lui rendre, des devoirs qui les lient entre eux, et surtout de la charité, de toutes les vertus la plus utile au monde. Ils ne s'en tenaient pas à des déclamations frivoles : Candide enseignait à de jeunes garçons le respect dû au frein sacré des lois ; Zénoïde instruisait de jeunes filles de ce qu'elles devaient à leurs parents ; tous deux se réunissaient pour jeter dans de jeunes cœurs les semences fécondes de la religion. Un jour qu'ils remplissaient ces pieuses occupations, Suname vint avertir Zénoïde qu'un vieux seigneur accompagné de beaucoup de domestiques venait d'arriver, et qu'au portrait qu'il lui avait fait de celle qu'il cherchait, elle n'avait pas pu douter que ce ne fût la belle Zénoïde. Ce seigneur suivait de près Suname, et il entra presque en même temps qu'elle dans l'endroit où étaient Zénoïde et Candide.

Zénoïde s'évanouit à sa vue ; mais peu sensible à ce touchant spectacle, Volhall la prit par la main, et la tira avec tant de violence qu'elle revint à elle ; et ce ne fut que pour répandre un ruisseau de larmes. « Ma nièce, lui dit-il avec un sourire amer, je vous trouve en fort bonne compagnie ; je ne m'étonne pas que vous la préfériez au séjour de la capitale, à ma maison, à votre famille. — Oui, monsieur, répondit Zénoïde, je préfère les lieux où habitent la simplicité et la candeur, au séjour de la trahison et de l'imposture. Je ne reverrais qu'avec horreur l'endroit où commencèrent mes infortunes, où j'ai reçu tant de preuves de la noirceur de votre caractère ; où je n'ai d'autres parents que vous. — Mademoiselle, répliqua Volhall, vous me suivrez, s'il vous plaît, dussiez-vous vous évanouir encore une fois. » En parlant ainsi il l'entraîna, et la fit monter dans une chaise qui l'attendait. Elle n'eut que le temps de dire à Candide de la suivre, et elle partit en bénissant ses hôtes, et en leur promettant de les récompenser de leurs soins généreux.

Un domestique de Volhall eut pitié de la douleur dans laquelle Candide était plongé ; il crut qu'il ne prenait d'autre intérêt à la jeune Danoise que celui qu'inspire la vertu malheureuse : il lui proposa de faire le voyage de Copenhague, et lui en facilita les moyens. Il fit plus : il lui insinua qu'il pourrait être admis au nombre des domestiques de Volhall,

s'il n'avait pas d'autres ressources que le service pour se tirer d'affaire. Candide agréa ses efforts ; et aussitôt arrivé, son futur camarade le présenta comme un de ses parents, dont il répondit. « Maraud, lui dit Volhall, je veux bien vous accorder l'honneur d'approcher un homme tel que moi : n'oubliez jamais le profond respect que vous devez à mes volontés ; prévenez-les, si vous avez assez d'instinct pour cela : songez qu'un homme tel que moi s'avilit en parlant à un misérable tel que vous. » Notre philosophe répondit très humblement à ce discours impertinent ; et dès le même jour on le revêtit de la livrée de son maître.

On s'imagine aisément combien Zénoïde fut surprise et joyeuse en reconnaissant son amant parmi les valets de son oncle : elle fit naître des occasions, Candide sut en profiter ; ils se jurèrent une confiance à toute épreuve. Zénoïde avait quelques mauvais moments ; elle se reprochait quelquefois son amour pour Candide ; elle l'affligeait par des caprices ; mais Candide l'idolâtrait ; il savait que la perfection n'est pas le partage de l'homme, ni moins encore de la femme. Zénoïde reprenait sa belle humeur dans ses bras. L'espèce de contrainte où ils étaient rendait leurs plaisirs plus piquants : ils étaient encore heureux.

CHAPITRE XVI

Comment Candide retrouva sa femme, et perdit sa maîtresse

Notre héros n'avait qu'à essuyer les hauteurs de son maître, et ce n'était pas acheter trop cher les faveurs de sa maîtresse. L'amour satisfait ne se cache pas aussi aisément qu'on le dit : nos amants se trahirent eux-mêmes. Leur liaison ne fut plus un mystère qu'aux yeux peu pénétrants de Volhall ; tous les domestiques la savaient. Candide en recevait des félicitations qui le faisaient trembler ; il attendait l'orage prêt à fondre sur sa tête, et ne se doutait pas qu'une personne qui lui avait été chère était sur le point d'accélérer son infortune. Il y avait quelques jours qu'il avait aperçu un visage qui ressemblait à mademoiselle Cunégonde ; il retrouva ce même visage dans la cour de Volhall : l'objet qui le portait était très mal vêtu, et il n'y avait pas d'apparence qu'une favorite d'un grand mahométan se trouvât dans la cour d'un hôtel à Copen-

hague. Cependant cet objet désagréable regardait Candide fort attentivement : cet objet s'approcha tout à coup, et saisissant Candide par les cheveux, lui donna le plus grand soufflet qu'il eût encore reçu. « Je ne me trompe pas ! s'écria notre philosophe. Ô ciel ! qui l'aurait cru ? Que venez-vous faire ici, après vous être laissé violer par un sectateur de Mahomet ? Allez, perfide épouse, je ne vous connais pas. — Tu me reconnaîtras à mes fureurs, répliqua Cunégonde : je sais la vie que tu mènes, ton amour pour la nièce de ton maître, ton mépris pour moi. Hélas ! il y a trois mois que j'ai quitté le sérail, parce que je n'y étais plus bonne à rien. Un marchand m'a achetée pour recoudre son linge, il m'emmène avec lui dans un voyage qu'il fait sur ces côtes ; Martin, Cacambo et Paquette, qu'il avait aussi achetés, sont du voyage ; le docteur Pangloss, par le plus grand hasard du monde, se trouve dans le même vaisseau en qualité de passager ; nous faisons naufrage à quelques milles d'ici, j'échappe du danger avec le fidèle Cacambo, qui, je te jure, a la peau aussi ferme que toi : je te revois, et je te revois infidèle. Frémis ! et crains tout d'une femme irritée. »

Candide était tout stupéfait de cette scène touchante ; il venait de laisser aller Cunégonde, sans songer aux ménagements qu'on doit garder à l'égard de quiconque sait notre secret, lorsque Cacambo s'offrit à sa vue ; ils s'embrassèrent tendrement. Candide s'informa de toutes les choses qu'on venait de lui dire ; il s'affligea beaucoup de la perte du grand Pangloss, qui après avoir été pendu et brûlé s'était noyé misérablement. Ils parlaient avec cette effusion de cœur qu'inspire l'amitié. Un petit billet que Zénoïde jeta par la fenêtre mit fin à la conversation. Candide l'ouvrit et y trouva ces mots :

« Fuyez, mon cher amant, tout est découvert. Un penchant innocent que la nature autorise, qui ne blesse en rien la société, est un crime aux yeux des hommes crédules et cruels. Volhall sort de ma chambre, et m'a traitée avec la dernière inhumanité ; il va obtenir un ordre pour vous faire périr dans un cachot. Fuis, trop cher amant, mets en sûreté des jours que tu ne peux plus passer auprès de moi. Ces temps heureux ne sont plus, où notre tendresse réciproque... Ah ! triste Zénoïde, qu'as-tu fait au Ciel, pour mériter un traitement si rigoureux ? Je m'égare : souviens-toi toujours de ta chère Zénoïde. Cher amant, tu vivras éternellement dans mon cœur... Non, tu n'as jamais compris combien je t'aimais... Puisses-tu recevoir sur mes lèvres brûlantes mon dernier adieu

et mon dernier soupir ! Je me sens prête à rejoindre mon malheureux père : l'éclat du jour m'est en horreur, il n'éclaire que des forfaits. »

Cacambo, toujours sage et prudent, entraîna Candide qui ne se connaissait plus ; ils sortirent de la ville par le plus court chemin. Candide n'ouvrait pas la bouche, et ils étaient déjà assez loin de Copenhague qu'il n'était pas encore sorti de l'espèce de léthargie dans laquelle il était enseveli. Enfin, il regarda son fidèle Cacambo, et parla en ces termes.

CHAPITRE XVII

Comme quoi Candide voulut se tuer, et n'en fit rien.
Ce qui lui arriva dans un cabaret

« Cher Cacambo, autrefois mon valet, maintenant mon égal et toujours mon ami, tu as partagé quelques-unes de mes infortunes, tu m'as donné des conseils salutaires, tu as vu mon amour pour mademoiselle Cunégonde... — Hélas ! mon ancien maître, dit Cacambo ; c'est elle qui vous a joué le tour le plus indigne ; c'est elle qui, après avoir appris de vos camarades que vous aimiez Zénoïde autant qu'elle vous aimait, a tout révélé au barbare Volhall. — Si cela est ainsi, dit Candide, je n'ai plus qu'à mourir. » Notre philosophe tira de sa poche un petit couteau, et se mit à l'aiguiser avec un sang-froid digne d'un ancien Romain ou d'un Anglais. « Que prétendez-vous faire ? dit Cacambo. — Me couper la gorge, dit Candide. — C'est fort bien pensé, répliqua Cacambo, mais le sage ne doit se déterminer qu'après de mûres réflexions : vous serez toujours à même de vous tuer, si l'envie ne vous en passe pas. Croyez-moi, mon cher maître, remettez la partie à demain ; plus vous différerez, plus l'action sera courageuse. — Je goûte tes raisons, dit Candide : d'ailleurs, si je me coupais la gorge tout à l'heure, le gazetier de Trévoux insulterait à ma mémoire : voilà qui est fini, je ne me tuerai que dans deux ou trois jours. » En parlant ainsi ils arrivèrent à Elseneur, ville assez considérable, et peu éloignée de Copenhague ; ils y couchèrent, et Cacambo s'applaudit du bon effet que le sommeil avait produit sur Candide. Ils sortirent à la pointe du jour de la ville. Candide toujours philosophe, car les préjugés de l'enfance ne s'effacent jamais, entretenait son ami Cacambo du bien et du mal physique,

des discours de la sage Zénoïde, des vérités lumineuses qu'il avait puisées dans son entretien. « Si Pangloss n'était pas mort, disait-il, je combattrais son système d'une façon victorieuse. Dieu me garde de devenir manichéen. Ma maîtresse m'a enseigné à respecter le voile impénétrable dont la divinité enveloppe sa manière d'opérer sur nous. C'est peut-être l'homme qui s'est précipité lui-même dans l'abîme d'infortunes où il gémit : d'un frugivore, il a fait un animal carnassier. Les sauvages que nous avons vus ne mangent que les jésuites, et ne vivent pas mal entre eux. Les sauvages, s'il en est, répandus un à un dans les bois, ne subsistant que de glands et d'herbes, sont sans doute plus heureux encore. La société a donné naissance aux plus grands crimes. Il y a des hommes dans la société qui sont nécessités par état à souhaiter la mort des hommes. Le naufrage d'un vaisseau, l'incendie d'une maison, la perte d'une bataille, provoquent à la tristesse une partie de la société, et répandent la joie chez l'autre. Tout est fort mal, mon cher Cacambo, et il n'y a d'autre parti à prendre pour le sage, que de se couper la gorge le plus doucement qu'il est possible. — Vous avez raison, dit Cacambo : mais j'aperçois un cabaret, vous devez être fort altéré ; allons, mon ancien maître, buvons un coup, et nous continuerons après nos entretiens philosophiques. »

Ils entrèrent dans ce cabaret ; une troupe de paysans et de paysannes dansaient au milieu de la cour, au son de quelques mauvais instruments. La gaieté respirait sur toutes les physionomies : c'était un spectacle digne du pinceau de Watteau. Dès que Candide parut, une jeune fille le prit par la main et le pria à danser. « Ma belle demoiselle, lui répondit Candide, quand on a perdu sa maîtresse, qu'on a retrouvé sa femme, et qu'on a appris que le grand Pangloss est mort, on n'a point du tout envie de faire des cabrioles ; d'ailleurs, je dois me tuer demain au matin et vous sentez qu'un homme qui n'a plus que quelques heures à vivre ne doit pas les perdre à danser. » Alors Cacambo s'approcha de Candide et lui parla de la sorte : « La passion de la gloire fut toujours celle des grands philosophes. Caton d'Utique se tua après avoir bien dormi ; Socrate avala la ciguë après s'être familièrement entretenu avec ses amis ; plusieurs Anglais se sont brûlé la cervelle au sortir d'un repas : mais aucun grand homme, que je sache, ne s'est coupé la gorge après avoir bien dansé. C'est à vous, mon cher maître, que cette gloire est réservée. Croyez-moi, dansons tout notre saoul, et nous nous tuerons demain au matin. — N'as-tu pas remarqué, répondit Candide, que

cette jeune paysanne est une brune très piquante ? — Elle a je ne sais quoi d'intéressant dans la physionomie, dit Cacambo. — Elle m'a serré la main, reprit notre philosophe. — Avez-vous pris garde, dit Cacambo, que dans le désordre de la danse son mouchoir a laissé à découvert deux petits tétons admirables ? — Je les ai bien vus, fit Candide. Tiens, si je n'avais pas le cœur rempli de mademoiselle Zénoïde... » La petite brune interrompit Candide, et le pria de nouveau. Notre héros se laisse aller, et le voilà qui danse de la meilleure grâce du monde. Après avoir dansé et embrassé la jolie paysanne, il se retire à sa place sans prier la reine du bal à danser. Aussitôt on murmura ; tous les acteurs et les spectateurs paraissaient outrés d'un mépris si marqué. Candide ne connaissait pas sa faute, et conséquemment n'était pas en état de la réparer. Un gros manant s'approche, et lui donne un coup de poing sur le nez. Cacambo rend à ce gros manant un coup de pied dans le ventre. En un instant les instruments sont fracassés, les filles et les femmes décoiffées ; Candide et Cacambo se battent en héros ; ils sont enfin obligés de prendre la fuite, tout criblés de coups.

« Tout est empoisonné pour moi, disait Candide en donnant le bras à son ami Cacambo : j'ai éprouvé bien des malheurs, mais je ne m'attendais pas à être roué de coups pour avoir dansé avec une paysanne qui m'avait prié à danser. »

CHAPITRE XVIII

Candide et Cacambo se retirent dans un hôpital.
Rencontre qu'ils y font

Cacambo et son ancien maître n'en pouvaient plus : ils commençaient à se laisser aller à cette espèce de maladie de l'âme, qui en éteint toutes les facultés ; ils tombaient dans l'abattement et dans le désespoir, quand ils aperçurent un hôpital bâti pour les voyageurs. Cacambo proposa d'y entrer ; Candide le suivit. On eut pour eux tous les soins qu'on a d'ordinaire dans ces maisons-là ; ils furent traités pour l'amour de Dieu, c'est tout dire. En peu de temps ils furent guéris de leurs blessures, mais ils gagnèrent la gale. Il n'y avait pas d'apparence que cette maladie fût l'affaire d'un jour ; cette idée remplissait de larmes les yeux de notre philosophe, et il disait en se grattant : « Tu n'as pas voulu me laisser

couper la gorge, mon cher Cacambo, tes mauvais conseils me replongent dans l'opprobre et l'infortune, et si je veux me couper la gorge aujourd'hui, on dira dans le journal de Trévoux : c'est un lâche, qui ne s'est tué que parce qu'il avait la gale ; voilà à quoi tu m'exposes par l'intérêt mal entendu que tu as bien voulu prendre à mon sort. — Nos maux ne sont pas sans remèdes, répondit Cacambo : si vous daignez me croire, nous nous fixerons ici en qualité de frères ; j'entends un peu la chirurgie, et je vous promets d'adoucir et de rendre supportable notre triste condition. — Ah ! dit Candide, périssent tous les ânes, et surtout les ânes chirurgiens, si dangereux pour l'humanité. Je ne souffrirai jamais que tu te donnes pour ce que tu n'es pas : c'est une trahison, dont les conséquences m'épouvantent. D'ailleurs, si tu pouvais comprendre combien il est dur, après avoir été vice-roi d'une belle province, après s'être vu en état d'acheter de beaux royaumes, après avoir été l'amant favorisé de mademoiselle Zénoïde, de se résoudre à servir en qualité de frère dans un hôpital... — Je comprends cela, reprit Cacambo : mais je comprends aussi qu'il est bien dur de mourir de faim. Songez encore que le parti que je vous propose est peut-être l'unique que vous puissiez prendre pour éviter les recherches du cruel Volhall, et vous soustraire aux châtiments qu'il vous prépare. »

Un frère passa comme ils parlaient ainsi, ils lui firent quelques questions. Il y répondit d'une manière satisfaisante ; il les assura que les frères étaient bien nourris et jouissaient d'une honnête liberté. Candide se détermina : il prit avec Cacambo l'habit de frère, qu'on leur accorda sur-le-champ, et nos deux misérables se mirent à servir d'autres misérables.

Un jour que Candide distribuait, à la ronde, quelques mauvais bouillons, un vieillard fixa son attention. Son visage était livide, ses lèvres étaient couvertes d'écume, ses yeux étaient à demi tournés, l'image de la mort se peignait sur des joues creuses et décharnées. « Pauvre homme, lui dit Candide, que je vous plains ; vous devez horriblement souffrir. — Je souffre beaucoup, répondit-il d'une voix sépulcrale : on dit que je suis étique, pulmonique, asthmatique et vérolé jusqu'aux os : si cela est je suis bien malade. Cependant tout ne va pas mal, et c'est ce qui me console. — Ah ! dit Candide, il n'y a que le docteur Pangloss, qui, dans un état aussi déplorable, puisse soutenir la doctrine de l'optimisme quand tout autre ne prêcherait que le pess... — Ne prononcez pas ce détestable mot, s'écria le pauvre homme ; je suis ce Pangloss

dont vous parlez. Malheureux, laissez-moi mourir en paix : tout est bien, tout est au mieux. » L'effort qu'il fit en prononçant ces mots lui coûta la dernière dent, qu'il cracha avec une prodigieuse quantité de pus. Il expira quelques instants après.

Candide le pleura, car il avait le cœur bon. Son entêtement fut une source de réflexions pour notre philosophe ; il se rappelait souvent toutes ses aventures. Cunégonde était restée à Copenhague ; il apprit qu'elle y exerçait le métier de ravaudeuse, avec toute la distinction possible. La passion des voyages l'abandonna tout à fait. Le fidèle Cacambo le soutenait par ses conseils et par son amitié. Candide ne murmura pas contre la Providence. « Je sais que le bonheur n'est pas le partage de l'homme, disait-il quelquefois : le bonheur ne réside que dans le bon pays d'*Eldorado ;* mais il est impossible d'y aller. »

CHAPITRE XIX

Nouvelles rencontres

Candide n'était pas si malheureux, puisqu'il avait un véritable ami. Il avait trouvé dans un valet métis ce qu'on cherche vainement dans notre Europe. Peut-être que la nature qui fait croître en Amérique des simples propres aux maladies corporelles de notre continent, y a placé aussi des remèdes pour nos maladies du cœur et de l'esprit. Peut-être y a-t-il des hommes dans le nouveau monde qui sont conformés tout autrement que nous, qui ne sont pas esclaves de l'intérêt personnel, qui sont dignes de brûler du beau feu de l'amitié. Qu'il serait à souhaiter qu'au lieu de ballots d'indigo et de cochenille, tout couverts de sang, on nous amenât quelques-uns de ces hommes ! Cette sorte de commerce serait bien avantageuse pour l'humanité. Cacambo valait mieux pour Candide qu'une douzaine de moutons rouges chargés de cailloux d'*Eldorado*. Notre philosophe recommençait à goûter le plaisir de vivre. C'était une consolation pour lui de veiller à la conservation de l'espèce humaine, et de n'être pas un membre inutile dans la société. Dieu bénit des intentions aussi pures, en lui rendant, ainsi qu'à Cacambo, les douceurs de la santé. Ils n'avaient plus la gale, et ils remplissaient gaiement les fonctions pénibles de leur état ; mais le sort leur ôta bientôt la sécurité dont ils jouissaient. Cunégonde, qui avait

pris à cœur de tourmenter son époux, quitta Copenhague pour marcher sur ses traces : le hasard l'amena à l'hôpital ; elle était accompagnée d'un homme que Candide reconnut pour M. le baron de Thunder-ten-tronckh ; on s'imagine aisément quelle dut être sa surprise. Le baron, qui s'en aperçut, lui parla ainsi : « Je n'ai pas ramé longtemps sur les galères ottomanes : les jésuites apprirent mon infortune, et me rachetèrent pour l'honneur de la Société. J'ai fait un voyage en Allemagne, où j'ai reçu quelques bienfaits des héritiers de mon père. Je n'ai rien négligé pour retrouver ma sœur ; et ayant appris de Constantinople qu'elle était partie sur un vaisseau qui avait fait naufrage sur les côtes du Danemark, je me suis déguisé. J'ai pris des lettres de recommandation pour des négociants danois qui sont en relations avec la Société ; et enfin, j'ai trouvé ma sœur qui vous aime, tout indigne que vous êtes de son amitié ; et puisque vous avez eu l'imprudence de coucher avec elle, je consens à la ratification du mariage ; bien entendu que ma sœur ne vous donnera que la main gauche ; ce qui est bien raisonnable, puisqu'elle a soixante et onze quartiers, et que vous n'en avez pas un. — Hélas ! dit Candide, tous les quartiers du monde sans la beauté... Mademoiselle Cunégonde était fort laide, quand j'ai eu l'imprudence de l'épouser ; elle est redevenue belle, et un autre a joui de ses charmes ; elle est redevenue laide, et vous voulez que je lui redonne la main. Non, en vérité, mon révérend Père : renvoyez-la dans son sérail de Constantinople, elle m'a fait trop de mal dans ce pays-ci. — Laisse-toi toucher, ingrat, dit Cunégonde, en faisant des contorsions épouvantables ; n'oblige pas M. le baron, qui est prêtre, à nous tuer tous deux pour laver sa honte dans le sang. Me crois-tu capable d'avoir manqué de bonne volonté à la fidélité que je te devais ? Que voulais-tu que je fisse vis-à-vis d'un patron qui me trouvait jolie ? Ni mes larmes ni mes cris n'ont pu adoucir sa farouche brutalité. Voyant qu'il n'y avait rien à gagner, je m'arrangeai de façon à être violée le plus commodément qu'il me fût possible, et toute autre femme en eût fait de même : voilà mon crime, il ne mérite pas ton courroux. Un crime plus grand à tes yeux, c'est celui de t'avoir enlevé ta maîtresse ; mais ce crime doit te prouver mon amour. Va, mon cher petit cœur, si jamais je redeviens belle, si mes tétons, actuellement pendants, reprennent leur rondeur et leur élasticité, si... ce ne sera que pour toi, mon cher Candide ; nous ne sommes plus en Turquie, et je te jure bien de ne jamais me laisser violer. »

Ce discours ne fit pas beaucoup d'impression sur Candide. Il demanda quelques heures pour se déterminer sur le parti qu'il avait à prendre ; M. le baron lui accorda deux heures, pendant lesquelles il consulta son ami Cacambo. Après avoir pesé les raisons du pour et du contre, ils se déterminèrent à suivre le jésuite et sa sœur en Allemagne. Les voilà qui quittent l'hôpital, et se mettent en marche de compagnie ; non pas à pied, mais sur de bons chevaux qu'avait amenés le baron jésuite. Ils arrivèrent sur les frontières du royaume. Un grand homme d'assez mauvaise mine considère attentivement notre héros : « C'est lui-même, dit-il en jetant en même temps les yeux sur un petit morceau de papier. Monsieur, sans trop de curiosité, ne vous nommez-vous pas Candide ? — Oui, monsieur, c'est ainsi qu'on m'a toujours nommé. — Monsieur, j'en suis flatté pour vous ; en effet, vous avez les sourcils noirs, les yeux à fleur de tête, les oreilles d'une grandeur médiocre, le visage rond et haut en couleur : vous m'avez bien l'air d'avoir cinq pieds cinq pouces. — Oui, monsieur, c'est ma taille ; mais que vous font mes oreilles et ma taille ? — Monsieur, on ne saurait trop user de circonspection dans notre ministère. Permettez-moi de vous faire encore une petite question : n'avez-vous pas servi le seigneur Volhall ? — Monsieur, en vérité, répondit Candide tout déconcerté, je ne comprends pas... — Pour moi je comprends à merveille que vous êtes celui dont on m'a envoyé le signalement. Donnez-vous la peine d'entrer dans le corps de garde. Soldats, conduisez monsieur, préparez la chambre basse, et faites appeler le serrurier pour faire à monsieur une petite chaîne du poids de trente ou quarante livres. Monsieur Candide, vous avez là un bon cheval ; j'avais besoin d'un cheval du même poil, nous nous en accommoderons. »

Le baron n'osa pas réclamer le cheval : on entraîna Candide. Cunégonde pleura pendant un quart d'heure. Le jésuite ne montra aucun chagrin de cette catastrophe. « J'aurais été obligé de le tuer ou de vous remarier, dit-il à sa sœur ; et tout considéré, ce qui vient d'arriver vaut beaucoup mieux pour l'honneur de notre maison. » Cunégonde partit avec son frère ; il n'y eut que le fidèle Cacambo qui ne voulut pas abandonner son ami.

CHAPITRE XX

Suite de l'infortune de Candide.
Comment il retrouva sa maîtresse, et ce qu'il en advint

« Ô Pangloss, disait Candide, c'est grand dommage que vous ayez péri misérablement. Vous n'avez été témoin que d'une partie de mes malheurs, et j'espérais de vous faire abandonner cette opinion inconséquente que vous avez soutenue jusqu'à la mort. Il n'y a point d'hommes sur la terre qui aient essuyé plus de calamités que moi ; mais il n'y en a pas un seul qui n'ait maudit son existence, comme nous le disait énergiquement la fille du pape Urbain. Que vais-je devenir, mon cher Cacambo ? — Je n'en sais rien, répondit Cacambo : tout ce que je sais, c'est que je ne vous abandonnerai pas. — Et mademoiselle Cunégonde m'a abandonné, dit Candide. Hélas ; une femme ne vaut pas un ami métis. »

Candide et Cacambo parlaient ainsi dans un cachot : on les en tira pour les ramener à Copenhague. C'était là que notre philosophe devait apprendre son sort : il s'attendait qu'il serait affreux, et nos lecteurs s'y attendent aussi ; mais Candide se trompait, et nos lecteurs se trompent aussi. C'était à Copenhague que le bonheur l'attendait. A peine y fut-il arrivé, qu'il apprit la mort de Volhall : ce barbare ne fut regretté de personne, et tout le monde s'intéressa pour Candide. Ses fers furent brisés, et la liberté fut d'autant plus flatteuse pour lui qu'elle lui procura les moyens de retrouver Zénoïde. Il courut chez elle ; ils furent longtemps sans rien dire ; mais leur silence en disait assez. Ils pleuraient, ils s'embrassaient, ils voulaient parler et ils pleuraient encore. Cacambo jouissait de ce spectacle si doux pour un être sensible ; il partageait la joie de son ami ; il était presque dans un état semblable au sien. « Cher Cacambo, adorable Zénoïde, s'écria Candide, vous effacez de mon cœur la trace profonde de mes maux. L'amour et l'amitié me préparent des jours sereins, des moments délicieux. Par combien d'épreuves ai-je passé pour arriver à ce bonheur inattendu ? Tout est oublié, chère Zénoïde, je vous vois, vous m'aimez ; tout va au mieux pour moi, tout est bien dans la nature. »

La mort de Volhall avait laissé Zénoïde maîtresse de son sort. La cour lui avait fait une pension sur les biens de son père, qui avaient été confisqués ; elle la partagea avec Candide et Cacambo ; elle les logea dans sa maison, et répandit dans le public qu'elle avait reçu des services essentiels de ces

deux étrangers, qui l'obligeaient à leur procurer toutes les douceurs de la vie, et à réparer l'injustice de la fortune à leur égard. Il y en eut qui pénétrèrent le motif de ses bienfaits ; cela était bien facile, puisque sa liaison avec Candide avait fait un éclat si fâcheux. Le grand nombre la blâma, et sa conduite ne fut approuvée que de quelques citoyens qui savaient penser. Zénoïde, qui faisait un certain cas de l'estime des sots, souffrait de ne pas être dans le cas de la mériter. La mort de mademoiselle Cunégonde, que les correspondants des négociants jésuites répandirent dans Copenhague, procura à Zénoïde les moyens de concilier les esprits ; elle fit faire une généalogie pour Candide. L'auteur, qui était habile homme, le fit descendre d'une des plus anciennes familles de l'Europe ; il prétendit même que son vrai nom était *Canut,* que porta un des rois de Danemark, ce qui était très vraisemblable : *Dide* en *ut* n'est pas une si grande métamorphose. Et Candide, moyennant ce petit changement, devint un fort gros seigneur. Il épousa Zénoïde en public, ils vécurent aussi tranquillement qu'il est possible de vivre. Cacambo fut leur ami commun, et Candide disait souvent : « Tout n'est pas aussi bien que dans *Eldorado ;* mais tout ne va pas mal. »

BIBLIOGRAPHIE PRATIQUE

I - DE VOLTAIRE

Complete Works of Voltaire, Oxford, Voltaire Foundation, Paris, Touzot, 150 vol. prévus, une soixantaine déjà parus, dont le *Candide,* éd. R. Pomeau (t. 48).

Correspondance : elle forme à elle seule 50 vol. de l'édition précédente (éd. Th. Besterman). F. Deloffre en a procuré une édition allégée, avec les notes traduites en français, dans la Bibliothèque de la Pléiade, Gallimard, 12 vol., dont 11 parus.

Œuvres historiques, éd. R. Pomeau, Gallimard, Pléiade. (On y trouve en particulier l'*Essai sur les mœurs.*)

Mélanges, éd. J. Van den Heuvel, Gallimard, Pléiade. (Contient l'essentiel des œuvres proprement philosophiques. On y trouve en particulier le *Poème sur le désastre de Lisbonne.*)

Lettres philosophiques, éd. F. Deloffre, Gallimard, Folio.

Romans et contes, éd. R. Pomeau, Garnier-Flammarion.

Candide, éd. R. Pomeau, Nizet ; éd. A. Magnan, Bordas ; éd. J. Goldzinc, Magnard.

II - SUR VOLTAIRE

Voltaire en son temps, sous la dir. de R. Pomeau, Oxford, Voltaire Foundation, Paris, Touzot. 4 vol. prévus, dont un paru : *De Arouet à Voltaire, 1694-1734.*

J. ORIEUX, *Voltaire ou la royauté de l'esprit,* Flammarion, 1966.

R. POMEAU, *Voltaire par lui-même,* Seuil, 1955, rééd. 1989.

P.-G. CASTEX, *Voltaire : Micromégas, Candide, L'Ingénu,* SEDES-CDU, 1959.

J. VAN DEN HEUVEL, *Voltaire dans ses contes, de Micromégas à l'Ingénu,* A. Colin, 1967.

J. SAREIL, *Essai sur Candide,* Droz, 1967.

A. MAGNAN, *Voltaire,* notice du *Dictionnaire des littératures de langue française,* Robert-Bordas, t. III, 1984.

A. MAGNAN, *Voltaire : Candide ou l'Optimisme,* PUF, 1987.

III - SUR LES IMITATIONS ET ADAPTATIONS DE *CANDIDE*

La liste en est fort longue. La première en date est celle qui est donnée ci-dessus, à la fin du « Cortège de *Candide* ». La dernière, un essai de Leonardo Sciascia, *Candido ou Un rêve fait en Sicile,* trad. fr. par N. Frank, Les Lettres nouvelles, M. Nadeau, 1978. Pour les autres, on pourra consulter :

J. EMELINA, « *Candide* à la scène », *Revue d'Histoire littéraire de la France,* Paris, 1981 (n°1).

J. RUSTIN, « Les suites de *Candide* », *Studies on Voltaire,* Oxford, 1972 (t. 90).

J. VERCRUYSSE, « Les enfants de *Candide* », *Essays on the Age of the Enlightenment* (Mélange Wade), Genève-Paris, 1977.

SCÉNO-FILMOGRAPHIE

Candide, opéra-comique de L. Hellmann et L. Bernstein, New York, 1957.

Candide, film de N. Carbonneaux, avec J.-P. Cassel, P. Brasseur, M. Simon, J. Richard, L. de Funès, FR., 1960.

Candide, téléfilm de P. Cardinal, ORTF, 1962.

Candide, adaptation théâtrale de R. Monod, Nice, 1971.

Candide, adaptation théâtrale de S. Ganzl, mise en scène par J.-C. Amyl, Théâtre de Chaillot. Texte publié dans *l'Avant-scène,* 1er nov. 1977.

et, dans la lignée de l'esprit de Voltaire :

Little Big Man, film de A. Penn, E.U., 1970.

Barry Lyndon, film de S. Kubrick, E.U., 1975, d'après le roman de W. M. Thackeray.

TABLE DES MATIÈRES

PRÉFACE ... 5

CANDIDE OU L'OPTIMISME 17

LES CLÉS DE L'ŒUVRE 165

I - AU FIL DU TEXTE

1. DÉCOUVRIR ... V
 - La date
 - Le titre
 - Composition :
 - Point de vue de l'auteur
 - Structure de l'œuvre

2. LIRE .. IX

 - ●◆ Droit au but
 - *Comment Candide fut élevé dans un beau château...*
 - *Comment on fit un bel auto-da-fé...*
 - *Ce qui leur arriva à Surinam...*
 - *Il faut cultiver notre jardin*

 - ↩ En flânant
 - *Tempête, naufrage et tremblement de terre...*
 - *Histoire de Cunégonde*
 - *Arrivée de Candide et de son valet au pays d'Eldorado*

 - Les thèmes clés
 - L'optimisme ou comment peut-on dire que « tout est pour le mieux » quand tout va mal

- La dénonciation de l'intolérance et du fanatisme religieux
- La dénonciation de l'esclavage et des abus de la colonisation
- La dénonciation des abus et des artifices sociaux
- La dénonciation de la guerre « boucherie héroïque »

3. POURSUIVRE .. XV

- Lectures croisées
- Pistes de recherches
 - Pour étudier l'œuvre dans le détail
 - Pour éclairer le contexte historique et culturel de l'époque
- Parcours critique

II - DOSSIER HISTORIQUE ET LITTÉRAIRE

REPÈRES BIOGRAPHIQUES ... 167

« LE MONDE COMME IL VA… » 173
 1. La guerre .. 173
 2. L'intolérance et le fanatisme religieux 174
 3. Une colonisation barbare 176
 4. L'expérience paraguayenne 177
 5. Les fléaux naturels 178
 6. Les mœurs désuètes ou dépravées des élites 178
 7. Le caprice des fortunes et infortunes des princes 180
 8. Le dégoût de la vie ou l'ennui des âmes sensibles 181
 9. Diverses mésaventures personnelles................. 182
 10. Le déchaînement de la polémique contre les Lumières ... 183
 11. Les grands repères de la culture 184
 12. Le système philosophique de l'Optimisme 187
 13. L'Eldorado ... 190
 14. La fantaisie verbale 191

LE CORTÈGE DE *CANDIDE* 197
 — « Lettre au sujet de *Candide* » 201

— *Histoire des voyages de Scarmentado* 203
— *Cosi-Sancta* 210
— *Memnon ou la Sagesse humaine* 216
— *Le Crocheteur borgne* 221
— *La Princesse de Babylone* (extrait) 226
— *Histoire d'un bon bramin* 228
— *Histoire de Jenni ou l'Athée et le Sage* (extrait) 231
— *Candide ou l'Optimisme*, « seconde partie »
 (apocryphe) ... 255

BIBLIOGRAPHIE PRATIQUE 299

Imprimé en France sur Presse Offset par

BRODARD & TAUPIN

GROUPE CPI

12103 – La Flèche (Sarthe), le 04-04-2002
Dépôt légal : juillet 1998

POCKET – 12, avenue d'Italie - 75627 Paris cedex 13
Tél. : 01.44.16.05.00

ARÈNE Paul
Contes et histoires de Provence 6236

BALZAC Honoré de
César Birotteau	6119
Chouans (les)	6064
Colonel Chabert (le)	6052
Cousin Pons (le)	6121
Cousine Bette (la)	6120
Curé de Tours (le)	6146
Curé de village (le)	6193
Eugénie Grandet	6005
Femme de trente ans (la)	6076
Histoire des treize	6075
Illusions perdues	6070
Lys dans la vallée (le)	6034
Médecin de campagne (le)	6192
Peau de chagrin (la)	6017
Père Goriot (le)	6023
Rabouilleuse (la)	6106
Splendeurs et misères des courtisanes	6073
Une ténébreuse affaire	6112

BARBEY D'AUREVILLY Jules
Chevalier des Touches (le)	6208
Diaboliques (les)	6136
Ensorcelée (l')	6194

BAUDELAIRE Charles
Fleurs du mal (les)	6022
Petits poèmes en prose	6195

BEAUMARCHAIS
Trilogie (la) / *(bac 2000)*	6168
Barbier de Séville (le) / *(bac 2000)*	6226
Mariage de Figaro (le) / *(bac 2000)*	6227

BERNARDIN DE SAINT-PIERRE J.-H.
Paul et Virginie 6041

BOUGAINVILLE Louis-Antoine de
Voyage autour du monde 6222

BOULLE Pierre
Contes et histoires du futur 6235

BOUQUET Dominique
Clés pour Si c'est un homme de Primo Lévi 6247

BRONTË Charlotte
Jane Eyre 6045

CHATEAUBRIAND François René de
Atala / René 6191

CHODERLOS DE LACLOS Pierre
Liaisons dangereuses (les) 6010

CONSTANT Benjamin / FROMENTIN Eugène
Adolphe / Dominique 6084

CORNEILLE Pierre
Cid (le) 6085
Horace 6131

COSTER Charles de
Contes et histoires des Flandres 6237

DAUDET Alphonse
Contes du lundi 6072
Lettres de mon moulin 6038
Petit Chose (le) 6016
Tartarin de Tarascon 6130

DIDEROT Denis
Jacques le fataliste et son maître 6013
Neveu de Rameau (le) 6180
Religieuse (la) 6149

DUMAS Alexandre
Comte de Monte-Cristo (le) / tome 1 6216
tome 2 6217
Trois Mousquetaires (les) 6048
Histoires de fées et de sorcières 6248
Histoires de vampires et de morts vivants 6249

DUMAS (fils) Alexandre
 Dame aux camélias (la) 6103

ERCKMANN E. / CHATRIAN A.
 Contes et histoires d'Alsace et de Lorraine 6229

ESCHYLE / SOPHOCLE / EURIPIDE
 Antigone / Électre 6212

EURIPIDE
 Andromaque 6094
 Hippolyte 6080
 Iphigénie à Aulis 6138

FLAUBERT Gustave
 Bouvard et Pécuchet 6188
 Éducation sentimentale (l') 6014
 Madame Bovary 6033
 Mémoire d'un fou 6218
 Par les champs et par les grèves 6245
 Salammbô 6088
 Tentation de saint Antoine (la) 6209
 Trois contes 6009

FRÉMINE Charles
 Contes et histoires de Normandie 6243

GAUTIER Théophile
 Capitaine Fracasse (le) 6100
 Roman de la momie (le) 6049

GENEVOIX Maurice
 Roman de Renard (le) 6053

HOMÈRE
 Iliade 6148
 Odyssée 6018

HUGO Victor
 Châtiments (les) 6197
 Contemplations (les) 6040
 Misérables (les) / tome 1 6097
 tome 2 6098
 tome 3 6099
 Notre-Dame de Paris 6004
 Quatrevingt-treize 6110
 Ruy Blas 6154

HUYSMANS Joris-Karl
À rebours — 6116

JARRY Alfred
Ubu roi — 6153

LA FAYETTE Madame de
Princesse de Clèves (la) — 6003

LA FONTAINE Jean de
Fables — 6012

LAMARTINE-MUSSET-GAUTIER-VIGNY
Recueils poétiques du XIXe siècle — 6239

LAUTRÉAMONT Comte de
Chants de Maldoror (les) — 6068

LE BRAZ Anatole
Contes et histoires de Bretagne — 6228

LE ROY Eugène
Jacquou le Croquant — 6063

LONDON Jack
Croc-Blanc — 6042

MACHIAVEL
Prince (le) — 6036
Maîtres et valets dans la comédie
du XVIIIe siècle / *(bac 2000)* — 6223

MALET Léo
Brouillard au pont de Tolbiac — 6215
120, rue de la Gare — 6242

MARIVAUX
Jeu de l'amour et du hasard (le) / *(bac 2000)* — 6107
Fausses Confidences (les) / *(bac 2000)* — 6162
Double Inconstance (la) / *(bac 2000)* — 6190
Île aux esclaves (l') / *(bac 2000)* — 6225

MAUPASSANT Guy de
Au soleil et autres récits exotiques — 6206
Bel-Ami — 6025

Berthe et autres récits de l'enfance	6186
Boule de Suif et autres récits de guerre	6055
Contes de la bécasse et autres contes de chasseurs	6096
Fort comme la mort	6127
Horla (le)	6002
Maison Tellier et autres histoires de femmes galantes (la)	6067
Mont-Oriol	6210
Notre cœur	6203
Petite Roque et autres récits noirs (la)	6091
Pierre et Jean	6020
Rosier de M^{me} Husson et autres contes roses (le)	6092
Sœurs Rondoli et autres histoires lestes (les)	6207
Sur l'eau et autres récits méditerranéens	6184
Toine et autres contes normands	6187
Une partie de campagne	6185
Une vie	6026
Textes sur le roman naturaliste / *(bac 2000)*	6224

MÉRIMÉE Prosper

Carmen et autres histoires d'Espagne	6030
Colomba-Mateo Falcone « Nouvelles corses »	6011

MOLIÈRE

Avare (l')	6125
Bourgeois gentilhomme (le)	6095
Dom Juan	6079
Fourberies de Scapin (les)	6169
Malade imaginaire (le)	6104
Médecin malgré lui (le)	6170
Tartuffe (le)	6086
Médecin volant (le)	6232
Misanthrope (le)	6139
Précieuses ridicules (les)	6234
Georges Dandin	6240
Mariage forcé - l'Etourdi (le)	6241

MONTAIGNE

Essais (textes choisis)	6182

MONTESQUIEU Charles de

Lettres persanes	6021

MUSSET Alfred de

Lorenzaccio	6081
On ne badine pas avec l'amour	6102

NERVAL Gérard de
Aurélia 6109
Filles du feu (les) 6090

NODIER / BALZAC / GAUTIER / MÉRIMÉE
Récits fantastiques 6087

PLAUTE
Marmite (la) 6125

POE Edgar
Histoires extraordinaires 6019
Nouvelles histoires extraordinaires 6050

POUVILLON Émile
Contes et histoires du Quercy 6244

PRÉVOST Abbé
Manon Lescaut 6031

PROUST Marcel
Un amour de Swann 6101

RABELAIS
Gargantua (édition bilingue) 6089
Pantagruel (édition bilingue) 6204

RACINE Jean
Andromaque 6094
Britannicus 6126
Iphigénie 6138
Phèdre 6080

RADIGUET Raymond
Diable au corps (le) 6044

RENARD Jules
Poil de carotte 6051

RIMBAUD Arthur
Œuvres : Des Ardennes au désert 6037

ROSTAND Edmond
Cyrano de Bergerac 6007

ROUSSEAU Jean-Jacques
 Confessions (les) / tome 1 6201
 tome 2 6202
 Confessions (les) / Livres I à IV 6211
 Rêveries d'un promeneur solitaire (les) 6069

SAND George
 Mare au diable (la) 6008
 Petite Fadette (la) 6059

SÉNÈQUE
 Phèdre 6080

SHAKESPEARE William
 Othello / Hamlet 6128

SILVERBERG Robert
 Porte des mondes (la) 5127

SIMENON Georges
 Port des brumes (le) 6233

STENDHAL
 Abbesse de Castro (l') 6174
 Armance 6117
 Chartreuse de Parme (la) 6001
 Chroniques italiennes 6174
 De l'amour 6173
 Lucien Leuwen / tome 1 6144
 tome 2 6220
 Rouge et le noir (le) 6028

STEVENSON Robert
 Étrange cas du Dr Jekyll et de M. Hyde (l') 6122
 Île au trésor (l') 6065

TERENCE
 Phormion (le) 6169

TCHEKHOV Anton
 Cerisaie (la) 6134

VALLÈS Jules
 Bachelier (le) 6150
 Enfant (l') 6015

VERLAINE Paul
Poésies 6144

VERNE Jules
Château des Carpathes (le) 6078
Michel Strogoff 6082
Tour du monde en 80 jours (le) 6027
Vingt mille lieues sous les mers 6058
Voyage au centre de la Terre 6056

VILLIERS DE L'ISLE-ADAM
Contes cruels 6135

VOLTAIRE
Candide ou l'optimisme et autres contes 6006
Micromégas / L'Ingénu 6083
Zadig et autres contes orientaux 6046

WILDE Oscar
Portrait de Dorian Gray (le) 6066

ZOLA Émile
Argent (l') 6113
Assommoir (l') 6039
Au bonheur des dames 6032
Bête humaine (la) 6062
Conquête de Plassans (la) 6172
Curée (la) 6035
Débâcle (la) 6118
Docteur Pascal (le) 6140
Écrits sur le roman naturaliste / *(bac 2000)* 6230
Faute de l'Abbé Mouret (la) 6114
Fortune des Rougon (la) 6071
Germinal 6029
Joie de vivre (la) 6111
Nana 6054
Œuvre (l') 6077
Pot-Bouille 6061
Rêve (le) 6074
Son excellence Eugène Rougon 6141
Terre (la) 6115
Thérèse Raquin 6060
Une page d'amour 6132
Ventre de Paris (le) 6057

Notes